우 린
뭣 때문에
달 리 고
있지?

안상은의
리얼 로드 무비

우린
뭣 때문에
달리고
있지?

 안상은 지음

이른아침

"말이나 되는 소릴 하라고. 그걸 어떻게 해?"

"다른 대안을 제시할 수 있다면 난 무엇이든 받아들이겠어."

인후가 또 억지를 부리기 시작한다.

"그래도 이건 아니야. 이건 말이야 하나의 방법이라기보다 100가지 예시 중 저 끄트머리에 있는 '정 안 되면 이거라도……' 항목에 예외로 분류돼야 마땅한 몹쓸 경우의 수라고."

"빙고! '정 안 되면 이거라도……' 우리가 딱 그 지점에 서 있어. 앞으로 갈 수는 없고, 뒤에는 더 몹쓸 경우의 수가 있는 딱 그 지점."

몇 년 전부터 인후와 여행 계획을 세우기 시작했다. 무작정 지도를 펼쳐놓고 손이 가는 대로 하나하나 점을 찍으면서 시작한 여행 계획은 대책 없이 커져만 갔다. 그리고 그 지점이 점점 확장되면서 어느덧 세계 여행이 되고 말았다.

구체적이지 않은, 막연한 꿈을 기초로 한 계획은 언제나 이렇듯 쉽게 부풀려진다. 그건 계획이라기보다 누구나 꾸는 꿈에 지나지 않는다. 그리고 그 꿈이

커질 대로 커져서, 더는 부풀릴 수 없는 지점에 이르면, 거품이 꺼지듯 사그라져 현재의 꿈에서 과거의 꿈으로 전환되고 잊힌다. 그게 정상이다.

문제는 인후가 포기를 모르는 놈이라는 데 있다. 언젠가부터 여행 계획을 짠다는 명목으로 도서관에 들락거리더니 그곳에서 세계 여행을 했던 자전거 여행자의 글을 읽었나 보다. 유레카를 외치며 방긋 웃는 얼굴로 다가와 내게 한다는 소리가 자전거를 타고 여행을 떠나면 모든 것이 해결된다나 뭐라나.

"지금 우리의 여행을 가로막는 단 하나의 이유는 바로 여행 경비잖아. 너도 알다시피 여행에서 가장 많은 지출 항목은 교통과 숙박이고. 그런데 자전거를 타면 교통은 자연스레 해결되고, 텐트를 실으면 숙박까지 해결된다 이거지. 현실적으로 지금 우리에게 이보다 더 좋은 방법은 없어. 더 좋은? 아니 다른 선택의 여지가 없어. 도보로 세계 여행을 하는 사람이 없는 건 아니지만, 그건 내가 생각해도 좀 무리인 듯싶어."

"무리? 왜? 뛰어서도 가고, 기어서도 가지 그래. 네 말대로 현실적으로 생각해보자. 너 자전거를 마지막으로 탄 게 언제야?"

"초등학교 땐가? 아니 중학교 1학년 때쯤? 왜?"

"왜냐니. 이 녀석 천연덕스러운 것 보게. 지구 둘레가 4만 킬로미터야. 네 말은 34년 동안 자전거로 달린 거리가 수십 킬로미터, 아니 많이 쳐줘서 100킬로미터가 고작인 우리가, 그것도 10년 동안 손을 놓은, 아니 발을 뗀 자전거를 타고 4만 킬로미터를 달리자는 거야. 그러니까 다시 말해서 지금까지의 페이스로 1만 3,600년 뒤에나 다 채워질 거리를 5~6년 안에 끝내자는 거라고. 이게 말이 된다고 생각해?"

인후는 입꼬리가 살짝 올라가는 아주 기분 나쁜 미소를 짓는다. 너무나 익숙한 미소.

"또 이런다. 34년을 같이 지냈으면 이제 내 말의 의도 정도는 알아차려야지.

자, 보자고. 우리는 여행을 하고 싶은 거야. 여행이 뭐 어렵나? 그냥 저기 어디 한적한 데 가서 하룻밤 자고 오면 그것도 여행이야. 근데 우리가 원하는 건 그게 아니잖아. 우리나라를 벗어나서 좀 오랫동안 시간에 쫓기지 않고 여기저기 둘러보고 싶은 거잖아. 그래서 여행 앞에 '세계'를 붙인 거고, 그 앞에 '자전거'를 붙여 '자전거 세계 여행'이라 한들 뭐가 다르겠어. 나도 다른 수식어를 붙이고 싶어. '일등석 비행기를 타고 특급 호텔에서 산해진미를 즐기는 환상적인 럭셔리 세계 여행'. 나도 그런 여행하고 싶어. 왜 아니겠어. 근데 못하잖아. 아주 간단해. 여행을 하고 싶으면 우리가 할 수 있는 방법으로 하면 되는 거야. 자전거, 세계, 여행. 띄어놓고 생각을 해보자. 셋 중에 뭐가 중요해? 우리의 목적은 처음부터 끝까지 여행이라고. 나머지 수식어일 뿐이야. 오해하지 마. 난 우리가 꿈꿔왔던 여행을 하자는 거지, 자전거를 타자는 게 아니야. 난 자전거에 전혀 관심 없어. 잘 알지도 못해. 네 말마따나 자전거 탄 지도 오래됐어. 근데 자전거를 타면 우리가 꿈꾸는 여행을 할 수 있다잖아. 다른 사람들도 그렇게 여행을 하잖아. 그 사람들이 경비가 부족해서 그러는지는 모르겠지만, 어쨌든 우리가 꿈꾸던 여행을 할 방법이 있는데 그걸 왜 버려."

"자전거를 꿈꾼 적은 단 한 번도 없어!"

"그래 알았어. 네 불안과 걱정, 또는 다른 의견도 전부 받아들일게. 그게 우리가 여행을 떠날 수 있는 방법이라면 말이지. 하지만 계속 이렇게 내빼다가 몇 년 뒤에 이 여행 계획이 흐지부지된다면 난 널 가만두지 않을 거야."

인후는 고집이 세다. 그 고집이 협박의 단계에 이르면 그를 말릴 방법은 없다. 정말 여행을 가고 싶은 모양이다. 누가 여행을 가고 싶지 않겠는가. 여행이란 단어가 주는 낭만과 설렘을 외면할 수 있는 사람은 많지 않다. 그러기에 사람들은 여행을 떠난다. 과연 사람들은 자전거 세계 여행이란 말에서 낭만과 설렘을 느낄 수 있을까? 낭만은 몰라도 설렘은 아무래도 무리다.

"자네. 세계 여행을 하고 싶나? 그럼 자전거를 타게나. 그럼 원하는 걸 얻을 수 있다네."

"농담할 기분 아니야. 좀 더 생각해보자."

"생각? 지난 몇 년 동안 한 건 뭔데? 이제 우리 스스로 막다른 골목에 들어가야 해. 그렇지 않으면 뒤를 보고 여유 부리다 조금씩 늪에 빠져 한 걸음도 나아가지 못하는 신세가 될 거야. 난 오늘부터 사람들에게 자전거를 타고 세계 여행을 간다고 떠벌리고 다닐 거야. 입만 나불대는 실없는 놈이 되기 싫으면 슬슬 준비하자고."

"타협의 여지는 없는 건가?"

"지금 이게 타협의 종착점이지 싶은데? 너무 무턱대고 걱정하는 거 아냐? 그래 알아. 평생 이런 상황을 생각해본 적이 없겠지. 나라고 해봤겠어? 하지만 우리가 상상할 수 있는 게 세상에 얼마나 되겠어. 언제까지 그 작은 상상 속에서 익숙한 일들만 할 건데? 무모해 보여도 그 속엔 우리가 상상하지 못했던 멋진 것들이 있을지 모르잖아. 제발 하기도 전에 깎여지고 재단된 그 소박한 상상력으로 모든 걸 판단하지 말자고. 그리고 내가 좀 생각해봤는데 말이야. 이게 또 나름 장점이 많아요. 여행 가서 뭐 할 건데? 그저《론리플레닛》시리즈 읽으면서 여기가 좋다니까 가서 한번 둘러보고, 차 타고 슝~ 이동해서 거기 유명하다는 거 한번 쭉 둘러보고, 그게 다잖아. 뭐 그게 나쁘다는 게 아니라 좀 심심하지 않아? 그런 여행 해봤잖아. 여행은 결과가 아니라 철저히 과정이라고. 여기에서 저기까지 가는, 그냥 버스나 다니던 평범한 길 하나하나가 모조리 특별한 의미를 주게 되는 거야. 여행객이 전혀 찾지 않는 시골 동네에 가서 호기심 어린 눈초리도 맞아보고, 중간에 길을 잃어 엉뚱한 데 가서 고생도 해보고, 막막 그러는 거야. 흥분되지 않아?"

"낭만적으로 바라보자면 뭔들 안 그러겠어? 근데 그런 건 편하게 두 다리 뻗고 앉아서 남의 고생담을 들을 때나 재미있는 거야. 내가 그 고생 속에 있는 순간에는 절대 그런 생각이 들지 않는다고."

"낭만이란 게 원래 그런 거야. 훗날 그때를 떠올리며 미소 지을 수 있으면 그게 바로 즐거운 고생이 되고, 낭만이 된다고. 봐봐, 그게 바로 네 불안의 정체야. 생소함, 육체적 고통. 넌 벌써 머릿속에서 여행을 지워버렸어. 여행을 한다는 생각보다 자전거를 탄다는 생각에 불안해하고 있다고. 다시 한 번 말하지만 우린 여행을 하러 가는 거지 자전거를 타러 가는 게 아니야. 힘들기야 하겠지. 하지만 네가 그토록 원했던 꿈을 위해 고작 그 정도의 육체노동도 감내하지 못하겠다는 거야? 그리고 또 뭐, 경험이 없어서? 해본 적이 없어서? 아니 여행을 하겠다는 놈이 새로움에 대한 갈망이 충만해도 모자란 판에 그걸 두려워해서 쓰나."

경험이 없어서, 힘들 것 같아서 그걸 두려워한다고? 아니다. 내가 두려운 건 그게 아니다. 남들처럼 평범한 여행을 할 수 있는 통장 하나 없어서 자전거를 타야 하는 상황. 그리고 여행을 잘 끝마친다 해도 그 뒤에 자전거로도 해결할 수 없는 상황이 오게 되면, 그때가 되면 난 꿈조차 꾸지 못할지도 모른다. 꿈이 꿈인 건 그게 꿈이기 때문이다. 꿈 그 자체만으로도 정체된 삶에 충분한 위로가 된다. 꿈을 현실화하려고 할 때 직면하게 되는 자신의 초라함. 나는 그게 두렵다.

"좋아. 네가 그렇게 고집을 부린다면 시도는 한번 해보겠어. 단! 이 여행이 무리다 싶은 생각이 들면 즉각 멈춰야 해."

"물론이지! 당연히 그래야지! 너무 걱정 말고 날 한번 믿어봐. 내가 널 부자로 만들어주진 못해도 즐겁게 만들어줄 순 있으니까."

"부자도 한번 생각해봐."

"알았어. 원래 한 달에 한 번인데 특별히 세 번씩 생각해볼게. 그럼 자전거 타고 여행을 떠나는 걸로 결정한 거다. 유후~."

"'일등석 비행기를 타고 특급 호텔에서 산해진미를 즐기는 환상적인 럭셔리 세계 여행'은 언제쯤 갈 수 있는 거야?"

"지금의 페이스라면 1만 3,600년 뒤에도 힘들지 않을까?"

자전거를 타고 세계 일주를 한다니……. 진짜 이런 말도 안 되는 여행을 하는 건가? 도대체 어떤 자식이 동네 산책이나 하라고 만들어놓은 걸로 여행을 해서 내게 이런 시련을 주는 걸까? 모르겠다. 인후가 고집을 피우기 시작하면 달리 방법이 없다. 다시 한 번 인후를 믿어보는 수밖에 없다. 적어도 인후는 후회스러운 결정을 하진 않는다. 지금까지는 그랬다.

"그럼 뭐부터 준비해야 하는 거야?"

"좋았어. 그 자세! 우선 자전거를 알아봐야 할 테고……. 그다음은 모르겠네. 차근차근 알아보지 뭐. 우리 시간 많잖아. Time~~ is on my side~~ yes it is~"

즐거운 듯 롤링 스톤즈의 노래를 흥얼거리며 짓는 인후의 미소에서 믹 재거의 장난스런 얼굴이 나타난다. 그 웃음이 축하의 웃음이 될지 조롱의 웃음이 될지 여행이 끝나면 알 수 있겠지. 까짓거 한번 해보자. 어떻게든 되겠지.

차례

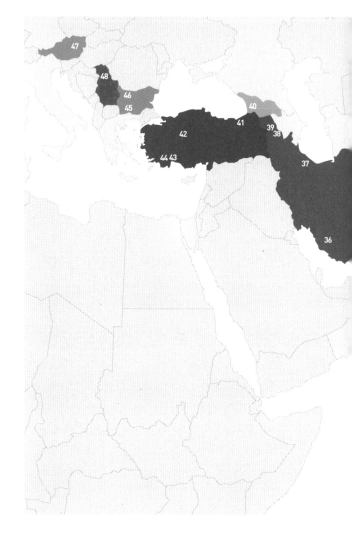

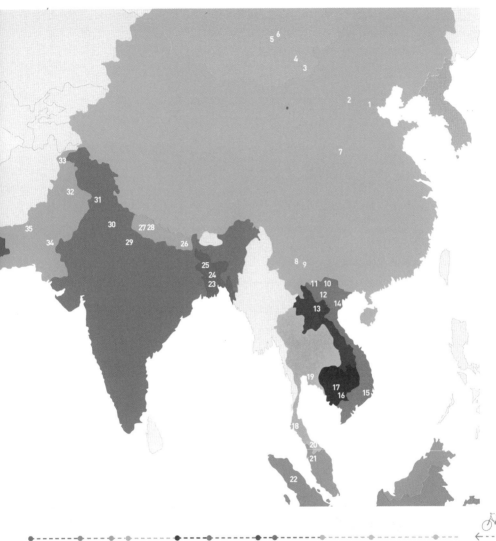

우리의 목표는 처음부터 끝까지 여행!

허름한 자전거가 부러움의 대상이 되고

찌든 냄새가 동경의 대상이 되는 신기한 세계로

출
·
·
·
발

우린 뭣 때문에 달리는거지

안상은의
리얼 로드 무비

01

중국 베이징

    인천에서 출발한 배는 25시간이 지나고 나서야 톈진에 닿았다. 그리고 짜증 스럽게 울려대는 자동차 경적과 희뿌연 먼지 사이를 뚫고, 이틀 내내 페달을 밟 아 베이징에 도착했다. 당연한 얘기겠지만, 베이징에 도착하는 것이 목적이라 면 이 방법은 시간적으로도 체력적으로도 심지어는 경제적으로도 아무런 장점 이 없다. 단지 여기에서 저기까지 이동만 염두에 두고 타는 자전거는 고행밖에 되지 않는다. 여행 방식이 방식이니만큼 합리적이라는 단어를 머릿속에서 지 워야 할 듯하다. 하긴 합리적인 사고를 했다면 이런 여행을 떠났을 리가 없지.

    이틀 동안 베이징에서 유명하다는 뻔한 구경거리들을 둘러보고, 다음 여정을 위해 빈관에서 짐을 들고 나온다. 40킬로그램가량 되는 짐이 여러 가방에 담겨 자전거 주변에 널브러진다. 짐이 워낙 많다 보니 짐을 내리고 싣는 것도 큰일 이 된다.

    먼발치에서 유럽인 친구 둘이 작은 종이 쪽지를 들고 힘겹게 짐을 싣는 우릴 바라본다. 눈이 마주치자 우리에게 다가온다.

"안녕."

"어? 그래 안녕."

"어느 나라 사람이야?"

"한국."

"그렇구나. 일본 친구를 기다리고 있었거든. 혹시나 해서……. 자전거로 여행하나 보네. 지금 떠나?"

"응. 베이징 구경 다하고 이제 떠나려고."

"우리도 자전거 여행자야. 우리 집에 안 갈래?"

"너희 집?"

"괜찮으면 하루 머물다 가."

뜻밖의 제안에 잠시 머뭇거린다. 인후가 눈짓을 보낸다.

"그……, 그러지 뭐. 집이 어디야?"

두 친구를 따라 근처에 있는 아파트로 간다. 집주인인 다비드는 마드리드에서 베이징까지 6개월 동안 자전거를 타고 온 후 이곳에 정착한 친구다. 옆에 있던 플로랑은 여자 친구 오를리와 함께 리옹에서 베이징까지 1년 동안 자전거를 타고 온 여행자다. 이 친구들은 웜샤워(자전거 여행자들끼리 서로 도움을 주고, 집에 남는 공간이 있으면 잠자리도 제공해주는 온라인 커뮤니티)를 통해 만난 사이다. 역시 웜샤워로 연락된 일본 자전거 여행자가 오늘 오기로 해서 마중을 나갔다가 우릴 그 친구로 착각한 모양이다.

애써 실은 짐을 다시 거실에 풀고 친구들과 함께 둘러앉는다. 각자 겪었던 여행 이야기가 오간다. 우린 여행을 시작한 지 고작 6일밖에 되지 않은 입장이어서 장기간의 여행 경험이 묻어나는 이들의 대화 속에 끼어들기가 쉽지 않다. 고개를 돌려 발코니에 세워진 플로랑과 오를리의 자전거를 구경한다. 적당히 휘어진 휠, 닳고 닳은 타이어, 이들의 여행 경력을 그대로 보여주는 구석구석

녹슬고 먼지 쌓인 허름한 자전거가 반짝반짝 빛나는 우리 자전거를 부끄럽게 한다.

하지만 잠시 후 이들의 경력도 애송이로 만들어버리는 거물이 나타난다. 친구들이 기다리던 일본 자전거 여행자 다이스케 아저씨.

"오~ 저 아저씨 포스 봐라."

인후가 탄성을 지른다. 낡은 중절모를 눌러쓴 꾀죄죄한 몰골, 유난히 튼실해 보이는 허벅지, 선명하게 갈라진 종아리 근육, 구부정하게 내려앉은 어깨. 다이스케 아저씨는 마치 자전거 주행에 맞게 진화된 인간의 모습을 연상케 한다. 장비는 또 어떤가. 도색이 벗겨질 대로 벗겨진 자전거, 박물관에서 막 꺼내온 듯한 물통과 녹슨 자물쇠, 본래의 색을 알 수 없을 정도로 기름때가 낀 가방은 그냥 가져가라고 내놔도 아무도 거들떠보지 않을 상태다. 그리고 남루한 행색에서 풍겨 나오는 구릿한 세월의 향기가 아우라처럼 아저씨의 주변을 감싸고 있다. 다비드도 그 아우라를 느꼈는지 공손히 샤워를 권하자 다이스케 아저씨는 아무렇지도 않게 다비드의 권유를 물리치는 대범함을 보인다. 이 모든 게 11년 차 자전거 여행자만이 가질 수 있는 영예처럼 느껴진다. 이건 절대 그를 희화하고자 하는 말이 아니다. 사람이 어떤 분야에 관심을 두기 시작하면, 그 분야의 전문가가 우러러보이게 마련이다. 6일 차 자전거 여행자에게 11년 차 자전거 여행자는 그야말로 살아 있는 전설과 다름없는 존재다.

다이스케 아저씨는 말수가 적다. 군대 이야기와 더불어 가장 쉽고 과장되게 영웅담을 만들어낼 수 있는 분야가 바로 여행이다. 하지만 아저씨는 힘든 군

생활을 한 사람일수록 군대 얘기를 아끼듯이 자신의 침묵이 오히려 그 가치를 고양한다는 사실을 잘 알고 있는 듯하다. 게다가 그는 자신의 경력을 한껏 낮추는 에피소드까지 곁들인다.

"11년 동안 여행하면서 한 자전거 여행자를 우연히 각각 다른 나라에서 7번 마주쳤어. 하인즈라는 독일 사람인데, 그 사람은 46년 동안 자전거 여행을 하고 있어. 곧 70살이 될 거야. 기네스 기록을 가진 사람이야."

모두의 탄성이 쏟아진다. 가장 연장자인 다이스케 아저씨도 이제 40살이다. 그 말인즉 여기 있는 누구도 46년이란 세월의 깊이를 실제로 느낄 수조차 없다는 말이다.

"완전히 미친 사람이네."

플로랑의 말에 모두 고개를 끄덕인다.

"4개국의 자전거 여행자가 우리 집에 모였어. 정말 멋진데!"

다비드가 즐거운 듯 소리친다. 이제 막 여행을 시작한 우리가 이 무리의 한 자리를 차지하고 있다는 게 조금 민망하지만, 이들이 느끼는 그 미친 유대감은 우리에게도 충분히 전달된다. 인후의 꼬임에 넘어가 시작된 이 여행이 과연 계획대로 진행될 수 있을지 불안한 마음이 여전히 남아 있는 상황에서 이들과의 만남은 그 자체만으로도 큰 격려가 된다. 같은 가치를 공유하는 동료의 존재보다 힘이 되는 건 세상에 없다.

일본의 정보를 물어보는 플로랑에게 11년 전 정보도 괜찮으냐는 아저씨 말에 모두 웃음을 터뜨린다. 한국을 끝으로 여행을 마칠 거라며 오사카에 오면 연락하라고 자신의 주소를 적어주는 아저씨. 그 주소를 받은 플로랑과 오를리는 리옹에 사는 부모님의 주소와 전화번호를 적어 내게 건넨다.

"우리가 없어도 부모님이 반갑게 맞아줄 거야. 리옹에 도착하면 이 번호로 연락해봐. 그리고 이건 몽골 돈인데 1달러도 안 되는 거지만, 우린 쓸 일이 없

으니까 네가 가져가."

플로랑에게 몽골 돈을 받고, 나도 1,000원짜리 한 장을 꺼낸다. 플로랑이 괜찮다며 손사래 친다.

"숫자는 크지만, 1달러도 안 돼. 한국 가면 물 한 통 사 먹을 수 있을 거야."

하루 종일 거실에 앉아 화기애애한 분위기 속에서 나누는 친구들과의 대화가 베이징에 있는 수많은 문화유적 구경보다 재미있다.

즐거운 대화가 오가고 자전거 여행자들답게 일찍 잠자리를 편다. 제일 먼저

이 집에 도착한 플로랑과 오를리가 비어 있는 방에 들어가고, 다이스케 아저씨
와 우리는 거실에 침낭을 깐다. 아저씨가 침낭을 펼치자 독한 아우라가 풍겨
나온다. 그 향기에 경의를 표하며 조용히 침낭을 머리끝까지 뒤집어쓴다.

"여행을 시작하자마자 이 친구들을 만난 건 정말 큰 행운이야. 얼토당토않던
여행에 뭔가 특별한 당위성을 만들어준 느낌이랄까?"

"얼토당토않긴. 내가 뭐랬어. 다들 이렇게 잘 여행하고 있잖아. 이건 일종의
계시야. 몇 년이 걸리든 여행을 완수하라는 하늘의 하명이지."

"'몇 년이 걸리든'이라니? 우린 우리 계획대로 가는 거야. 11년은 꿈도 꾸지
마."

계시까지는 모르겠지만, 오늘의 만남이 마음의 부담을 덜어준 건 분명하다.
이 여행이 적어도 틀린 선택은 아닌 것 같다. 이 바람 저 바람에 갈팡질팡 떠돌

던 꽃가루처럼 대책 없이 시작한 여행이 슬슬 땅에 자리를 잡고 작은 뿌리를 내리려고 하는 느낌이 든다.

나와 전혀 상관없는 강 건너 사람이나 하는 일이라고 생각했던 일들은 그들이 나와 전혀 다를 바 없는 평범한 사람이라는 걸 깨달은 후에야 왜 바보같이 그걸 두려워했는지 뒤늦게 어리석음을 탓한다. 결국, 사람이 하는 일이다. 내가 갖는 불안은 그들의 불안과 같다. 그 불안이란 녀석을 상대하는 방법이 다를 뿐이다.

"We have no money, no home, no job, but……. no problem."

플로랑의 말이 머릿속에 맴돈다. 그래 적어도 나의 상황이 이 여행을 하는 데에는 아무런 문제가 없는 거다. 허름한 자전거가 부러움의 대상이 되고, 찌든 냄새가 동경의 대상이 되는 신기한 세계. 이 낯선 세계에 좀 더 깊숙이 들어가 봐야겠다.

02

중국 샤오바지

　몽골 국경으로 향하는 길은 험난하다. 100미터를 오르고 다시 100미터를 내려가고, 또다시 100미터를 오르면 그만큼을 다시 내려가는 길이 계속해서 나타난다. 이 오르막이 마지막이길 희망하며 정상에 다다르면 데쟈뷰라고 해도 좋을 만큼 비슷한 내리막과 오르막이 눈앞에 다시 나타난다. 아주 지긋지긋한 반복이다.

　도로 가까운 곳에 늘어선 공장과 광산 때문에 먼지는 또 어찌나 많은지. 휴식을 취할 때마다 코 풀기 바쁘고, 까맣게 변한 화장지를 보고 있노라면 이런 곳에 사람이 살아도 되는지 걱정이 될 정도다. 공장이 많은 만큼 화물차도 많이 지나다닌다. 갓길이 적당히 넓어 위험하진 않지만, 대형 화물차가 빠르게 옆을 지나가면 자전거가 크게 휘청거려 방향 잡기가 힘들다. 운전사가 장난스럽게 누르는 경적은 차 크기만큼이나 요란해서 설령 그게 반가움의 인사라 할지라고 굉장히 짜증난다.

　오르락내리락하며 조금씩 높아지던 고도가 어느새 1,000미터를 훌쩍 넘어간

다. 고개 정상부근에 세워진 커다란 아치 옆에 자전거를 세운다.

"내몽골에 오신 걸 환영합니다!"

"내몽골 들어온 거 맞아?"

"아치 현판에 몽골 문자가 있잖아. 이 아치가 내몽골 경계를 알리는 조형물이지 싶다."

"어쨌거나 진짜 몽골까지는 아직 한참 남았다는 얘기군."

위도가 높아지고 고도도 높아지면서 기온이 뚝 떨어졌다. 페니어를 열어 긴 바지와 재킷을 꺼내 입는다. 텅 빈 도로를 빠른 속도로 달리던 차 한 대가 속도를 늦추더니 우리 옆에 멈춰 선다.

"Can I help you?"

운전석에서 아저씨가 고개를 배꼼 내밀고 어색한 영어로 말을 건다.

"저기……. 몽골 국경으로 가는데 태워주실 수 있어요?"

아저씨가 눈을 껌벅거린다. 영어를 못 알아듣는 눈치다. 짐칸을 가리키며 알아뒀던 중국어와 영어를 섞어 설명한다.

"자전거, 뒤에, 얼렌하오터(국경도시), 몽골, 고 고."

이해가 됐는지 성룡을 닮은 아저씨가 싱글벙글 웃으며 짐칸의 문을 열어준다. 우리는 얼씨구나 쾌재를 지르며 자전거를 짐칸에 싣고 차에 올라탄다.

"춥고 힘들었는데 잘됐다. 한 20킬로미터 정도만 뽑아줬으면 좋겠네."

뒷좌석에 편하게 자리를 잡고 히터 바람에 손을 녹인다. 차창 밖으로 펼쳐진 황량한 풍경을 느긋한 마음으로 바라보기를 5분. 아저씨는 몸의 한기가 사그라지기도 전에 우측으로 방향을 돌려 큰 흙무덤 사이에 있는 임시 건물 앞에 차를 세운다.

"뭐야? 끝이야?"

400킬로미터 떨어진 국경까지는 바라지도 않았지만 이렇게 빨리 설 줄은 몰랐다. 기대가 충족되지 않아 고마움보다 짜증이 난다. 짐칸에서 힘겹게 실은 자전거를 다시 내린다. 강한 바람이 불어온다. 한숨 한번 내쉬고 자전거에 오른다. 그때 성룡 아저씨가 안으로 들어오라고 손짓한다.

"이왕 이렇게 된 거 좀 쉬었다 가자."

"그러자. 급할 것도 없는데."

임시 건물 뒤로 작은 언덕만 한 흙무덤과 대형 컨베이어 벨트가 보인다. 이곳도 무슨 광산인가 보다. 아저씨를 따라 건물 안으로 들어간다. 광산에서 일하는 사람들의 사무실이자 주거공간으로 쓰이는 듯한 방에 들어가 간이침대에 앉는다. 성룡 아저씨는 뭐가 그리 즐거운지 웃음꽃 가득한 얼굴로 차와 포도를 갖다 준다. 이곳에서 일하는 사람들이 하나둘씩 번갈아가며 구경하러 온다. 영어를 잘할 줄 아는 사람이 없어서 서로 어색한 인사를 나누고 어색한 웃음을 짓는다. 아저씨가

작은 영어 사전과 회화 북을 갖고 와서는 대화를 시도한다.

"잘 지내?"

"네. 아주 좋아요."

"내 이름은 장싱창이야."

"저는 상은이라고 해요. 근데 장싱창 아저씨 성룡 닮았어요."

성룡을 닮았다는 말이 맘에 드는지 환한 미소를 짓는다. 아저씨의 조카인 뻬이 레이는 우리 옆에 붙어 앉아 찻잔이 비워지는 족족 잔을 채워주고 담배를 권한다. 추위와 낯선 분위기에 긴장했던 몸이 나른해진다. 곧게 앉아 있던 자세가 점점 내려가 반쯤 누운 상태로 몸을 벽에 기댄다. 며칠 동안 텐트에서 잤더니 허름한 간이침대조차 굉장히 편하게 느껴진다. 잠시 쉬려고 들어왔던 게 시간이 길어지면서 일어나기가 싫다.

"장싱창 아저씨. 오늘 여기서 자고 가도 돼요?"

"그럼. 물론이지."

날이 어두워지고 장싱창 아저씨와 공장 친구들과 함께 차를 타고 멀리 있는 식당에 간다. 공장 식구들이 자주 찾는 단골집인지 주인아줌마가 반갑게 맞이한다. 허름한 식당 안쪽에 작은 방이 따로 마련돼 있다. 아마도 미리 예약해둔

듯하다. 장싱창 아저씨는 여전히 싱글벙글 미소 띤 얼굴로 맥주와 컵을 나르고, 뻬이 레이가 빈 잔을 채운다. 오늘의 만남을 기념하며 건배한다. 중국에선 차나 술이 비워지는 꼴을 보지 못하고 바로바로 잔을 채워준다. 담배 또한 꽁초를 비벼 끄기가 무섭게 새 담배를 권한다. 한 병 두 병 맥주병이 늘고, 재떨이가 수북해진다. 맥주를 어느 정도 마시자 음식이 차려진다. 양고기 갈비찜을 중심으로 다양한 요리가 식탁을 가득 채운다. 여행 떠나고 가장 호화스런 만찬이다. 모두 배가 고팠는지 정신없이 잘 먹는다. 그 와중에도 장싱창 아저씨는 내 접시가 비워질 때마다 곧바로 음식을 떠서 접시를 채워준다. 어느 정도 배가 차자 다시 전자사전을 꺼내 대화를 시도한다.

"만나서 반가워. 너는 손⋯⋯. 손⋯⋯."

뻬이 레이가 말을 받는다.

"우린 가족이고, 너는 우리 손님이야. 너를 만나서 매우 행복해."

"나도 아주 행복해. 정말 고마워."

모두 즐거운 웃음을 지으며 술잔을 든다. 식탁을 가득 채웠던 음식이 사라지고, 배가 불룩해진다. 분위기가 좋아서 술 한 잔 더 하고 싶은 마음이 간절하지만, 우린 내일 다시 험한 길을 달려야 한다. 취기가 살짝 오를 때쯤 자리에서 일어나 사무실로 돌아온다.

처음 이곳에 왔을 때처럼 자릴 잡고 앉는다. 뭔가 아쉬운 듯 서성이던 성룡 아저씨가 잠자리를 봐주고 나간다. 불을 끄고, 간이침대에 눕는다. 밖에서 사나운 바람 소리가 들린다. 배에 가득 찬 맥주를 비우려고 밖으로 나온다. 강한 바람에 오줌 줄기가 여기저기 흩날린다. 땅에서는 싸늘한 바람이 몰아치고, 하늘에서는 내 생애 이렇게 많은 별을 본 적이 있을까 싶은 무수한 별이 반짝이고 있다.

"우주에 별이 이렇게나 많았구나."

"운이 좋았어. 힘들어서 불평만 남았을 길에서 이런 친구들을 만나고 말이야."

"처음 자전거 여행을 떠올렸을 때 딱 이런 순간을 기대했어. 체력만 소비하는 여행이라면 할 이유가 없잖아. 이렇게 빨리 그 순간을 맞이하게 될 줄은 몰랐지만."

"이제 시작이야."

"암 그렇고말고. 이제 시작이지. 이런 만남을 기대할 수 있다면 계속 달릴 수 있는 거야."

사무실로 돌아온다. 복도 맞은편 창문 너머로 장싱창 아저씨의 모습이 보인다. 우리에게 방을 내준 아저씨는 불편해 보이는 소파에 누워 잔뜩 웅크린 자세로 잠을 자고 있다. 방해되지 않게 조심조심 방으로 들어와 침대에 눕는다.

술기운에 정신이 알딸딸하다. 천장에 수많은 별이 그려진다. 가끔 지나가는 화물차의 헤드라이트 불빛이 창문을 타고 들어와 천장의 별들을 쓸고 지나간

다. 하지만 별들은 이내 다시 반짝인다.

잠자리에 들기 전 장싱창 아저씨가 노트를 하나 주었다. 문구점에서 흔히 살 수 있는 싸구려 스프링 노트. 그리고 첫 장에 멋진 필체로 이런 글귀를 남겼다.

韓國朋友 旅途順利 万事如意.
– 한국친구 가는 길마다 모든 일이 순조롭게 이루어지기를.

여행 2주째. 아직까진 모든 게 순조롭다.

03

몽골 고비사막

　국경을 넘어 몽골 땅에 발을 딛는다. 국경 초입에 작은 마을이 있다. 인구밀도가 세계에서 가장 낮은 나라인 만큼 주변이 한산하다. 국경이 있고, 기차역이 있어서 생긴 작은 국경 마을이다. 건물들 사이사이로 하나둘 보이는 천막 가옥 '게르'가 이곳이 몽골임을 확인시켜준다.

　5킬로미터쯤 달리자 마을이 끝나고, 아스팔트 길도 끝난다. 마른 풀이 듬성듬성 깔린 허허벌판. 차가 다녔던 흔적을 따라 모래가 섞인 흙길이 지평선까지 뻗어 있다. 강한 바람이 얼굴을 때린다. 멀리 북쪽에서부터 인공적인 구조물에 방해받지 않고 달려온 바람이다. 몽골 수도인 울란바토르까지 700킬로미터에 이르는 고원 스텝 지대. 드디어 말로만 듣던 그 고비사막에 첫발을 내딛는다.

　여행자들 사이에서 유라시아 횡단 경로는 크게 중앙아시아를 거치는 북쪽 코스와 서남아시아를 거치는 남쪽 코스로 나뉜다. 우린 추위를 끔찍이 싫어해서 남쪽 코스를 선택했지만, 몽골에 꼭 와보고 싶은 마음에 몽골만 따로 그 경로에 끼워 넣었다. 여행을 준비하는 동안 만났던 한 자전거 여행 전문가는 현실성 없이 선호만으로 끼워 넣은 몽골 경로를 보고 난색을 보였었다. 그의 말에 따르면 고비사막은 자전거 여행의 3대 난코스 중 하나로 경험이 없는 사람이 가기에는 위험한 코스라는 것이다. 나는 진지하게 경로를 다시 살폈지만, 활활 타고 있던 인후의 마음은 꿈쩍도 하지 않았다.

"누군가가 할 수 있는 일이라면 우리도 할 수 있는 거야. 먼저 나아가지도 못하면서 따라가지도 못한다면 그것만큼 부끄러운 일이 어디 있어. 무모함과 무지함을 잘 구분하고, 의지가 충만하다면 무모함이야말로 인생을 바꾸는 가장 큰 힘이 되는 법이야."

그렇게 해서 우린 예정대로 고비사막에 들어왔다. 이 선택이 멋진 도전으로 회자될지 어리석은 결정으로 손가락질을 받을지는 일주일 안에 판가름 난다.

퓨우~.

시작부터 김빠지는 소리. 펑크가 났다. 성게처럼 생긴 손톱만 한 가시 풀이 다섯 개나 바퀴에 박혀 있다. 모래 웅덩이에 자전거가 휘청하며 잠시 길섶에 들어갔다 나온 사이에 달라붙은 놈들이다. 주변을 살펴보니 풀이 자랐던 곳마다 지뢰처럼 가시 풀이 흩뿌려져 있다.

"뭐야 이것들은."

오르막이든 강풍이든 흙길이든 힘들어도 자전거는 탈 수 있다. 하지만 바퀴에 바람이 빠지면 달릴 수 없다. 전혀 예상치 못한 난적을 만난 셈이다.

"아주 성가신 놈을 만났네."

타이어를 벗기고 튜브를 살펴보니 네 군데 펑크가 났다. 일일이 펑크 패치를 붙이고 다시 달리지만 얼마 못 가 또 펑크가 난다. 펑크가 난 바퀴를 살피다 부러진 스포크를 하나 발견한다. 스포크가 한 번 부러지기 시작하면 바퀴 전체의 장력이 흐트러져 걷잡을 수 없게 된다. 짜증이 몰려온다.

"환장하겠네."

"오늘은 여기서 멈추자. 먼 길이야. 조바심 내지 말고 차분히 달리자고."

자전거를 세우고 텐트 칠 자리를 살핀다. 하루 주행을 마칠 때쯤 텐트 칠 자리를 살피는 게 가장 큰 일과다. 불행 중 다행으로 고비사막은 다른 건 몰라도 잠자리 찾긴 참 편하다. 길만 벗어나면 누구의 방해도 받지 않고 어디서든 텐트를 칠 수 있는 천혜의 캠핑장이다. 넓디넓은 캠핑장 한가운데에 텐트를 치고 스토브와 코펠을 꺼내 라면을 끓인다.

"라면 맛 좋~다!"

광활한 대지 한가운데에서 끓여 먹는 라면의 맛을 어찌 설명할 수 있으랴. 좀 독특한 맛의 중국 라면이라 할지라도 그 맛은 이미 혀끝 너머에 있다.

라면에 정신이 팔려 있는 가운데 서서히 해가 진다. 서쪽 하늘이 불타오르기 시작한다.

"오~, 저게 뭐야."

머리 위로 보이는 하늘과 멀리 지평선과 맞닿아 있는 하늘, 가까이에 있는 구름과 멀리 있는 구름, 흩뿌려진 구름의 밀도에 따라 각각 빨강 노랑 주황 파랑 보랏빛이 교묘히 섞인 당황스럽기까지 한 노을이 펼쳐진다. 이 모든 게 한 시야에 들어오지 않을 만큼 장대하다. 내 생애에 이런 노을을 본 적이 있었을까? 여태껏 그 어떤 일몰 광경에도 감탄해본 적이 없다. 이건 격이 다르다. 다른 노을과 같은 범주에 넣어선 안 된다.

"젠장. 저건 또 뭐야?"

인후의 외마디 외침에 고개를 돌린다. 동쪽 하늘에 거대한 발광체가 하나 떠 있다. 입이 다물어지지 않는다. 달이 이렇게 커도 괜찮은 건가? 지구의 조류 변화가 걱정될 만큼 거대한 달이 반대편 하늘의 붉은빛을 머금고 서서히 떠오른다. 이게 도대체 현실적으로 가능한 현상인지 의심스럽다. 360도 지평선이 펼쳐진 곳. 한쪽 하늘에선 형언할 수 없는 빛깔의 노을이 지고, 반대편 검푸른 하늘엔 말도 안 되는 크기의 달이 떠오른다. 세상에서 가장 다양하게 감정 표현을 할 수 있을지도 모르는 우리말의 구어체 표현을 총동원해도 이 광경을 제대로 설명할 순 없으리라. 하긴 우리나라에 존재하지 않는 광경을 표현하는 말이 있을 리 없다.

"중국 라면을 좀 더 사야겠어. 라면에 향정신성의약품이 포함돼 있는 게 분명해. 그렇지 않고는 하늘이 이렇게 보일 리가 없지. 이건 말도 안 돼."

"그게 사실이라면 난 중국 라면만 먹고 살 거야."

사진을 찍는 사람은 아름다운 빛깔 때문에 해가 진 후 30분을 매직아워라고 말한다. 그야말로 마법 같은 시간이다. 지상 최대의 마술쇼. 하지만 마술쇼는 거기에서 멈추지 않았다. 황혼이 사라지자 하나둘씩 밝혀지기 시작한 별들이 순식간에 하늘을 가득 메운다. 이건 또 뭐야? 이렇게 밝은 달이 떠 있는데, 이렇게 많은 별이 보일 수 있다니. 도저히 상식적으로 받아들이기 어려운 상황이 연이어 펼쳐진다. 정면을 바라보면 하늘과 땅이 정확히 반으로 나뉘는 곳이다. 고개를 숙이지 않는 한 사방팔방 별과 은하수가 시야에 들어온다. 이것이 나의 짜증에 대한 고비의 대답인가?

'이보게. 이러한 광경을 보겠다 하면 그 정도 고생은 해줘야 하지 않겠는가.'

어느새 가시 풀에 대한 걱정, 자전거 문제, 험난한 여정에 대한 불안은 말끔히 사라진다. 이거면 됐다. 무모함을 무릅쓰고 고비에 들어온 건 잘한 짓이다. 아름다움을 느끼는 마음이 현실적인 문제를 뒷전으로 밀어낼 수 있다면 앞으로 나아가는 데 아무런 문제가 없는 것이다.

펑크는 계속 났고, 스포크는 계속 부러졌다. 사막을 대비하느라 한층 무거워

진 짐을 싣고 쿵쾅거리는 비포장길을 달리니 무리도 아니다. 하지만 사람은 문제의 강도보다 빈도에 더 영향을 받는다. 아무리 골치 아픈 문제라도 그것이 반복적으로 나타나면 평범한 일상처럼 쉽게 받아들여진다. 우리는 그렇게 고비와 친해지고 있다.

고비사막은 건조하고 황량한 황무지다. 달리고 달려도 지평선만 보이는 광활한 황무지. 도무지 얼마나 달렸는지 감 잡기가 어렵다. 높다란 파란색 기둥이 박혀 있는 돌무덤이 이정표처럼 가끔 나타난다. 돌무덤의 주인인 냥 거만하게 앉아 있던 까마귀 한 마리가 우릴 발견하고 멀리 날아간다. 간간이 메마른 풀을 힘겹게 뜯고 있는 양, 말, 낙타가 보인다. 평소에 사람의 위협을 받지 않아서인지 우리가 다가가도 달아날 생각을 하지 않는다. 달아나기는커녕 풀 뜯기를 멈추고 우릴 빤히 바라본다. 우리가 동물을 구경하는 건지, 동물들이 우릴 구경하는 건지 분간하기 어렵다.

낮은 고개를 넘자 눈앞에 잘 닦인 길이 나타난다. 아스팔트를 깔기 전, 흙으로 다져놓은 단단하고 평탄한 길이다. 오랜만에 보는 길다운 길에 쾌재를 지르며 신나게 질주한다. 공사를 진행하고 있는 인부들이 보인다. 손을 흔들어 반가움을 표시한다.

"이 길이 다 닦이면 고비사막도 난코스에서 빠지겠어."

"아스팔트 만세!"

아직 완공되지 않은 도로라 길이 중간에 끊기고 흙무덤으로 가로막혀 있지만 간헐적으로 나타나는 길이라도 그저 반가울 따름이다. 마음이 가벼워지고 이어폰에서 흘러나오는 음악이 귀에 쏙쏙 들어온다. 어떤 장르의 음악도 빠짐없이 드넓은 초원과 어우러진다. 선곡이 필요 없는 땅이다. 이런 곳이라면 언제든 즐거울 수 있다.

멀리서 대형 화물차 한 대가 먼지를 휘날리며 달려온다. 손을 흔들어 차를 세운다. 둥글둥글 인상 좋은 듬직한 아저씨가 차에서 내린다. 아저씨는 낑낑거리는 우릴 물리치고 그 무거운 자전거를 번쩍 들어 짐칸에 싣는다. 보조석에 앉자 아저씨가 다짜고짜 보드카를 한 잔 따라준다. 커다란 플라스틱 용기에 칭기즈 칸 얼굴이 그려진 술이다.

"바이르따(고맙습니다)."

독한 술을 넙죽 받아 마시니 아저씨가 어린아이 같은 순박한 웃음을 터뜨린다. 심심하던 주행 중에 얻은 술동무, 길동무가 반가운 모양이다. 아저씨도 한 잔 훌쩍 마시고는 차에 시동을 건다. 카 오디오에서 흘러나오는 구성지고 경쾌한 몽골 노래에 어깨가 들썩이고, 울퉁불퉁한 비포장도로에 엉덩이가 들썩인다. 아저씨는 운전 중에도 계속 술을 권하고, 가방 속에 있는 빵과 햄도 꺼내준다. 며칠 동안 먹은 게 부실해서 염치 불고하고 주는 대로 다 받아먹는다.

10킬로미터쯤 달리니 멀리 또 다른 도로 공사현장이 보인다. 아저씨는 차를 세우고 다시 술을 한잔 따라준다. 좌석 뒤에서 꽁치 통조림을 하나 꺼내고, 지갑을 열어 1,000원 정도 하는 몽골 지폐를 한 장 내민다. 아니라고 손사래 치는 손을 잡고 기어이 통조림과 지폐를 손에 쥐어준다.

공사현장에 도착해 아저씨와 포옹하고 다시 앞으로 달려간다. 대낮부터 독한 보드카를 연신 마셨더니 정신이 해롱해롱하다.

"좀 쉬었다 가자."

인후가 도로에 벌러덩 드러눕는다. 나도 자전거를 세우고 도로에 눕는다. 도로 한가운데 대자로 누워 하늘을 바라보니 온 세상이 내 것만 같은 느낌이다. 우린 아무 말 없이 한동안 멍하니 하늘을 바라본다. 햇볕이 따스하다. 저 멀리서 들려오는 바람 소리가 이곳의 고요를 확인시켜준다.

"좋구나."

"나 가끔 자전거를 내팽개쳐 버리고 싶은 마음이 굴뚝같을 때가 있어. 아마 앞으로도 계속 그런 마음이 들 거야. 근데 왠지 결국 끝까지 갈 것 같단 생각이 들어."

"걸려들었군. 그래도 자전거 타는 것에 목숨은 걸지 말자. 자전거는 어디까지나 수단일 뿐이니까. 좀만 더 가면 마을이 나올 거야. 거기서 기차 타자. 자전거로 고비사막을 종단하는 것도 멋진 일이지만, 우선 텐트 생활을 하기엔 밤이 너무 추워졌어. 고비도 느낄 만큼 느낀 것 같고."

"그래, 기차 타고 가자. 고집하지 않아. 그냥 이 여행을 떠나길 잘했다는 생각이 들었어."

"좋아. 가자."

우리는 일어나 정신을 가다듬고 다시 자전거에 오른다. 지평선 부근에 사람의 흔적이 보이기 시작한다. 곧 5일간의 고비 사막 주행이 끝나고 몽골의 첫 번째 도시인 사인샨드에 도착한다.

도로 한가운데
벌러덩 드러눕는다.
온 세상이 내 것만 같은 느낌이다.

#04

몽골 사인샨드

아침 일찍 일어나 텐트를 접고 기차역으로 간다. 고비 사막도 충분히 느꼈고, 자전거도 문제가 많고, 날씨 또한 밤이면 숙면을 취하기가 어려울 정도로 춥다. 무리할 필요 없이 기차를 타고 울란바토르로 이동할 생각이다.

반경 1.5킬로미터 정도의 작은 마을치고는 기차역이 굉장히 웅장하다. 그리고 그 차이만큼 한산하다. 사람이 없어서인지 작은 매표구는 한 시간이 지나서야 문이 열린다. 예상했던 대로 영어가 통하지 않는다. 영어로 물어보면 러시아어를 아느냐 묻는다. 키릴문자를 쓰고, 사회주의 국가였기 때문에 러시아어가 더 친숙한가 보다. 기차역의 요금 안내판에도 영어가 전혀 없어서 표 사는 데 애를 먹는다. 매표원과 승강이 아닌 승강이를 벌인다. 어렵게 표를 끊은 후 플랫폼 끝에 있는 화물창고에 자전거를 넣어두고 기차역에서 나온다.

인적이 드문 허허로운 동네를 걷다가 눈에 보이는 식당에 들어간다. 메뉴판을 펼친다. 메뉴판에는 다양한 요리가 있지만, 당최 무슨 요리인지 가늠할 수가 없다. 그래도 중국에선 아는 한자라도 있어서 어느 정도 예측 가능한 음식을 고를 수 있었는데, 우리에게 키릴문자로 쓰여 있는 메뉴판은 상형문자로 채워진 로제타스톤과 별 차이가 없다.

"뭘 먹어야 하는 거야?"

"아무거나 찍어. 적어도 사람 먹는 걸 주겠지."

메뉴판 숫자를 보고 적당한 가격의 메뉴를 하나 고른다. 잠시 후 주인 아가씨가 뜨끈한 만둣국을 가져온다.

"오호~ 기가 막힌 걸 골랐네. 날도 추운데 잘 됐다."

몽골의 만둣국에는 두툼한 소고기가 가득하다. 송편만 한 만두에도 다진 양고기가 꽉 들어찼다. 두부, 숙주, 양파 그따위 거 없다. 그냥 양고기로만 채워진 순도 100% 고기만두다. 만두피를 걷어내면 국그릇의 반은 고기로만 채워질 양이다.

"모름지기 고기만두라면 응당 이래야지."

맞은편 식탁에서 같은 만둣국을 먹고 있던 남다른 스타일의 친구가 슬쩍 다가온다.

"라이터 좀 빌려주실래요?"

너무나 자연스러운 한국말에 깜짝 놀란다. 주인과 아는 사이면서 굳이 내게 라이터를 빌려달라고 한 것으로 보아 우리가 한국 사람인 걸 알고 일부러 말을 건 게 분명하다.

"한국말 잘하네요. 한국에 있었어요?"

"한국에 8년 있었어요. 강원대에서 디자인 공부하고 동대문에서 일했어요."

이곳에서 흔치 않은 눈에 띄는 패션을 하고 있더니 그게 바로 동대문 스타일이었다.

"반가워요. 이름이 뭐예요?"

"제기라고 합니다. 제기차기할 때 제기."

외국인이 한국말로 간단한 인사말을 건네도 반가운 마당에 자연스럽게 대화를 나눌 수 있는 현지인을 만나서 무척이나 반갑다. 제기는 자연스럽게 우리가 앉은 식탁에 자리를 잡는다.

"여기 살아요?"

"집은 울란바토르에 있는데 여기서 일해요. 아파트 있어요. 친구들이랑 같이 살아요. 근데 여기 왜 왔어. 여기 아무것도 없어요."

"자전거 타고 여행하고 있어요. 여기까지 자전거 타고 왔는데, 저녁에 너무 추워서 울란바토르까지는 기차 타고 가려고요."

"울란바토르에 친구 있어요. 그 친구도 한국말 잘해. 한국에 같이 있었어. 내가 말해줄게요."

"그럼 고맙죠. 한국말 하는 사람이 좀 있는 것 같아요."

"몽골 사람 한국 좋아해요. 한국 가서 일하고 싶어 해요. 몽골에 일자리가 없어."

"제기는 여기서 무슨 일해요?"

"운전해요. 몽골에 바다 없잖아. 그래서 중국에서 차로 갖고 와요."

"화물차 운전? 동대문에서 옷 만들었다면서요?"

"그랬지. 내가 디자인해서 옷도 많이 팔았어요. 그런데 몽골에 그런 일 별로 없으니까. 오늘 쉬는 날이에요. 지금 친구들하고 맥주 마셔요. 같이 갈래요?"

"지금요? 아침인데 벌써 술을 마셔요?"

"오늘 쉬는 날이라서 지금 먹어요."

"오늘 저녁에 기차 타고 울란바토르 가야 해요."

"기차표 끊었어요?"

"네. 아까 끊었어요. 이럴 줄 알았으면 늦게 끊는 거였는데."

"그러네. 아깝네. 울란바토르 가는 기차 저녁에 가잖아."

이런 시골 마을에서 한국말을 유창하게 구사하는 몽골 사람을 만날 줄은 꿈에도 생각하지 못했다. 손에 쥔 기차표가 원망스럽다.

"고민할 게 뭐 있어? 가서 취소하자."

"그게 좋겠지?"

"두말하면 잔소리. 날이면 날마다 오는 기회가 아니야."

맥주 한 잔만 하는거면 기차 시간까지 시간은 충분하다. 하지만 술은 시간을 정해놓고 마시는 게 아니다.

내일 출발하는 기차로 표를 바꾼 뒤, 기차역 화물창고에서 자전거를 꺼내 제기네 집으로 간다. 제기의 말대로 대낮부터 친구들이 모여 맥주를 마시고 있다. 이집에 사는 친구들뿐만 아니라 같이 일하는 친구들이 모두 모인 것 같다.

친구들이 술을 잘 마신다. 맥주가 다 떨어지기가 무섭게 새로운 맥주 박스가 등장한다. 보드카도 한 병 가져온다. 안주가 따로 없어서 맥주를 안주 삼아 보드카를 마신다. 취기와 분위기가 달아오르면서 어색함이 사라지고 웃음소리가 커진다.

"저희도 한국 사랑해요. 아자 아자 파이팅!"

제기의 형도 한국에서 일한 경험이 있어서 한국말을 잘한다.

"대~한민국!"

짝! 짝! 짝! 짝! 짝!

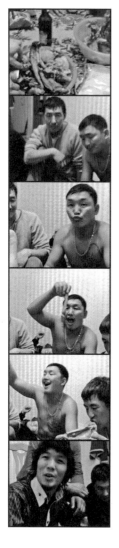

'대한민국'이라는 제기 형의 선창에 모두 정확히 박수를 맞춰 친다.

"나 몽골 사람인데 월드컵 때 대 - 한 - 민 - 국 - 같이 응원하고 그랬어. 한국에서."

"제기는 그때 한국에 있었구나."

"한국에 있었어 그때. 재미있었어."

예닐곱 명의 친구들이 피워대는 담배 연기에 방이 자욱해지고 맥주병이 쌓인다. 새로운 친구들이 한두 명씩 자리를 바꿔가며 머릿수를 채운다. 가슴에 큰 전갈 문신을 한 친구가 요리를 시작한다. 냉장고에서 두툼한 고깃덩어리를 꺼내 썰지도 않고 통째로 솥에 넣고 삶는다. 특별한 요리 방법이나 양념은 없다. 감자도 껍질만 까서 통째로 집어넣고 소금으로 간만 본다. 고기가 다 삶아지고 플라스틱 세숫대야 두 개에 고기와 감자를 건져 내놓는다.

"식사하세요. 몽골 음식이에요. 양갈비라고, 감자랑 진짜 맛있어요."

친구들이 고기 앞에 둘러앉는다. 건장한 체구의 남자들이 칼을 하나씩 들고 고기를 뜯어 먹는 모습이 굉장히 원시적인 형태의 식사처럼 보인다. 또 그만큼 공동체적인 유대감이 느껴진다.

"안다!"

전갈 친구가 큰 소리로 외치며 갈빗대를 하나 썰어준다.

"친구. 몽골말로 친구는 '안다'. 그러니까 우리는 안다."

내가 알기로 '안다'는 단순한 의미의 친구가 아니다. 피를 나눈 의형제라는 의미로 가족과 다름없는 친구를 말한다. 칭기즈 칸 시대에는 실제로 서로 피를 내어 상대방의 피를 마시는 의식을 하고서야 진정한 안다라고 할 수 있었다. 물론 이들이 우릴 그렇게까지 생각해서 하는 소리는 아니겠지만, 적어도 그 말이 오늘 이 자리의 흥겨움을 단적으로 표현해줄 수는 있다.

식사가 끝나고 다시 맥주가 나온다. 10시간 가까이 지속되는 술자리에 지친 몇몇 친구는 자세가 낮아지고, 또 몇몇 친구는 진지한 대화를 나누기 시작한다. 꽤 많은 술을 마셨지만, 다들 주량이 센지 흐트러지는 친구가 없다.

자리를 정리하고 제기와 막내 어리거, 전갈 안다와 함께 밖으로 나온다. 전화를 걸어 택시를 부른다. 작은 동네라 따로 대중교통이 없다. 택시비 500원이면 동네 어디든 갈 수 있다고 한다. 동네 중심가로 이동해 홀 형식의 노래방에 들어간다. 사람이 많지 않아 우리와 다른 테이블의 손님이 번갈아 가며 노래를 부른다. 우리나라에서 수입한 노래방 기계를 그대로 쓰고 있어서, 정작 몽골 노

44

Mongolia 45

래는 몇 페이지 없고, 우리나라 노래만 많다. 제기가 한국 노래를 고르면 같이 따라 부른다. 익숙하지 않은 홀 형식의 노래방에서 노래 부르기가 좀 민망하지만, 이미 취기가 가득한 상태라 개의치 않고 큰 소리로 노래를 부른다.

어둠이 깔리자 사람들이 하나둘씩 노래방에 모여든다. 노래 부르기를 멈추고 맥주를 마시고 있는 사이, 어느새 손님들로 홀이 가득 찬다. 노래방 기계가 꺼지고 시끄러운 댄스 음악이 스피커에서 쏟아져 나온다. 미러볼이 돌고, 사이키 조명이 켜지고, 레이저 불빛이 현란하게 움직인다. 노래방은 순식간에 클럽으로 변한다. 한두 명씩 나와 노래를 부르던 중앙 홀에 몸을 흔드는 사람들이 가득하다.

"정신없다. 나가서 바람 좀 쐬자."

물 만난 제비처럼 신 나게 몸을 흔드는 사람들 사이에서 빠져나온다. 싸늘한 밤바람이 불어온다. 하늘엔 역시나 무수한 별들이 반짝이고 있다.

"계속 이렇게 즐거운 만남이 이어지고 있는 게 우리가 운이 좋아서 그런 건가? 그동안 여행을 안 해본 게 아닌데, 어쩜 이렇게 다른 상황이 계속 펼쳐지는 거지?"

"그 이유를 알게 된다면 원하는 것만 취할 수 있겠지. 계속 가보자. 그걸 찾을 때까지."

자정이 넘어서자 손님들이 하나둘씩 빠져나가고, 클럽은 문을 닫는다. 우리도 집으로 돌아온다. 오랜만에 따뜻한 물로 샤워한다. 제기는 벌써 쓰러져 코를 골고 있다. 온종일 자전거를 탄 것처럼 몸이 피곤하다. 잠자리에 누워 두 다리를 쭉 편다. 오늘은 추위에 잠이 깨는 일은 없겠지. 울란바토르에선 또 어떤 만남이 기다리고 있을까?

기차가 울란바토르역에 도착한다.

"여긴 벌써 겨울이네."

울란바토르는 10월 초부터 눈이 내리고 있다. 기차역에서 자전거를 끌고 나온다. 키릴 알파벳 간판과 허름하고 개성 없는 건물이 영화에서 봤던 러시아의 소도시 분위기를 낸다. 한국산 중고차가 많이 보인다. 버스 노선표를 떼지 않은 한국 버스도 보인다. 종점이 낙성대라고 쓰여 있는 버스가 묘한 향수를 자극한다.

제기가 소개해준 친구 진섭이에게 전화를 건다. 울란바토르의 중심인 수흐바타르 광장에서 진섭이를 기다린다. 광장을 내려다보는 커다란 칭기즈 칸 동

상에서 위엄이 느껴진다.

"방값이 얼마나 할지 모르겠네."

"인구밀도가 낮으니까 적당히 지낼 만하지 않을까 싶어."

여행을 계획할 때 여기저기 돌아다니기보다 한 곳을 정해 한 달 정도씩 살아 보자는 얘기를 했었다. 눈으로만 바라보는 여행보다 몸으로 느끼는 여행을 하고 싶다. 특히 몽골은 꼭 와보고 싶었던 나라였고, 마침 날도 추워 다른 곳으로 이동하기도 힘들다. 그래서 진섭이에게 한 달 월세로 지낼 수 있는 집을 알아 봐 달라고 부탁할 참이다.

진섭이가 온다. 일을 보다 전화를 받고 급히 달려온 모양이다. 아직 일이 끝나지 않았다고 해서 진섭이의 차를 따라 사무실로 간다. 혼자 일을 보는 작은 사무실이다. 한국에 사는 형과 함께 몽골 한국 간의 택배 사업과 한국의 중고차, 중고 가전제품을 수입해 파는 일을 한다고 한다. 그래서 그런지 사무실 옆 공터에 대형 컨테이너가 몇 개 보인다. 진섭이가 서둘러 일을 정리한다.

"시골에 동생 집 짓고 있는데, 몽골 사람 감시 안 하면 일 안 해서 그래서 감시하러 가야 해요. 같이 가요."

컨테이너에 자전거와 짐을 넣어두고 진섭이 차에 올라탄다.

한 나라의 수도이긴 하지만 울란바토르는 큰 도시가 아니다. 10킬로미터쯤 달리자 도시의 풍경이 사라진다. 다시 10킬로미터를 더 달려 작은 마을에 진입하고, 거기서부터 강을 따라 구불구불 이어진 비포장길을 달린다. 넓은 공터가 있는 강 옆에 차를 세운다. 넓게 펼쳐진 초원 사이로 유유히 흐르는 강의 풍경이 예사롭지 않다. 강 건너편 자작나무 숲에선 소와 말들이 풀을 뜯고 있다. 겨울이라 풀이 다 말라 있지만, 초록빛 가득한 싱그러운 초원의 여름이 머릿속에 그려진다.

"경치 한번 끝내주네. 이런 데서 살고 싶다."

"몽골 여자랑 결혼하면 되지."

"그럼 되겠네. 진섭씨가 몽골 여자 좀 소개해줘요."

맥주와 라면을 꺼낸 진섭이가 능숙하게 라면을 부숴 안주는 만든다. 바람이 불어 약간 쌀쌀하지만, 새로운 인연과 멋진 경치가 맥주 맛을 돋운다. 간단히 맥주를 비우고, 차에 올라 좀 더 들어가니 집터가 나온다. 합판으로 세운 울타리가 넓은 집터를 둘러싸고 있다. 커다란 철문을 열고 안으로 들어간다. 마당 여기저기에 집 짓는 자재들이 쌓여 있다. 모양을 갖춘 벽돌이 두세 층만 쌓여 있는 걸 보니 집짓기는 이제 막 시작한 듯하다. 넓은 마당 한쪽에 게르 두 동이 세워져 있다. 집 짓는 동안 인부들이 머무는 임시 숙소 같다.

"야, 드디어 게르 안을 구경하는구나."

"게르 처음 봐요?"

"겉에선 봤는데 안에는 못 들어가 봤어요."

"여기 삼촌 살고, 저기는 일하는 사람들이 살아요."

우리는 삼촌이 사는 게르로 들어간다. 지름이 5~6미터 정도 되는 원형 공간 한가운데에 난로가 놓여 있다. 문 맞은편 벽에는 무릎 높이의 기둥 위에 판자를 올려 잠자리를 위한 반원 평상을 만들어놨다. 옆에는 단출한 생활용품이 놓여 있는 작은 테이블이 있다. 문 옆에는 장작이 쌓여 있다. 전체적으로 깔끔하다고는 할 수 없으나, 운치가 아주 그만이다. 게르의 조립 구조상 천장 한가운

데가 뻥 뚫려 있다. 그곳으로 난로 연기 통을 빼고 나머지 공간은 비닐로 막아 놨다. 그 사이로 새어 들어오는 햇살이 운치를 더해준다.

"아늑하네. 이런 데서 살면 좋겠다."

"에이, 여기가 뭐가 좋아. 여기 불편해. 물도 없고, 전기도 없어요. 가게도 멀고."

"그래도 몽골 아니면 언제 게르에서 지내보겠어요. 이런 데서 한 달 정도 살려면 얼마나 해요?"

"진짜 게르에서 살고 싶어요?"

"네. 좋잖아요. 게르에서 지내보고 싶었어요."

"그럼 그냥 여기서 살아요."

"진짜요? 삼촌 사는데 괜찮아요? 말도 안 통하고 불편하실 텐데."

"괜찮아요. 삼촌도 심심해."

수도 시설이 없어 강물을 떠다 써야 하고, 장작을 패서 난로를 피워야 한다. 화장실도 마당 한쪽에 땅 구덩이를 파놓고 천으로 가림막 해놓은 게 전부다. 분명 불편한 환경이다. 하지만 몽골에 왔으니 도시보다 이런 곳에서 지내보고 싶었다.

삼촌도 이 마을 사람이 아니다. 먼 시골에서 사는데, 겨울이라 일이 없어 집 짓는 일 관리자로 진섭이가 불렀다. 우리가 무슨 말을 하는지도 모르는 삼촌은 영문도 모른 채 홈메이트를 받게 됐다. 진섭이의 설명을 들은 작은 체구의 삼촌이 마냥 순박한 미소를 지어 보인다. 또 다른 멋진 인연이 시작되고 있다.

짐은 내일 가져오기로 하고, 근처에 있는 진섭이 부모님의 여름 별장에 간다. 라디에이터를 켠다. 온돌 시스템이 아니라서 찬 방바닥엔 두툼한 양가죽과 카펫이 깔려 있다.

"한국엔 왜 갔었어?"

"경찰학교 다니다가 새로운 일을 하고 싶어서 한국 갔어. 일 년만 더 다니면 경찰되는데 그냥 한국 가고 싶어서 그만뒀어."

"경찰이 더 좋지 않아? 한국에서 무슨 일했는데?"

"많이 했어. 호텔에서도 일하고, 건물 철거도 하고, 이삿짐센터에서도 일하고, 4년 일했어."

"한국에서 했던 일 힘들지 않았어?"

"힘들었어. 한국 사람 일 열심히 하는데 몽골 사람 일 안 해."

"진섭이가 진짜 이름이야?"

"아니야. 한국 이름이야. 한국 아빠가 만들어줬어."

"한국 아빠?"

"한국 아빠 있었어. 호텔에서 일할 때 호텔 매니저님인데, 한국 아빠 아들 어렸을 때 죽어서 내가 아들 닮았다고 아들 하라고 그랬잖아. 아빠라고 하래서 나도 아빠라고 하고, 매니저님 나보고 아들이라고 했어. 진섭이 원래 한국 아빠 아들 이름이야. 매니저님 사람 때리고 싸우는 그거였는데, 좀 그런 거 있어. 깡패 좀 싫어하지만, 한국 아빠가 좋은 사람이야. 그래서 오래 일했어."

진섭이는 한국 아빠에게 받은 은혜를 잊지 않고, 언젠가 한국 사람을 만나면 그만큼 베풀어야겠다는 마음을 갖고 있었다고 한다.

"가끔 이런 얘길 들으면 무서워. 그 조폭 아저씨는 자신의 호의가 이런 식으로 누군가에게 전달될 줄 상상이나 했을까?"

"선행이든 악행이든 이렇게 세상에 퍼져 나가겠지. 이로써 우리는 한 조폭 아저씨로부터 시작된 호의의 바통을 받아버린 거야. 우리에겐 이 바통을 다른 이에게 넘겨야 할 의무가 생긴 거고. 우리가 이 바람직한 릴레이를 끊어먹으면 안 되니까."

이튿날 진섭이와 함께 시장에 가서 게르에서 지낼 식량을 산다. 진섭이가 용

달차를 불러 모든 짐을 싣고 게르로 이동한다. 게르 한쪽 빈자리에 짐을 정리하고 잠자리용 평상에 누워본다.

"드디어 제대로 된 몽골 라이프가 시작되는구나."

진섭이의 친구 대기와 진섭이의 동생이 게르로 놀러 온다. 당연히 한국말은 못하고, 영어도 잘 몰라서 별다른 대화는 없다. 대신 몽골 사람이 최고로 친다는 말고기를 들고 와 우리를 환영해준다.

함박눈이 펑펑 내린다. 연통에 내려앉은 눈이 녹아 한 방울 두 방울 난로 위에 떨어진다. 이곳 친구들은 시큰둥하다. 여행자의 가벼운 마음에는 눈이 반갑다. 말 그대로 온 세상이 하얗다. 풍경이 기가 막히다.

식사를 마치고 친구들은 모두 집으로 돌아간다. 진섭이 차 배터리와 연결했던 백열등은 더 이상 빛을 내지 않는다. 양초를 켠다. 하늘거리는 촛불의 불빛이 사랑스럽다. 기분이 좋아 아무도 밟지 않은 눈밭을 걸으며 1킬로미터 떨어진 가게에 가서 맥주를 사온다. 말도 통하지 않는 삼촌과 함께 맥주를 마신다.

"이곳에서 한 달을 보낸단 말이지."

"멋진 만남이 계속 이어지고 있어. 어쩔 거야 이거."

삼촌이 살며시 미소를 지어 보인다. 우리도 미소로 화답한다. 맥주병을 들고 건배한다.

"삼촌. 우리 잘 지내봐요."

"정말 더럽게 춥네."

하루가 다르게 기온이 떨어지고 있다. 장작 가득 넣고 난로를 피우고 자도 새벽녘엔 열기가 사그라진다. 추위에 잠이 깨도 일어나기가 귀찮아 눈치를 보며 누군가 일어나서 난로에 불을 지피길 기다린다. 가지고 있는 옷을 모두 껴입고, 침낭을 머리끝까지 뒤집어쓰고, 두툼한 이불을 두 겹씩 덮고 자도 추운 건 마찬가지다. 일찍이 경험해본 적 없는 무서운 추위다.

부스스하게 일어나 밥을 짓고, 고기와 감자를 볶아 먹는다. 밥을 먹은 후 세면도구와 설거지거리를 들고 1킬로미터 떨어진 강가로 걸어간다. 머리를 짜면 기름이 한 방울 나오지 않을까 싶을 정도지만, 머리를 물속에 넣는 순간 머리가

깨질 것 같은 고통이 몰려와 머리 감을 엄두가 나지 않는다.

밥을 짓기 시작해서 설거지를 마치고 게르로 돌아와 커피를 한 잔 마시면 이미 점심때가 지난 시각이 된다. 딱히 하는 일이 없어 점심은 먹지 않는다. 일분 일 초까지 쪼개서 살아야 하는 도시생활과 달리 이곳에선 모든 게 여유로워 조급한 마음이 들지 않는다. 이미 읽을 책을 또 읽고, 동네 산책 한 번 하면 금방 저녁이 된다.

이곳에선 소유의 개념이 아주 유연하다. 무언가 한 번 허락하면 그 뒤론 계속 허락된 물건이 된다. 우리가 준비한 식료품도, 진섭이가 공급해주는 삼촌의 식료품도 이미 공동의 식량이 된 지 오래다. 한번은 삼촌이 칼을 써도 되느냐 해서 빌려줬는데, 그 칼을 들고 소를 잡으러 가서 이가 다 나가버렸다. 그 뒤로 그 칼은 소 잡는 칼이 됐다. 아끼던 칼이라 처음엔 좀 속상했지만, 느지막이 일어나 삼촌과 칼이 보이지 않으면 오늘 저녁은 소고기를 먹겠구나 하는 마음에 입가에 침이 고인다.

삼촌이 어디서 목이 잘린 염소를 한 마리 가지고 왔다. 진섭이의 생일을 위한 특별식이다. 진섭이의 가족, 친구들이 게르로 모인다. 작은 게르 안에 사람이 꽉 찬다. 진섭이의 친구 중에는 한국에서 일할 때 만난 친구들도 있어서 한국말로 소통이 가능하다. 말이 통하는 친구가 있어서 파티의 불청객처럼 느껴지지 않아 좋다.

친구들이 본격적으로 염소 요리를 시작한다. 우선 염소 가죽이 상하지 않게 목구멍을 통해 속을 뒤집어 간다. 작은 목구멍을 통해 기다란 다리뼈와 척추를 빼내는 작업이 꽤 힘들어 보인다. 겉과 속을 뒤집어 시뻘건 몸통이 들어나면 살점을 주먹만 한 크기로 큼직큼직하게 자르고 뼈도 알맞은 크기로 관절을 나눈다. 염소가 다 해체되면 다시 원래대로 가죽을 뒤집어 염소 모양이 그대로 살아 있는 가죽 주머니를 만든다. 그 속에 썰어놨던 고기와 감자, 소금을 넣고

미리 난로에 넣어둔 벌겋게 달궈진 자갈을 꺼내 염소 몸속에 집어넣는다. 같은 순서로 서너 층을 차곡차곡 쌓은 다음 목구멍을 철사로 단단히 감아 봉한다. 속에서 지글지글 끓는 소리가 난다. 다시 염소를 통돼지 바비큐를 굽듯이 기다 란 통나무에 다리를 매달고 가스 토치와 모닥불에 그을리며 털을 긁어낸다. 손 이 많이 가고, 시간도 오래 걸리는 귀찮은 요리다. 요리하는 과정 자체가 어떤 행사를 기념하는 일종의 전통 의식 같기도 하다. 3시간이 지나서야 요리가 완 성된다.

배를 갈라 돌을 골라내고 고깃덩어리를 하나씩 집어 든다. 게르에 식기가 없 어서 그런 건지 원래 그런 건지 모르겠지만, 덩어리로 된 고기 요리는 항상 이 런 식으로 차림 없이 손이 가는 대로 집어 먹는다. 그 모습이 교양 없어 보인다 기보다 요리를 더 맛깔스럽게 먹는 방법처럼 느껴진다. 내부에 들어간 달궈진 돌에 구워지고, 육즙이 나와 모닥불에 쪄진 고기의 맛이 독특하다. 가이드북에선 이 요리를 특별한 행사가 있을 때만 맛볼 수 있는 몽골 최고의 요리라고 소개한다. 진섭이 생일 덕분에 값진 음식을 먹었다.

떠들썩했던 생일잔치가 끝나고 다시 일상으로 돌아온다. 이제는 낮에도 산책하기가 힘들 정도로 춥다. 11월의 날씨가 이러면 1월엔 어떨지 도무지 상상이 안 된다. 온종일 난로 곁을 떠나지 않는다. 할 일이 없어 두툼한 가이드북을 정독하며 시간을 보낸다.

따뜻한 난로 옆에서 나른하게 기지개를 켠다. 진섭이가 덜컥 문을 열고 들어온다.

"잠깐 나와 봐. 나무 자르러 가자."

친구 대기와 함께 트럭을 몰고 왔다. 이번에 새로 들어온 한국산 중고 트럭이다. 팔기 전에 써먹어야 한다며 전기톱을 싣고 나무를 베러 가잔다. 몽골에 들어온 뒤로 제대로 된 나무를 본 적이 없다. 주변에 보이는 산도 다 민둥산이다. 차에 올라 인가를 완전히 벗어나 산 안쪽 깊숙이 들어가자 울창한 침엽수림이 나온다. 눈 덮인 침엽수림의 풍경이 장관이다. 족히 수십 년, 많게는 100년 이상 자랐을 나무들이다.

"그냥 베도 괜찮은 거야?"

"불법이야. 걸리면 벌금 내는데 다 잘라가."

이런 아름드리나무를 고작 장작으로 쓰려고 벤다는 게 영 꺼림칙하다. 하지만 숲 사이엔 이미 잘려나간 나무 밑동이 군데군데 보이고, 숲 안쪽에서 누군가 전기톱을 돌리는 소리도 들린다. 도심을 벗어나면 게르에 사는 사람이 많고, 게르는 나무 장작을 이용해 난방을 한다. 그러니 인가 주변의 산이 다 민둥산일 수밖에 없다.

진섭이와 대기가 주변 분위기를 살핀다. 아무래도 대낮에 큰 나무를 베는 게 조심스러운지 우선 죽어 쓰러진 나무나 마른 가지 위주로 땔감을 모은다. 그런

나무만 주워 모아도 금방 트럭이 가득 찬다. 콧김이 콧수염에 얼어붙어 작은 고드름을 만들 정도로 추운 날씨지만, 눈밭을 헤집으며 나무를 나르는 게 힘들어 땀이 날 정도다.

주워 모은 나무를 싣고 게르로 돌아온다. 오랜만에 몸을 움직였더니 고작 고 거했다고 몸이 피곤하다. 난로 옆에서 몸을 녹이고 평상에 드러눕는다. 주어온 장작이 아무래도 죽은 나뭇가지들이다 보니 화력이나 지속력이 많이 떨어진다. 해가 지길 기다렸다가 다시 나무를 하러 간다.

전기톱에 시동을 걸고 나무를 자른다. 수십 년 된 아름드리나무가 한순간에 고꾸라진다. 낮에 느꼈던 그 안타까운 마음은 어딜 갔는지, 이 추운 날 밤 손끝과 발끝이 얼어붙는 고통을 참아가며 남의 나라에서 불법 벌목을 하고 있다는 사실이 짜증 날 뿐이다. 그저 당분간 따뜻하겠구나, 오늘 최대한 벨 수 있는 만큼 베고 끝내자 하는 심정이다. 머릿속의 개념과 가치는 현실 앞에서 이렇게 무뎌져 간다.

날씨가 너무 추워져 집 짓는 일도 중단됐다. 내년 봄부터 다시 시작한다고 한다. 인부들도 슬슬 떠날 준비를 한다. 인부 중 가장 맘에 들었던 친구는 내일 군대에 간단다. 몽골은 12개월 징병제를 취하고 있다. 하지만 몇백만 원을 내면 면제가 된다. 뒷돈으로 군대를 회피하는 게 아니라 합법적인 방법이기 때문에 여유가 있는 사람은 그런 식으로 면제받는다. 진섭이도 제기도 그렇게 면제를 받았다고 했다. 그런 걸 거리낌 없이 말하는 것 보면 주변에서 남자가 군대에 갔다 와야 진정한 남자가 된다느니 어른이 된다느니 하는 헛소리는 안 하는 모양이다. 그런 만큼 아무도 그 친구를 위로해주지 않는다. 친구는 술 한 잔 받지 않고 미련 없이 떠난다. 나만 홀로 쓸쓸히 그 뒷모습을 바라본다.

'자식. 잘 갔다 와라.'

일꾼들도 모두 떠나고 우리도 이제 떠날 때가 됐다. 타이슨을 닮은 진섭이 친구가 트럭을 몰고 와서 진섭이의 사무실로 짐을 옮겨준다. 진섭이의 일이 끝나고 마지막 밤을 보내기 위해 대기와 함께 맥주를 들고 다시 게르로 향한다. 이곳에서의 마지막 밤이라고 생각하니 하늘의 별이 유난히 더 반짝이는 기분이 든다.

"우리 처음 만났을 때 저기에서 맥주 마셨는데."

진섭이가 강가 옆 공터를 가리킨다.

"그래. 벌써 한 달이 넘게 지났어. 몽골 너무 추워."

"여름에 오지 왜 겨울에 왔어. 여름에 오면 시골에 할아버지 집에도 놀러 가고 낚시도 하고 물고기 잡아먹고 그러는데."

"여름에 꼭 다시 올게. 그때 할아버지네 놀러 가자."

"그래 여름에 다시 와. 몽골 겨울 너무 추워. 우리 저기서 맥주 먹을까?"

"지금?"

진섭이는 우리가 처음 맥주를 마셨던 곳에 차를 세운다. 맥주를 따고 건배한다. 우리는 밤하늘에 쏟아지는 별빛을 바라보며 영하 30도의 바람이 부는 강변에 서서 미치도록 시원한 맥주를 마신다.

여행은 떠나고자 하는 이에게는 낭만이지만 떠난 이에게는 현실이다. 게르에 처음 들어갔을 때, 장작을 패서 난로를 피우고, 수도시설이 없어 강물을 떠다 쓰고, 강물을 먹고, 눈으로 세수하는 모든 것이 근사하고 다시 없을 낭만처럼 느껴졌다. 하지만 가혹한 날씨와 열악한 환경은 우리의 낭만을 곧바로 현실로 바꿔버렸다. 낭만은 휘발성이 강해서 접하는 순간 바로 현실이 된다. 추위에 밤잠 설쳤던 나날들, 할 일이 없어 지루함의 연속이었던 나날들.

한 달 동안 면도를 못 하면 밥을 먹을 때마다 입속으로 들어오는 수염을 거둬내기 바쁘다. 한 달 동안 쫄 내복을 입고 있으면 털이 피부 속으로 파고 들어간다. 한 달 동안 같은 티셔츠와 바지를 입고 있으면 겨드랑이 부분은 풀을 먹인 것처럼 뻣뻣해지고, 바지는 왁스칠을 한 것처럼 반짝인다.

훗날 난 이곳에서의 한 달을 어떤 기억으로 떠올릴까? 언젠가 누군가에게 이 모든 사실을 가장 솔직하게 털어놓는다 하더라도 듣는 사람은 이 모든 경험을 낭만으로 생각할지 모른다. 그리고 아마도 내 기억 또한 스스로 윤색되어 멋스러운 낭만을 끄집어낼 것이다. 어쩌면 나는 미래의 낭만을 위해 이 고생스런 여행을 하고 있는지도 모르겠다. 현실의 고단이 모두 사라진 애틋한 기억을 어깨에 두르고 사람들 앞에서 이렇게 얘기를 시작하겠지.

"세상에서 가장 시원한 맥주가 뭐냐면 말이지……."

#07

중국 **시안**

아침 일찍 일어나 자전거를 타고 시안 남쪽에 있는 플랜 차이나 사무실로 달린다. 플랜 차이나는 플랜 인터내셔널의 중국 지부다. 플랜 인터내셔널은 스페인 내전을 취재하던 영국의 종군기자가 세운 세계적인 국제 아동 후원단체다. 우리나라에도 플랜 코리아가 있다. 여행을 떠나기 전 플랜 코리아에 찾아가 앞으로 여행하게 될 나라의 플랜 사무소에 방문해 그들의 활동 모습을 비디오에 담고, 웹사이트에 올리면 작으나마 홍보에 도움이 되지 않을까 하는 제안을 했었다. 플랜 코리아 측에서 흔쾌히 그 제안을 받아줬고, 이렇게 플랜 차이나를 방문하게 됐다. 플랜 차이나는 여행 중 첫 플랜 사무소 방문이다. 그리고 내가 후원하는 아이가 이곳에 있다.

플랜 코리아의 연락을 받은 플랜 차이나의 란란 아줌마가 반갑게 맞아준다. 내가 후원하고 있는 아이인 류닝의 근황을 알려주고, 사무실 곳곳을 돌아다니며 플랜 차이나의 업무와 조직에 대해 설명해준다. 플랜의 후원사업은 컨트리 오피스라 말하는 본사를 중심으로 도움이 필요한 지역을 프로그램 유닛으로 선정하고 그곳에 지역 사무실을 두고 각각의 프로그램 유닛을 관리하는 방식이다. 보통 컨트리 오피스는 그 나라의 수도에 있는 경우가 많은데, 중국은 땅덩어리가 크다 보니 전 지역을 아우르진 못하고, 시안을 중심으로만 플랜 활동을 펼치고 있다. 류닝은 이곳에서 150킬로미터 정도 떨어진 춘화라는 지역에 산다.

란란 아줌마와 관련 스탭분들과 함께 승합차에 오른다. 안개가 자욱하다. 짙은 안개 탓에 통제된 도로가 많다. 차들이 한곳으로 몰리니 교통체증이 심하다. 졸음이 쏟아져 잠시 눈을 붙인다. 두어 시간이 지나 눈을 뜨니 승합차는 황량한 지그재그 산길을 달리고 있다. 한눈에도 열악해 보이는 주변 모습이 목적지에 다가왔음을 말해준다. 형편이 어려워서 이런 곳에 사는 건지, 이런 곳에 살아서 형편이 어려운지 선후 구분이 힘들다.

차는 산길을 빠져나와 마을 입구에 들어선다. 밭 사이 좁은 비포장길을 덜컹덜컹 달려 류닝의 집 앞에 도착한다. 마을 안에 들어와 보니 멀리서 바라보는 것보다는 형편이 나아 보인다. 류닝의 가족뿐 아니라 동네 이장님쯤으로 보이는 어르신 몇 분도 같이 마중을 나오셨다. 많은 분의 환영을 받으며 류닝의 집에 들어간다. 넓은 마당이 있는 튼튼한 벽돌집이다. 담벼락에 마른 옥수수가

쌓여 있다. 볕이 들어오는 마당 한편에 빨간 고추를 늘어놓고 말리는 풍경이 거부감 없이 눈에 들어온다. 싸늘한 날씨에 두툼한 빨간색 체크무늬 코트를 입은 류닝이 어색하게 인사를 건넨다. 나도 어색하게 반가움을 표시하고 부모님의 안내에 따라 방으로 들어간다.

거실 탁자에 호두, 해바라기 씨, 홍시, 사과가 가득 차려져 있다. 방에 들어서자마자 류닝의 아버지가 담배 한 개비를 권한다. 탁자 한쪽에 내려놓고 자리에 앉는다. 류닝의 부모님, 이웃, 플랜 차이나 스탭들로 주변이 어수선하다. 그 사이에서 잔뜩 긴장한 채로 제자리를 못 찾고 있던 류닝이 란란 아줌마의 손에 이끌려 내 옆자리에 앉는다. 나와 류닝이 한자리에 앉자 여기저기서 사진을 찍기 시작한다. 수십 년을 떨어져 지낸 이산가족이 상봉한 듯한 분위기가 몹시 부담스럽다. 류닝의 관심을 얻기 위해 준비해 간 작은 선물을 건넨다. 다시 여기저기서 플래시가 터진다. 일찍이 경험해본 적 없을 지나친 관심에 류닝이 얼어붙는다. 열두 살 꼬마 아이가 감당해내기 힘든 분위기 때문인지 감히 선물을 뜯어볼 생각도 못 하고 있다. 선물을 손에 꼭 쥔 채 멍하게 시선을 한곳에 고정하고 있는 류닝의 모습이 못내 안쓰럽다.

"아이가 너무 주눅이 들어서 내가 다 미안하다."

"기대했던 키다리 아저씨가 아니라서 실망한 걸지도 몰라."

"그런 거라면 차라리 다행이겠어."

란란 아줌마가 가족 앨범을 가져와 류닝에게 건넨다. 류닝이 앨범 한 장 한 장 넘기며 사진 속 인물을 설명해준다. 엄마와 아빠의 과거 모습, 더 어린 시절의 자신 그리고 친구들. 여러 사진 중에서 꼬박꼬박 언니를 찾아주는 걸 보니 타지에서 일하고 있다는 언니가 무척이나 보고 싶은 모양이다.

"그림 그리는 거 좋아한다고 했지? 혹시 네가 그린 그림 보여줄 수 있어?"

류닝이 작은 방에 있는 책상 서랍 구석에서 공책을 하나 꺼내온다. 오래전에 내가 선물로 보내줬던 공책이다. 공책 안에는 색종이로 만든 장식과 만화 캐릭터 그림이 그려져 있다. 줄에 맞춰 세로로, 대각선으로 꾸며 쓴 글씨 장식이 류닝의 꼼꼼하고 차분한 성격을 보여준다.

"아이가 사진으로 봤던 것보다 훨씬 귀여워."

"옷깃만 스쳐도 전생에 일 겁의 인연이 있다 했다. 호의의 감정을 갖고 바라보는 것도 바라보는 거지만, 특히나 이 아이처럼 네가 작으나마 개인적인 책임감을 갖고 있다면 더욱 그럴 수밖에."

"사진으로 보고 편지지에 몇 자 적을 땐 몰랐는데, 이렇게 직접 만나니까 알 수 없는 유대감이 샘솟아. 근데 전에 없던 감정이라 이게 정확히 뭔지 잘 모르겠어."

류닝의 어머니와 이웃 아줌마들이 함께 준비한 점심상이 차려진다. 국수와 다양한 종류의 야채볶음, 부침개로 한 상이 꽉 찬다. 고기반찬 하나 없는 소박한 상차림이지만, 누가 봐도 손님을 대접하기 위해 특별히 신경 써서 준비한 태가 난다. 류닝과 부모님, 플랜 차이나 관계자들과 함께 앉은뱅이 의자에 앉아 식사를 시작한다. 잘 먹지 못하는 고수가 잔뜩 들어간 국수가 거북스럽지만 오랜 시간 정성 들여 준비한 음식을 남길 순 없다. 국수를 씹지 않고 거의 삼키다시피 하며 한 그릇을 비운다.

　식사가 끝나자마자 류닝의 아버지가 다시 담배를 권한다. 담배를 받고 마당에 나가 불을 붙이려는데 류닝이 따라 나와 곁에 선다.

　"저기 엄마한테 가 있어. 담배 좀 피우게."

　"아무래도 네 옆을 지키라는 소리를 들었나 봐."

　왁자지껄한 주변 분위기와 다르게 어깨를 축 늘어뜨리고 빨리 이 시간이 지나가기만을 바라는 듯한 모습이다. 어른들 잔치에 주인공이 된 아이의 심정을 모르지 않는다. 아이와 소통을 잘 못하는 또 다른 주인공인 나의 존재도 아이에게는 부담스러울 것이다. 여기서 아이를 구해주는 유일한 방법은 내가 빨리 이곳을 떠나는 것밖에 없다. 적당한 때를 골라 란란 아줌마에게 말해 오늘의 방문을 마친다.

　류닝의 어머니가 홍시를 가득 담은 비닐봉지를 쥐여주신다. 식사 중에 홍시를 좋아한다는 말을 잊지 않고 계셨던 게다. 중국말로 잘 있으라는 인사를 건네자 류닝의 얼굴에선 그제야 긴장의 빛이 사라진다. 란란 아줌마가 나중에 다시 만나길 희망한다는 가족의 인사말을 전해준다. 나 또한 그런 기회를 만들고 싶지만, 과연 류닝도 그런 마음일지 모르겠다. 밝은 웃음으로 환대해주셨던 류닝의 부모님과 악수하고 우린 다른 곳으로 발길을 옮긴다.

　"이곳을 방문한 게 류닝에게도 좋은 기억이 될지 모르겠어."

"내성적인 아이였잖아. 이런 상황이 아니었어도 낯가림이 심해서 쉽게 친해질 순 없었을 거야."

일정을 마치고 집으로 돌아오면서 이 고색창연한 천 년 고도 시안을 다시 한번 둘러본다. 웅장한 성곽 높은 곳에서 비추는 수많은 조명이 멋진 야경을 만들어내고 있다.

누군가 내게 시안에 대해 묻는다면 난 무엇을 말하게 될까? 모르긴 몰라도 진시황이 아닌 류닝이 먼저 떠오르겠지. 사람의 마음이라는 게 참 그렇다. 세계가 놀라는 수천 년의 신비도 이제 내게는 그 작은 꼬마만 못하다. 관계란 무서운 거다. 이제야 내가 무엇 때문에 이 무모한 여행을 결심했는지 어렴풋이 알 것 같다.

언제가 될지 모르겠지만 언젠가 다시 한 번 류닝을 만나보고 싶다. 류닝이 좀 더 자라고, 낯섦이 조금 사라지면 오늘보다는 자연스러운 만남을 가질 수 있지 않을까? 그러길 희망한다.

"잘 있어. 류닝."

#08

중국 다챤성

　　중국 남서부 윈난의 산악 지역은 중국 북부와 다르게 산림이 울창해서 멋진 풍경이 곳곳에 나타난다. 허허로운 벌판을 달리는 기분도 나쁘지 않지만, 아무래도 황토빛보다는 싱그러운 초록빛 가득한 곳이 상쾌하고 좋다. 산동네에는 산동네만의 정감이 있다. 쉴 때마다 마주치는 사람들의 호기심 어린 시선과 갑작스레 찾아온 외국인 손님이 당황스러워 어찌할 바 몰라 하는 시골 식당 아주머니의 순박함에 웃음을 터뜨린다.

　　하지만 자전거를 타고 달려야 하는 입장에서는 끝도 없이 오르막이 이어지는 산길이 무척이나 괴롭다. 오르막이 있으면 내리막도 있다 하지만, 오르막에서 지체되는 시간이 많아 내리막을 아무리 빠르게 달려도 같은 거리의 평지를 달리는 것보다 훨씬 많은 시간을 소비하게 된다. 특히 지금처럼 남은 비자 기간을 계산해야 하는 상황이 오면 조바심이 날 수밖에 없다.

　　"이제 얼추 최고점을 찍은 것 같군."

　　간신히 오르막 끝에 다다른 후 브레이크에서 손을 떼고 한풀이라도 하듯 내리막을 내달린다. 몸을 숙여 공기의 저항을 줄인다. 이마에서 흐르던 땀이 바람에 날아간다. 몸을 적시고 있던 땀이 기화돼 서늘함이 느껴진다.

"유후~. 이 맛에 오르막을 오르는 거야."

그때 맞은편 대형 화물차 뒤에 숨어 있던 승용차가 튀어나와 중앙선을 침범해 내 앞으로 돌진한다. 화물차에 가려 보이지 않았던 승용차의 갑작스러운 등장에 당황해서 핸들이 휘청거린다. 왕복 2차선의 좁은 산길. 아래는 고도 2,000미터가 넘는 낭떠러지에 가드레일도 없는 도로다. 순간 '죽겠다. 여기서 멈추지 못하면 떨어진다. 브레이크로 세우기엔 속도가 너무 빠르다. 핸들을 재빠르게 좌측으로 꺾고, 몸을 기울여 미끄러지듯 자전거를 밀쳐낸 후 회전 낙법으로 두 바퀴를 굴러 스피드를 줄이고 착지하자. 그리고 승용차 운전자에게 실컷 욕을 해줘야지……'라고 생각했을 턱이 없고, 그냥 나도 모르게 살려는 의지가 반사적으로 몸을 기울여 길바닥에 나자빠진다. 몸은 회전 낙법이 아니라 그냥 옆으로 데굴데굴 구르고, 자전거도 내 꼴과 비슷하게 저만치에 내동댕이쳐진다.

'젠장!'

잠시 정적이 흐른다. 눈을 떠보니 욕을 해주려 했던 승용차는 벌써 시야에서 사라졌다. 주섬주섬 몸을 일으켜 옷을 털고 저만치 떨어져 날아간 페니어를 들고 온다. 자전거를 보니 페니어를 장착하는 앞 거치대가 심하게 휘어졌다. 연장을 꺼내 자전거를 수리한다. 수리를 마치고 자전거를 세우려는데 나도 모르게 입에서 가느다란 신음이 나온다. 왼쪽 무릎이 까져 피가 흐르고, 재킷 오른쪽 어깨 부분이 찢어졌다. 그리고 왼손 바닥이 욱신거린다.

"거 봐라. 시야도 확보되지 않은 갈지자 길에서 왜 그렇게 속도를 내?"

"그걸 지금 위로랍시고 하는 거야?"

"죽지 않은 게 다행이지. 여기서 떨어지면 시체도 찾기 힘들어 인마. 쿤밍에

도착하면 국경까지 버스 타고 갈 거니까 딴소리 말고 그런 줄 알아. 계속 이런 산길이면 기를 쓰고 달려도 어차피 비자 기간 내에 국경까지 도착하기 힘들 게 분명해."

윈난의 이름 모를 산골짜기에서 객사할 뻔한 아찔한 순간이었다. 비자 기간에 마음이 급한 나머지 오르막길에서 손해 본 시간을 만회하려고 시야가 좁은 커브 길을 브레이크도 잡지 않고 달린 게 화근이었다. 가벼운 찰과상과 타박상만으로 끝난 게 천만다행이다.

"오늘은 무리하지 말고 여기서 자자."

슬레이트 지붕 아래 방이 칸칸이 길게 이어져 있는 허름한 숙소 앞에 자전거를 멈춘다.

땅덩어리가 큰 중국엔 화물차 운전사가 하룻밤 묶어가는 저렴한 숙소가 여기저기 많다. 원칙적으로 외국인은 이런 숙소에 머물 수 없다. 도심에서는 규정이 철저해 울며 겨자 먹기로 비싼 숙소에 머물러야 했지만, 시골 산동네에서는 그런 규정을 전혀 신경 쓰지 않는다.

값이 저렴한 만큼 한두 평 남짓한 방에는 침대만 덩그러니 놓여 있다. 화장실도 따로 없고 세면 시설도 없다. 말 그대로 잠만 자고 가는 곳이다. 그렇다고 종일 뒤집어쓴 먼지와 땀을 닦아내지도 않고 잘 수는 없다. 주인아주머니에게 세수하는 동작을 취하자 잠시 망설이다가 부엌으로 들어가서 양동이에 물을 받아오신다. 낯선 외국 여행자의 모습이 신기한지 내내 옆에 서서 씻는 모습을 바라본다.

아주머니가 세수를 마치고 방으로 들어가려는 날 잡고 두 손가락으로 젓가락질 시늉을 하며 뭐라 묻는다.

"국수요? 아니 면? 미엔?"

아주머니가 답답한지 부엌에서 직접 국수를 가져와 보여준다.

"네. 미엔. 미엔. 이거 팔아요? 우리 배고픈데."

아주머니는 계속 국수 떠먹는 시늉을 한다.

"네. 네. 그러니까 이거 파냐고요?"

우리는 우리대로 아주머니는 아주머니대로 답답한 심정이다. 멀리서 우리의 동문서답을 지켜보던 주인아저씨가 다가온다. 아저씨는 아주머니를 제치고 큰 소리로 천천히 또박또박 설명해준다. 하지만 그 발음이 교본에 나올 만큼 정확하다 한들 중국말을 알아들을 리 없다. 아저씨가 다시 한 번 물을 끓이는 듯한 흉내를 내며 설명한다.

"꾸꾸꾸꾸……. 면, 불필요. 돈."

여행하는 동안 익혔던 중국어 단어 몇 개가 귀에 들어온다.

"그냥 국수 한 그릇 대접해주겠다는 말씀 같은데?"

"그런 것 같지?"

"쎄쎄(고맙습니다). 쎄쎄."

주인 내외분의 온화한 인상착의로 미루어보아 그냥 저녁을 대접해주겠다는 의미로 알아듣고 무작정 고맙다는 인사를 한다. 주인 내외분은 그제야 입가에 미소를 지으신다.

아주머니가 저녁을 준비하는 동안 주인 내외분의 방에 앉아 음식을 기다린다. 단출한 살림살이와 TV를 빼면 이 방도 다른 숙박용 방과 크게 다르지 않다. 비슷한 크기의 공간에 비슷한 허름한 침대가 놓여 있다. 흙을 담은 양은 대야 위에 올린 벌건 숯이 방안에 온기를 뿜는다. 주인아저씨가 서랍 구석에서 먼지가 쌓인 DVD를 하나 꺼낸다. 소매로 쓱싹 먼지를 훔쳐내고 플레이어에 넣는다. 중국말로 더빙된 오래된 한국 드라마다. 아저씨가 리모컨의 버튼을 몇 번 누른다. 중국어 더빙이 자막으로 바뀌고 한국말이 나온다. 아저씨가 씨익 미소를 짓는다.

　계속해서 권하는 담배를 세 개비 정도 피우자 아주머니가 큼직한 대접에 칼국수를 한가득 담아 오신다. 종일 험난한 산길을 달려 배가 많이 고프다. 허겁지겁 국수를 입에 집어넣는다. 그 모습을 지켜보는 주인 내외분의 표정에서 흐뭇함과 안쓰러움이 교차한다. 둘이 먹어도 될 만한 양의 칼국수를 국물 한 방울 남기지 않고 깨끗이 비운다. 아주머니가 빈 그릇을 치우고, 차와 과일을 내놓는다. 그리고 아저씨는 어김없이 담배를 권한다.

　"괜찮아요. 많이 폈어요."

　"괜찮아. 한 대만 더 펴."

　중국인은 빈 잔과 빈 손가락을 절대 용납지 않는다. 하는 수없이 다시 담배에 불을 붙인다.

　아저씨가 서랍을 뒤져 지도를 꺼내 보이며 여행 경로를 묻는다. 지나왔던 길과 앞으로 달릴 길을 손으로 스윽 그어주자 아저씨는 엄지손가락을 치켜들고, 아주머니는 말도 안 된다는 표정으로 벌린 입을 다물지 못한다.

　아저씨가 노트를 꺼내 여느 명필가 못지않은 멋들어진 필체로 이름을 써 보인다. 주성치 영화에서 웃음을 만들어내는 감초 캐릭터로 나올법한 인상의 주인아저씨는 왕꽝, 전형적인 어머니상으로 푸근하고 따뜻한 웃음이 인상적인 아주머니는 우짜빈이다. 두 분은 연변에서 살다가 4년 전 이곳으로 오셨다고 한다. 화물차를 운전하는 아들이 오늘 일하러 가서 없다고 아쉬워한다. 장기간의 여행에 놀라워하면서도 한국에서 아들을 그리워하고 있을 엄마를 걱정한다. 비슷한 터울의 아들이 있어 우리에게서 그 모습을 보는 듯하다. 그런 만큼 하룻밤 묶어가는 손님에게 보내는 친절함을 넘어서는 따뜻함이 전해진다.

"항상 느끼는 거지만, 말이 하나도 안 통하는데 이렇게 웃을 수 있다는 게 참 신기해."

"교감은 머리로 하는 게 아니니까."

시간이 늦어져 자리에서 일어난다. 아저씨가 우리의 노트를 펼쳐 정성스레 글귀 하나를 적어준다. 중국 사람은 고사성어로 마음을 전하는 걸 즐기는 모양이다.

'一路平安'
— 평안한 여행길이 되기를

두 분은 숙소 방까지 따라와 직접 전기장판을 켜주고, 이불을 더 가져와 덮어준다.

고됐던 산길 주행, 위험천만했던 사고의 여파는 이런 만남에 의해 희석되고, 우린 다시 달릴 힘을 얻는다. 오늘 우리가 손짓 발짓으로 나눴던 의미 없는 대화는 왕꽝 아저씨가 건넸던 수많은 담배의 연기처럼 기억 속에서 사라질 것이다. 하지만 목 깊숙한 곳에서 느껴지는 담배 연기의 쓰라림처럼 기억 어딘가에 새겨지겠지. 볼에 바르르 경련이 인다.

비자 기간은 3일 남았고, 국경까지는 400킬로미터가 넘게 남았다. 계속 산길을 타야 하는 상황에서 시간 내에 국경에 도착할 수 있을지 확신이 안 선다. 버스를 타기로 하고, 윈난의 성도인 쿤밍에 도착하자마자 버스터미널로 향한다. 사람들로 북적이는 터미널에서 매표소를 찾고 있는데 조그마한 체구의 까까머리가 다가온다.

"어디 가요?"

"허커우(국경 마을)요."

"알려줄 테니 따라와요."

저쪽에서 먼저 다가오는 호객꾼은 언제나 주의해야 할 대상이다. 하지만 이들만큼 이곳의 정보를 잘 아는 사람도 없다. 호객꾼에게 정보를 취하고 그들이 제시하는 조건이 맘에 들지 않으면 그때 가서 물리쳐도 늦지 않다.

'왕하'라고 자신을 소개한 친구는 뭔가 어눌해 보이는 인상과 달리 제법 유창한 영어를 구사한다. 외국인 친구가 많다는 둥 이곳이 어떻다는 둥 굉장히 말이 많다. 왕하가 안내해준 창구에서 공식 버스 요금을 확인하고, 내일 국경으로 가는 버스표를 끊는다.

"이 버스 내가 관리하는 버스야."

"그래? 그럼 자전거 싣는 건 얼마나 해?"

"200콰이."

"너무 비싸. 70콰이밖에 없어."

"120콰이에 해 줄게."

"이것 봐. 70콰이밖에 없다니까. 이거 빼면 밥 먹을 돈도 없고, 숙박비도 없어."

70콰이가 들어 있는 지갑을 열어 보인다. 한두 번 당한 게 아니라서 이제는 아예 돈을 빼놓고 적당하다 싶은 금액만 지갑에 넣어둔다. 그리고 여행 막바지라 숙박비를 빼고는 정말 중국 돈이 거의 다 떨어졌다.

"알았어. 그럼 70콰이에 해줄게."

너무 순순히 깎아주는 바람에 나도 모르게 움찔한다. 그래도 짐짓 당연하다는 표정을 지으며 한 번 더 의중을 떠본다.

"밥 먹게 좀만 더 깎아줘 봐. 밥은 먹어야지."

"밥은 내가 줄 테니까 따라와."

의외의 제안이었지만 싫다고 할 상황도, 처지도 아니어서 엉겁결에 왕하를 따라간다. 왕하는 터미널에서 한참 벗어나 좁고 복잡한 슬럼가 골목에 있는 허름한 아파트로 우릴 데려간다. 어두컴컴한 1층에 자전거를 묶어두고, 아파트 위로 올라간다. 계단 주위로 이 집 저 집에서 내놓은 세간살이가 쌓여 있다. 쥐 서너 마리가 지나다녀도 그러려니 이해할 만한 분위기다.

"뭐야 여긴?"

"으스스한데. 이거 콩밭이라도 하나 떼이는 거 아냐?"

좋은 만남이 지속되다 보니 행여 어떤 이가 악의를 갖고 접근할 수 있다는 생각조차 해보지 않았다. 인후의 농담에 흉흉한 소문이 떠오르면서 약간 긴장이 된다.

왕하는 촌스러운 청록색 페인트가 군데군데 벗겨져 녹이 슨 문 앞에 선다. 삐그덕 소리를 내며 문이 열린다. 두세 평 남짓한 공간에 침대 하나와 살림살이가 쌓여 있는 초라한 방이다. 방에 있던 여동생이 깜짝 손님에 전혀 놀라는 기색도 없이 마치 기다렸다는 듯 저녁을 준비하기 시작한다. 뻘쭘하게 침대 한쪽 구석에 앉아 저녁상을 기다린다.

왕하는 특별히 눈에 띄진 않지만 가벼운 자폐증세가 있어 보인다. 무언가에 쫓기듯 동작이 불안하고 계속 혼잣말을 한다. 왕하가 작은 서랍장 밑으로 손을 넣어 바구니를 하나 꺼낸다. 바구니 안에는 조그맣고 꾀죄죄한 새끼 토끼 두 마리가 있다. 토끼의 상태가 그리 좋아 보이지 않는다. 한 마리는 거의 죽을 둥 살 둥 몸을 가누지 못한다. 왕하가 토끼를 집어 들어 살피고 뛰어 보라는 듯 툭툭 치자 네 다리를 쫙 펴고 경련을 일으킨다.

"윽……."

사지를 뻗은 토끼를 보고 있자니 나도 모르게 얼굴이 일그러진다. 왕하는 아무 일도 아니라는 듯 멋쩍은 미소를 지으며 토끼를 한쪽으로 치운다.

낮은 조도의 흐리멍덩한 백열등 아래서 범상치 않은 까까머리 왕하는 쉴 새 없이 다리를 떨며 얘기하고, 여동생은 말없이 두툼한 칼로 두부를 썬다. 토끼 한 마리는 벽에 붙어 발버둥 치고, 다른 한 마리는 더 이상 움직이지 않는다.

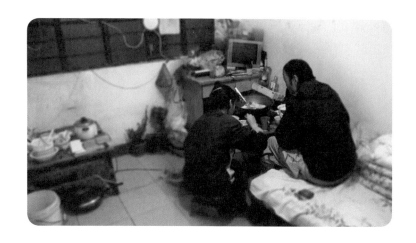

　여동생이 상을 펴고, 상 중앙에 전기 플레이트를 올려놓는다. 허연 기름이 둥둥 떠 있는 식은 돼지 등뼈 육수를 데운다. 밥 한 공기와 매콤한 소스를 준다. 두부와 야채를 육수에 넣고 살짝 데친 후 소스에 찍어 먹는 샤브샤브 요리다. 기이한 방 안 분위기와는 다르게 요리는 제법 맛이 좋다.

　"설마 무슨 탈이 나는 건 아니겠지?"

　배가 고팠던 터라 허겁지겁 밥을 먹는다.

　"등뼈에 붙은 고기는 발라 먹지 않는 게 좋겠어."

　"왜? 이상해?"

　"네버 엔딩 푸드야."

　"뭐라고?"

　"오늘 만든 요리가 아니야. 왕하도 여동생도 고기를 안 건드려. 아무래도 국물을 계속 우려먹는 거 같아."

　그러고 보니 준비한 두부와 야채만 데쳐 먹을 뿐 아무도 뼈를 건들지 않는다. 육수를 얼마나 재탕해 먹을 수 있을지 모르겠지만, 눈치 없이 고기를 발라 먹었다간 이들의 몇 끼 식사를 없애버리는 일이 될지 모른다. 아니나 다를까 식사를 마치자 육수가 든 냄비를 처음 있던 자리에 그대로 모셔두고 나머지 그릇만 설거지한다.

식사를 마치자마자 잘 곳을 알려주겠다며 왕하가 서둘러 집을 나선다. 자전거를 끌고 그 뒤를 따른다. 왕하는 길가에 버려진 물건들을 주어 하나하나 살피면서 끊임없이 혼잣말로 무어라 중얼거린다.

"저기에서 텐트치고 자. 저기는 안 추워."

왕하가 갑자기 멈춰 대로변 끝에 있는 은행 ATM부스를 가리킨다. 그러곤 뒤도 돌아보지 않고 혼자 중얼거리며 집으로 돌아간다. 내심 좋은 장소라도 기대한 걸까? 나도 모르게 헛웃음이 나온다. 텐트에서 자는 건 상관없다. 하지만, 사람들에게 주목받기 쉬운 곳에 텐트는 치는 건 좋은 생각이 아니다. 주머니에 빼둔 돈을 꺼내 하룻밤 묵을 숙소를 찾아간다.

이튿날 버스 터미널에서 다시 왕하를 만난다. 자전거에서 짐을 풀고 버스에 실으려 하자 한 아줌마가 막아서며 화물비 200콰이를 요구한다.

"무슨 소리예요. 70콰이에 하기로 했는데."

옆에 서 있던 왕하에게 따져 묻는다. 당황스러운 기색이 역력한 왕하가 아줌마와 얘기를 나눈다. 사납고 퉁명스러워 보이는 아줌마가 왕하를 일방적으로 몰아붙인다.

"와이프가 200콰이 달래."

"무슨 소리야. 70콰이가 전부라니까."

"너 거짓말 했잖아."

"그건 또 무슨 소리야?"

"어제 거기서 안 잤잖아."

확인하러 왔었나? 그냥 다른 곳에 텐트치고 잤다 하면 될 것을 괜히 찔리는 마음에 말을 머뭇거린다.

"70콰이에 하기로 해놓고 갑자기 200콰이를 달라면 당장 어떡하라고. 진짜 이게 다야."

왕하도 약속을 번복하는 게 꺼림칙한지 잠깐 기다리라 하고는 다시 아내와 얘기하기 시작한다. 왜소한 체격의 왕하와 어울리지 않은 건장한 아줌마가 매서운 눈초리로 흘긋흘긋 쳐다본다. 쉽게 해결될 것 같지 않다.

"중국 돈이 없으면 달러를 내도 돼."

"달러 없어. 약속한 70콰이 이상은 못내."

우린 장기전에 돌입하기 위해 짐칸 근처에 자리를 잡고 담배를 한 대 피운다. 아줌마도 해보자는 듯 우리를 무시하고 다른 손님의 짐을 받아 싣는다. 그간의 경험으로 결국 버스에 태우리라는 걸 알고 있다. 화물비는 각 버스 관리자가 맘대로 책정할 수 있지만, 터미널에서 관리하는 버스표를 갖고 있는 이상 버스는 손님을 태워야 한다. 버티는 자가 승리하는 일종의 치킨게임이다.

버스 시간이 다가오면서 아줌마가 요구하는 화물비가 조금씩 내려간다. 미동도 하지 않고 버틴다. 출발할 시간이 되자 아줌마가 화를 내며 70콰이를 낚아채고 자전거를 싣는다. 이미 화물로 꽉 찬 버스에 자전거를 넣으려니 쉽지가 않다. 가뜩이나 문제가 많은 자전거를 힘으로 우겨넣는 모습에 화가 난다. 그쪽은 그쪽대로 나는 나대로 얼굴을 붉히며 씩씩거린다. 돈 일이만 원에 화를 내고 이런 악감정을 내보여야 한다는 사실이 서글프다.

짐이 다 들어간 걸 확인하고 버스에 오른다. 버스 안에는 얼마나 묵었는지 모를 지독한 발 냄새와 눅눅한 이불 냄새가 가득하다. 창밖에 서성이고 있는 왕하가 보인다. 여전히 주위를 두리번거리며 혼잣말을 하고 있다. 버스가 출발하고 왕하는 시야에서 사라진다.

"왕하한테 인사라도 하고 왔어야 했던 거 아닌가?"

"그러게. 따지고 보면 왕하가 잘못한 건 하나도 없는데."

아내에게 꾸지람을 받고 의기소침해 있던 왕하의 뒷모습이 눈에 밟힌다. 내성에 차지 않는다고 고맙다는 인사말도 전하지 않고, 그저 그의 자폐증세를 신기하게만 바라봤다. 왕하에게 미안하다.

자기만의 세계에서 살고 있는 이상한 나라의 왕하. 왕하는 오늘도 네버엔딩 샤브샤브를 먹을까? 갑자기 사지를 뻗고 경련을 일으키던 토끼가 떠오른다. 그 토끼는 땅에 묻혔을까 쓰레기통에 버려졌을까? 하룻밤 자고 일어나면 버스는 베트남 국경에 도착한다. 중국에서의 마지막 밤이 이런 식으로 저무는 게 씁쓸하다.

10

베트남 사파

"이런 데가 다 있었네."

베트남에 넘어오기 전까지 '사파'라는 곳에 대해 전혀 몰랐었다. 국경 근처에 유명한 휴양도시가 있다기에 그냥 달려왔을 뿐이다. 프랑스 식민시절 개발된 휴양도시라서 그런지 건물에서 유럽의 느낌이 조금 묻어나온다. 높은 고도에 있는 만큼 산세가 좋고, 다양한 소수민족이 사는 지역이라 독특한 복장을 한 사람들이 눈길을 끈다.

무엇보다 마음에 드는 건 여기저기 널려 있는 쌀국수 가게다. 고급스럽게 상품화돼 비싸기만 하고 요상한 맛을 내는 맛대가리 없는 우리나라의 베트남 쌀국수와 달리 진짜 베트남 쌀국수는 가격도 저렴하고 맛도 우리 입맛에 딱 맞는다. 중국에서도 즐겨 먹던 꼬치구이 역시 일품이다. 길가에 자리를 펴고 쪼그려 앉아 열심히 부채질하며 꼬치를 굽는 아줌마들과 작은 테이블에 옹기종기 모여 한잔하고 있는 사람들의 모습을 보고 나면 그곳을 그냥 지나치기가 쉽지 않다.

마침 크리스마스이브라 교회에서 무슨 행사를 하는지 주변이 분주하다. 야시장처럼 먹거리 장터가 선 교회 옆길이 현지인들과 여행객들로 시끌벅적하다. 장터 한쪽에서 징글벨을 연주하는 길거리 악사의 피리 소리가 들려온다. 떠들썩한 장터를 둘러본 후 한적한 곳에 자리 잡은 길거리 꼬치집을 찾는다. 앉은뱅이 의자에 쪼그려 앉아 이름 모를 베트남 술을 마신다. 소주와 비슷한 이 술은 각자 집에서 만드는 것인지 작은 재활용 페트병에 담아서 판다. 그래서 맛도 가게마다 제각각이다. 독한 술을 홀짝홀짝 들이켰더니 금방 취기가 오른다.

"알딸딸하니 기분 좋다."

"이런 기분 좋은 날에 음악이 빠지면 쓰나. 한 곡 뽑아봐."

취기에 기대어 용기를 내본다. 등에 메고 있던 우쿨렐레를 꺼낸다. 어설프게 우쿨렐레를 퉁기며 노래를 부른다. 혼자 있을 때도 연주하기 민망한 실력인 데다가 술에 취해 음정이고 박자고 다 엉망이다. 옆에서 꼬치를 굽고 있던 아줌마가 멋쩍어하며 주변을 살핀다. 아줌마조차 창피한 모양이다. 낯선 이방인의 엉뚱한 행동을 이상한 눈으로 바라보던 주변의 시선이 서서히 어처구니없는 웃음으로 바뀐다.

"너무 그렇게들 바라보지 말아요. 크리스마스잖아요."

무심하게 바라보던 옆 꼬치집 아줌마가 뒤로 와서 숟가락으로 그릇을 때리며 노래에 박자를 맞춰준다. 아줌마의 동참에 우리도 흥이 나고 주변의 시선도 한결 부드러워진다. 아줌마는 한술 더 떠 엉거주춤 몸을 흔들기 시작한다. 주

변이 웃음바다가 된다.

"신 난다! 이 맛에 여행을 하는 거야."

곧 자정이 넘어 크리스마스가 찾아온다.

"메리 크리스마스!!!"

거나하게 취한 채로 일면식도 없는 사람들 앞에서 노래를 부르며 어울리는 이 순간이 무척이나 즐겁다. 여자 친구도 없고, 하얀 눈도 내리지 않지만, 잊히지 않을 멋진 크리스마스이브가 지나간다.

이튿날 느지막이 일어나 뜨끈한 쌀국수에 고춧가루를 한 움큼 넣어 속을 풀고, 숙소 앞에 있는 카페에서 커피를 마신다. 베트남 커피는 진하고 구수하니 맛이 참 좋다. 커피를 마시며 지난밤 찍은 비디오를 본다. 아주 가관이다. 술에 취해 흐릿해진 기억을 지켜보는 건 굉장히 낯부끄러운 일이지만, 어젯밤의 즐거움이 생생하게 기록된 건 다행스럽다.

민망함에 머리를 부여잡고 키득거리는 모습이 이상한지 카페 종업원이 다가온다. 안면이 있는 종업원에게 지난밤의 비디오를 보여준다. 종업원도 우스운지 같이 키득거리며 비디오를 본다. 카페 주인아저씨가 '니들 뭐하는 거야?' 하는 눈빛으로 다가온다. 종업원이 비디오에 대해 설명해준다. 비디오를 가만히 지켜보던 주인아저씨가 갑자기 노래를 청한다. 뜻밖의 제안이 당황스럽다.

"에이~ 무슨 소리예요. 저 못해요."

"해봐. 이것도 기회라면 기회야. 언제 카페에서 노래를 불러보겠어."

인후가 거든다.

"지가 하는 거 아니라고 막 말하네. 다른 사람들도 있는데 괜히 방해될라."

"그런 상황이 아닌 것 같은데?"

어느새 주인아저씨가 다른 손님들에게 양해를 구한 모양이다. 카페에 있는 사람들이 모두 날 바라보고 있다.

"젠장. 어쩌라는 거야."

"이미 늦었어. 이들을 실망시키지 말라고."

하는 수없이 짧은 노래를 하나 고른다. 우쿨렐레를 튕기며 노래를 시작한다. 종업원이 박자에 맞춰 손뼉을 친다. 몇몇 손님이 핸드폰을 들어 비디오를 찍는 모습이 눈에 들어온다. 민망함에 몸이 달아오르고 진땀이 난다. 어렵사리 노래를 끝내자 사람들이 환호의 박수를 보낸다.

"나쁘지 않았어."

인후가 어깨를 다독여준다. 멋쩍은 미소를 지으며 우쿨렐레를 내려놓으려는데 한쪽에서 한 곡을 더 부탁한다.

"반응이 좋네. 그럼 이제 네가 진짜 원하던 걸 한번 시작해봐."

"에라 모르겠다."

어차피 이들은 내가 부르는 노래가 무슨 노래인지 모른다. 몽골 게르에서 지낼 때 그 극한의 지루함에서 벗어나고자 노래를 한번 만들어봤다. 과감히 내 생애 첫 자작곡을 불러본다. 사람들 앞에서 내가 만든 노래를 부른다는 게 부끄러운 일인 줄 알면서도 마음속에선 묘한 쾌감이 인다. 가뜩이나 많은 짐에 보태 가지고 다닐 만큼 우쿨렐레를 연주할 실력은 못 된다. 그저 장기간의 여행에서 지루할 때 틈틈이 연습이나 하려고 가져온 우쿨렐레가 이런 즐거움을 선사할 줄은 상상도 못 했다. 사람들의 박수가 특별하게 다가온다.

"첫 크리스마스 베트남 공연을 성황리에 끝마친 걸 축하한다."

종업원이 맞은편 테이블 손님이 주는 거라며 와인을 한 잔 갖다 준다.

"오호~ 이거 그럴싸한데."

누군가에겐 아무런 의미 없는 작은 해프닝에 불과하겠지만, 영화 속에서나 볼 수 있는 이런 상황이 눈앞에서 벌어지면 그 희열을 말로 다 하기 어렵다.

환상적인 크리스마스를 보내고 다시 떠날 준비를 한다. 한쪽에 처박아놓고 신경도 쓰지 않았던 자전거를 꺼낸다. 윈난에서 사고를 당했을 때 생긴 문제가 그대로 남아 있다. 조만간 탈이 날 게 분명하지만, 자전거를 수리할 수 있는 도시는 고사하고 한동안은 계속 험한 산길을 달려야 한다. 뒷안장을 새로 구할 수 있는 큰 도시에 도착할 때까지 버텨주길 바라는 수밖에 없다.

저녁을 먹으려고 숙소를 나서는데 카페에서 종업원이 뛰어 나온다. 카페에 다른 한국인 여행자가 있다는 걸 알려주고 싶었던 모양이다. 카페에 가서 네 명의 한국인 여행자와 만난다. 일행 중 한 분이 탑쇼르라는 몽골의 전통 악기를 가지고 있다. 카페에서 무슨 소릴 했는지 아저씨가 우쿨렐레와 같이 연주해보자고 제안한다. 악기를 연주하며 노래를 부르는 건 정말 즐거운 일이다. 능력이 된다면 언제든 원하는 데로 우쿨렐레를 튕기며 노래를 부르고 싶다. 즐거운 일인 줄 알면서도 실력을 알기에 선뜻 승낙할 수 없는 상황이 안타깝다.

"술김에 불렀던 노래가 참 많은 사건을 만드는구나."

또다시 모두가 바라보고 있는 상황. 어쩔 수 없이 우쿨렐레를 꺼내 든다. 다행히 아저씨의 압도적인 연주

실력이 나의 부족함을 잘 가려준다. 카페 사람들, 한국 여행자들 모두 박자에 맞춰 손뼉을 치며 호응해준다. 베트남 사파의 작은 카페에서 기억에 남을 또 한 번의 쇼타임이 펼쳐진다.

구름인지 안개인지 습한 기운이 가득한 사파의 밤이 깊어간다. 별다른 기대 없이 찾아온 그리 특별하지 않은 곳에서 오래도록 기억에 남을 멋진 추억을 만들었다. 누군가에게 으스댈 순 없겠지만, 이런 추억들이 그 무엇보다 값진 재산이 된다는 걸 알고 있다. 여행이 끝날 때면 얼마나 많은 추억을 갖게 될까? 상상만으로도 흥분된다. 그런 모든 에너지가 내일부터 시작될 험한 산악주행에 큰 힘이 되어주길 살짝 바라본다.

11

베트남 **쩐꾹로**

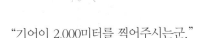

"기어이 2,000미터를 찍어주시는군."

슬금슬금 오르막이 이어지더니 어느새 고도계의 숫자가 2,000을 넘어간다. 사람은 저마다 자신이 예측할 수 있거나 익숙한 심리적인 경계 안에서 살아간다. 중국의 윈난에서 이보다 높은 고도를 경험했고, 단지 고도계의 숫자일 뿐 별다른 차이가 없다는 걸 알면서도, 제일 높은 산이 1,950미터인 나라에 살아서 그런지 고도가 2,000미터를 넘어서면 페달을 밟는 게 괜히 더 힘들게 느껴진다.

높이 솟은 산들 사이로 거인이 조각칼로 스윽 그어놓은 듯한 길이 산골짜기를 따라 구불구불 이어진다. 비라도 내리면 토사가 흘러내려 길을 막아버릴 듯 부실한 길이다. 간간이 나타나는 아스팔트 길도 비포장길에서 들어오거나 옆에서 흘러내려 온 흙으로 덮여 있어 제구실을 못한다. 가끔 도로를 정비하는 포크레인이 길을 막는다. 우회할 길이 없어서 포크레인이 자리를 피해 주길 바라며 마냥 기다리는 수밖에 없다.

　사파에서 국경 도시 디엔비엔푸로 가는 이 길을 가이드북에서는 베트남의 알프스라 하여 동남아 최고의 산악풍경을 제공한다고 소개한다. 더불어 그 길이 너무 험해 차를 타고 가도 이가 흔들릴 지경이니 단단히 각오하라는 주의를 준다. 이 정보를 진작 접했다면 당연히 이쪽으로 방향을 틀지 않았다.

　"하필 이 길로 와서 이 고생을 하고 있는지 모르겠다."

　"자고로 몸이 힘들면 눈이 즐거운 법. 그러지 말고 주위를 둘러봐. 산세가 훌

룽하잖아."

　험한 길과 멋진 풍경은 정확한 상관관계를 갖고 비례한다. 사람의 손이 닿지 않을수록 자연은 아름답고, 길은 험하다. 너무도 당연한 이치다. 베트남의 알프스는 명성대로 멋진 산악 풍경을 보여준다.

　끝도 없이 이어질 것만 같던 오르막이 드디어 정점을 찍고 내리막으로 바뀐다. 높이 올라온 만큼 내리막도 길게 이어진다. 사고 경험도 있고, 길도 좋지 않아서 무리하지 않고 천천히 내리막을 즐기며 내려온다.

깎아지른 산봉우리 주변을 둘러싼 구름 사이로 영험한 기운이 느껴지는 햇살이 쏟아진다. 바람이 솔솔 불어온다. 하늘이 반사돼 비치는 저 아래 계단식 논밭에서 구름이 흘러간다. 농부 아저씨가 물소에 커다란 쟁기를 메우고 구름을 가른다.

"할로. 할로."

아이들이 손을 흔들며 인사하고선 부끄러운 듯 키득거린다. 이 모든 풍경이 너무나 평화롭다. 오르막 주행의 고됨은 벌써 까맣게 잊고, 나도 모르게 콧노래를 흥얼거린다.

한참을 내려와 산골짜기를 타고 굽이굽이 흐르는 강과 마주친다. GPS를 살펴보니 한동안은 이 강줄기를 타고 가는 길이 계속 이어질 것 같다. 1,700미터를 내려왔더니 기후가 바뀌었다. 주변의 식물들이 아열대 분위기를 자아낸다. 기온도 높아져 작은 언덕을 오르는 데도 땀이 줄줄 흐른다. 이마에서 흘러내린 땀이 시야를 흐려 주행을 방해한다. 잠시 멈춰 땀을 닦아내고 가벼운 차림으로 옷을 갈아입는다. 앞으로의 경로를 생각해 겨울옷을 가방 속 깊이 집어넣는다.

"왜 이렇게 덥냐."

"눈밭에서 추위에 바들바들 떨었던 게 한 달 전이다. 이제 더위를 불평하는 거야?"

"한 달 전이건 하루 전이건 더운 건 더운 거야. 추위에서 좀 벗어났다 싶더니 또 이렇게 덥네. 도대체 어딜 가야 딱 적당한 날씨에 자전거를 탈 수 있는 거야?"

"원래 야생의 삶은 여름과 겨울밖에 없는 법. 그렇게 더우면 강에서 물놀이나 한번 하고 가는 게 어때?"

"물놀이? 여기서?"

"뭐 어때? 유명한 관광지에 가면야 여기저기 다양한 놀 거리가 준비돼 있지만 제대로 된 식당도 하나 없는 이런 곳에서 뭘 기대하겠어. 그렇다고 투덜거리면서 자전거만 탈 거야? 경치 좋은 강 있겠다, 사람도 없겠다, 딱 놀아줍쇼 하고 있잖아. 놀 거리가 없으면 직접 만들면 되지."

3일 내내 고생스러운 산길이 이어지고 있다. 경치를 즐기는 것도 하루 이틀이다. 휴식이 필요한 시점. 우리만의 캠핑을 준비한다.

제일 먼저 나타난 마을에서 돼지고기와 양파, 마늘 그리고 쌀을 산다. 음식 재료를 싣고, 마을을 완전히 벗어난 다음 적당한 장소를 물색한다. 강가 바로 옆에 텐트 치기 좋은 모래밭을 발견한다. 평평하게 모랫바닥을 다지고 텐트를 친다. 옷을 벗어 던지고 물속으로 뛰어든다. 미지근한 수온이 물놀이하기 딱 좋다. 몸 안의 열기가 빠져나간다. 힘들었던 주행의 피로가 한 번에 씻겨나간다. 좋다. 강에서 나와 그대로 모래밭에 드러눕는다. 멍하니 하늘을 바라보며 귀를 기울인다. 물소리, 바람 소리, 새들의 지저귐. 인공적인 소리가 전혀 들리지 않는다. 이곳의 자연과 완벽히 하나 된 느낌이다. 평온 그 자체다. 어디서 나뭇가지 밟는 소리가 들려 주변을 둘러보니 강 반대편 숲에서 원숭이 한 마리가 기웃거리고 있다.

"왜 인마. 한국 사람 처음 봐?"

준비해온 고기를 썬다. 쌀과 야채를 씻고, 나뭇가지를 모아 모닥불을 피운다. 강가에서 널찍한 돌을 하나 구해 모닥불 위에 올려놓는다. 두툼한 비계로 돌판을 한번 닦아내고, 얇게 썬 살코기를 올린다. 지글거리는 소리에 침이 고인다.

"이게 바로 오리지널 돌판 구이렷다."

잘 구워진 고기를 한 점 집어 김이 모락모락 올라오는 흰 쌀밥 위에 올린다. 그 위에 마늘을 한 조각 얹고, 기다란 양파로 감싸 올려 입에 넣는다. 이것이 바로 천상의 맛이던가. 맛은 이미 미각의 영역을 넘어섰다. 완벽이란 바로 이럴 때 쓰라고 생겨난 말이 분명하다.

"한 번에 한 점씩 먹어. 인마."

빠른 속도로 고기가 사라진다. 순식간에 빈 돌판만 남는다. 볼록 올라온 배를 두드리며 트림을 한 번 해주고 나니 평화로운 강가의 고요함이 다시 찾아온다. 날이 어두워지고 산 너머로 두둥실 밝은 달이 떠오른다. 사파에서 남겨 가져왔던 베트남 소주를 꺼내 코펠 그릇에 따른다. 쌉싸래한 술이 식도를 타고 내려간다. 다시 한 잔 따른다. 달빛이 술에 반사돼 술잔에 담긴다. 이태백의 시가 절로 읊어진다.

"인생득의수진환人生得意須盡歡하니."
인생이 잘 풀릴 때 모름지기 즐기길 다할지니
"막사금준공대월莫使金樽空對月이라."
금 술잔에 헛되이 달빛만 채워서야 되겠는가

- "달빛만 채울 순 없지요. 암 그렇다마다요."

거나하게 다시 한 잔 들이킨다. 이런 게 풍류가 아니면 무엇이랴. 자고로 우리는 풍류의 민족이 아니던가. 우쿨렐레를 꺼내 노래를 부른다. 이름도 알 수 없는 베트남 산골짜기에 어설픈 한국 노래가 울려 퍼진다. 장작이 딱, 딱 소리를 내는 모닥불 옆에서 별을 바라보며 노래 부르고 있는 우리 모습이 너무나 대견하다.

"어때? 멈추길 잘했지?"

"응 아무리 고급스러운 호텔에서 만찬을 즐긴다 해도 이보다 즐겁지는 않을 거야."

"만들어진 것과 만들어낸 것의 차이는 크지. 오늘의 유희는 오로지 우리만의 것이니까."

"그래. 이건 다 우리 거야."

그리 대단할 것도 없는 이 순간이 너무나 사랑스럽다. 먼 훗날 나의 인생이라는 탑이 완성됐을 때 이런 느낌을 갖길 희망한다. 높이 쌓기 경쟁을 하는 크기만 다른 네모 반듯한 똑같은 모양의 탑이 꽉 들어찬 세상에서, 남들이 손가락질하는 작고 볼품없는 탑이라 할지라도, 그것이 그 누구의 것도 아닌 온전히 내가 만들어낸 단 하나의 탑이었으면 좋겠다. 내일부터 다시 험한 길을 힘들게 달려야 하지만 그 길을 달리는 한 걸음 한 걸음이 나의 탑에 멋진 장식을 만들어주리라 의심치 않는다. 오늘 난 나의 탑에 근사한 조각을 하나 새겨 넣었다.

#12

베트남 **쟌느와**

이름 모를 베트남 시골 동네에서 새해를 맞는다. 베트남도 우리처럼 음력설을 쇠기 때문에 별다른 분위기는 없다. 우리도 평소와 다름없이 평범한 하루를 시작한다.

"이건 또 언제 이렇게 된 거야."

앞바퀴에 바람이 빠져있다. 툴툴거리며 펌프를 꺼낸다. 작은 휴대용 펌프로 바람을 넣는 건 여간 짜증나는 일이 아니다.

"이런 젠장!"

과격하게 펌프질을 하다가 튜브 밸브가 떨어져나간다. 이 부분은 펑크 패치를 붙일 수 없어 새 튜브로 갈아 끼워야 한다. 그러나 예비 튜브가 다 떨어졌다. 자전거를 굴릴 수 없으니 버스라도 타야 하는데 베트남 돈이 하나도 없다. 험한 산길을 예상하지 못해 날짜 계산을 잘못한 탓이다. ATM은 물론이고 달러를 바꿀 은행이나 환전소도 없다. 새해 첫날부터 일이 꼬인다.

"이제 어쩌지?"

"어쩌긴 뭘 어째. 걸어가야지."

은행이 있는 국경도시까지 120킬로미터. 어떻게든 한 걸음이라도 더 가는 수밖에 없다. 마음씨 좋은 아저씨가 빈 트럭을 몰고 지나가길 바라며 천천히 자전거를 끌고 간다. 물이 얼마 남지 않은 물통을 보고 있자니 평소보다 더 갈 증이 인다. 가끔 지나가는 사람들이 육중한 자전거를 끌고 가는 꾀죄죄한 외국 인을 신기하게 바라본다.

얼마나 걸었을까? 시끄러운 발전기 소리가 들린다. 도로 공사를 하는 인부들 의 숙소인 듯한 임시 막사가 보인다. 문 앞에 서 있던 한 친구가 자전거 상태를 보고는 들어오라고 손짓한다. 숨도 돌리고, 물도 좀 얻을 겸 친구를 따라 막사 로 들어간다. 막사 앞 테이블에서 차를 마시고 있던 친구들 몇 명이 다가와 자 전거를 살펴본다. 한 친구가 공구 통을 가져와서 튜브를 손보기 시작한다.

"저런 걸로 고칠 수 있을지 모르겠네."

이런저런 부품을 가져와 끼고 조이고를 반복하지만 역시 쉽게 고쳐지지 않

는다. 한 시간이 넘게 실패를 거듭하고 나서야 수리를 포기한다. 아쉽지만 큰 기대를 하지 않아서 실망스럽지도 않다.

"이왕 이렇게 된 거 여기서 하룻밤 묵자."

관리자 아저씨에게 하룻밤 묵기를 청한다. 아저씨는 인부들이 자는 침상에서 같이 자라며 흔쾌히 허락해준다. 자전거를 한쪽에 치워놓고, 산에서 흘러내려 오는 샘물을 받아놓은 수조에서 시원하게 샤워하고 먼지 묵은 옷을 빤다.

하루 일과가 끝날 무렵 사람들이 하나둘씩 숙소로 돌아온다. 처음 보는 외국인에게 조심스럽게 인사를 건넨다. 반갑게 인사를 받아주니 너도나도 다가와 차를 권하며 질문을 쏟아낸다. 영어를 할 줄 아는 사람이 없어서 당최 무슨 소린지 하나도 모르겠다. 이럴 땐 그냥 웃으면 된다.

공사현장인 만큼 밥상이 푸짐하게 차려진다. 발전기가 만들어내는 흐릿한 백열등 아래에서 공사장 식구들과 함께 떠들썩한 저녁 식사를 한다. 종일 아무것도 먹지 못해 배가 무척이나 고팠는데, 너도나도 밥을 퍼주는 바람에 배가 터질 지경이다.

베트남에선 처음 만난 사람과 건배하고 잔을 비운 후 악수를 하는 인사법이 있다. 여기저기 불려 다니며 얼마나 많은 친구와 함께 술잔을 비우고 악수를 했는지 셀 수조차 없다. 또 그만큼 얼마나 많은 웃음을 쏟아냈는지. 어디서든 말이 통하지 않아도 두세 시간 떠듬거리다 보면 모두 친구가 된다. 우리 모두 한 하늘 아래에서 비슷한 모습으로 살아가기에 가능한 일이다.

친구들과 어깨동무하고 노랠 부르며 술잔을 비우고 있는데, 낮에 튜브를 손보느라 고생했던 친구가 손짓으로 날 부른다. 그렇지 않아도 그 노고가 고마워서 인사를 하려던 참이었다.

"어디 갔었어? 한참 찾았잖아."

친구가 바람이 빵빵하게 채워진 바퀴를 보여주며 빙그레 웃는다.

"어? 어떻게 한 거야?"

어디 갔나 했더니 멀리 큰 마을까지 가서 기어이 바퀴를 고쳐온 것이다. 진심으로 감동받아 부둥켜안고 고맙다는 말을 연발한다.

"깜언! 깜언!"

자신의 숙소로 가지 않겠냐는 친구의 제안에 그를 따라나선다. 친구는 길 건너편 산언저리에 있는 파란색 천막 막사로 우릴 데려간다. 그곳에도 여러 친구가 모여 있다. 분위기를 보아하니 잘 지은 아래 막사는 타지에서 온 관리자와 기술자들이 머무는 숙소고, 이곳은 동네에서 뽑은 노동자들이 머무는 숙소 같다. 막 잠들려던 친구들이 모두 일어나 술상을 차린다. 다시 원샷과 악수 퍼레이드가 시작된다. 계속해서 이어지는 술잔이 버겁지만, 환한 웃음으로 맞아주는 친구들의 환대를 거부할 수가 없다.

다음 날, 바퀴를 고쳐줬던 징형이 말끔하게 옷을 차려입는다. 어딘가 같이 가자며 오토바이 뒤에 타라 한다. 징형과 몇몇 친구들과 함께 5킬로미터쯤 떨어진 작은 마을에 도착한다. 많은 사람이 모여 있는 주상가옥 위로 올라간다.

"여기 왜 데리고 온 거지?"

"마을 잔치가 있는 모양이네."

집 안에 상을 길게 이어놓은 잔칫상이 보인다. 한쪽에 자리를 잡고 앉는다. 베트남에선 잔치할 때 빚을 내서라도 성대하게 한다는 이야기를 들었다. 그래선지 무슨 잔치인지는 모르지만 과연 상다리가 내려앉을 만큼 푸짐한 요리가 차려져 있다.

시간이 되자 젊은 부부가 아이를 안고 상 맨 끝에 무릎을 꿇는 자세로 앉는다. 인사를 나눴던 어르신이 부부에게 반지를 끼워주고, 목걸이를 걸어준다. 그러곤 사람들이 돌아가며 부부 앞에 놓인 상자에 선물이나 돈 봉투를 넣는다. 그러면 부부가 허리를 숙여 꾸벅꾸벅 두 번 절을 한다. 마치 우리나라 결혼식 폐백 모습과 비슷하다. 차례가 오길 기다렸다가 징형이 찔러준 돈 봉투를 부부 앞에 내놓고 절을 한다. 외국인의 어색한 모습에 주변이 웃음바다가 된다. 선물 주기가 끝나고 모두 자리에 앉아 어르신 몇 분의 덕담을 듣는다. 그러고 나서 식사가 시작된다.

"정성스레 차린 잔치음식은 맛있게 먹어주는 게 도리지."

"이럴 땐 참 잘 지켜요. 그 도리."

맞은편에 앉은 어르신이 술잔을 건넨다.

"또 시작인가?"

잔칫날에 술이 빠질 리 없고, 깜짝 손님을 가만 놔둘 리 없다. 또다시 원샷과 악수가 시작된다. 전날의 숙취가 아직 남아 있지만, 분위기상 어르신들이 권하는 술을 물리칠 수가 없다. 눈치를 보다 자리에서 몰래 빠져나온다.

"Honey! I love you."

주상가옥 아래에서 히엔이 징그럽게 부른다. 'honey'와 'I love you'가 히엔이 아는 영어의 전부다. 술자리도 피할 겸 아래로 내려간다. 그런데 맙소사, 처음 보는 친구들이 주상가옥 아래 마당을 가득 메우고 잔치를 즐기고 있다. 위에는 어르신들이, 아래에는 젊은 친구들이 악수를 기다리고 있는 셈이다. 악수가 이렇게 무섭게 느껴지기는 또 처음이다.

"아무래도 오늘 떠나긴 글렀다."

"마셔. 국경에 빨리 도착한다고 누가 반겨주는 것도 아닌데."

'I love you'를 외치는 히엔 옆자리에 앉아 얼굴을 내미는 새로운 친구들과 술잔 한 번 악수 한 번, 술잔 한 번 악수 한 번을 반복한다. 많은 친구와 격의 없이 술잔을 주고받는 모습을 징형이 흐뭇하게 바라본다. 자신이 데려온 깜짝 손님이 아무런 이질감 없이 동네 사람들과 잘 어울려 면이 서는 모양이다. 아니게 아니라 이들과 함께하는 이 시간이 무척이나 즐겁다.

징형이 요상한 손동작을 취하며 노래를 부르기 시작한다. 민요와 창을 섞어 놓은 듯한 구성진 가락이다. 가사만 바꾸면 우리나라 어느 시골 동네에서 전해 내려오는 전래민요라고 해도 좋을 만큼 귀에 잘 들어온다. 한 아주머니가 기다란 전통악기를 가져와 튕긴다. 남녀노소 가리지 않고 어깨를 들썩이며 덩실덩실 춤을 춘다. TV에서나 볼법한 흥겨운 시골 잔치 풍경이 눈앞에 펼쳐진다. 그리고 그 모습을 지켜보는 관찰자가 아닌 잔치의 일원으로 마을 사람들과 함께 살을 부대끼는 이 순간이 무척 소중하게 다가온다.

튜브가 고장 나고 눈앞이 깜깜했다. 말이 그렇지 120킬로미터를 돈 한 푼 없이 어떻게 걸어간단 말인가. 새해 첫날부터 일이 꼬인다 싶더니 그 일을 계기로 또 이렇게 멋진 인연이 만들어졌다. 세상일이란 정말이지 한 치 앞을 내다볼 수가 없다. 친구들과 술잔을 나누고 있는 이 순간에도 내가 어떻게 이 자리에 앉아 있는 건지 의아하고 신기하기만 하다.

"I love you."

"아니 아니야. 난 됐어."

히엔과 디엔이 기어코 우릴 일으켜 춤판에 끌어들인다. 함박웃음 속에서 그들과 같이 어깨를 들썩인다.

여전히 갈 길은 멀고, 지갑은 텅 비어 있다. 하지만 이제 적어도 자전거 바퀴에는 공기가 빵빵하게 채워져 있다. 어떤 고난이 닥친들 그 고난이 또 어떤 행복한 만남을 만들어줄지 누가 알랴? 아직 잔치는 끝나지 않았다.

#13

라오스 타이창에서 농키아우까지

 베트남 북서부와 라오스 북동부를 연결하는 국경 사무소는 일반적인 국경과 달리 두 나라 출입국 관리사무소 사이의 거리가 5.5킬로미터나 될 만큼 멀리 떨어져 있다. 그 길의 베트남 쪽은 아스팔트 길이고, 라오스 쪽은 울퉁불퉁한 비포장길이다. 베이징에서 만났던 다이스케 아저씨가 라오스 길이 너무 안 좋다고 불평을 했던 기억이 번뜩 떠오른다.

 "이거 왠지 으스스한데."

 라오스는 시작부터 자신의 모습을 여과 없이 드러낸다. 아스팔트 길은 아예 기대도 하지 말라는 듯한 열악함이다. 도로 공사를 하는 건지 산사태로 무너져 내린 길을 트는 건지 중간 중간 바리케이드가 길을 막는다. 베트남에서 나타났던 바리케이드는 정체된 상황에 따라 유동적으로 길을 열어줬는데, 이곳에선 아예 시간을 정해놓고 길을 터준다. 그 시간이 두세 시간 간격이어서 까딱 잘못하면 아무것도 못하고 하릴없이 앉아서 시간을 까먹어야 한다. 길은 또 어찌나 안 좋은지 주먹만 한 돌멩이가 흙길에 촘촘히 박혀 있고, 흙탕물 진흙 길이

다반사로 나타난다. 산에서 내려오는 계곡 물은 당연한 듯 길을 점유하고 반대
편으로 흘러내려 간다. 울퉁불퉁한 노면을 달리는 자전거가 요동치고, 그 충격
에 멀쩡한 알루미늄 수통 게이지가 떨어져 나가는 걸 보고 있자니 공포가 엄습
한다.

첫날부터 호된 신고식을 하고, 해가 질 무렵 간신히 작은 마을에 도착한다.
텐트 칠 자리를 찾으려고 마을을 두리번거리며 공터를 찾는다. 라오스 사람이
친절하다는 평판을 익히 들어온지라 뭔가 특별한 사건이 일어나길 바랐지만,
기대와 다르게 사람들의 시선이 차갑다. 모두 '므앙마이'라는 도시에 호텔이 있
다고만 할 뿐 텐트 칠 자리를 찾는 외국인을 한껏 경계하는 눈치다.

"여기서 텐트 치긴 힘들겠다. 가자."

조용한 마을에 괜한 소란을 일으키고 싶지 않아서 자전거를 돌려 마을을 빠
져나온다.

해는 어느새 산 너머로 넘어갔다. 하필 그믐인지 칠흑같이 어두운 밤이다.
말 그대로 한 치 앞이 안 보인다. 작은 손전등에 의지해 저 멀리 보이는 불빛이

므앙마이이길 바라며 자전거를 끌고 개똥 같은 길을 걷는다. 인적은커녕 차 한 대도 지나가지 않는 길에서 풀벌레의 울음소리와 반딧불이를 벗 삼아 두 시간을 걸어 므앙마이에 도착한다. 작은 마을이지만 다행히 허름한 숙소가 있다. 텐트 칠 기운도 없어서 환율로 장난질하려는 주인아저씨와 대충 흥정하고 삐걱거리는 침대에 쓰러진다.

"이 모든 게 꿈이었으면 좋겠어."

아침이 밝는다. 꿈이길 바랐건만 여전히 냉정한 현실이 떡하니 눈앞에 놓여 있다. 은행이 있다는 므앙쿠아라는 도시까지 40킬로미터. 평소 같으면 가벼운 마음으로 룰루랄라 주행을 시작할 거리다. 하지만 이곳은 라오스. 고비사막의 비포장길과 중국의 먼지, 베트남 북서부의 산악길을 모두 합쳐놓은 듯한 최악의 길이다. 40킬로미터가 400킬로미터처럼 느껴진다.

대부분 길은 사람이 아니라 차를 위해 만든다. 그래서 일정한 경사각이 넘으면 깎든지 메우든지 해서 차가 원활하게 다닐 수 있게 한다. 그렇게 보면 이곳의 길은 일부러 만든 길이 아니라 사람과 차가 다녀서 자연스럽게 생긴 길이 분명하다. 가끔 말도 안 되는 급경사 오르막이 나타나기 때문이다. 신기하다고 쫓아오는 아이들이 자전거보다 빨리 오르막을 오를 때의 민망함이란. 자연은 직선을 만들지 않는다고 하지 않았던가. 평소 신경 쓰지 않았던 지구의 굴곡을 온몸으로 느낀다.

길이 험한 만큼 풍경은 좋다. 이런 풍경마저 없다면 무슨 재미랴마는 내 몸이 힘들어서 그런지 풍경보다는 가끔 나타나는 마을의 열악함이 먼저 눈에 들어온다. 돌멩이가 툭툭 튀어나온 흙길을 맨발로 다니는 아이들이 자주 눈에 띈다. 국제구호단체에서 보내온 식량을 배급하는 모습도 보인다. 여행자의 신분으로 바라보는 라오스의 풍경은 어디서나 셔터를 누르고 싶을 정도로 멋지지만, 이런 멋진 풍경도 이곳에서 살아가는 사람들에게는 척박한 환경의 일부일

뿐이다. 시선을 어디다 두느냐에 따라 세상은 참 달리
보인다.

해가 지기 전에 겨우 므앙쿠아에 도착한다. 샤워를
하고 숙소에 딸린 식당 베란다에 앉아 유유히 흐르는
강을 바라본다. 가만히 앉아 바라보는 풍경은 그렇게
평화로울 수가 없다. 라오스는 천국과 지옥을 동시에
품고 있다.

"이렇게 바라만 보면 참 좋으련만……."

"그러지 말고 버스를 타든지 배를 타든지 하자. 길이
너무 안 좋다."

"이렇게 쉽게 포기하는 거야?"

"어차피 이런 길이 계속 이어지면 무비자 기간 내에
여길 빠져나가기도 힘들 거야. 그럴 수 있다 해도 몸이
성치 않을 게 분명해. 그 모험정신일랑 잠시 접어두자
고."

좀 더 경치가 좋다는 농키아우로 이동하려고 선착장으로 간다. 라오스는 길

이 안 좋아서 배가 주요 교통수단으로 이용된다. 선착장에서 다른 자전거 여행자 얀과 한스 아저씨를 만난다. 네덜란드에서 이곳까지 9개월을 여행한 이들도 역시 배를 이용하기로 한 모양이다. 동병상련의 마음으로 사이좋게 힘을 합쳐 자전거를 배에 싣는다.

농키아우에 도착해 전망 좋은 방갈로 숙소를 잡는다. 발코니에 앉아 하릴없이 주변 경치를 감상한다. 봉긋봉긋 솟은 산이 병풍처럼 마을을 둘러쌓고, 넓은 강이 물살 소리도 내지 않고 조용히 흐른다.

"좋구나."

어디서 귀를 살살 간질이는 노랫소리가 들린다. 옆 방갈로에 묶고 있는 커플이다. 남자 친구의 기타 반주에 맞춰 노래를 부르는 여자 친구의 목소리가 이곳 분위기와 잘 어우러진다.

"보통이 아닌데. 탐 웨이츠의 노래를 저렇게 감미롭게 불러버리다니."

"사랑스러운 목소리다. 저런 여자가 눈앞에 있으면 당장에라도 사랑에 빠져버릴 거야."

"치…… 정말 눈앞에 있으면 아무것도 못할 거면서."

"누가 뭘 어떻게 한다던? 세상에 수많은 사람 중에서 사랑에 빠질 만한 사람을 만나는 것도 큰 행운이라고. 그런 행운이 나에게도 올까 싶어. 내가 그리는 짝이 어딘 가엔 있을 텐데. 그녀를 만날 확률이 얼마나 될까? 여행을 떠나면서 그런 상상을 했어. 오랜 기간 여행을 하면 많은 사람을 만날 테니까 그 속에서 나의 짝을 찾을 수 있지 않을까 하는 상상. 사실 이 여행을 결심한 건 그 이유가 제일 커."

그렇다. 난 그 때문에 이 무모한 여행을 떠나기로 결정했다.

"오~호. 사랑을 찾아 떠난 여행이라."

"바보 같냐? 나도 알아. 이런 게 영화 속에서나 멋지지 현실에서는 어리석게 보인다는 거."

"진짜 바보 같네. 제 짝을 만나는 건 세상 누구나 바라는 일이야. 인생에서 가장 중요한 일이기도 하고. 왜 너는 그걸 어리석은 사랑놀이처럼 말해? 네가 진짜 네 짝을 찾길 바란다면 최선을 다해 찾아. 바보같이 넋두리나 늘어놓지 말고."

"넋두리 아니야. 난 정말 간절히 원하고 있다고. 왜 헤세나 코엘료 아저씨가 그렇게 말하지 않던? 간절히 원하면 온 우주가 힘을 합쳐 도와줄 거라고. 그 말이 사실이라면 곧 우주가 세상에 하나뿐인 그녈 내 앞에 내보일 거야. 그만큼 간절하거든."

"간절히 같은 소리 하고 앉아 있네. 도대체 얼마큼 간절해야 우주 씨께서 도와주는 건데? 그래서 그녀가 내 앞에 안 나타나면 '간절함이 부족했구나. 미안해요 우주 씨, 좀 더 간절해 볼게요.' 할 거야? 비록 '일등석 비행기를 타고 특급호텔에서 산해진미를 즐기는 환상적인 럭셔리 세계 여행'은 아니지만 어쨌든

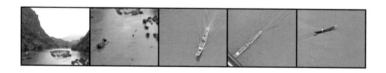

넌 네가 간절히 바랐던 세계 여행을 하고 있잖아. 이 여행에 우주가 뭐 보태준 거 있어? 네가 무언가를 간절히 원한다면 우주라는 놈만 바라보지 말고 그냥 해. 그게 훨씬 빠르니까."

옆 방갈로에서 노래를 부르던 커플은 방으로 들어갔는지 더는 노랫소리가 들리지 않는다.

"심심한데 우쿨렐레나 튕겨봐."

한쪽에 세워진 우쿨렐레를 꺼내 든다.

"기운 내. 우선 이 순간을 즐기자고. 이틀뿐이었지만 이 고생스러운 라오스 주행을 마쳤으니 우린 그럴 자격이 있어."

"그래. 그렇다마다. 간절히 원했던 노래 만들기도 하고 있고, 세계 여행도 하고 있는데 풀이 죽을 이유가 없지. 난 지금도 충분히 행복하다고."

힘차게 우쿨렐레를 튕긴다. 고요한 농키아우에 우쿨렐레 소리가 경쾌하게 울려 퍼진다.

--------● #14

베트남 하노이

베트남의 수도 하노이는 자동차가 아닌 수많은 오토바이가 도로를 점유하고 있다. 차선과 상관없이 질주하는 오토바이 때문에 도로가 굉장히 번잡하다.

"오랜만에 도시에 들어왔더니 정신이 하나도 없네."

"그래도 반갑다. 이런 도시스러움이 그리웠어."

"별게 다 그립네."

"도시인에게는 도시도 향수의 대상이 된다고."

중국과 베트남의 국경에서 250킬로미터 정도 떨어진 하노이를 군이 험한 산길과 라오스를 거쳐 길게 돌아온 이유는 바로 플랜 베트남과의 일정 때문이었다. 한국에서 후원자 한 분이 하노이에 있는 후원 아동을 방문할 계획이 있다며 그 방문에 동행해 줄 수 있냐는 플랜 코리아의 연락을 받았었다. 아무래도 홍보를 위한 비디오를 만들려면 무턱대고 찾아가는 것보다 그런 만남을 담는게 좋겠다 싶어서 경로를 살짝 틀었던 것이다.

플랜 베트남에 도착해 상세한 일정을 확인하고, 하노이에 도착한 후원자분을

만난다. 노점 해산물 식당에 앉아 조개와 고등을 안주로 맥주를 마시며 첫인사를 나눈다.

"플랜 코리아에서 말씀 들었어요. 자전거 타고 여행하신다고."

"네. 어떻게 하다 보니 이런 여행을 하고 있네요. 영시 씨는 여행 좋아하세요?"

"저는 이 여행이 첫 해외 여행이에요."

"와우! 첫 해외 여행을 후원 아동 방문에 투자하신 거예요?"

"8년간 후원한 아이가 졸업(아이가 18세가 넘어 후원을 마치는 것을 졸업이라 말한다)을 하거든요. 지금 아니면 만나볼 기회가 없을 것 같아서요."

사람마다 다양한 이유로 여행을 한다지만, 흔히 볼 수 없는 첫 여행이다. 우리보다 어린 친구의 어른스런 생각이 참으로 놀랍고도 대견하다.

"평생 잊지 못할 여행이 되겠어요."

이튿날, 아침부터 추적추적 비가 내린다. 판초 우의를 둘러쓰고 후원자분이 묵는 호텔로 간다. 오늘 하루 안내와 통역을 맡은 플랜 베트남의 훔양과 인사

를 나눈다. 호텔 앞 가로등에 자전거를 묶어두고 훙양, 영시 씨와 함께 차에 오른다.

두 시간을 달려 지역 사무소에 도착한다. 아이들이 그린 그림으로 꾸며놓은 사무실 벽이 인상적이다. 이곳 직원분이 플랜 베트남에 대한 기본적인 정보와 하는 일 등을 후원자에게 상세히 설명해준다. 플랜 차이나에서도 그랬지만 플랜은 그들의 업무를 이해시키는 데에 많은 시간을 할애한다. 설명을 다 들은 후 후원 아동의 집으로 향한다.

시골 마을 안쪽으로 들어가면서 길이 점점 좁아진다. 비 때문에 질척해진 길을 달리기가 쉽지 않다. 결국 차가 진흙 웅덩이에 빠져버린다. 모두 내려 힘을 합쳐 차를 밀어보지만, 진흙에서 빠져나오지 못하고 헛바퀴만 돈다. 후진해 차를 세운 후 걸어가기로 한다.

"베트남에선 비가 오는 날이 행운의 날이에요. 오늘 좋은 일이 있을 거예요."

훙양이 분위기를 띄운다. 비가 내리는 진흙 길을 걷고 있지만 모두 입가의 미소를 접지 않는다.

소로 끄트머리에 후원 아동의 집이 있다. 집 앞에 텃밭과 논이 있는 전형적인 시골집 풍경이다. 후원 아동과 형제, 가족들이 플랜 베트남 직원과 후원자를 환영해준다. 베트남 시골은 대가족제를 유지하고 있어서 어르신부터 아이까지 가족이 많다. 거기에 동네 어르신 몇 분과 플랜 직원들이 보태져 집 안이 떠들썩해진다. 각 플랜 사무소에서 온 직원이나 동네 분들, 가족들이 모두 안면이 있는지, 모든 이의 시선이 나와 류닝을 향했던 중국 플랜 방문 때와는 달리 모두 오늘의 만남을 기뻐하는 분위기다. 후원 아동도 아이라기보다 다 큰 청년이어서 굳이 누가 챙기지 않아도 알아서 분위기에 잘 녹아든다. 삐걱거리는 소리가 나는 주상가옥 나무 바닥에 다 같이 둥글게 자리를 하고 앉아 가벼운 담소를 나눈다.

차를 한 잔씩 마시고 점심을 준비한다. 역시 베트남의 방식 그대로 지나치다 싶을 만큼 과한 잔칫상이 차려진다. 괜한 체면치레처럼 느껴졌던 이런 문화도 몇 번 겪다보니 그 속에서 손님을 환영하는 베트남 사람들의 온정이 느껴진다.

집안 어른의 덕담과 환영 인사를 듣고 식사를 시작한다. 음식을 집어 서로 밥그릇에 얹어주는 모습이 참 보기 좋다. 그간의 여행으로 이런 호의에 익숙한 우리와 달리 베트남 여행이 처음인 후원자는 이들의 진심 어린 환대에 적잖이 감동한 듯 보인다. 이 모든 게 그가 내민 작은 도움의 손길에서 시작된 일이다. 오늘은 그 보상을 받는 날이다.

후원 아동의 형님이 베트남 술과 대나무 통 물담배를 권한다. 우리야 베트남 술이라면 이제 고개를 젓고 싶은 심정이지만 후원자는 이 모든 게 새롭고 신기해서 마냥 즐거운 눈치다. 떠들썩한 시간이 지나가고, 마지막으로 차를 한 잔 마신 후 다음 일정을 위해 집을 나선다.

문 앞에서 어머니가 비에 젖지 말라고 베트남 전통 모자 농을 씌어준다. 후원 아동과 형님이 멀리 차가 세워진 곳까지 배웅을 나온다. 포옹과 악수를 하고 작별 인사를 나눈다. 단 한 번의 만남이었을 뿐이지만, 8년이라는 짧지 않은 기간 동

안 알게 모르게 정이 들었는지 졸업하는 후원 아동과 후원자 사이에서 진한 아쉬움이 묻어나온다. 다 자란 아이는 이제 스스로 일어설 것이고, 후원자의 도움은 또 다른 아이에게 전해질 것이다.

숙소로 돌아오는 길에 잠시 휴게소에 멈춰 차를 마신다. 비디오를 꺼낸다.

"영시 씨, 잠깐 인터뷰 좀 할게요. 후원은 어떻게 시작하신 거예요?"

"고등학교 때 신문 배달 같은 힘든 아르바이트를 많이 했어요. 그래서 대학교를 좀 늦게 들어갔는데, 어렸을 때 힘들었던 기억이 떠올라 다른 아이를 좀 도와줘야겠다는 생각에서 시작했어요."

"후원 아동을 만나보니까 어떠세요?"

"처음 사진으로 봤을 때는 작은 꼬마였는데 이제 다 큰 청년이 된 걸 보니 마음이 뿌듯해요. 그리고 가족들이 생각보다 굉장히 환대를 해줘서 너무 기분이 좋았어요. 일반적인 여행에서는 못 느낄 전통적인 가족 모습을 체험할 수 있던 것도 참 좋았고요."

"이제 후원 아동이 바뀔 텐데 그때도 방문하실 계획인가요?"

"네. 그때도 한 번쯤은 꼭 방문하고 싶어요."

차를 다 마시고 처음 만났던 호텔로 돌아온다. 늦은 시간까지 함께한 훔양과 후원자에게 인사를 건네고, 우린 숙소를 향해 비 내리는 하노이를 달린다.

"내가 당장 후원을 하고 있어도 그게 얼마나 도움이 될까 싶은데, 그런 작은 정성이 모여서 학교가 지어지고, 의료시설이 지어지고 한 거 보면 참 대단해."

"난 그런 결과물보다 오늘 후원 아동 가족들의 웃는 모습이 참 보기 좋더라. 그의 도움으로 학교나 병원이 지어진 건 사실이지만, 고작해야 그중에 벽돌 몇 장, 의약품 몇 개가 전부일 거 아냐. 냉정하게 계산기를 두드려보자면 그 성과에 대해 후원자가 자기 몫을 내세우긴 힘들지. 하지만 적어도 오늘 만난 그 가족의 미소는 후원자가 만들어낸 거잖아. 난 그게 더 대단하게 느껴져. 혼자의 힘으로 열 명이 넘는 가족의 가슴속에 세상의 밝은 면을 심어준 건 보통 일이 아니지. 물질은 딱 그만큼의 용량으로 소비되면 끝나. 작은 정성이라도 가치 있다고 말하는 건 그 정성의 유형적 측면이 아니라 그 정성이 내포하고 있는 무형의 가치가 계산하기 어려울 만큼 크기 때문일 거야. 그리고 그 무형의 가치는 소비되면 소비될수록 점점 더 커져서 결국 자신에게 되돌아오지. 오늘 그걸 확실히 느꼈어. 작은 온정이 외국의 낯선 가족을 통해 더 큰 온정으로 자신에게 돌아와서 행복해하는 한 남자를 봤거든."

숙소에 도착한다. 판초 우의를 뒤집어썼는데도 흠뻑 젖었다. 온종일 비가 내렸다. 자전거 여행자에게 비처럼 짜증나는 것도 없다. 그래도 오늘 하루만큼은 하늘에 불평하지 않는다. 적어도 누군가에겐 오늘이 행운의 날이었을 테니까.

#15

베트남 | 번 국도

"오~ 길이 너무 아름다워."

베트남 해안 길을 따라 남쪽으로 달리고 있다. 대형 화물차가 먼지를 일으키는 왕복 2차선의 좁은 도로지만 저 멀리 지평선까지 굴곡 하나 보이지 않는 평탄한 길이다.

"돌이켜보면 지금까지 어찌 그리 힘든 길만 골라서 다녔는지 모르겠다. 내몽골의 오르막, 몽골의 고비사막, 윈난의 산길, 베트남의 알프스 그리고 지옥의 라오스. 이거 무슨 대단한 모험가가 일부러 힘든 길만 골라 만든 루트라 해도 믿을 만한 길이잖아."

"나약해 빠진 몸을 단련하기엔 최고의 코스지. 그곳에서 본 풍경과 멋진 인연을 생각해. 좋은 경험 했겠다 체력도 좋아졌겠다. 최고의 선택이었다는 결론이 나오는군."

"좋은 경험을 한 건 맞는데, 체력이 좋아진 줄은 모르겠다. 길은 평평한데 왜 이렇게 힘든 거야?"

비포장 산길에서 벗어난 기쁨도 잠시, 오르막 대신 더위가 나타났다. 밥값보다 물과 음료수 값이 더 많이 들 정도로 땀이 쏟아지는 날씨다. 한국에서는 한창 추울 1월 말에 벌써 이런 더위가 찾아오면 한여름엔 어떨지 도저히 상상이 안 된다. 오르막은 힘들어서, 내리막은 위험해서, 추우면 추워서, 더우면 더워서. 자전거를 내다 버리지 않는 이상 불평불만은 끊이지 않을 듯하다.

베트남에서는 남자가 서른이 넘도록 미혼인 것이 굉장한 동정의 사유가 된다. 식사 때마다 주인아줌마가 다가와서는 나이를 묻고, 결혼 여부를 묻는다. '아직'이라고 하면 안쓰러운 표정을 지으며 주변 사람들과 동정을 나눈다.

"여기 얘는 어때? 이참에 데리고 가."

개중에 젊은 처자라도 있으면 한국에 데려가라고 농담을 건넨다. 어떤 아줌마는 정말 진지하게 딸을 소개해주려고도 한다. 갓 고등학생으로밖에 안 보이는 아이를 데려와서 어떠냐고 물으면 도대체 무슨 말을 해야 할지 난감하다.

이유인즉 주변에서 두세 다리만 건너면 '한국 사람과 결혼해서 잘살고 있다'는 이웃 얘기를 들을 수 있어서다. 언론에서 나오는 국제결혼에 대한 흉흉한 소문과 다르게 잘살고 있는 사람도 많나 보다 하는 생각에 작은 안도를 느끼지만, 한편으로는 여전히 브로커를 통한 국제결혼의 폐해를 알기에 마냥 웃을 수만은 없다. 아이의 손을 잡고 데려가는 시늉을 하며 웃음으로 마무리한다.

낯을 많이 가리는 성격임에도 언젠가부터 사람들의 호기심을 넉살 좋게 받아치고 있다. 이들의 호기심을 경계하기 시작하면 작은 것 하나하나가 다 스트레스가 된다. 어쭙잖은 아는 척이라도 장난치듯 받아쳐 주다 보면 적어도 그 시간 동안은 즐겁게 웃을 수 있다. 또 많은 경우 예상치 못했던 인연으로 이어진다. 사람들의 호기심과 관심을 친절과 호의로 바꾸는 게 바로 여행의 노하우이지 싶다.

"안녕하세요."

한 카페에서 옆자리에 있던 친구들이 다가온다. 동아시아 사람의 얼굴을 구분하지 못하는 많은 나라에서 대개 '곤니찌와'를 먼저 말하곤 하는데, 한류의 영향 때문인지 베트남에선 유독 '안녕하세요'라는 말을 많이 듣는다.

"우리 친구랑 맥주 한잔 할래요?"

"좋죠."

고민 없이 친구들을 따라나선다.

"사이공 맥주 먹어봤어요?"

"아니요. 이거 처음 보는데요."

하노이를 중심으로 한 베트남 북부는 주로 하노이 맥주를, 호찌민을 중심으로 한 남부는 사이공 맥주를 마신다고 한다. 북쪽에서부터 내려오고 있기 때문에 사이공 맥주는 처음이다.

"사이공 맥주가 최고예요. 마셔봐요."

알고 보니 친구들 모두 사이공 맥주 회사의 직원이다.

"와! 정말 맛있네. 사이공 맥주가 최고!"

엄지손가락을 치켜들며 칭찬해주자 모두들 뿌듯한 듯 만족스러운 미소를 짓는다.

"이건 뭐예요?"

친구들이 주문한 안주 중에 생소한 요리가 있다.

"꾸아꾸아 꾸아꾸아 하는 거."

"아! 개구리."

껍질을 벗긴 개구리를 야채와 소스로 볶은 요리다. 어렸을 때 논두렁에서 개구리를 잡아 구워먹던 기억이 떠오른다. 여기서 개구리 고기를 맛보게 될 줄이야. 현지인 친구들과 어울리면 돈이 있더라도 찾아 먹기 힘든 이런 요리를 맛볼 수 있어 좋다.

친구 중 한 명이 우리나라 축구선수 이름을 늘어놓는다. 베트남의 축구 열기가 대단하다고 하더니 과연 나도 잘 모르는 K리그의 팀과 선수들 정보까지 꿰고 있을 정도다. 남자, 축구, 맥주. 즐거움의 삼위일체 속에서 또 한 번의 행복한 시간이 흘러간다.

평지가 이어지는 도로에서도 가끔 오르막이 나타난다. 기껏해야 100~200미터 정도의 낮은 고도지만 내내 평지만 달리다 갑자기 오르막을 오르려니 힘들다. 해가 질 무렵 나타난 고개를 넘는 사이에 날이 어두워진다. 화물차가 많이 다니는 좁은 도로를 밤에 달리는 건 위험하다. 마침 고개 중간에 식당이 있어 멈춘다. 산중에 홀로 있는 식당의 프리미엄 때문인지 음식 값이 비싸다. 아까 먹은 쌀국수도 아직 꺼지지 않아서 저녁은 패스하기로 하고, 식당 앞 공터 한쪽에 허락을 받고 텐트를 친다. 가로등 불빛이 닿지 않는 수조 귀퉁이에서 발가벗고 샤워를 한다. 개운하게 몸을 씻고 텐트 앞에 쪼그리고 앉아 일기를 쓴다.

대형 화물차 한 대가 식당 앞에 멈춘다. 운전기사 아저씨와 일행이 내려 밥을 주문한다. 아저씨가 우리와 텐트를 흘깃흘깃 바라본다. 주문한 음식이 나온다. 아저씨와 식당 주인이 우리를 보며 몇 마디 주고받는다. 아저씨가 우리에게 손짓한다.

"베트남 사람은 정말 못 말린다니까."

베트남 사람의 호의를 다시 한 번 칭송하며 식탁에 앉는다. 아저씨가 주인에게 말해 밥 한 공기를 챙겨다 준다. 배가 많이 고픈 건 아니지만, 매번 쌀국수만 먹다 보니 반찬을 늘어놓고 먹는 밥상이 그리웠다. 허겁지겁 음식을 집어삼

킨다.

"적당히 좀 먹어라. 괜찮다고 저녁은 넘기자던 놈 뭘 이리 많이 먹냐."

"오랜만에 밥을 먹으니까 너무 맛있어."

스스로도 민망할 정도로 깨끗하게 음식을 비운다. 아저씨는 아무 말 없이 콜라를 한 잔 따라주고, 담배도 한 대 권한다. 말이 통하지 않더라도 외국인 여행자에 대한 호기심 때문에 이런저런 질문을 쏟아내는 다른 사람들과 달리 트럭 아저씨와 일행은 별다른 말이 없다. 왠지 이상한 기분이 든다.

담배를 다 피운 아저씨가 자리에서 일어서며 밥값을 계산한다. 그리고 지갑에서 지폐를 몇 장 더 꺼내 내게 내민다.

"이거 뭐예요?"

인후가 재빨리 아저씨의 손을 거둬들인다. 그러자 아저씨는 내일 아침이라도 챙겨주라는 듯 식당 주인에게 돈을 건넨다. 인후가 식당주인에게서 돈을 뺏어 아저씨에게 돌려준다.

"아니에요. 저흰 괜찮아요. 감사합니다."

아저씨는 하는 수없이 돈을 지갑에 넣는다. 그리고 앞주머니에서 새 담배를 한 갑 꺼내 내민다.

"괜찮습니다. 고맙습니다. 고맙습니다."

인후는 고맙다는 말만 내뱉으며 아저씨를 트럭에 태운다. 아저씨와 일행이 손을 흔들며 식당을 떠난다.

"너 미친 거 아냐? 어떻게 그 돈을 받으려 들어. 우리가 아무리 체면이니 염치, 사양, 거절 같은 말을 잊고 여행한다지만 받을 게 따로 있고 안 받을 게 따로 있지. 도대체 무슨 생각을 하고 있는 거야."

"난 지금…… 무슨 일이 일어났는지도 모르겠어."

아저씨는 왜 우리에게 돈을 쥐여주려 한 걸까? 아저씨는 한국에서 온 여행자가 설마 밥값이 없어서 굶는 거라 생각한 걸까? 지금 우리 지갑에는 이곳에서 100명을 먹일 수 있는 베트남 돈이 있고, 달러까지 합치면 그 100명에게 몇 끼를 먹일 수 있다. 이곳 사람들의 몇 달 치 월급을 모아도 사기 힘든 전자 장비와 자전거를 타고 여행하고 있다.

엉망진창이 된 기분이다. 아저씨의 동정이 싫은 게 아니다. 아저씨를 동정하게 한 나 자신이 너무 가식적으로 느껴진다. 나는 그동안 수많은 사람의 따뜻한 마음을 진심으로 가슴에 새겨 넣고 있는 걸까? 단지 나만의 즐거움을 위해 그런 척 연기하며 그들의 진심을 이용하고 있는 건 아닐까? 일시적인 싸구려 감상에 젖어 눈물을 글썽이고, 뒤돌아서서 희희덕거리고 있는 건 아닐까?

트럭이 떠난 식당은 다시 조용해진다. 식당 주인이 빈 접시를 치우며 달그락거린다. 땀 냄새를 맡은 모기 몇 마리가 기회를 엿보며 주위를 앵앵거리며 돌고 있다. 오늘 밤은 깊은 잠을 자기 어려울 것 같다.

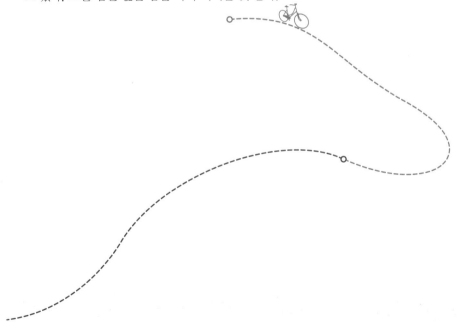

캄보디아 프라샷

"와~ 세상이 정말 빨리 변하는구나."

5년 전 캄보디아의 도로는 차 안에 가만히 엉덩이를 붙이고 앉아 있을 수 없을 만큼 움푹 팬 구덩이가 많은 흙길이었고, 도로 주변의 풀들은 마치 단풍이 든 것처럼 누런 먼지를 뒤집어쓰고 있던 먼지투성이였다. 하지만 오래전 기억을 되새기며 다잡은 굳건한 각오가 무색하게 아주 잘 생긴 아스팔트 도로가 펼쳐져 있다. 노면이 아주 매끈하진 않지만, 그 어떤 굴곡도 없이 지평선까지 일직선으로 쭉 뻗어 있는 아름다운 길이다. 예상치 못했던 아스팔트 길에 횡재한 기분이 든다.

"할로! 할로!"

아이들의 환영 인사가 들린다. 베트남에서부터 자전거를 타고 지나가면 길가에 있는 아이들이 이렇게 할로를 외치며 손을 흔든다. 캄보디아는 그 정도가 심해서 사방팔방 정신이 없을 정도로 아이들이 인사를 건넨다. 개중에 자전거를 뒤늦게 발견한 아이는 억울한 듯 집에서 뛰쳐나오며 행여 자신의 인사를 못

듣진 않을까 잡아먹을 듯한 소리로 할로를 외치기도 한다. 그런 아이들에게 일일이 손을 흔들어 답례하다 보면 거의 한 손으로 자전거를 타야 하는 지경에 이른다. 새로운 나라에 들어와서 좋은 길을 달리며 환영 인사까지 받으니 입가에 미소가 이어지고, 힘이 절로 난다.

위도가 낮아져서 태양이 크게 보인다. 그런 거대한 태양이 만들어내는 붉은 노을이 지평선에 펼쳐진다.

"훔쳐가고 싶은 석양이 또 지는구나."

해가 지자 도로가 순식간에 암흑으로 변한다. 잘 뻗은 길과 달리 가로등 같은 도로 시설물이 전혀 없다. 도로 주변의 집에서 새어나오는 불빛도 흐릿하다. 텐트 칠 장소를 찾으려고 매의 눈으로 어두워진 거리를 두리번거린다. 뒤에서 오토바이 하나가 다가와 자전거 옆에 붙는다.

"어디 가는 거야? 저녁에 자전거 타면 위험해. 우리 집에서 자고 가."

"그래? 집이 어딘데?"

"좀 전에 지나쳤어. 조그만 뒤로 가면 돼."

마침 잘 됐다 싶어 자전거를 돌려 친구를 따라간다. 마당이 넓은 나름 멋진 현대식 주상가옥이다. '포스'라고 자신을 소개한 친구는 이전에도 한국, 일본 자전거 여행자가 자기 집에서 자고 갔다며 그들의 메시지가 담긴 노트를 보여준다. 국경에서 멀지 않은 곳이고, 캄보디아를 횡단하는 유일한 도로라 이곳을 지나는 자전거 여행자를 자주 보고, 초대도 했었나 보다.

마당 한쪽 공간에 자리를 봐줘 텐트를 친다. 그럴싸한 현대식 집의 겉모습과 달리 이 집에도 마땅한 전기시설이 없다. 2층 천장에 달린 흐릿한 백열등 하나가 깜깜한 밤을 밝히는 유일한 불빛이다.

"이거 먹을 수 있겠어?"

포스가 소쿠리에 뭔가를 가져와 내민다. 어두워서 잘 보이지가 않는다.

"뭔지 모르겠지만 우린 다 잘 먹어."

고개를 끄덕이고, 텐트를 마저 친다. 마당 구석에 있는 수동 펌프로 시원한 지하수를 끌어올려 몸을 씻는다. 개운하게 몸을 씻고 가족이 모여 있는 2층 발코니로 올라간다. 포스의 삼촌, 형님과 악수하고 자리에 앉는다. 어머니가 고기 반찬 두 개와 밥을 가져오신다. 포스가 접시 한가득 밥을 퍼준다. 잘 구워진 맛나 보이는 고기를 한 점 집어 입에 넣는다. 익숙하지 않은 맛이 혀를 감싼다. 짐짓 모른 체하며 포스에게 묻는다.

"포스. 이거 무슨 고기야?"

포스가 살짝 머뭇거린다.

"소……. 소고기."

"그래? 맛있다."

"그런데 한국 사람은 개고기 먹어?"

순진한 포스가 너무 티 나게 고기의 정체를 숨긴다.

"먹는 사람도 있고, 안 먹는 사람도 있어."

포스가 난처해하는 것 같아 더는 묻지 않고, 맛있게 고기를 먹는다. 아닌 게 아니라 숯불에 구운 듯한 직화구이 개고기 맛이 참 좋다. 어떤 고긴들 무슨 상관이랴. 맛있으면 그만이다.

식사를 마치고 텐트 앞에서 커피를 마신다. 포스가 책가방을 들고 와 자기가 공부하는 거라며 제본된 두툼한 책을 몇 권 꺼낸다. 포스는 근처에 있는 대학교에서 IT를 전공하는 학생이다. 인구의 35퍼센트가 하루 생활비 1달러 이하의 삶을 사는 캄보디아에서 대학에 다니고 있다면 그 자체로 나름 지식층이라 할 수 있다. 하지만 IT를 전공하는 포스는 개인 컴퓨터가 없어서 강의 시간에만 잠깐 컴퓨터를 사용할 수 있다고 한다. 이메일은 아직 없다고 수줍게 말한다. 컴퓨터를 공부하는 건지 영어를 공부하는 건지 분간이 안 될 정도로 책 여백에 영어 단어가 빼곡히 적혀 있다. 더 답답한 건 그렇게 열심히 공부하는 책이 요즘 세대 아이들은 들어본 적도 없을 윈도우 98과 오래된 오피스 프로그램의 매뉴얼이라는 사실이다. 핸드폰으로도 어디서든 인터넷에 접속하는 세상에서 IT를 전공한다는 대학생이 이메일도 없고, 번역서조차 없어 영문으로 된 책을 밤새 해석해가며 윈도우 98을 공부하고 있다는 사실에 말문이 막힌다.

"일본에 가서 IT공부를 계속하고 싶은데, 우리 집이 가난해서 그건 힘들어."

"음……. 그래……. 일본은 많이 비싸."

"우리나라도 베트남처럼 발전한 나라면 좋을 텐데."

"음……. 그래……. 발전해야지……."

"빨리 졸업하고 IT업계에 취직하고 싶어."

포스는 자신의 현실에 대해 비애를 안고 있는 듯하지만, 조심스러우면서도 또박또박 자신의 꿈을 말하며 가슴에 품고 있는 희망을 내보인다. 그러곤 미소를 짓는다.

"그래, 다 잘 돼야지."

나는 고개를 끄덕이는 것 외에는 아무것도 할 수가 없다. 이 절대적 빈곤 속에서 키워나가는 불가능해 보이는 희망에 대한 현실적인 조언이 하나도 떠오르지 않는다. 포스가 머릿속에 그리고 있는 세상과 실제 세상의 괴리가 너무 커서 꿈을 포기하지 말라거나 열심히 노력하면 이루어질 거라는 일상적인 조언조차 위선으로 느껴진다. 나는 그저 오늘 우리가 대접받은 저녁 식사가 이들 가족에게 폐가 되지 않았으면 하는 바람만 가질 뿐이다.

"미안해. 피곤할 텐데 내가 너무 쓸데없는 말을 늘어놨네."

포스가 멋쩍은 표정을 지으며 책을 주섬주섬 가방에 넣는다.

"아니야. 괜찮아. 잘 자."

"그래. 너도 잘 자. 내일 보자."

우리도 텐트에 들어가 자리에 눕는다.

"도대체 무슨 얘길 해줘야 할지 모르겠더라."

"네가 꼭 무슨 얘길 해줘야 할 필요는 없어. 포스의 말을 들어주는 것만으로도 도움이 될지 몰라. 네가 이 거대한 세상의 흐름을 바꿀 수 있는 혜안을 제시해줄 수도 없는 거잖아. 이런 세상의 현실을 잘 담아둬. 지금 네가 할 수 있는 건 그것뿐이야."

"어쩌면 그게 더 슬픈 걸지도 몰라. 여행하면서 느끼는 이 세상의 부조리를 개인적인 경험으로밖에 담아둘 수 없다는 사실이……."

쓸쓸한 마음을 가슴에 담고 잠을 청한다.

이튿날, 떠날 준비를 마치고 집 앞 허름한 카페에서 포스와 함께 모닝커피를 한잔 마신다.

"포스. 뭐하나 물어봐도 돼?"

"뭔데?"

"혹시 어제 먹은 거 개고기 아니었어?"

"어? 어……. 맞아."

포스가 어색한 미소를 지으며 고개를 끄덕인다.

"그런 거 같더라. 근데 정말 맛있었어."

"그래. 그럼 다행이다."

"잘 있어. 공부 열심히 하고."

길게 뻗은 도로를 달리기 시작한다. 포스가 밝은 미소를 지으며 손은 흔든다.

"개고기를 먹는 것에 대해 이런저런 말이 많다는 걸 알기 때문에 그 사실을

숨기려고 했던 거겠지?"

"그러게. 누가 그런 기준을 정해놔서 이러쿵저러쿵하는지. 도대체 누가 누구를 판단할 수 있다는 거야? 그러고 보니 우리도 섣불리 포스의 희망을 판단한 건 아닐까 싶어. 우리는 우리가 사는 세상의 기준으로만 포스를 바라본 걸지도 몰라."

"그건 맞지만, 솔직히 말해 난 여전히 포스의 희망이 보이지 않아."

"나도 그래. 그런데 포스가 희망을 잃지 않았으면 하는 바람 정도는 품을 만하잖아. 어차피 희망이라는 건 그걸 믿는 사람에게만 존재하는 거니까. 포스가 그 희망의 끈을 놓지 않길 바래. 그 희망이 또 누군가의 희망이 되어 퍼져 나가길 바라고."

우리나라의 복날은 명함도 내밀지 못할 만큼 뜨거운 햇볕이 도로를 내리쬔다. 어제 먹은 개고기가 이 더위를 날려주길 희망하며 힘차게 페달을 밟는다.

17

캄보디아 **쁘놈뺀**

캄보디아의 수도 쁘놈뺀에 도착한다. 시내 중심에 우뚝 솟은 독립기념탑 앞에서 카우치서핑으로 연락된 친구를 기다린다. 인상 좋은 독일 친구 세바스티안이 오토바이를 타고 나타난다. 반갑게 인사하고 그의 집으로 간다. 세바스티안은 웬만한 게스트하우스 부럽지 않은, 화장실까지 딸린 방을 내준다. 짐을 풀고 우선 샤워를 한다. 깨끗한 옷으로 갈아입고 거실로 나오자 세바스티안이 시원한 맥주를 한 병 건넨다.

"너 플랜에서 일해?"

플랜 로고가 그려진 티셔츠를 보고 묻는다.

"아니 그게 아니라, 그러니까……. 말하자면 좀 길어. 너 플랜 알아?"

"내 친구가 거기에서 일해."

세바스티안은 캄보디아를 원조하는 '스타 캄푸치아'라는 독일 NGO 단체에서 일한다고 한다. 아무래도 비슷한 일을 하는 기관끼리 서로 연락이 닿는가 보다.

"오늘 보스가 저녁 파티 하는데 같이 갈래?"

"좋지."

세바스티안과 함께 그의 직장 상사의 집으로 간다. 마침 오늘이 설날이어서 중국계 캄보디아 아저씨가 음력설 파티를 하는 자리다. 여러 나라에서 온 자원봉사자 열댓 명이 넓은 원탁 테이블에 자리하고 있다. 테이블 가운데 불판에서 맛나 보이는 소고기와 두툼한 새우가 지글지글 구워지고 있다. 주인아저씨가 불판이 한국산이라며 우리에게 엄지손가락을 치켜든다.

친구 대부분이 여행 중에 잠시 머물며 하는 자원봉사활동이어서 여행이라는 공통의 관심사로 이런저런 얘기가 오간다. 처음 만난 사람과의 대화는 항상 비슷하다. 똑같은 질문이 반복되다 보니 처음 20분 정도는 자연스럽게 영어로 대화가 가능하다. 그렇게 막힘없이 대화를 하다 보면 어느 순간 점점 대답하기 어려운 질문이 나오기 시작한다.

"워워워. 거기까지."

곧 영어 실력이 들통 나고 친구들의 관심에서 멀어진다. 그 틈을 이용해 식탁에 차려진 맛난 음식을 하나하나 먹어치운다. 정성스레 차린 음식을 앞에 두고 깨작깨작하는 다른 친구들과 달리 음식이면 음식, 술이면 술, 주는 족족 다 받아먹는 모습이 마음에 드는지 아니면 불쌍해 보이는지, 주인아저씨는 내내 흐뭇한 미소를 지으며 빈 접시와 빈 잔을 채워준다.

어느새 그 많던 음식이 바닥나고, 큰 양주 세 병도 동난다. 모두 취기가 올라 클럽에 가자니, 술을 더 마시자니 말이 많다. 그 와중에 세바스티안은 아까부터 반대편에 있던 수잔느에게 관심을 보인다. 우리와 세바스티안, 수잔느 그리고 수잔느의 동행인 앤 누님만 따로 빠져나와 다른 펍으로 이동한다.

익숙한 팝 음악이 흐르는 펍에서 포켓볼을 치고 맥주를 마신다. 의사 인턴 기간에 여행을 하다가 이곳에 멈춰 의료봉사를 하는 독일 출신 수잔느는 차분하고 조근조근 얌전한 성격이다. 세계 여행을 하며 봉사활동을 하는 스코틀랜드 출신 앤 누님은 아주 외향적이다. 분위기가 달아오르자 화끈한 앤 누님이 손을 들어 데킬라를 외친다. 모두 환호를 지르며 스트레이트 데킬라 비우기를 몇 차례, 얌전하던 수잔느도 귀여운 수다를 떨기 시작하고, 앤 누님은 남미에서 배웠다는 춤을 선보인다. 오늘 처음 만난 사람들이 맞나 싶은 정도로 흥겨운 자리다.

　여행을 계획하면서 카우치서핑에 대해 알게 됐다. 공짜로 잠자리를 제공받는 것도 물론 마음에 들었지만, 여러 나라의 친구들과 어울릴 수 있다는 기대가 더 컸었다. 하지만 그동안 두어 차례 카우치서핑 친구를 만나본 경험으로는 내가 영어도 짧고, 관심사나 문화가 많이 달라서 이게 생각보다 어울리기가 쉽지 않구나, 잠자리를 마련하는 걸로 만족하자 하는 심정이었다. 그렇게 큰 기대 없이 만난 세바스티안은 한 번의 만남으로 지나치기엔 욕심이 나는 친구다. 세바스티안 역시 우리와의 만남을 즐거워하는 눈치다. 잠시 쉬다 떠나려 했던 쁘놈뺀에 생각보다 오래 머무를 것 같다.

　세바스티안은 두 명의 홈메이트와 같이 산다. 다들 비슷한 또래의 친구들이라 세바스티안이 초대한 우리와도 카우치서핑과 상관없이 잘 어울려 지낸다. 이 친구들이 만드는 파티에도 스스럼없이 참석해 많은 친구와 파티를 즐기곤 한다. 대부분 서양 친구들이라 한자

리에 둘러앉지 않고 왔다 갔다 하며 얘기를 나누는 스탠딩 파티다. 여행하면서 이런 분위기에 어느 정도 적응을 했지만, 여전히 어디에 자리해야 할지 어색하기만 하다. 아닌 게 아니라 모두 유창한 영어로 대화를 나누는데 그 사이에 끼어들 재간이 없다. 정말 이럴 때마다 짧은 영어가 무척이나 아쉽다.

세바스티안과는 거의 매일 저녁 맥주를 마신다. 일하고 와서 피곤할 텐데도 우리가 자신의 손님이라는 생각 때문에 항상 한 잔이라도 하자며 밖으로 나간다. 이런저런 배려심도 많지만, 일반적으로 생각하는 독일 사람에 대한 선입견과 다르게 게으르고 장난도 잘 치는 게 우리와 아주 잘 맞는다. 만날 맥주를 마시면서 뱃살이 왜 이렇게 나오는지 모르겠다는 둥 홈메이트 친구가 설거지를 안 해서 짜증이 난다는 둥 친한 친구 앞에서나 할 만한 사사로운 불평불만을 터뜨리는 걸 보면 덩치에 안 맞게 귀엽기까지 하다. 그리고 영어로 뜸 들이며 답답하게 말을 이어가도 전혀 개의치 않고 차분히 받아준다. 그럼 나도 부담 없이 많은 화제를 꺼내게 된다. 영어든 뭐든 어떤 것에 대해 우위를 점하고 있는 사람이 그렇지 못한 사람을 이해하고 작은 인내와 배려를 보이면 둘 사이의 소통에는 아무런 문제가 없다.

"우리 기관에서 프로모션 비디오를 하나 만들려고 하는데 혹시 그런 거 만들 수 있어?"

블로그에 올리려고 여행 비디오를 편집하는 모습을 봤나 보다.

"웹에 올리는 간단한 거라면 가능하지."

"간단한 거야. 하나 만들어줄래?"

"그러지 뭐. 그런데 그러려면 집에 더 머물러야 하는데 괜찮겠어?"

"몇 달을 있어도 돼. 비디오 만드는 비용은 얼마나 돼?"

"무슨 소리야. 숙박비로도 충분해."

좋은 사람을 만나는 건 여행 중 얻을 수 있는 최고의 행복이다. 죽어 있는 유적, 언제나 그 자리에 있는 자연이 아닌 지금 이 순간 함께 웃고 떠들 수 있는 친구가 곁에 있는 것만큼 즐거운 것도 없다.

주말엔 친구들과 축구를 한다. 축구하러 올림픽 스타디움에 가자기에 그런 경기장이 일반인에게 개방되는가 싶었는데, 막상 가보니 스타디움 주변 공터 흙바닥에 대충 가방하고 페트병으로 골대를 세워놓고 하는 미니 축구다.

세바스티안의 친구와 그 친구의 친구들이 모인다. 독일, 한국, 나이지리아, 카메룬, 캄보디아. 이렇게 다국적 친구들이 모인다. 축구 실력은 몰라도 그동안 열심히 자전거를 탔으니 체력은 좋아졌겠지 싶었는데 웬걸, 5분 만에 숨이 넘어가고 머리가 어질어질하다. 페달을 밟는 근육 빼고는 다 퇴화한 느낌이다. 그렇게 굼떠 보이던 세바스티안에게서도 축구 강국 독일의 면모가 느껴진다. 아프리카 친구들은 당장 유니폼을 입고 스타디움 안에 들어가도 될 만큼 수준이 다르다. 공을 쫓아 왔다 갔다 헉헉거리기만 한다.

"너 진짜 여기까지 자전거 타고 온 거 맞아?"

"내가 몇 번을 말해. 자전거 타는 거랑은 정말 다르다니까."

친구들에게 변명을 늘어놓고 게임에서 빠져나와 숨을 돌린다.

"20대 때의 그 왕성했던 체력은 다 어디로 사라진 걸까? 100살의 수명도 기대할 수 있는 세상에서 여전히 20대를 기점으로 체력이 약해지기 시작하는 건 그 길어진 시간만큼 불행한 일일지도 모른다는 생각이 번뜩 든다."

"불평해봐야 진화의 속도가 과학의 속도를 따라갈 순 없어. 나이에 맞게 순응하면서 살아가는 것도 멋진 거야."

세바스티안이 부탁한 비디오 촬영을 위해 스타 캄푸치아 사무실에 간다. 자원봉사자를 모집하기 위해 사업을 소개하고, 자원봉사자가 하는 일을 소개하는 영상이다. 마침 새로 지원한 자원봉사자가 있어서 그를 따라다니며 촬영한다.

온종일 돌아다니며 촬영을 하고 집에 돌아와 편집을 시작한다. 밤새 컴퓨터와 씨름하며 아침을 맞는다. 출근하려고 일어난 세바스티안이 깜짝 놀란다. 그리고 괜한 짐을 지운 듯 미안해한다.

"괜찮아. 빨리해치우는 게 마음이 편해서 그래."

세바스티안의 퇴근 시간까지 편집작업이 이어진다. 그 모습을 보는 세바스티안이 안절부절 어쩔 줄 몰라 한다.

"괜찮아. 낮에 좀 잤어."

완성된 동영상을 보여준다. 미안한 마음 때문인지 감탄을 쏟아내며 고마워한다. 하여간 이쪽 친구들은 별것 아닌 일에도 과한 칭찬을 해댄다.

세바스티안이 한잔 사겠다고 해서 맥주를 사들고 메콩강 강가로 간다. 한강보다도 큰 메콩강 둔치에서 많은 사람이 삼삼오오 모여 시원한 강바람을 즐기고 있다. 한쪽에서 기타를 튕기며 노래를 부르는 친구들과 어울려 맥주를 마신다. 여기저기서 이 시간을 즐기고 있는 사람들의 웃음소리가 들린다. 세계에서 손꼽히게 가난한 이 나라에서도 사람들은 즐거운 웃음을 짓고 있다. 한강 둔치보다 훨씬 많은 웃음이 이곳 메콩강 둔치에 있다. 행복하게 산다는 걸 뭘까?

"떠나지 말고 자원봉사하면서 우리 집에 3개월 정도 더 머무르는 건 어때?"

"나도 더 머물고 싶은데, 열흘 뒤면 비자가 끝나. 독일 가면 하노버에서 만나자."

"하노버에 갈 거야?"

"사실 하노버가 어디 있는지도 몰라. 너희 집이 거기 있다니까 꼭 가야지. 아마 2년 뒤? 그때면 너도 집에 돌아갈 거 아냐?"

"그래. 하노버에서 꼭 만나자. 2주 동안 정말 즐거웠어. 그리고 힘든 일 시켜서 미안해."

"괜찮다니까. 그런 생각일랑 하지 마."

"우리 기관을 위해 좋은 일 한 거라고 생각해. 네가 무료 봉사해서 그 돈으로 다른 사람 돕는 거라고."

"아니야. 난 너희 기관이 아니라 너 때문에 한 거야."

"안 돼~ 그러지 마~ 다시 미안해졌어. 내일 아침에 또 물어볼 거야. 나 때문에 화난 건 아닌지."

정말 즐거웠던 2주의 시간이 지나갔다. 이곳에서 세바스티안을 비롯해 많은 친구를 만났다. 독일, 미국, 나이지리아, 캐나다, 영국에서 온 친구들이 자기 나라에 오면 연락하라고 알려준 연락처가 수첩에 빼곡히 적혀 있다. 평생 남남으

로 아무런 의미 없이 살아갔을 사람들과 이런 관계가 맺어진다는 게 참으로 신기하다. 또 어떤 인연이 이어질지, 그 인연이 어떻게 발전할지. 어딘가에서 만날 그 이름 모를 친구들과의 만남이 기다려진다.

18

태국 **방콕에서 푸껫까지**

"날씨 한번 더럽게 덥네."

"야! 자꾸 덥다덥다 하지 마. 더 더워지니까."

정말 덥다. 태국은 날도 더운데다 습도도 높아서 후텁지근함이 아주 끝장이다. 이런 날씨에 뙤약볕에서 자전거를 타려니 한증막이 따로 없다. 온몸은 찐득찐득하고, 땀이 주르륵주르륵 흘러내린다. 당연히 엄청난 양의 물을 마신다. 휴식시간마다 1리터 정도의 물을 계속 마시다 보면 물이 물린다. 특히 가게에서 파는 착향료가 들어간 음료수는 굉장히 역해진다. 그래서 캄보디아에서는 즉석에서 짜낸 사탕수수즙을 많이 마셨다. 베트남에서도 종종 사탕수수즙을 마셨는데, 태국은 어느 정도 산업화가 이루어진 나라라 사탕수수즙을 파는 가게가 잘 보이지 않는다.

"펑크 났어. 저기 앉아 잠깐 쉬자."

도로 옆에 파인애플을 쌓아놓고 파는 가게가 보인다. 그늘막이 있는 의자에 앉는다. 자전거에서 바퀴를 분리하고 펑크를 때운다. 땀을 삐질삐질 흘리며 바

퀴를 고치고 있는 모습이 딱해 보였는지 가게 아저씨가 파인애플을 하나 잘라
준다.

"물 때문에 속이 니글니글했는데 잘됐다."

"물이 물릴 땐 과일이 좋지."

"얘네는 왜 과일에 소금을 뿌려 먹는지 몰라."

"소금 때문에 과일이 더 달게 느껴진다잖아."

"게다가 기후가 너무 더워서 그런 거 같아. 땀을 많이 흘리니까 염분을 보충
해주려고."

펑크를 다 때우고, 파인애플도 깨끗이 먹어치운다.

"아저씨 이거 얼마예요?"

"5바트요."

기가 막힌 가격이다. 지갑을 열어 돈을 꺼내려 하자 아저씨가 손을 저으며
그냥 가라 한다. 파인애플을 쌓아놓고 대량으로 파는 가게라서 더 저렴하겠지
만, 방콕을 벗어나 지방으로 내려갈수록 가공품이 아닌 음식의 물가는 뚝뚝 떨
어진다.

망고 1킬로그램을 8바트에 파는 가게를 발견하고 깜짝 놀라 급브레이크를
잡는다. 망고를 좋아하기도 하는 데다 값도 엄청 싸다. 조촐한 식당을 겸하고
있어서 자전거를 세우고 식탁에 앉는다. 망고뿐 아니라 모든 음식이 다 저렴하
다. 닭, 어묵, 소시지 튀김과 태국식 샐러드인 쏨땀, 찰밥 등 눈에 보이는 많은
음식을 주문한다. 푸짐한 식탁이 차려진다.

"어디 가요?"

식당에서 엄마를 돕는 세 살 터울의 딸들이 조심스럽게 다가와 묻는다.

"푸껫."

"와~ 자전거 타고?"

"어, 자전거 타고."

"와~ 어디서부터요?"

"한국에서부터."

"와~ 멋져요!"

부끄러운 듯 질문을 던지고 감탄사를 터뜨리는 세 딸의 모습이 귀엽다.

"가만 보면 참 웃겨. 하나같이 한국에서 자전거 타고 왔다는 것보다 푸껫까지 자전거 타고 가는 걸 더 놀라워하잖아."

"푸껫이 이곳 사람들에게는 더 현실적으로 다가오니까 그렇겠지. 한국이 어디 있는지 알게 뭐야."

"맞아. 방콕에서 푸껫까지 900킬로미터인 거 확인하고 좀 달려야겠군 싶었다가, 그 거리가 서울 부산 왕복 거리라는 걸 떠올리고 나서 얼마나 끔찍했는지 몰라. 왜 고도가 2,000미터만 넘어가면 더 힘들게 느껴지고 하잖아."

"부디 마음과 정신은 작은 나라의 지리적 한계에 갇히지 않길 바랄 뿐이다."

날씨가 하도 더워서 텐트도 아무 데나 칠 수가 없다. 온종일 흘린 땀을 씻어 내지 못하면 찜찜해서 도저히 잠이 안 온다. 그래서 주유소를 찾는다. 태국의 주유소는 크기도 크고, 더운 나라여서인지 대부분 화장실 끝에 샤워시설을 갖추고 있다. 샤워시설이라 봐야 칸막이를 해놓고 수도꼭지 하나 달랑 달아놓은 것뿐이지만, 하루의 묵은 땀을 씻어내기는 충분하다.

샤워하고 텐트로 들어가서 마지막 취침준비를 한다. 아무리 조심스럽게 텐트를 쳐도 짐을 들여놓는 사이에 꼭 모기가 따라 들어온다. 텐트 안에 모기가 단 한 마리만 있어도 잠을 설친다. 그놈을 잡을 때까지는 잠을 잘 수 없다. 그렇게 모기와 한차례 전쟁을 치르다 보면 온몸이 땀으로 범벅이 된다. 별 수 있나. 다시 샤워하는 수밖에.

하지만 주유소도 문제가 있다. 한낮의 뜨거운 열기를 담아둔 시멘트 바닥에서 뿜어대는 복사열 때문에 텐트 바닥이 온돌방처럼 따뜻하다. 그래서 새롭게 찾은 곳이 경찰서다. 태국은 관광대국이라 그런지 경찰이 외국인 여행객에게 상당히 친절하다. 경찰서에는 제대도 된 샤워 시설이 있는 건 물론이고, 텐트 치기 좋은 열기 없는 땅바닥이나 잔디밭이 있다. 가끔 마음씨 좋은 경찰 아저씨를 만나면 강당 같은 곳을 열어준다. 그리고 강당 크기와 상관없이 작은 텐트 하나를 위해 에어컨을 틀어준다. 시원하게 샤워를 하고 와서 에어컨 앞에 앉아 일기를 쓸 때의 행복함이란. 진정 에어컨과 아스팔트는 인류 문명의 위대한 금자탑이 아닐 수 없다.

에어컨 앞에서 양팔을 벌리고 인류의 성과를 몸소 느끼는 중에 한 경찰 아저씨가 들어온다. 계급이 좀 돼 보이는 경찰 아저씨가 슬그머니 편지지 한 장을 내민다.

"이거 뭐죠?"

영어를 못하는 아저씨가 자신의 이름과 경찰서 이름을 따로 적어준다. 그리고 몸짓으로 무언가를 부탁한다.

"아저씨가 공적을 쌓고 싶으신가 보다. 하나 써드려라."

쓴웃음을 지으며 편지를 쓴다.

저는 한국에서 온 여행자입니다. 여행 중에 ○○지역 경찰서의 ○○를 만나 큰 도움을 받았습니다. 그분에게서 태국 경찰의 친절과 봉사정신을 느낄 수 있었습니다. 그분에게 감사의 마음을 전하고 싶어 이렇게 글을 씁니다.

편지를 접어 봉투에 넣고, 아저씨가 알려준 경찰청으로 추정되는 주소와 내 이름을 적는다. 아저씨가 만족스러운 듯 편지를 회수해간다. 잠시 후 하급 경찰관이 큼직한 식빵과 커피, 생수를 갖다 준다.

"아저씨 참 못났네."

"이 좋은 강당도 내주고, 고마운 건 사실이잖아. 누이 좋고 매부 좋은 걸로 치자."

경찰서가 크면 아무래도 관료적인 분위기가 있기 마련이다. 시설은 좀 후지고, 강당은 없어도 작은 경찰서에 가면 그 소박한 분위기가 좋다. 근무하는 경찰이 많지 않아서 서로 친구처럼 지내는 작은 경찰서에서는 갑작스레 찾아온 외국인이 불청객이라기보다 지루한 근무 시간에 활력을 넣어주는 반가운 손님이다.

경찰 아저씨들과 작은 테이블에 둘러앉아 양재기에 대충 썰어 담은 돼지 수육을 안주 삼아 맥주를 마시고, 아침엔 경찰서가 내 집 부엌인 냥 밥통에서 밥을 푸고, 달걀 후라이를 하고, 냉장고에서 밑반찬을 꺼내먹는다. 이 모든 게 너무 자연스럽다.

　열흘 전, 배낭족의 천국이라 불리는 방콕의 카오산에서 극도의 무기력에 빠
져 허우적거렸다. 그전에도 몇 차례 방문했던 카오산은 내가 정말 좋아하는 장
소임에도 전혀 흥이 나지 않았다. 한 번도 안 했던 쇼핑을 하고, 비싼 음식을
사 먹어도 마찬가지였다. 역설적이게도 난 모든 이가 흥겨워하는 배낭족의 천
국 한가운데에서 여행의 첫 매너리즘에 빠졌다. 마치 가위에 눌린 사람처럼 그
것에서 빠져나오려고 하면 할수록 더욱 숨통이 메어지는 느낌이었다. 그렇게
카오산에서의 지옥 같은 시간을 뒤로하고 다시 자전거에 올라 달리기 시작하
면서 매너리즘은 서서히 사라져갔다.
　세상의 모든 여행은 저마다 그것만의 즐거움이 있다. 난 여전히 자전거에 대

해 그리 큰 관심이 없다. 그래서 자전거 여행을 특별히 포장하고 싶은 생각도 없다. 하지만 뭣 때문인지는 몰라도 내가 이전까지 알고 있던 여행이란 것의 개념이 조금씩 바뀌고 있다. 근사한 레스토랑이 아닌 구질구질한 작은 식당을 찾고, 익숙한 사람이 아닌 모르는 사람을 찾아다닌다. 전혀 예상하지 못했던 일들이 하루가 멀다 하고 벌어지고 있다.

처음 자전거를 타고 여행을 시작했을 때 의심스러운 눈길을 보냈던 많은 사람과 마찬가지로 나 또한 얼마나 이 여행을 지속할 수 있을지 못 미더웠다. 방콕을 벗어나 푸껫까지, 그 뙤약볕에서 900킬로미터를 달리면서 이 여행이 그리 간단하게 끝날 것 같지 않다는 느낌을 받았다.

여행 떠난 지 어느덧 7개월. 아직 지나온 시간보다 나아갈 시간이 더 많지만, 우린 더 이상 초보가 아니다. 한없이 생소했던 이 여행이 드디어 내 손안에 들어왔다.

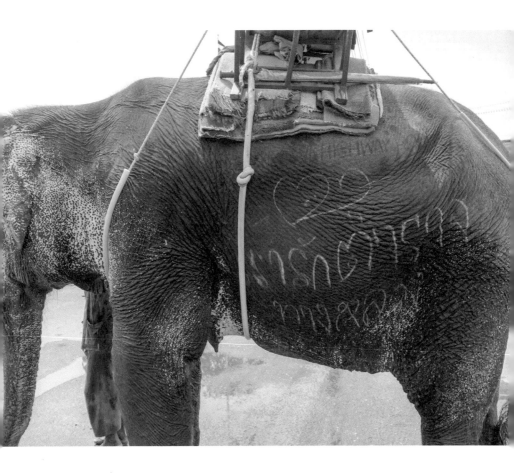

#19

태국 꼬창

- 나 휴가 때 태국에 갈 거야. 괜찮으면 만나자.
- 어디로 갈 건데? 난 지금 푸껫에 있어.

쁘놈뺀에서 만났던 세바스티안에게서 메시지가 왔다.

- 꼬창에 도착했어. 곧 축제가 시작돼. 네가 오면 정말 재미있을 거야. 꼭 와
  줘 제발!
- 멀리 있네. 좋아. 꼬창에 갈 테니 기다려.
- 너무 멀어서 오기 힘들면 안 와도 돼. 비디오도 그렇고 매번 너를 힘들게
  하고 싶지 않아.
- 아, 그거 괜찮다니까 자꾸 그러네. 버스 타고 가면 금방이야. 나도 널 다시
  만나고 싶어. 기다려.

꼬창은 태국과 캄보디아 국경 근처에 있는 섬이다. 즉 지금 머물고 있는 푸껫에서 가장 먼 곳, 우리의 진행 방향과 완전히 반대되는 지점이다. 하지만 우연이 만들어준 멋진 인연을 일회성 만남으로 끝내고 싶지 않다. 자전거와 큰 짐을 푸껫 숙소에 맡겨두고 꼬창으로 향하는 버스에 올라탄다.

방콕을 거쳐 꼬박 하루를 보내고 꼬창에 도착한다. 꼬창 선착장에서 SUV 차의 짐칸을 개조한 단체 택시를 탄다. 세바스티안이 묵고 있는 숙소는 선착장에서 15킬로미터 떨어진 해변에 있다. 섬에 무슨 일이라도 있는지 차가 굉장히 막힌다. 사람들로 꽉 차 있는 택시 짐칸이 답답하고 후텁지근해서 짜증이 난다.

어딘가에서 신 나는 댄스음악이 들리기 시작한다. 차 밖으로 고개를 내민다. 느릿느릿 움직이는 정체된 도로에서 사람들과 차들이 뒤섞여 여기저기서 물을 뿌리고 있다.

"옳거니. 이게 말로만 듣던 '쏭크란' 축제구나."

태국의 설날. 사람들은 서로에게 물을 뿌리며 새해맞이를 축하한다. 사람들이 길가에 서서 차에 탄 사람이건, 오토바이를 몰고 가는 사람이건, 걸어 다니는 사람이건 누구든 상관없이 물을 뿌려댄다. 누군 물총을 들고, 누군 바가지를 들고, 누군 호스를 들고 사정없이 물을 뿌린다. 우리를 비롯한 짐칸의 손님들은

아무런 방어막도 없이 속수무책으로 그들이 뿌려대는 물을 맞는다. 난데없는 물세례를 피해 보려고 용을 쓰지만 다 소용없는 짓이다. 택시 운전사는 자기만 창문을 닫아놓고 사람들이 모여 있는 곳에 차를 멈춰 기꺼이 자신의 손님을 제물로 바친다. 뜨거운 날씨에 사람들이 뿌려대는 물세례가 싫지 않다. 몸이 젖어갈수록 사람들의 웃음소리가 커진다.

온몸이 흠뻑 젖은 채로 목적지에 도착한다. 우리와 다를 바 없이 비 맞은 생쥐 꼴의 세바스티안을 만난다. 반갑게 안는다. 오래된 친구든 새로운 친구든, 친구를 만나는 건 언제나 기쁜 일이다. 젖은 옷을 갈아입고 가까운 식당에서 가볍게 맥주를 마신다.

"와우! 진짜 올 줄 몰랐어."

"온다고 했잖아."

"말로만 온다고 하는 사람이 얼마나 많은데, 진짜 이렇게 찾아온 건 네가 처음이야."

반갑게 맞아주는 친구의 반응에 나도 즐겁다.

"스카 콘서트 하는데 거기 가자."

세바스티안을 따라 라이브 공연이 펼쳐지는 펍에 간다. 파도가 넘실대는 해변이 바로 옆에 있는 분위기 좋은 펍이다. 펍에선 스카 공연뿐 아니라 캄보디아스러운 여성 댄스, 폴리네시아스러운 불춤 등 다양한 공연이 펼쳐진다. 공연을 구경하면서 맥주를 마시고, 코앞에 있는 바다에 들어가 수영을 하고, 흥겨운 음악에 몸을 흔든다. 친구와의 재회를 기념하기 좋은 멋진 밤이다.

흥에 겨워 한 잔 두 잔 마신 술에 정신이 오락가락하다. 그때 한껏 치장한 여자 둘이 다가와 세바스티안과 내 사이에 끼어든다. 자기들끼리 쑥덕쑥덕 무슨 얘길 나누더니 한 여자가 내 손을 잡고 바닷가로 끌고 간다. 길게 이어진 해변 한쪽 수풀 속으로 들어가 바위에 앉힌다. 그러곤 키스 세례를 퍼붓더니 다짜고짜 바지 안쪽으로 손을 집어넣는다.

"이러지 마. 나 돈 없어."

"괜찮아 괜찮아. 조금만 주면 돼."

그녀는 마치 아이를 달래듯 술에 취한 나를 어른다. 한 손으로 내 성기를 움켜쥐고 다른 손으론 내 손을 가져가 자신의 가슴 위에 얹는다.

"이건……. 그러니까……. 내가 알고 있는……."

갑자기 이상한 느낌이 든다. 수풀 사이로 새어 들어오는 불빛이 그녀의 목울대를 비춘다. 도드라지게 솟아 있는 그녀 아니 그의 목울대.

"야! 너 여기서 뭐 하는 거야?"

인후가 불쑥 나타난다. 허겁지겁 바지를 올려 입고 수풀에서 빠져나온다. 길게 이어진 해변 수풀 사이에 숨어서 은밀한 몸짓을 나누는 사람들의 모습이 하나하나 선명하게 눈에 들어온다.

"어디 갔나 했더니 잘하는 짓이다. 아니 축하할 일인가? 드디어 네가 그리던 짝을 찾은 거야?"

"빈정거리지 말고 저리 비켜."

언제나 기대치 않은 사건을 기다린다지만 이건 아니다. 왜 그녀 아니 그 자식을 따라갔을까? 취기를 핑계로 어쩔 수 없었다며 스스로 면죄부를 주려했던 자신에게 화가 난다. 펍에서 빠져나와 휘청거리며 숙소로 돌아온다. 그대로 침대에 쓰러진다.

누군가가 몸을 더듬는 느낌이 들어 깜짝 놀라 잠에서 깬다.

"어제 언제 돌아왔어? 한참 찾았잖아."

세바스티안이다.

"어. 너무 취해서 말도 못하고 와버렸네. 미안."

"나는 혹시 네가 그 레이디보이한테 끌려간 줄 알았어. 관광지라 그런 애들이 많아. 조심해야 해. 어쨌든 아니라니 다행이다. 그만 자고 나가자. 물싸움해야지."

"그래. 먼저 나가 있어. 옷 좀 챙겨 입고 나갈게."

세수하고 옷을 주섬주섬 챙겨 입는다.

"이제 정신이 좀 드냐?"

"어젠 너무 취해서 그런 거니까 기분도 안 좋은데 그냥 넘어가자."

"넘어가고 말고 할 게 있나? 네가 성욕을 어떻게 표현하든 누가 뭐래? 그것에 대해 책임감을 가져야 할 상대도 없는데 뭐 어때?"

"괜한 도덕심 때문에 이러는 게 아니야. 그 자식이 꼭 남자여서 이러는 것도 아니고……. 아무튼 어젠 내가 실수했어."

"세상에 하나뿐인 그 짝을 찾고 싶다면 그 욕망을 잘 조절해야 할 거야. 돈 때문에 달려드는 레이디보이와 사랑에 빠졌다면……. 휴~ 그 늦은 밤에 커밍아웃 축하 꽃다발을 구하러 다닐 뻔했잖아."

"젠장. 이걸로 또 몇 달은 우려먹겠군."

"몇 달이 뭐야. 몇 년짜리지."

본격적으로 쏭크란 축제를 즐기기 위해 나선다. 숙소 근처에 있는 가게에서 물총을 고른다. 주인아줌마가 다가와 조용히 등에 물을 붓는다.

"새해 복 많이 받아."

물이 등줄기를 타고 엉덩이까지 흘러내려 속옷을 적신다. 그렇게 오늘의 신고식을 하고 세바스티안이 봐두었던 친구들 무리에 끼어들어 간다. 작은 리조트에서 일하는 친구들인데 모두 캄보디아 사람이다. 세바스티안의 캄보디아 사랑을 다시 한 번 확인한다.

캄보디아 친구들과 어울려 도로를 가로막고 지나가는 차나 오토바이, 사람들에게 물을 뿌린다. 사람들도 통과의례인 양 속도를 줄여 기꺼이 물을 맞는다.

누구도 물세례에 불만을 표하지 않는다. 가끔 트럭에 거대한 물통을 싣고 다니며 물을 뿌리는 기동력을 갖춘 적들이 나타난다. 그럼 누가 질세라 난타전이 벌어진다. 우리는 숨겨놨던 비장의 무기를 꺼낸다. 큼직한 얼음을 넣어둔 드럼통에서 얼음물을 꺼내 뿌리면 모두 소스라치게 놀란다. 항복을 선언할 수밖에 없다. 치열한 물싸움 끝에는 언제나 즐거운 웃음이 남는다. 뿌리는 사람이나 맞는 사람이나 모두 활짝 웃으며 새해를 축하한다. 흥겨운 댄스 음악에 몸을 흔들며 물을 끼얹는 물놀이 축제가 너무나 즐겁다.

"이렇게 남녀노소 가릴 것 없이 모두 참여할 수 있는 축제는 정말 얼마 없을 거야."

"그것도 대부분 구경하는 축제잖아. 특별히 준비할 것도 없이 물 하나 가지고 이런 멋진 축제를 만들다니 대단해."

"진짜 축제야. 진짜 축제."

물을 너무 부어대서 수도가 끊긴다. 사람들은 이에 굴하지 않고 베이비파우더를 뿌리고 얼굴에 발라주며 물을 대신한다. 단수에도 아랑곳하지 않고, 해가 지기 전까지는 어떻게든 축제를 이어가고 싶은 모양이다. 저 멀리 수평선에 붉은 노을이 지고서야 하나둘씩 자리를 뜬다. 우리도 오늘을 함께 즐겼던 친구들과 인사를 나누고 숙소로 돌아온다.

숙소 근처에 있는 펍에 가서 맥주를 한 병 시키고 좌식 평상에 그대로 들어눕는다. 펍에서 흘러나오는 조용한 음악과 찰랑거리는 파도 소리가 좋다. 얼마나 신나게 놀았는지 온몸이 나른하니 졸음이 쏟아진다. 세바스티안은 어느새 나직하게 코를 골고 있다.

"우리나라도 이제 여름이 꽤 더운데 하루쯤 날 잡아서 이렇게 놀면 좋겠어. 보양식 챙겨 먹는 것보다 이렇게 한바탕 노는 게 더 낫지 않을까?"

"그거 괜찮네. 복날 중 하루 잡아서 물싸움 축제 만들면 좋겠다."

"쏭크란 말고도 여행하면서 그전엔 미처 생각하지 못했거나 새롭게 발견하는 유희거리가 많아. 잘 기억해두었다가 돌아가면 다 써먹어 보고 싶어."

"그런 유희거리를 다 써먹으면 정말 즐겁게 살 수 있겠다. 인생 뭐 있나. 즐거우면 그만이지."

방석을 베고 눈을 감는다. 시원한 바닷바람이 솔솔 불어온다. 3일간의 쏭크란 축제가 막을 내린다.

20

"비 또 온다. 빨리 피하자!"

허둥지둥 남의 집 처마 밑으로 들어가 몸을 숨긴다. 기다렸다는 듯이 폭우가 쏟아진다.

"하마터면 또 쫄딱 맞을 뻔했네."

태국의 몬순이 시작됐다. 하루에도 수차례씩 비가 쏟아진다. 이곳의 우기는 10분에서 20분간 엄청난 폭우가 쏟아지고 또 언제 그랬냐는 듯 비가 그친다. 그래서 비가 한두 방울 내리기 시작하면 재빨리 비를 피할 수 있는 곳을 찾아야 한다. 그렇게 남의 집 처마 밑에서 멍하니 기다리고 있다가 비가 그치면 다시 달리고 또 비가 오면 비를 피한다. 말레이시아 국경으로 향하는 길이 비 때문에 더디다. 마음은 이미 말레이시아로 가 있는데 자꾸 시간이 지체되니 짜증이 난다. 마음이 떠난 나라에서 국경에 도달하기 위해 달리는 시간은 지루하기 짝이 없다.

"너무 늦었어. 슬슬 잠자리 찾자."

"그 전에 식당부터 찾아봐. 배고파."

자전거 속도를 줄이고 주위를 두리번거린다. 저 멀리 예사롭지 않은 불빛이 보인다. 불빛을 향해 달린다. 불빛에 다가갈수록 떠들썩한 소리가 점점 커진다. 밝은 조명이 켜져 있는 넓은 공터에 도착한다. 무슨 마을 잔치를 하는지 공터가 사람들로 분주하다. 공연을 위한 무대가 설치돼 있고, 주변엔 먹거리 장터가 섰다.

"빙고! 제대로 찾았네."

이런 야시장엔 언제나 맛나고 저렴한 음식이 많다. 국수, 꼬치구이, 닭튀김을 사서 양손에 들고 마을 사람들 속에 들어가 공연을 구경한다. 반짝이는 화려한 전통 복장을 한 무용수가 기다란 손톱을 붙이고 요상한 춤을 춘다. 무대 전면에 잔뜩 폼을 잡은 자세로 찍은 대형 현수막 사진이 걸려 있는 걸 보니 나름 유명한 전통 무용수인가보다. 군무가 끝나고 주인공만 남아 중국 경극 분위기가 나는 간드러진 목소리로 노래를 부른다. 떠들썩한 야시장에서 벌이는 공연이라 그런지 노래 중간에 헛기침을 하고 자세도 영 건방지다.

"시골 동네라고 너무 성의 없게 하네."

"맘에 안 들어? 간드러진 목소리에 곱게 꽃단장을 한 남자. 딱 네 스타일 같은데?"

"난 버르장머리 없는 놈은 딱 질색이라고."

밖으로 나와 도로 한쪽 길 턱에 앉아 음식을 먹는다. 행사장으로 들어가는 입구에서 교통정리를 하던 경찰이 다가와 맥주를 한잔 따라준다. 시원한 맥주 맛이 좋다. 경찰과 되지도 않는 말로 이런 저런 얘기를 하고 있으니 근처에 있던 사람들이 금세 주위를 둘러싼다. 이제 이런 상황이 너무 익숙해서 언어와 상관없이 농담을 주고받으며 어울릴 수 있다. 개중에 '통차이'라는 친구가 다가오더니 근처에 방갈로가 있다며 오늘 그곳에서 자고 가라 한다. 그 말의 진위를 몰라 잠시 머뭇거린다. 내 생각을 읽은 건지 돈은 내지 않아도 된다는 말을 덧붙인다. 비밀을 들킨 사람처럼 얼굴이 화끈거린다.

"이게 참 어려워. 낯선 이의 친절을 조심해야 하는 건 맞는데, 얼마나 어디까지 조심해야 하는지 애매해."

"처음부터 무턱대고 경계하기보다 우선 받아들이고 나서 주의를 기울이는 수밖에 없어. 어쨌거나 사람들과의 만남이 이 여행의 가장 큰 즐거움인데 내 마음을 닫아놓고 남의 마음이 열리길 바랄 순 없잖아."

시끌벅적한 행사장을 뒤로하고 통차이의 오토바이를 따라간다. 대로에서 벗어나 마을 안쪽 깊숙한 곳으로 들어간다. 조용한 유원지 분위기가 나는 곳에 도착한다. MT촌 숙소 느낌의 방갈로 두 채가 있다. 통차이가 방갈로 주인아저씨와 몇 마디 나누고는 방갈로를 하나 열어준다. 언제 불렀는지 통차이의 친구 셋이 맥주를 들고 온다. 넓은 마당 한쪽에 테이블을 놓고 술상을 차린다. 친구들과 맥주를 마시며 떠듬떠듬 대화를 나눈다. 경험상 이런 대화는 그다음 날이면 다 기억에서 사라진다. 말이 통하지 않으니 사실 대화다운 대화라고 할 수도 없다. 하지만 이런 친구들과 함께하는 시간은 언제나 즐겁다. 호감을 느끼고 마음을 연 상대에게는 자신을 이해시키려고 노력할 필요가 없다. 이해하기로 마음먹은 사람과의 만남은 그 자체로 즐거운 법이다.

똑똑.

아침 일찍부터 통차이가 깨운다. 눈을 비비며 힘겹게 몸을 일으킨다. 도심을 벗어난 곳에서 만난 친구들은 죄다 새벽형 인간이다. 한창 곤히 잘 시간에 잠을 깨우는 친구를 원망할 수도 없고, 일어나기는 싫고, 이런 만남에서 유일하게 괴로운 순간이다.

방갈로에서 기어 나와 자주 접할 수 없는 새벽 공기를 들이마신다. 통차이의 오토바이 뒤에 타고 큰길가로 나간다. 새벽형 동네 사람이 모여 있는 작은 식당에 앉는다. 통차이가 '카우얌'이라는 밥을 갖다 준다. 밥 위에 여러 야채와 냉면 비슷한 면이 있고, 양념 된 생선가루 같은 걸로 간을 맞춰 먹는 음식이다. 얹어진 채소들이 조리된 야채가 아니라서 생식 비빔밥 같은 느낌이다. 양이 적어 두 그릇을 먹었지만, 맛은 없다.

통차이가 다시 우릴 태우고 숲길 깊숙한 곳으로 들어간다. 숲길 끝에 작은 초소와 뭔지 모를 안내판이 있다. 통차이가 초소를 지키고 있는 할아버지와 잠시 담소를 나눈다. 시골에서 만나는 친구들은 대개 동네 마당발에 청년회장 같은 스타일이다. 모르는 사람이 없다. 그렇기에 전화 몇 통화면 잠자리가 구해지고, 동네 구석구석 숨겨진 구경거리를 잘 알고 있다. 할아버지가 헤드랜턴과 손전등을 갖다 준다. 할아버지를 따라 숲 안쪽으로 약간 들어가자 거대한 동굴 입구가 나온다.

"난데없이 동굴구경을 하게 생겼네."

할아버지의 안내로 동굴 구경을 시작한다.

안내판도 있고, 초소도 있는 걸 보면 나름 관리를 하는 동굴 같은데, 동굴 내부는 일반적인 관광 동굴과 달리 길이나 조명시설이 하나도 없는 자연 상태 그대로다. 동굴이 점점 좁아지고 어두워진다. 이상한 소리가 나서 고개를 들어보니 박쥐 몇 마리가 천장에 대롱대롱 매달려 있다. 점점 좁아지는 동굴에서 허리를 숙이고 좀 더 안쪽으로 들어가자 갑자기 큰 공간이 나타난다. 공간을 가득 채우고 있는 매캐한 냄새가 코를 찌른다. 그리고 짹짹거리는 박쥐의 울음소리가 공간에 갇혀 울린다. 천정에 손전등을 비췄다가 흠칫 놀란다. 박쥐가 얼마나 많은지, 빼곡히 매달려 대롱거리는 박쥐들 때문에 천정이 움직이는 것 같

은 착시현상이 일어난다. 나도 모르게 얼굴이 찌푸려
진다.

"온몸에 벌레가 기어 다니는 것 같아."

몸을 긁적이며 좀 더 안쪽으로 들어간다. 박쥐 소굴
을 지나자 이번엔 불빛에 반짝거리는 예쁜 석순과 다
양한 모양의 종유석이 여기저기 나타난다.

"정말 기괴하군."

구불거리는 동굴 끝에서 작은 빛이 새어 들어온다.
구부정한 자세로 동굴 끝에 다다르자 비밀스러운 고대
문명이 숨겨져 있을 것만 같은 정글이 나타난다.

"오~ 멋진데."

하늘에서 보면 동굴이 있는 바위산이 도넛처럼 가운
데가 비어 있는 모양이다. 사람의 손이 닿지 않는 그곳
에서 나무와 풀들이 원시스럽게 자라고 있다. 그리고
맞은편엔 또 다른 동굴로 들어가는 구멍이 여기저기

뚫려 있다. 신기하다. 마치 인디아나 존스가 되어 고대 유물을 찾아 정글을 탐
험하는 느낌이다.

"잘 개발하면 관광객 좀 모일 듯싶다."

"그냥 좀 냅둬라. 박쥐 집 뺏지 말고."

동굴 탐험을 마치고 방갈로로 돌아온다. 떠나기 전에 통차이와 함께 찍은 사
진을 프린트해서 작은 기념품과 함께 건넨다.

"우리가 줄 수 있는 게 이것뿐이야. 어제 오늘 고마웠어."

통차이는 아이처럼 즐거워하며 작은 선물을 받는다. 그 작은 것을 어찌나 고
마워하는지 내가 다 민망하다. 언제나 이들은 주는 것엔 관대하고 받는 것엔

한없이 감사해한다.

"태국 여행은 다 끝났다고 생각했는데 또 이렇게 좋은 기억을 하나 얻어가는구나. 정말이지 이 여행은 한 치 앞을 예측할 수가 없어."

"예측할 수 없는 삶이 펼쳐진다는 게 얼마나 즐겁냐. 내일은 또 무슨 일이 일어날까 기대되잖아. 하루하루 설렘 속에서 살아간다는 건 정말 멋진 일이야."

통차이와 아쉬운 작별의 포옹을 나눈다. 맑게 갠 하늘. 오늘은 비가 내릴 것 같지 않다.

"이제 진짜 말레이시아다."

얼마 남지 않은 국경을 향해 페달을 밟는다.

#21

말레이시아 니봉 테발

들어본 적도 없는 '니봉 테발'이라는 마을에 도착한다.

"얼추 다 온 것 같은데."

동네 구멍가게에 들어가 주소가 적힌 쪽지를 내보인다.

"데이빗 아저씨네 찾아요?"

주인아저씨가 주소도 보지 않고 되묻는다.

"네. 어떻게 아셨어요?"

"많이들 찾으니까. 다다음 사거리에서 좌회전하고 맨 끝에 있는 집이에요."

데이빗 아저씨와는 자전거 여행자들의 온라인 커뮤니티인 웜샤워로 연락이 됐다. 가게아저씨의 반응을 보니 우리 말고도 많은 자전거 여행자들을 초대했 었나 보다.

데이빗 아저씨를 만난다. 마당에 자전거가 여러 대 세워져 있다. 중국 여행 을 한 자전거, 유럽 여행을 한 자전거, 동남아 여행을 한 자전거라고 하나하나 설명을 해준다. 데이빗 아저씨는 홈스테이와 동네 투어를 곁들인 개인 여행 프로그램을 운영 중이다. 마침 그 프로그램을 신청한 키가 엄청 큰 덴마크 친구 둘이 집에 머물고 있다.

"내일 데이빗 아저씨랑 자전거 타고 폭포에 갈 건데 같이 안 갈래?"

"폭포가 있어?"

"산 안쪽으로 조금만 올라가면 폭포 있대."

자전거를 동네 산책용으로만 생각하는 순진한 친구들이 들떠 말한다. 이 뙤약볕에 자전거를 타고 산에 올라간다고? 어림 반푼어치도 없는 소리다.

"너희 자전거 있어?"

"데이빗 아저씨가 빌려준다고 했어."

"데이빗 아저씨 자전거 작잖아. 너희는 키가 커서 작은 자전거 타면 힘들어. 내 자전거가 더 크니까 내 걸 빌려줄게."

"정말? 고마워."

큰 호의를 베풀 듯 자전거를 빌려주며 그 일정에서 빠져나온다. 자전거가 우리 여행을 있게 해준 고마운 물건임은 분명하지만, 어딘가에 머무는 동안만이라도 자전거와 떨어져 지내고 싶다.

이튿날, 모두가 놀러 간 빈집에서 마음껏 게으름을 피운다. 긴 주행을 끝낸 자만이 얻을 수 있는 달콤한 휴식이다. 음악을 틀어놓고 온종일 침대에서 뒹굴거린다. 오후 늦게 얼굴이 하얗게 질린 덴마크 친구들이 집으로 돌아온다.

"다시는 자전거 타지 않을 거야."

"왜? 무슨 일 있었어?"

"너무 덥고 힘들잖아. 자전거 펑크 나고, 페달 돌리다가 다리 긁히고 난리도 아니었어. 너는 어떻게 이런 여행을 하는 거야?"

"그러게나 말이다."

고개를 절레절레 흔들며 투덜거리는 친구들의 불평에 나도 모르게 고소한 웃음이 터져 나온다. 데이빗 아저씨는 뭘 그리 유난을 떠느냐는 듯한 표정을 지을 뿐이다.

"저녁에 친구 딸이 결혼해. 다 같이 결혼식 보러 가자. 너는 좀 더 쉴래?"

"아니요. 좋은 날 축하해주러 가야죠."

날이 어두워지고 정신을 추스른 덴마크 친구들과 데이빗 아저씨를 따라나선다. 데이빗 아저씨도 여기저기 사람 데리고 다니기 좋아하는 동네 마당발이다. 신랑 신부가 누구인지도 모른 채 데이빗 아저씨와의 친분만으로 결혼식장 한쪽에 자리를 잡는다. 강당 같은 대형 홀이 사람들로 꽉 차서 시끌벅적하다. 중국 사람이 많은 걸 보니 신랑 신부가 중국계 사람인가 보다.

하객들의 박수를 받으며 신랑 신부가 손을 잡고 입장한다. 그 뒤로 양가가족들이 줄줄이 따라 들어온다. 홀 가운데 마련된 꽃단장된 상석에 신랑 신부와 가족들이 자리를 잡고 앉는다. 무대에서 촌스러운 복장을 한 여자가 나타나 촌스러운 동작을 취하며 촌스러운 노래를 부르기 시작한다. 그러고 나서 특별한 예식 진행 없이 원탁 테이블에 나오는 요리를 먹는다. 중국 사람도 손님 대접을 섭섭지 않게 하는 스타일이라 맛있는 요리와 맥주가 끊임없이 나온다.

마당발 데이빗 아저씨가 친구들을 불러 우리를 소개한다. 우리도 우리지만 2미터가 넘은 서양인과 함께 있다 보니 시선이 많이 쏠린다. 신부의 아버지가 우리가 한국 사람인 걸 확인하고는 신랑 신부가 앉아 있는 상석으로 데리고 간다. 알고 보니 신랑이 한국 사람이었다. 우리도 놀라고, 신랑도 놀란다. 축하한다는 말과 식사 맛있게 하라는 말을 주고받는다. 빤한 인사치레지만 왠지 모를

172

Malaysia 173

반가움이 느껴진다.

"저분도 먼 곳에서 짝을 찾았구나."

"왜? 뭔가 가능성이 느껴져?"

"아무래도 표본이 많으면 괜한 선입견을 없애는 데 도움이 되지."

자리로 돌아와 신랑분의 당부대로 맛있게 음식을 먹는다.

다양한 요리 퍼레이드가 디저트 음식으로 바뀔 때쯤 신랑 신부와 가족들이 모두 무대 위에 오른다. 사회자의 선창으로 하객과 함께 축배를 들고, 그에 맞춰 불꽃이 터지면서 결혼식이 마무리된다.

데이빗 아저씨가 아쉬운지 집으로 돌아가면서 맥주를 몇 병 더 산다. 집 마당에 철퍼덕 주저앉아 맥주를 마시며 도란도란 얘기를 나눈다.

"자식이 일곱이야. 젊었을 땐 아이들 키우느라고 죽어라 일만 했어. 아침저녁으로 일만 하다 보니까 건강이 나빠질 수밖에 없었지. 병원에서 위험하단 얘길 듣고 자전거를 타기 시작했어. 그게 벌써 15년 전이네. 자전거를 타면서부터 건강도 좋아지고, 지난 삶을 되돌아보게 되더군. 자식들도 다 커서 잘살고 있으니 이제부터라도 내 삶을 즐겨야지."

"어디 또 여행 계획 있으세요?"

"이번 여름에 자전거 타고 미국 횡단을 하려고 계획 중이야."

다음 여행 계획을 말하는 아저씨의 눈에 설렘이 깃들어 있다. 덴마크 친구들처럼 많은 여행자가 아저씨의 여행 프로그램에 신청한다고 한다. 건강과 취미, 직업의 조화를 잘 이뤄낸 것 같다. 홈스테이비를 내고 머물고 있는 덴마크 친구들과 웜샤워를 통해 무료로 머물고 있는 우리를 차별 없이 대접해주는 걸 보면 이미 돈벌이는 아저씨에게 우선되는 가치가 아니라는 게 느껴진다. 아마도 그렇기에 지금의 삶을 즐길 수 있는 게 아닌가 싶다.

덴마크 친구들은 일정이 끝나 떠나고 우리만 남는다. 데이빗 아저씨가 동네

구경을 가자해서 차에 올라탄다. 바닷가 선착장에 가서 수산시장을 둘러보고, 파인애플, 코코아, 드레곤푸르츠, 오일팜 농장, 고급 중국 요리에 쓰이는 제비집을 채취하는 제비집 하우스 등 다양한 동네 구경거리를 둘러본다. 가이드북이 소개하지 않는 재미난 구경거리들이다. 아마도 아저씨의 홈스테이 프로그램에 들어있는 동네 투어인 것 같다. 구경을 마치고 코코넛 농장 구석에 있는 술집에 간다.

"와우. 엄청난 술집이군."

장사하는 집이라고 하기엔 너무 초라한, 판자때기로 대충 주방 칸막이를 해

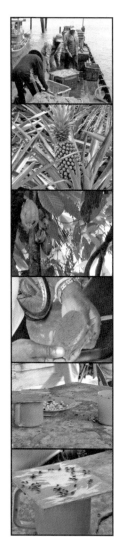

놓고 직접 술을 만들어 파는, 진짜 아는 사람만 올 수 있는 아니 이 분위기를 감당할 수 있는 사람만 찾을 동네술집이다. 지저분하기가 이를 때 없다. 주문도 하기 전에 코코넛 술을 낡은 플라스틱 통에 대충 담아 내놓는다. 나무판때기도 딸려 나온다. 달달한 술에 달려드는 파리가 빠지지 않게 통을 덮어줘야 하기 때문이다. 파리 수십 마리가 달라붙어 열심히 판자를 핥고 있는 모습이 아주 가관이다. 판자를 흔들어 파리를 물리친 후 한 모금 마시고 재빨리 덮지 않으면 금세 파리가 술통으로 들어간다.

역시나 데이빗 아저씨는 가게주인과 잘 아는 사이다. 주인아저씨가 직접 사냥한 거라며 멧돼지와 도마뱀 요리를 안주로 갖다 준다. 멧돼지 요리도 그렇고 처음 먹어보는 도마뱀 요리도 맛이 좋다.

"처음이라면 기겁을 했을 텐데. 이젠 이런 분위기에 익숙해져 버렸어. 오히려 친근하기까지 해."

"현지인들 만나서 이런 데 오는 게 큰 재미긴 해."

"왠지 나만 특별한 경험을 하는 느낌이 들어서 더 그런 거 같아."

"특별하다면 특별하지. 우리가 아무리 원해도 이들이 원하지 않으면 성사될 수 없는 만남이니까."

"돈 주고도 할 수 없는 경험이란 게 딱 이런 거 아니겠어?"

"누가 돈 주고 이런 데서 술을 마시고 싶겠냐마는, 어쩌면 그러니까 더 소중한 경험이 되겠지."

동네 투어를 마치고 주말에만 열린다는 시장에 가서 식사를 한다. 작은 동네의 주말장이어서 마당발 데이빗 아저씨에게 인사를 건네는 사람이 많다. 아저씨의 친구들이 하나둘 식탁에 앉더니 어느새 자리가 꽉 찬다.

데이빗 아저씨를 비롯한 친구들이 모두 인도계라 이들끼리는 말레이어가 아닌 남인도에서 쓰는 타밀어를 사용한다. 말레이시아 사람이지만 여전히 인도를 마음의 고향으로 그리워하는 것 같다.

"말레이계끼리는 말레이어로, 중국계끼리는 중국어로, 인도계끼리는 인도어로 말하는 게 당연한 건가? 그래도 다 한 나라 사람인데 이러면 정체성에 혼란이 오지 않을까?"

"그것도 한국이란 나라의 특성화된 개념 안에서만 생각해서 그런 것 같아."

아저씨 친구들의 타밀어 수다가 이어진다. 어제의 과음 때문에 한 잔만 하자던 아저씨의 말이 무색하게 맥주병은 쌓여만 간다.

단 이틀뿐이었지만 데이빗 아저씨를 만나 재미난 구경도 많이 하고, 맛있는 음식도 많이 먹고, 사람들도 많이 만나는 알찬 시간을 보냈다. 때때로 여행에서 시간은 큰 의미가 없는 듯 느껴진다. 누구와 함께 무엇을 하면서 어떤 기억을 남기느냐에 따라 여행의 풍요로움이 좌우된다. 그리고 그건 인생에도 똑같이 적용된다. 여행의 풍요로움을 위해 준비하고 노력하는 만큼 인생의 풍요로움을 위해 준비하고 노력하고 있을까? 니봉 테발이라는 낯선 도시에서 지나온 삶을 되돌아본다.

인도네시아 메단에서 토바까지

인도네시아의 토바 호수가 좋다는 소문을 듣고 배를 타고 수마트라 섬으로 넘어왔다. 웬만하면 자전거를 타고 육로로 이동하고 싶지만, 그렇게 좋다는데 고집 피울 일도 아니다. 단지 토바 호수가 칼데라 호수여서 산 정상까지 올라가야 한다는 게 그리 탐탁지 않다.

조그만 식당에 들어간다. 종업원이 으레 메뉴판과 생수를 갖다 준다. 여행객 대부분이 생수를 사 먹기 때문에 외국인이 들어가면 알아서 생수를 갖다 주는 가게가 많다. 우린 생수를 물리고 그냥 물을 달라고 한다. 이 말은, 즉 공짜 물을 달라는 얘기다. 그런데 유독 인도네시아 식당에서 그런 물도 돈을 받는다. 얼음물을 달라면 돈이 추가된다. 많은 식당에서 물값을 따로 받으니 이게 바가지를 씌우는 건지 원래 그런 건지 분간하기 어렵다.

인도네시아에선 바가지를 조심하라는 얘길 많이 들었다. 하지만 유명한 여행지는 어느 나라나 다 마찬가지라서 귀담아듣지 않았다. 사기도 쳐본 놈이 친다고, 사기 칠 대상이 없는 시골 마을에선 좀처럼 그런 일이 벌어지지 않는다.

그런데 인도네시아에선 어딜 가나 잔사기가 많다. 그래 봐야 몇백 원밖에 안되는 적은 돈이지만, 사기는 크고 작음에 상관없이 언제나 기분 나쁘다.

이틀간의 평지길이 끝나고 드디어 오르막길이 나타난다. 이제 이 길을 따라 산 정상에 있는 호수까지 줄곧 오르막이 이어진다. 다행히 경사는 전체적으로 완만하다.

"이 경사각만 유지되면 생각보다 여유롭게 호수에 당도하겠는데?"

"이런 젠장. 그럼 그렇지."

뭔가 일이 잘 풀린다 싶으면 꼭 숨어 있던 문제가 튀어나온다.

"왜 그래?"

"몰라. 페달이 뻑뻑해져서 잘 안 돌아."

자전거를 세우고 페달을 살핀다. 오른쪽 페달에 문제가 생겼다. 베어링 구슬 몇 개가 빠져 있고, 남아 있는 구슬이 짓이겨졌다. 도시를 한참 지나친 산속이라 방법이 없다. 자전거에 올라 다시 페달을 밟아본다. 베어링이 삐걱거린다. 페달을 열댓 번 돌릴 때마다 반대쪽으로 한 번씩 돌려주면서 짓이겨진 베어링 구슬을 풀어준다. 평지라면 큰 무리 없이 달릴 수 있을 법한데 오르막이다 보니 페달을 뒤로 돌릴 여유가 없다. 그리고 비가 내리기 시작한다.

"환장하겠군."

분무기로 뿌리는 것처럼 흩뿌려지는 비를 피해야 할지 말아야 할지 고민하다 보니 어느새 옷이 다 젖어버린다. 비가 점점 굵어진다. 산 중턱에 이르고부터 계속 숲길만 이어지고 있어서 굵어진 빗줄기를 피하려 해도 마땅히 피할 곳이 없다. 울창한 숲을 가로지르는 길 한가운데서 열심히 페달을 밟는 것 외엔 할 수 있는 일이 없다.

계속해서 내리는 부슬비와 그보다 더 많은 땀이 온몸을 적신다. 가뜩이나 힘든 오르막에서 뻑뻑거리는 페달 때문에 신경이 곤두선다. 가끔 지나가는 자동

차는 좁은 길을 가로막고 있는 자전거가 귀찮다는 듯 신경질적으로 경적을 울리며 지나간다. 빠른 속도로 지나가는 큰 화물차 때문에 깜짝 놀라 휘청거리다 길옆 도랑으로 빠지는 자전거를 간신히 잡아 세운다. 다시 자전거를 길 위에 올리고 주변을 둘러본다. 아무도 없는 빽빽한 숲 속 산길에서 비와 땀으로 범벅이 된 한 자전거 여행자가 가쁜 숨을 몰아쉬고 있다. 나뭇잎을 때리는 빗소리, 멀리서 들려오는 이름 모를 새의 울음소리, 도랑을 타고 흐르는 빗물 소리, 그리고 나의 거친 숨소리. 순간 엄청난 외로움이 몰려온다. 내가 지금 여기서 뭘 하고 있는 거지? 그리고 나도 모르게 입가의 미소가 지어진다.

"왜 갑자기 미친놈처럼 실실거리는 거야?"

"나 정말 이 여행에 최선을 다하고 있나봐. 이런 느낌 처음이야."

"아이고 그러세요? 30대 중반이나 되어서 처음으로 무언가에 최선을 다하는 느낌을 받으셨다니 참 대견하십니다."

"최선을 다했던 순간이야 많지. 지금보다 훨씬 힘들었던 적도 많았고. 근데 100퍼센트 완전히 나의 자발적인 의지로 이렇게 오랫동안 하나의 목적을 위해 몸을 내던진 적은 없었던 거 같아. 알아. 이 나이가 돼서야 처음 이런 느낌을 알았다는 게 얼마나 한심한 노릇인지. 그래도…… 한심하긴 하지만……. 지금 이 순간이 너무 즐거워."

나도 모르게 환호를 지른다. 조용한 숲 속에서 낮은 울림이 느껴진다.

"여행 몇 년 만 더 했다간 아주 실성하겠네."

"넌 지금 이 순간이 즐겁지 않아?"

"즐겁지. 비에 쫄딱 맞고, 땀 삐질삐질 흘리면서 남의 나라 산속에서 자전거 타는 게 얼마나 즐겁냐. 이 순간을 위해 최선을 다하고 있으니까. 미래의 어떤 결과물을 위한 것이었다면 극복해야 할 짜증이겠지만, 지금 이 순간을 위한 거니까. 그러니까 이렇게 엉망진창인 상황에서도 즐거울 수 있고, 최선을 다할 수 있겠지. 이 느낌 잊지 마. 언제나 지금의 즐거움을 위해 최선을 다하자고."

"절대 잊고 싶지 않아."

비는 계속 내리고 날까지 어두워진다. 가로등도 없고, 비 때문에 손전등도 꺼낼 수 없는 처지다. 자전거를 끌고 하염없이 걷는다. 작은 마을이 나타난다. 불이 켜져 있는 어느 집 처마에 무작정 자전거를 세우고 비를 피한다. 처마 밑 테이블에 앉아 있던 아이들이 멀뚱히 쳐다본다. 괜히 친한 척하며 다가가 의자를 하나 차지하고 앉는다. 무관심하게 앉아 있던 한 친구가 기타를 튕기며 노래를 부른다. 노래 참 잘한다. 우쿨렐레를 꺼내 친구가 잡는 기타의 운지를 보며 연주를 따라 한다. 친구가 슬며시 미소를 지어 보인다.

동네 한량 같은 친구 셋이 더 모인다. 네 명의 친구가 줄이 하나 없는 기타를 주거니 받거니 하며 노래를 부른다.

"이 자식들 한두 번 놀아본 솜씨가 아닌데."

한 친구가 기타를 퉁기기 시작하면 연습이나 한 듯이 각자의 파트에서 화음을 넣어가며 노래를 부른다. 일본 포크송 느낌의 인도네시아 노래가 이 밤과 잘 어울린다.

한 친구가 코코넛으로 만든 술을 가져와 한 컵 따라준다. 오늘은 또 어디에 텐트를 쳐야 할지, 어디서 몸을 씻어야 할지 머릿속이 복잡하지만, 고급 바에 앉아 값비싼 와인을 음미하며 라이브 음악을 듣는 양 코코넛 술을 홀짝거리며 친구들의 노래를 듣는다. 친구, 술, 음악. 세상에 이보다 즐거운 조합은 그리 많지 않다. 수마트라 어느 산동네에 어디에도 없을 낭만이 흐른다.

"나름 근사한 밤이다."

피곤이 몰려온다. 늘어지게 하품을 한다. 한 친구가 잠자는 동작을 하며 어디서 잘 건지 묻는다.

"글쎄. 나도 모르겠다."

멋쩍은 웃음을 지으며 어깨를 한번 으쓱한다. 친구가 여기서 자라고 문을 열어준다. 집인지 가게인지 술을 파는 것 같긴 한데 다른 상품은 보이지 않는다. 가게 안도 텅 비어 있고, 넓은 바닥에 돗자리만 깔려 있다. 친구들도 모두 이곳에서 자려는지 각자 한 자리씩 차지하고 눕는다. 이 친구들뿐만 아니라 주인아줌마와 아이들도 있다. 우리도 한쪽에 자릴 잡고 눕는다. 잠자리를 얻은 건 다행인데 비와 땀에 젖은 몸을 씻지도 않고 자려니 찝찝하다. 그리고 너무 춥다.

대형 화물차가 지나가는 소리에 잠에서 깬다. 모두 어딜 갔는지 주인아줌마

혼자 청소를 하고 있다. 추워서 밤새 쭈그리고 잤더니 몸이 뻐근하다. 크게 기지개를 한번 켜고 일어난다. 아줌마가 다가와 어제 먹은 술값을 치르라며 손을 내민다.

"뭐야 이건."

짜증이 몰려온다. 같이 있었던 친구들의 전화번호를 대라고 따져 묻는다. 인상을 쓰며 언성을 높이자 순순히 내민 손을 집어넣고 그냥 가라 한다. 떠날 준비를 하고 자전거에 타려는데 자전거 위에 올려놨던 장갑이 없다. 아줌마에게 묻는다. 그 친구들이 가져갔다고 순순히 자백한다. 곧 온다 해서 친구들을 기다린다.

한 시간 뒤 친구들이 트럭을 타고 나타난다. 지레 겁을 먹은 아줌마가 경찰이 어쩌고저쩌고하며 친구들을 나무란다. 한 친구가 어색한 웃음을 지으며 장갑을 내놓는다. 공사장에서 일하는 모양인데 자전거용 반장갑이 갖고 싶었나 보다. 속상하다. 차라리 안쪽에 있는 걸 슬쩍했으면 며칠 뒤 어디서 잃어버렸나 보다 하고 말을 바보같이 눈에 빤히 보이는 걸 들고 가서 어젯밤의 추억까지 엉망으로 만들다니. 씁쓸하게 친구들과 인사를 나누고 돌아선다.

얼마 남지 않은 오르막을 힘겹게 달려 산 정상에 있는 토바 호수에 도착한다. 가슴이 확 트이는 넓은 호수의 경치가 장관이다.

"힘들게 오르막 오르면서 안 좋기만 해보라고 별렀는데, 흠……. 오길 잘했다

찰랑거리는 호수의 맑은 물소리

좋은 기억은 좋은 기억대로,

나쁜 기억은 나쁜 기억대로

다 지나간 추억으로……

는 생각이 드네."

선착장에서 섬으로 들어가는 배를 탄다. 호수가 얼마나 큰지 호수 안에 있는 섬의 면적이 서울보다도 크다. 섬에 도착해 여행자용 숙소가 모여 있는 지역으로 이동한다. 이곳의 숙소가 가격대비 세계 최고라는 소문이 있다. 세계 최고인지는 모르겠지만, 문을 열면 바로 호수에 뛰어들 수 있는 멋진 숙소를 충분히 만족스러운 가격에 구한다.

언제나처럼 도착기념으로 호숫가 앞에 앉아 맥주를 마신다. 파도 소리와는 또 다른, 찰랑거리는 호수의 맑은 물소리가 좋다.

"장갑을 그냥 주고 올걸 그랬나봐."

"뭘 그걸 아직까지 담아두고 있어."

"계속 마음에 걸리네."

"그놈들도 잘못했어. 잊어버려. 다음에 비슷한 일이 생기면 그땐 쿨하게 줘버리라고. 그나저나 여기 근사하니 참 좋다. 일주일만 푹 쉬었다 가자."

"그러자. 여기까지 달려오느라 수고했다."

낮게 형성된 구름 사이로 붉은 석양이 진다. 멋지다. 좋은 기억은 좋은 기억대로, 나쁜 기억은 나쁜 기억대로 다 지나간 추억으로 머릿속에 자리 잡는다. 오늘부턴 토바에서의 즐거움을 위해 최선을 다 해야겠다.

23

방글라데시 다카

"여긴 뭐야 도대체……."

세계에서 인구밀도가 가장 높은 방글라데시의 수도 다카의 첫인상은 한마디로 혼돈 그 자체다. 수많은 사이클릭샤, 오토릭샤, 자동차가 좁은 도로에서 조금이라도 앞서 가려고 머리를 디밀고 경적을 울려댄다. 사람의 힘으로 달리는 사이클릭샤와 자동차가 같은 속도를 낼 수 없으니 길이 열려도 흐름이 원활할 수 없다. 차선도 없고, 큰 교차로가 아니면 교통신호도 없다. 그 틈바구니에서 사람들은 자유롭게 무단횡단을 한다. 양보의 미덕은 존재하지도 않고 존재할 수도 없다. 이 모든 상황이 30도를 훌쩍 넘어서는

뜨거운 날씨 속에서 벌어진다.

그 와중에 펑크가 난다. 길옆에 자전거를 세우고 바퀴를 분리한다. 순식간에 수십 명이 우릴 에워싼다. 특별한 이유는 없다. 그냥 자전거 고치는 외국인을 구경하고 싶을 뿐이다. 땀이 줄줄 흐르고, 정신이 사나워 짜증이 날 법도 하지만 이들의 행동에 그 어떤 악의도 없다는 걸 알고 있다. 새로운 나라에 왔다는 설렘에 이들의 과도한 호기심이 더해져 오히려 웃음이 나온다. 수리를 완료하고 자전거를 세우자 사람들이 환호와 박수를 보낸다.

"여러분 제가 해냈습니다! 펑크를 완벽히 메꿨어요!"

"하하하! 재미있는 나라다."

"어서 가자. 사람들 더 몰려들기 전에."

웜샤워로 연락된 모함메드 대신 그의 친구 쉬플루가 우릴 맞아준다. 쉬플루는 어설픈 한국말로 반갑게 인사한다. 한국에 1년 정도 있었다고 한다.

"아 그래? 한국에서 무슨 일했는데?"

"아니야. 여행했어. 서너 번 여행한 거 다 합치면 1년 정도 돼."

아무런 생각 없이 내뱉은 말에 뒤통수를 맞는다. 나도 모르게 얼굴이 달아오른다. 머릿속에 박혀 있는 그릇된 편견이 부끄럽다.

쉬플루는 우리가 머물 곳이라며 큰 건물에 있는 넓은 집에 데리고 간다. 이곳은 개인 집이 아니라 여행을 좋아하는 사람들의 모임에서 운영하는 클럽하우스 같은 곳이다. 우리와 연락했던 모함메드도 이 모임의 회원이다. 이곳에 있는 친구 모두 밖에서 볼 수 있는 평범한 방글라데시 사람과는 다른 부류의 사람들이다. 그동안 여행한 나라 중 가장 열악한 나라에서 가장 부유한 친구들을 만났다는 게 역설적으로 느껴진다.

쉬플루는 왜인지 한국이 제2의 고향이라며 우리에게 보내는 호의가 대단하다. 뭐든 필요한 게 있으면 말만 하라고 하면서 돈 쓸 생각은 하지도 말라고 설레발친다. 이유야 어쨌든 반갑게 맞아주는 친구의 환대가 마냥 기쁘다.

이튿날, 모함메드가 쉬플루와 함께 클럽하우스에 온다. 모함메드는 깔끔한 차림에 지식인 풍모를 풍긴다. 그는 이미 일 년 넘게 자전거 세계 일주를 한 경험이 있다. 그중에는 한국도 포함되어 있다. 우리나라 언론과 인터뷰도 했다고 한다. 첫인사와 이런저런 얘기를 나누고, 저녁을 대접해주겠다고 해서 밖으로 나온다.

평온한 클럽하우스와 달리 밖은 여전히 혼돈 상태다. 오토릭샤를 하나 잡아 탄다.

"얼마나 가야 해? 차가 엄청나게 밀리네."

"다카에서는 거리와 시간이 아무런 상관이 없어. 꼭 붙잡아."

오토릭샤 아저씨가 욕처럼 들리는 말을 몇 마디 던지고는 앞차가 빠지자마자 쏜살같이 달리기 시작한다. 정체된 도로에서 요리조리 끼어들고 빠지기를 능숙하게 해내며 질주한다. 굉장한 재주다. 정체된 도로의 상황과 다르게 스릴이 넘친다.

목적지 근처에 내려 길거리 찻집에서 차를 한 잔 마신다. 이곳에선 어디서든 작은 노점찻집을 쉽게 찾을 수 있다. 길을 가다가도 갑자기 멈춰 차 한 잔 마시는 모습을 자주 접한다. 서두르지 않고 잠시 앉아 마시는 밀크티 한 잔의 여유가 이 혼란스런 도시에서 살아가는 지혜가 아닌가 싶다.

차를 마시고 도착한 곳에 어제 잠시 만났던 쉬플루의 삼촌이 우릴 기다리고 있

다. 경직된 관공서 분위기가 나는 건물로 들어간다. 카메라를 꺼내자 쉬플루가 손을 흔들어 주의를 준다. 무언가 비밀스러운 거래를 하는 것처럼 보인다. 우리의 여권을 확인하고 창고로 데려간다. 창고에는 다양한 종류의 술이 쌓여 있다. 관리자가 맥주 한 박스를 가리킨다. 맥주를 집어 들고 나온다. 다른 무슬림 국가와 마찬가지로 방글라데시도 음주를 허용하지 않기에 외국인인 우리의 신분을 이용해 맥주를 사는가보다.

쉬플루가 알고 있던 한국 식당이 없어져서 근처에 있는 고급스러운 중국 식당에 간다. 종업원이 안내한 방에는 둥근 탁자와 노래방 기계가 있다. 우리가 맥주를 가져온 걸 알고 얼음 통을 하나 갖다 준다. 비싼 코스 요리가 차례차례 나온다. 맥주를 마시며 맛있는 중국 요리를 먹는다. 시원한 맥주, 중국 요리, 노래방 기계, 식당의 개인룸. 우리에겐 다 흔해빠진 것들이지만 평범한 방글라데시 사람은 이 중 어떤 것도 쉽게 접할 수 없다.

갑자기 쉬플루 삼촌의 여동생이 반주도 없이 노래를 부르기 시작한다. 앨범을 두 장 낸 가수라고 한다. 오디오형 가수가 분명한 여동생은 큰 덩치와 다르게 하늘거리는 미성으로 인도풍의 노래를 멋들어지게 부른다. MP3로만 듣던 인도 노래를 직접 들으니 그 밀고 당기는 음색의 애잔함이 더욱 애간장을 태운다기보다 연극을 처음 봤을 때처럼 민망해서 똑바로 바라보기가 힘들다. 노래가 끝나고, 뒤늦게 참석한 여동생의 친구가 갑자기 노래방 기계의 음악에 맞춰 춤을 추기 시작한다. 전문 댄서라고 하더니 과연 골반의 움직임이 예사롭지 않다.

"가만 보면 성적 금기가 많은 문화일수록 뒤에선 더 관능적인 문화가 발달하는 것 같아."

"욕망의 크기는 같으니까."

흥이 붙은 삼촌이 댄서 아줌마에게 계속 춤을 추라고 강요 아닌 강요를 한다. 댄서 아줌마는 그리 내켜 하지 않으면서도 일단 춤을 시작하면 굉장한 몸놀림을 선보인다. 그러자 삼촌이 댄서 아줌마를 향해 돈을 뿌린다. 그 모습에 눈살이 찌푸려진다. 모두 신이 났는지 시끄러운 음악을 틀어놓고 그 작은 공간에 나와 춤을 추기 시작한다. 흥겨움과 불편함이 교차한다.

잠깐 숨 좀 돌리러 밖으로 나온다. 삼촌의 운전기사 아저씨가 차 앞에서 불쌍하게 쪼그리고 앉아 있다. 삼촌의 성격으로 보아 운전기사 일이 만만치 않을 게 분명하다. 아저씨에게 담배를 한 대 권한다.

"잘나가는 사업가라더니 무슨 조직의 보스 같아. 다들 삼촌 눈치 보는 것 같기도 하고."

"사업이든 조직이든 잘나가면 다 그런 거지 뭐. 분위기를 보아하니 삼촌이 그 클럽에 재정지원을 하고 있지 않나 싶기도 하고……. 너무 꿍해 있지 마. 그래도 우리 대접해주겠다고 만든 자린데."

"아니야. 고마워. 그냥 좀 이질적이어서 그런 거야."

담배를 피우고 있는 사이에 모두 자리를 정리하고 나온다. 시종일관 점잖은 모습을 유지하고 있던 모함메드가 사람들의 취기를 이해하라 하고는 집으로 돌아간다. 우리도 집으로 돌아온다.

쉬플루는 딱히 하는 일이 없는지 매일같이 클럽하우스에 찾아와서 밥을 사

주고 노닥거린다.

"한국이 왜 제2의 고향이라는 거야?"

"한국에 여행 갔을 때 어떤 아저씨를 만났어. 길 가는데 날 다른 사람으로 착각하고 아는 척을 하더라고. 방글라데시 친구가 있었는데 나하고 닮았데. 그런데 그 친구가 갑자기 연락이 끊겨서 한참 찾았다는 거야. 그러더니 나한테 밥도 사주고, 용돈도 주더라고. 한국에 갈 때마다 그 아저씨 만나는데 매번 그래. 그 친구랑 닮았다는 이유만으로 그렇게 친절하게 대접해주는 게 너무 고맙잖아. 한국 사람한테 감동받았어. 그래서 한국이 너무 좋아. 잠깐만 기다려봐."

쉬플루가 어딘가로 전화를 건다.

"그 아저씨의 친절이 또 이렇게 우리에게 전해지는구나."

"그러고 보면 세상에 좋은 사람이 참 많아. 그지?"

"우리가 그 덕을 톡톡히 보고 있잖아. 지금."

쉬플루가 전화기를 건넨다.

"이거 전화받아봐."

"누군데?"

"그 한국 아저씨."

전화기 너머에서 한국말이 들려온다.

"그 친구 어떻게 만났어요?"

"방글라데시 여행하다가 우연히 만났어요. 쉬플루가 아저씨 얘기 많이 하네요."

"그 친구가 한국에서 일하고 싶다고 했거든. 그래서 일자리를 구해주고 싶은데, 만나면 말이 통해야지. 몇 개월 뒤에 한국 온다던데 그때 같이 만나서 얘기 좀 할 수 있을까요?"

"죄송한데 저는 그때까지 여행이 안 끝날 거 같아요. 혹시나 해서 하는 얘긴

데 이 친구가 여기서 꽤 부유한 측에 속하거든요. 어떤 일을 구해주시려는지 모르겠지만, 흔히 제3세계 노동자들이 하는 공장일이라면 이 친구가 선뜻 받아 들일지 모르겠어요."

"아…….그래요?"

내가 실수했던 편견을 떠올리며 상황을 설명해주자 아저씨가 좀 의외라는 반응을 보인다. 전혀 몰랐다는 아저씨의 반응이 당황스럽다. 둘이 풀어갈 일에 괜한 참견을 한 건 아닌지 모르겠다. 부디 오해 없이 둘의 관계가 잘 유지돼야 할 텐데.

다카에서 제일 좋은 시간은 클럽하우스에서 친구들의 심부름이나 잡일을 보 며 사는 라주와 함께 있을 때다. 라주는 정말 순진하고 착하다. 다른 친구들이 있을 땐 조용히 한쪽 구석에 있다가 친구들이 모두 집에 가면 그때부터 조용히 다가와 말을 건다. 가끔 이곳에 찾아오는 외국인들의 대화를 어깨너머로 듣고 익힌 영어치고는 말도 꽤 잘한다.

같이 나가 저녁을 먹고 밥값을 계산하면 꼭 자기가 차를 사겠다고 찻집에 데 리고 간다. 자동 차 경적에 시끄 러운 도로 옆 노점 찻집에서 앉은뱅이 의자 에 앉아 라주와 함께 차를 마시 고, 찻집 주인아저

씨에게 농담을 건네는 순간은 다카에서 빼놓은 수 없는 시간이다.

"이런 평범한 일상이 참 마음에 들어."

"가장 평범한 생활 같은 여행을 하고, 여행이 끝난 후엔 가장 평범한 여행 같은 생활을 할 수 있으면 더 바랄 게 없겠어."

다카에선 다양한 친구를 만났다. 특이한 삼촌부터 평범한 라주까지. 우리의 선호가 어떻든 이곳에서 만난 모든 친구의 배려에 감사한다. 이들 덕분에 어느 날은 몇만 원짜리 식사를 하고, 어느 날은 몇십 원짜리 차를 마시는 극과 극의 경험을 했다. 이곳의 도로처럼 이곳에서의 기억도 뒤죽박죽이다. 하여튼 다카는 참 재미난 곳이다.

24

방글라데시 미르자뿌르

복잡하다. 도심이 아니라도 어디나 사람과 차로 북적인다. 뜨거운 날씨와 먼지, 교통체증, 시끄러운 경적 소리. 신경이 날카로워진다. 쉴 때만이라도 조용한 곳에서 편히 있고 싶지만, 방글라데시에 한적함이란 단어는 없다. 가게 앞에 앉아 음료수를 마시고 있으면 주변에 있는 사람들이 몰려들어 우릴 에워싼다. 보통 이삼십 명, 읍내 장터 같은 곳에선 사오십 명, 사람이 없는 곳을 피하려고 길가에 멈춰도 족히 열 명은 모여든다. 그들은 멀뚱멀뚱 바라볼 뿐 아무런 행동도 하지 않는다. 정말 굉장한 호기심이다. 간혹 개중에 어설프게나마 영어를 하는 사람이 다가와 악수를 청하고 말을 걸면 우리와 사람들의 간격은 급격히 좁아진다. 귀를 열고 알아듣지도 못할 말을 경청한 후에 그 사람이 떠나면 다시 거리를 두고 물러서서 물끄러미 바라본다. 바람 한 점 들어오지 못하게 꽉 막고 서있는 사람들을 보고 있자니 나도 모르게 헛웃음이 나온다.

"그것참, 뭐가 그렇게 신기할까?"

"이 호기심을 적으로 만들면 우리만 피곤해. 그냥 유명한 스타가 됐다 치자

고."

"동물원의 원숭이가 아니고?"

해 질 무렵 한 주유소에 멈춘다. 공간도 넓고, 화장실도 있고, 간단한 요기를 할 수 있는 식료품점도 있는 주유소는 텐트 치기 좋은 장소다. 주유소에 딸려 있는 조그만 식당 앞에 앉아 목을 축이며 분위기를 살핀다. 역시나 사람들이 모여든다. 토피를 쓰고 덥수룩하게 턱수염을 기른 친구가 앞으로 나온다.

"난 따릭이라고 해. 너 여기서 뭐 해?"

"좀 쉬었다가 주유소에 텐트치고 자려고."

"그러지 말고 우리 집에서 자지 않을래? 여기서 조금만 가면 돼."

아무런 기대가 없던 곳에서 갑작스럽게 집으로 초대하는 친구와의 만남은 그 뜻밖의 상황만큼이나 즐거운 깜짝 선물이다.

여러 칸이 길게 이어진 따릭의 집에 간다. 널찍한 침대가 있는 자기 방을 내 준다. 플라스틱 양동이를 들고 마당 한쪽에 있는 수동펌프 수돗가에서 빨래도 하고, 물을 끼얹으며 오늘 흘린 땀을 씻어낸다. 옷을 갈아입고 주방이 연결돼 있는 안방으로 간다. 따릭의 아버지가 오셔서 인사한다.

"금방 저녁 준비할게 잠깐만 기다려."

따릭이 밖으로 나간다. 아버지가 아무 말씀도 없이 부리부리한 눈으로 빤히 쳐다본다. 뭘 어찌해야 할지 모르겠다. 무슨 잘못을 저질러 담임선생님과 일대일 면담하는 분위기다. 잠시 후 따릭이 두툼한 소고기가 들어 있는 커리와 난을 가져온다. 긴장이 해제된다.

방글라데시에 도착하고부터 줄곧 이들처럼 맨손으로 밥을 먹고 있다. 처음엔 어색했지만, 요령이 붙은 뒤론 숟가락과 포크를 이용하는 것보다 편리하다. 아무렴 손보다 좋은 도구는 없다. 왼쪽 팔뚝에 모기가 앉는 경우만 아니라면 권장할 만하다.

맛있게 밥을 먹고 방으로 돌아온다. 아버지가 따라오셔서 방을 둘러보고는 따릭을 나무란다. '손님 대접이 이게 뭐냐 이놈아!'라고 혼내시는 것 같다. 따릭이 어찌할 줄 몰라 하며 방을 정리하는 모습에 내가 다 송구스러울 지경이다. 방 점검을 마친 아버지가 돌아가고 따릭과 우리만 남는다. 침대에 걸터앉아 이런저런 얘기를 나눈다. 따릭은 무슬림에 대한 세상의 오해가 억울하다는 듯 열변을 토해낸다.

"아프가니스탄이나 파키스탄의 폭력적인 무슬림은 진짜 무슬림이 아니야. 오사마 빈 라덴도 미국의 조종을 받고 있는 거지 진짜 무슬림이 아니야. 내가 지금 한국 사람이라고 우긴다고 한국 사람이 되는 게 아니잖아. 그들은 자기들이 무슬림이라고 말하지만, 진짜 무슬림이 아니야. 알라는 모든 걸 사랑하고, 사람을 죽이지 말랬어. 남을 해하는 사람은 무슬림이 아니야."

"알아. 알아. 다 서방세계 언론의 농간이지. 너무 흥분하지 마."

자신의 종교가 오해받고 있는 상황이 꽤나 속상한 모양이다. 아무렴 무슬림은 오해를 넘어서 비난까지 받고 있으니 내가 봐도 안타깝다. 오늘만큼은 좋은 친구와 좋은 잠자리를 마련해준 알라에게 감사의 마음을 전해야겠다.

역시나 따릭은 꼭두새벽같이 일어나서 잠을 깨운다. 조금이라도 더 자려고 애를 써보지만 더워서 잘 수도 없다. 지붕이 얇은 함석판이라 해가 뜨면 금세 방 안이 찜통이 된다. 일어나서 어머니가 차려주신, 도루묵 맛이 나는 생선 반찬으로 밥을 먹는다.

"아버지가 같이 학교에 가재."

"무슨 학교?"

"아버지가 여자대학교 선생님이거든. 학생들한테 네 얘기를 들려주고 싶으신가 봐."

"여자대학교? 아버지 부탁이라면 당연히 가봐야지."

담임선생님과 일대일 면담하는 느낌이 나더라니 역시 선생님이셨다. 무슬림 국가의 여자대학교란 말에 괜한 호기심이 발동한다.

아버지를 따라 집을 나선다. 대학교라 하여 차를 타고 시내로 나갈 줄 알았더니 집 옆으로 나 있는 밭고랑 샛길로 들어선다. 밭고랑과 논두렁을 가로질러 도착한 벌판 한쪽에 작은 건물 하나가 덩그러니 서 있다. 나무로 기둥을 세우고 함석판으로 덧대 붙인 허름한 건물이다. 그런 건물 안에서 열댓 명의 여학생이 수업을 받고 있다.

"그럼 그렇지. 대학교가 아니라 무슨 야학당 분위기네."

알고 보니 따릭의 아버지가 이 학교의 교장선생님이었다. 교무실에 가서 아버지의 소개로 선생님들과 인사를 나눈다. 작은 규모의 학교치고는 나름 과목별로 선생님이 잘 배치돼 있다. 선생님들이 모두 무보수로 일한다고 하는 것으

로 보아 지역 여성을 위한 봉사 학교인 것 같다. 방글라데시 여성의 문맹률이 굉장히 높다고 하던데, 이런 시골 동네에서 그런 문제를 해결하려고 노력하는 모습이 인상적이다.

아버지와 선생님을 대동하고 교실에 들어간다. 히잡을 둘러쓰고 쑥스러운 듯 멋쩍은 웃음을 짓는 아이들과 인사를 나눈다. 여성의 사회활동 제약이 많은 나라인 만큼 여기 있는 아이들은 외국인을 접할 기회가 거의 없을 것이다. 아마도 아버지도 그런 생각에 우릴 데려왔을 텐데 선생님이나 학생이나 영어를 할 수 있는 사람이 없다.

"아쉽다. 이런 저런 얘기를 나누면 좋으련만."

별수 없이 인사만 나누고 집으로 돌아온다.

말쑥하게 차려입은 따릭과 친구 아잘이 우릴 기다리고 있다. 함께 사이클릭샤를 타고 시내로 나간다. 시장에서 선물용 스윗을 한 박스 산다. 스윗은 말 그대로 달달한 과자다. 우리나라 음식과 비교를 하자면 그나마 약과하고 좀 비슷하다고 할 수 있는데, 훨씬 부드럽고 엄청나게 달다. 방글라데시에선 남의 집에 방문할 때 꼭 스윗을 선물로 사간다고 한다.

버스를 타고 오토릭샤를 타고 한참을 달려 도착한 곳은 따릭의 처가다. 따릭의 아내가 임신 중이라 친정에서 지내고 있다. 원래 계획에 있던 방문인지 우리 때문에 만든 방문인지 모르겠다. 하여간 이 동네 친구들은 여기저기 데리고 다니기를 참 좋아한다. 무거운 몸으로 점심상을 준비하는 걸 보니 괜히 찾아와서 따릭의 아내를 귀찮게 하는 건 아닌지 모르겠다. 밥도 퍼주고, 반찬도 하나하나 정성스럽게 접시에 놔준다. 정전으로 천장의 선풍기가 멈추자 아내가 따릭 옆에 서서 밥 먹는 동안 내내 부채질을 해준다. 그 모습이 사랑인지 인습인지 분간하기 어렵다. 식사를 마치고 바로 집으로 돌아온다.

"술 한잔 할래?"

"그래. 한잔 하자."

따릭이 술을 사겠다고 해서 우리가 처음 만났던 주유소에 딸린 식당에 간다. 따릭은 식당에 들어가지 않고 문 앞에 놓인 의자에 앉는다. 그리고 시계를 보며 누군가를 기다린다. 잠시 후 한 친구가 와서는 은밀하게 작은 페트병을 하나 건넨다. 주위를 신중하게 살피며 몰래 주머니에서 주머니로 술을 주고받는 모습이 긴급작전을 벌이는 듯하다.

"맞다. 애네 술 먹으면 안 되지."

다카에 머무는 동안 너무 자연스럽게 맥주를 마셔놓아서 이 나라의 실정을 잊고 있었다.

"오케이. 술 마시러 가자."

페트병을 챙긴 따릭과 아잘을 따라 도로에서 벗어나 철로를 따라 깊숙한 곳으로 들어간다. 가로등도 없는 깜깜한 철로에서 젊은 친구들이 군데군데 무리지어 노닥거리고 있다. 이 동네 어른들의 탈선 공간인 듯하다. 우리도 철로 한쪽에 자리를 잡는다. 깜깜한 철로 주변을 수놓고 있는 반딧불이의 불빛이 신비롭다.

"자. 한 잔 받아."

따릭이 술과 사이다를 섞어 한 잔 준다. 깜깜한 철로에 앉아 주의를 기울이며 술을 건네는 모습이 마치 불량한 동네 형이 주눅이 든 꼬마에게 술을 가르치는 분위기다.

"앗 따가워. 모기 장난 아니다. 빨리 먹고 가자."

친구들의 긴장된 분위기와 상관없이 사방팔방 모기들이 공격하는 통에 가만히 앉아 있기가 힘들다. 술 좀 한다고 거들먹거리는 동네 형의 체면을 살려주고 싶지만, 너무 간지러워서 빨리 이곳을 벗어나고 싶다. 건네는 술을 바로바로 비우고 급하게 잔을 돌렸더니 깡패 형들이 깜짝 놀라 두 손을 든다. 남은 술을 후딱 먹어치우고 집으로 돌아온다.

침대에 걸터앉은 따릭이 자못 진지했던 어제와 달리 유머를 날리기 시작한다. 그런데 그 유머라는 것들이 이제는 기억 속에서 완전히 사라진 참새 시리즈 유형의 썰렁한 농담뿐이다. 너무 어처구니가 없어서 나오는 웃음을 따릭이 오해하고 농담을 이어간다.

"경제 발전과 농담의 수준은 어떤 연관이 있는 걸까?"

"분명 있을 거야. 그렇지 않고는 21세기에 이런 농담을 던질 순 없지."

알고 있는 유머가 다 떨어졌는지 이번엔 배시시 웃으며 음담패설을 늘어놓는다. 과연 이 친구가 어제 그렇게 진중한 얼굴로 알라의 말씀을 전했던 독실한 무슬림 신자가 맞나 싶다.

"우리가 정말 편해졌나 보다."

"좀 세련된 농담을 구사하면 더 좋겠지만, 지금도 충분히 좋은 친구인 건 분명해."

이튿날 역시 방을 가득 채운 뜨거운 열기에 땀을 흘리며 일어난다. 수돗가에서 샤워하고 떠날 채비를 한다.

"오늘 떠나게? 차 한 잔하고 삼촌네 놀러 가자."

"나도 더 있고 싶은데 디나스뿌르에서 누굴 만나야 해. 오늘 출발해야 제날 짜에 도착할 수 있어."

아닌 게 아니라 플랜 방글라데시와의 약속이 잡혀 있다.

"그럼 어쩔 수 없네. 잠시만 기다려."

우리가 떠난다는 얘길 듣고 온 가족이 마당으로 나온다. 따릭이 코코넛을 쪼개 안쪽에 붙은 과육을 발라준다. 어머니는 뻥튀기를 한 봉지 갖다 준다. 따릭이 두리번거리더니 이번엔 체스 판을 갖다 준다. 온 가족이 여기저기 눈에 보이는 걸 다 집어서 챙겨준다. 자전거에 실을 데도 없고, 다 짐이 될 게 뻔하지만 거절할 수가 없다. 언제나 이들은 이렇게 가진 것과 상관없이 마음이 움직이는 대로 호의를 베푼다. 그러면서 즐거워하고 더 주지 못해 미안해한다.

"이 사람들은 왜 이렇게 베풀기를 주저하지 않는 걸까? 세계 최고 수준의 행복지수가 나타나는 나라라더니 괜한 소리가 아니었어. 이 친구들과 어울리다 보면 내게도 그 행복이 전해지는 게 느껴져. 왜 가난한 나라일수록 이런 느낌이 드는 걸까? 그렇다고 가난하게 살자고 할 수도 없는 노릇이고."

"그 행복을 얻기 위해 이들처럼 가난해져야 한다는 결론을 내리면 바보 같은 일이 되겠지. 하지만 적어도 우리가 달려가는 삶의 방향이 우리가 원하는 결과를 얻기 위한 것인지는 한 번쯤 생각해볼 수 있지 않을까? 성공은 다만 행복으로 가는 여러 길들 중 하나의 길일 뿐인데도 습관적으로 행복보다 성공을 탐하지. 우린 지금 무엇을 향해 달리는 거야? 우리가 달리는 길은 분명히 행복으로 향하는 길이야? 과연 우리는 성공을 탐하지 않고 끝까지 행복에 충실할 수 있을까? 마지막까지 남은 힘을 다해 고민해야 할 문제는 바로 이런 것들이지."

따릭의 가족들 덕분에 자전거 짐이 빵빵해졌다. 우리는 그 짐보다도 더 큰 행복을 가슴에 담고 다음 여정을 향해 페달을 밟는다.

#25

방글라데시 디나스뿌르

꽝! 꽝! 꽝!

누군가 세차게 문을 두드린다. 눈을 비비고 일어난다. 숙소 직원이 한 손에 신문을 들고 호들갑스럽게 뭐라고 떠들어댄다.

"뭐라는 거야. 아침부터."

자세히 보니 신문에 우리 사진이 실려 있다. 다카에서 모함메드의 소개로 만났던 기자가 우리 이야기를 기사로 냈나 보다.

"이런 걸로 곤히 자는 사람을 깨우고 그래."

"일어나자. 잠도 달아났는데."

방에서 짐을 뺀다. 숙소에서 일을 보는 꼬마가 기우뚱거리며 무거운 짐을 열심히 날라준다. 꼬마가 귀엽기도 하고 가련하기도 해서 팁과 아이스바를 하나 사준다. 꼬마는 한 치의 망설임도 없이 팁과 아이스바를 주인에게 갖다 바친다. 배불뚝이 주인이 팁을 주머니에 쑤셔 넣고 아이스바 봉지를 뜯어 입에 넣는다.

"어떻게 교육을 시킨 거야. 못된 자식."

조그만 아이스바를 날름날름 빨고 있는 주인이 꼴 보기 싫다.

"여기도 아동의 노동을 당연한 것으로 인식하고 있나 봐."

"사실 교육받고 보호받아야 할 존재로서 아동의 개념은 그리 오래된 게 아니야. 일이백 년 전만 해도 아동은 작은 사람일 뿐 특별한 이유 없이 노동에서 열외 되는 대상이 아니었어. 서구에서 시작된 개념이니까 우리나라는 그 역사가 더 짧겠지."

"어쨌든 그건 지난 얘기고, 이젠 그렇지가 않잖아."

"여전히 그런 인식을 갖고 있는 건 안타깝지만, 변화의 속도가 다 같은 순 없어. 무조건 비난부터 하고 들어갈 일은 아니지 싶다."

숙소에서 나와 플랜 방글라데시가 있는 칸사마 지역으로 간다. 플랜 코리아에서 이 지역 담당자인 하시눌 아저씨와 연락을 취해 이곳의 플랜 활동을 돌아볼 수 있게 준비해주었다. 직원들의 아침 회의시간에 참석한다. 우리가 앉을 자리에 작은 환영의 꽃다발이 놓여 있다. 직원 분들이 순서대로 돌아가며 자기소개를 한다. 소개를 다 듣고 사무실을 돌며 부서별 업무에 대해 설명을 듣는다. 언제나 이들은 조금이라도 더 자세히 설명해주려 하지만 그동안 방문했던 플랜 사무소에서 들은 얘기와 거의 같은 내용이라 조금 지루하다.

사무실에서의 일정을 마치고 사업현장으로 자리를 옮긴다. 넓은 논을 가로질러 처음 도착한 곳은 아이들의 유치원이다. 대나무를 엮어 만든 작은 오두막에서 아이들이 수업을 받고 있다. 대나무 기둥 두 개가 얇은 양철 지붕을 떠받

치고, 누런 광목이 바닥에 깔려 있다. 한쪽 구석에 낡은 장난감이 쌓여 있고, 교육용 그림이 벽지처럼 벽을 두르고 있다. 낯선 외국인과 어른들의 방문에 아이들이 어리둥절해하며 눈을 동그랗게 뜨고 쳐다본다. 위생문제 때문인지 더위 때문인지 남자아이건 여자아이건 다 머리가 짧다. 말똥말똥 사람들을 쳐다보다가 선생님이 노래를 부르자 같이 따라 부르며 율동을 곁들인다. 어눌한 발음과 동작으로 선생님을 따라 하는 모습이 너무 귀엽다.

방글라데시는 나라 전체의 인구밀도도 가장 높은 수준이지만, 특히 아이들의 인구밀도가 굉장히 높다. 작은 오두막 유치원이 이 아이들을 다 받아들이기엔 무리가 있다. 그래서 플랜 방글라데시에서는 동네 가정집을 빌려 아이들의 놀이와 교육을 위한 어린이집 시설을 만들어 운영한다. 사실 말이 어린이집이지 마당 한쪽에 돗자리 깔고 그림책, 장난감 몇 개 늘어놓은 게 전부다. 어떤 시설이라고 하기에도 부끄러운 매우 초라하고 볼품없는 작은 공간일 뿐이다.

"플랜에 방문할 때마다 다행이다 싶으면서도 이런 모습을 보면 참 갑갑해."

"아쉬운 대로 받아들여야지. 그래도 부모의 노동 현장에 끌려가거나 집에 방치되지 않고 이렇게 모여서 체계적인 교육을 받는다는 사실만으로도 그 가치는 충분해. 어쨌거나 이곳에선 아이들이 이렇게 자라야 한다는 인식의 변화가 먼저니까."

가정집 유치원을 둘러본 후 한 아이의 집에 방문한다. 한 한국인 아저씨가 후원하는 아이의 집이다. 이곳에선 '오 아저씨'로 통하는 그 후원자분을 모르는 사람이 없단다. 그분은 매년 이곳을 방문해 유치원에서 쓰는 학용품을 지원해주고, 집수리나 자잘한 동네일도 돌봐준다고 한다. 학용품이나 지원품을 너무 많이 가져와 공항에서 문제가 생길 때도 있다고 하니 대단한 정성이다. 아마도 그 아저씨 때문에 플랜 코리아에서 우릴 이쪽 사업지역으로 연결해준 것 같다.

오 아저씨의 후원 아동인 프로샨토는 이런 방문이 익숙한 듯 당황하는 기색 없이 자연스럽게 우릴 맞아준다. 녹슨 양철지붕 위에 어울리지 않는 작은 태양전지 패널이 눈에 들어온다. 방글라데시에 하루만 머물러도 이곳의 전력 사정을 간파할 수 있다. 그 부분을 놓치지 않고 손수 태양전지 패널을 가져와 설치해주셨나 보다. 그뿐 아니라 프로샨도의 학용품, 가정용 상비약에 쓰여 있는 한글이 아저씨의 존재를 상기시킨다. 프로샨토는 아저씨가 선물한 자전거를 소중한 보물인 양 방에 숨겨놓고 내놓지 않는다.

"대단하시다. 이렇게 지속적으로 관심 갖기가 쉬운 일이 아닌데. 처음에는 어떤 사명감에 불타서 후원을 시작했는데, 언젠가부턴 통장의 잔액이나 살피고, 가끔 날아오는 아이의 소식이나 받아보고 말게 되더라고."

"그러면서 세상에 무언가 베풀고 있다는 만족감은 챙기고?"

"맞아. 프로샨토뿐 아니라 프로샨토 주변 환경까지 꼼꼼히 신경 쓰는 아저씨의 정성을 보니까 진짜 후원이라는 게 뭔지 다시 생각해보게 돼."

마지막으로 방문한 곳은 아이들이 클럽 활동을 하는 공간이다. 역시나 서너 평밖에 되지 않는 대나무로 만든 작은 오두막이다. 중학생 정도 되는 아이들이 모여 사교모임을 갖고 자율학습도 하는 공간으로 쓰인다. 플랜 방글라데시는 이곳에서 아이들의 목소리를 듣고 사업에 반영할 수 있도록 노력한다고 한다. 호기심 많은 아이들의 질문에 여행 이야기를 들려준다. 아이들이 작은 오르간 반주에 맞춰 노래로 답례한다. 노래를 끝으로 오늘의 일정을 마친다.

"여긴 다른 나라보다도 훨씬 더 상황이 안 좋은 것 같아."

"애들이 워낙 많아야지."

"가난이 행복의 조건이 아닌 건 확실해졌다."

"개인의 가난은 상황에 따라선 자기 발전의 원동력으로 활용할 수도 있어. 하지만 사회의 가난은 개인의 발전조차 막아버릴 뿐이야."

사업지역을 둘러보는 내내 열댓 명의 아이들이 졸졸 따라다녔다. 유치원이나 초등학교에 있던 아이들은 그나마 위아래 옷과 슬리퍼를 신고 있었지만, 우리를 졸졸 따라다니던 대부분의 아이는 달랑 반바지 하나 걸치고 맨발로 뛰어다니며 외국인을 구경하기 바빴다. 많은 후원단체가 제아무리 노력한다 해도 모든 아이를 돌볼 순 없다. 아마도 그 아이들은 후원단체에서 지원하는 그 작은 혜택도 받지 못하는 아이들일 것이다. 중간중간 캠코더를 돌려 자신들이 찍

힌 영상을 보여주면 아이들은 신기해하며 좋아라 깔깔거린다. 그러면 아이들의 웃음소리에 미소가 지어지다가도 순간순간 굉장히 서글퍼진다. 바보 같은 놈들이 지네가 어떤 상황에 처해 있는지도 모르고 그저 웃기만 한다.

난 그리 착한 놈도, 동정이 많은 놈도 아니다. 하지만 온종일 이런 아이들에게 둘러싸여 하루를 보내면, 도대체 어떻게 해야 이 아이들에게 가장 기본적인 삶이라도 살아갈 수 있는 환경을 만들어줄 수 있는 건지 한 번쯤 고민하지 않을 수 없다.

플랜 사업장을 방문할 때면 언제나 밝은 웃음으로 맞아주는 아이들 때문에 기쁘게 웃다가도 항상 씁쓸한 마음으로 방문을 마치게 된다. 외면할 수도 없고, 해결할 수도 없는 상황. 이런 상황이 몹시 슬프고도 안타깝다.

#26

네팔 모랑

"와, 여기도 몰라보게 바뀌었네."

네팔 국경을 넘는다. 7년 전 이 국경으로 네팔에 들어온 적이 있다. 길눈이 어두운 편이 아닌데도 어디가 어딘지 도통 감을 잡을 수 없다. 인구밀도가 워낙 높은 나라를 거쳐 와서 그런지 네팔이 매우 한적하게 느껴진다. 사람들로 북적이지 않으니 오물도 덜하고 그에 따른 악취도 덜하다. 여유로운 마음으로 플랜 네팔을 향해 달린다.

"너무 일찍 왔나?"

"그렇다고 마냥 기다릴 수도 없잖아. 우선 전화해봐."

자전거로 움직이다 보면 약속시각을 정확히 맞추기 어렵다. 약속했던 날보다 4일이나 일찍 도착했고 하필 오늘이 일요일이다. 조심스럽게 이 지역 담당자인 칼반 아저씨에 전화를 건다.

"지금 사무소 앞에 있나요? 금방 갈 테니 조금만 기다려요."

온화한 인상의 칼반 아저씨가 사무소로 온다.

"길 찾는데 어렵진 않았어요?"

"너무 쉬워서 4일이나 일찍 왔는걸요."

칼반 아저씨는 밝은 웃음으로 우릴 맞아주신다. 아저씨도 우리와 같은 몽골계여서 옆집 아저씨를 만난 것처럼 푸근하다.

"맥주 한잔 할래요?"

"저야 좋죠."

칼반 아저씨와 다른 플랜 직원인 주주 아저씨를 따라 근처 술집에 간다.

"이 술자리는 플랜과 상관없는 개인적인 자리예요."

우리가 비디오를 찍기 위해 이곳에 온 걸 알고 있고, 틈이 날 때마다 비디오를 꺼내 찍다 보니 술자리와 플랜이 엮여 괜한 오해를 사지 않을까 걱정이신 모양이다.

"이것도 개인적인 기록이에요. 걱정하지 않으셔도 돼요."

그다음 날 아침 일찍 플랜 사무소에 간다. 직원 분들이 현관에 나와 장미꽃과 실크 머플러를 목에 둘러주며 환영 인사를 건넨다. 과도한 환영 인사가 민망하다. 환영 인사 후 언제나처럼 사무실을 돌며 각 부서의 직원들과 인사를 나누고 부서의 업무에 대한 설명을 듣는다. 예산을 관리하는 부서에 각 후원국에서 보내온 후원금의 규모를 도표화해 놓은 자료가 있다. 한국에서 지원된 후원금이 다른 나라와 비교도 할 수 없이 적다.

"부끄럽게도 우리나라가 꼴등이네요."

"한국은 지원을 시작한 지 오래되지 않았잖아요. 수혜국에서 지원국으로 바뀐 나라는 세계에서 한국이 유일해요. 대단한 일이지요. 전혀 부끄러워할 필요 없어요. 오히려 자랑스러워 할 일이에요."

칼반 아저씨가 나의 부끄러움을 누그러뜨려 준다.

"한눈에 들어오는 자료를 보니 우린 아직 멀었구나."

맨발로 뛰어다니는 아이들이 낯선 여행객을 수줍게 반기고
꽃다발로 환영을 하는 높은 땅, 네팔

"수혜국에서 지원국으로 바뀐 유일한 나라라잖아."

"그러니까. 실컷 도움을 줬더니 나 몰라라 하면 어떻게 되겠어? 우리가 자랑스러워하려면 우리가 받았던 도움을 잊지 않고 그에 부합하는 도움을 베풀었을 때나 가능한 거 아니야? 그렇지 않다면 오히려 괘씸하지 않겠어? 우리의 행동에 따라서 향후 국제 구호단체의 정책이 바뀔 수도 있는 문제야. 그 유일함에 엄청난 책임감이 담겨 있다고."

"이제 시작이니까. 점점 나아질 거야."

사무소를 다 돌아본 후 사업지역으로 이동한다. 처음 도착한 곳은 초등학교다. 학교 관계자분들이 앞에 나와 장미 한 송이와 화환을 목에 걸어준다.

"여긴 꽃 주고 화환 걸어주는 게 환영 인사인가 봐."

여름 방학기간이라 학교에 아이들이 없다. 플랜 네팔에서는 그 시기에 맞춰 증축 공사를 진행 중이다. 넓은 부지에 올라가고 있는 2층 건물이 플랜 방글라데시에서 운영하던 학교와 달리 진짜 학교다워 보인다. 다른 나라의 플랜을 방문했을 때와 거의 비슷한 동선으로 기본 사업지역을 둘러본 후 이번 방문의 주 목적지인 달릿 빌리지로 향한다.

달릿 빌리지는 말 그대로 달릿들이 사는 마을이다. 달릿이란 힌두 카스트 제도의 한 계층을 말한다. 정확히 말하면 카스트 제도 안에 들어가지 못하는 계층이다. 힌두 카스트에는 크게 브라만, 크샤트리아, 바이샤, 수드라라는 네 가지 신분이 있다. 달릿은 카스트의 굴레에 있으나 그 신분제도에 포함되지 않는다. 그들의 분류에 따르면 달릿은 사람이 아니라 사람의 형상을 한 어떤 생물일 뿐이다. 영어로는 Untouchables, 우리말로 불가촉천민이라 하고, 간디는 이들을 보호하고자 신의 아이들이란 의미로 하리잔이라 칭했다. 그들은 힌두 사회에서 가장 어렵고 힘든 일을 도맡아 한다. 사람들은 그들과 접촉하면 영혼이 더러워지고, 그들이 만지는 물건은 불결한 것이 된다고 여긴다. 하여 달릿은 침이 튀지 않게 접시를 목에 두르고 다녀야 했고, 지나간 흔적을 없애기 위해 빗자루를 허리춤에 끼고 다녀야 했다. 인도에서는 법적으로 카스트 제도가 폐지된 지 오래다. 네팔 역시 50년 전쯤에 법적으로 폐지됐다. 하지만 카스트는 수천 년을 이어온 이들의 인습이다. 달릿 빌리지라는 동네가 존재한다는 건 여전히 그 굴레에서 살아가고 있다는 의미다.

산 중턱에 차를 세우고 저만치 보이는 마을로 걸어 올라간다. 한 꼬마가 내려와 손님의 방문을 확인하고 마을로 뛰어간다. 울퉁불퉁한 자갈길을 전혀 신경 쓰지 않고 맨발로 뛰어다니는 아이를 보고 있자니 탄성이 절로 나온다. 많은 사람의 환영을 받으며 마을에 들어선다. 마을 사람들에게서 또 세 개의 화환이 받는다. 형편이 어려워서인지 꽃보다 잎을 많이 엮어 만든 화환이다. 이들의 방식대로 두 손을 모으고 고개를 숙여 감사의 인사를 건넨다. 그 모습이 재미있는지 사람들이 웃음을 터뜨린다. 산 아래로 보이는 전경이 참

좋다. 하지만 이들의 신분 때문에 이렇게 산 중턱에 떨어져 지낼 수밖에 없는 상황이라고 생각하면 좋은 경치가 곧이곧대로 보이지 않는다.

칼반 아저씨의 안내에 따라 마을을 둘러본다. 산기슭을 깎아 만든 계단식 논에 막 모내기를 끝낸 모가 심어져 있다. 잘 자라고 수확이 빠른 옥수수도 많이 보인다. 그리고 여기저기 염소 우리가 많다. 얼마 전까지 플랜 코리아에서 6개월간 이곳에 염소 보내기 사업을 했다. 총 80마리의 염소가 이들에게 제공됐다고 한다.

"이 염소들이로군요."

"네. 이 염소들이 플랜 코리아와 함께 진행한 사업의 결과죠. 80마리였던 염소가 벌써 130마리까지 늘었어요."

"새끼를 아주 잘 낳나 보네요."

"일반 염소와 종자가 좋은 숫염소를 교배해요. 그래야 더 건강한 염소를 얻을 수 있거든요. 이 녀석들을 식량으로 활용하기도 하고, 팔아서 생활비를 만들기도 해요. 염소 똥은 화력이 좋아서 연료로도 아주 그만이에요."

멀리 떨어진 이름 모를 사람들의 정성이 모여 마련된 염소 한 마리 한 마리가 이렇게 이들의 삶을 유지하는 중요한 생계수단으로 쓰이고 있다. 흡족한 표정으로 애지중지 염소를 쓰다듬는 이들을 바라보고 있자니 덩달아 나까지도 염소가 예뻐 보인다.

"세상에 염소 따위가 예뻐 보이다니."

산 중턱에 드문드문 자리 잡은 많은 가정의 염소 우리를 둘러보고 오늘의 일정을 마친다.

"오늘도 여기저기 돌아다니느라 수고했다."

"피곤해도 성과가 있으면 괜찮을 텐데, 이렇게 비디오 찍어봐야 어디에 쓰나 싶기도 하고. 이걸로 뭔가 달라지길 기대할 수 있는 걸까?"

"성과는 개뿔. 하나도 달라지지 않아. 그런 기대하지 마."

"너무 단호한 거 아니야? 그럼 넌 왜 플랜에 방문하기로 한 거야?"

"우리가 지금 어디에 있니? 한국에서 4,000킬로미터나 떨어진 네팔에 있어. 지금까지 자전거를 타고 얼추 9,000킬로미터를 달려서 이 먼 곳까지 왔다고. 자전거로 9,000킬로미터를 달리다니 말도 안 되지. 페달 한 번 밟으면 1미터를 움직인다고 해보자. 그럼 우린 지금까지 페달을 900만 번 돌린 거야. 900만 번이나! 900만 번이라니까 머릿속에 잘 그려지지도 않네. 근데 우린 그걸 했고, 그래서 지금 여기에 있는 거야. 놀랍지 않냐? 나는 우리가 플랜에 방문해서 비디오 찍고 하는 일이 그 900만 번의 페달질 중 한 번이라고 생각해. 한 번의 페달질로는 어디도 갈 수 없지만, 그 페달질의 누적은 어마어마하지. 쉽게 드러나진 않지만, 누적의 힘은 엄청난 거거든. 우리의 플랜 사무소 방문은 아무것도 바꿀 수 없어. 단 한 번의 페달질일 뿐이잖아. 그런데 혹시나 수십 년 후에 세상이 조금 변한다면 그땐 살짝 웃어도 되겠지. 우리 때문에 1미터 더 변한 거니까. 어쨌거나 지금 눈에 보이는 성과를 바라는 건 욕심이야. 난 그 욕심이 너의 페달질을 멈추게 할까 봐 걱정스러워."

"수십 년 후라면 그런 변화를 기대할 수 있을까?"

"아니면 수백 년 후라도. 누적의 힘은 반드시 그 모습을 드러내게 돼 있어."

내게 화환을 걸어주던 달릿 아주머니의 미소가 아른거린다. 21세기에 인간 대접도 못 받는 아주머니의 미소. 수백 년이라니, 이들에게 그 시간은 너무나

가혹하다. 7년 뒤 다시 네팔에 와봐야겠다. 아마 다음 7년도 내가 생각했던 것보다 이곳이 훨씬 변해 있을지 모른다. 그러면 또다시 세상의 변화에 놀라워하며 새로운 마음으로 여행할 수 있겠지. 그렇지 않다면 14년 뒤에라도……. 그러다 보면 언젠간 우리의 1미터를 확인할 수 있지 않을까?

#27

네팔 바르디바스에서 카투네베시까지

양쪽으로 나뉜 갈림길 앞에 멈춘다. 지도를 펼쳐놓고 한참을 고민한다.

"고속도로를 왜 이렇게 멀리 돌아가게 만들었을까?"

"카트만두 자체가 높은 고도에 있어. 어쨌든 오르막을 피할 순 없어. 어차피 올라가야 할 고도라면 짧게 가는 게 낫지 않아?"

"이거 영 느낌이 안 좋은데."

"레이디보이는 느낌이 좋아서 따라갔냐?"

"이 자식은 잊을 만하면."

"가자. 오르막 한번 신 나게 타 보자고."

네팔 남부를 횡단하는 평탄한 고속도로에서 벗어나 북쪽으로 방향을 돌린다. 방향을 꺾자마자 히말라야의 시작을 알리는 오르막이 눈에 들어온다. 숨을 깊게 들이마시고 페달을 밟는다.

맛보기로 200미터 언덕을 오르고 다시 100미터를 내려간다. 일정한 고도를 목표에 두고 달릴 때, 힘겹게 오르막을 오른 후 나타나는 내리막은 그리 반가운

내리막이 아니다. 카트만두의 고도는 1,300미터다. 고도 자체는 그리 높지 않다. 하지만 카트만두까지의 거리가 200킬로미터다. 이 말은 그 사이에 얼마나 많은 산을 넘어야 하는지 알 수 없다는 얘기다. 다시 나타난 오르막 앞에 잠시 멈춰 숨을 고른다. 지나가던 트럭 한 대가 멈춘다.

"어디까지 가요?"

"아저씨 가는 데까지요."

행여 좋은 기회를 놓칠라 무조건 고개를 끄덕이고 자전거를 차에 싣는다. 이런 산동네는 갈림길이 많지 않아서 방향이 틀어질 일이 거의 없다. 길은 곧 비포장 자갈길로 바뀐다. 물웅덩이가 종종 나타나고, 차도 거북이걸음을 할 수밖에 없는 좁은 산길이 꼬불꼬불 이어진다.

"그렇지. 고속도로를 빙 돌아가게 만들었다면 다 그 이유가 있는 거야."

"참 빨리도 말한다."

차는 30여 킬로미터를 달리고 한 마을에 멈춘다. 말이 30킬로미터지 트럭으로도 한 시간 반이 걸린 험한 길이었다. 다행스럽게도 마을에서부터 다시 아스팔트 길이 시작된다. 그리고 거대한 산이 눈앞에 나타난다. 산 둘레로 몇 겹이나 되는지 알 수 없는 지그재그 길이 정상 부근까지 이어져 있다. 게임용 레이싱 코스도 이따위로 만들어놓으면 사람들이 욕할지 모른다. 180도 커브 길을 돌고 돌며 끝없이 이어지는 오르막을 오른다. 간신히 정상 부근에 도착해 산 뒤로 넘어간다.

"뭐야 이거."

이걸 보고 산 너머 산이라고 하는 것인가. 산 뒤로 더 높은 산이 떡하니 버티고 있다. 다시 지그재그 산길을 오른다. 고도 1,350미터 지점에 이르러서야 오르막이 끝난다.

"아이고. 나 죽네 나 죽어."

180도 커브 길을 돌고 돌며

끝없이 이어지는 오르막 길을 올라간다.

턱까지 차오른 숨을 고르고,

다시 페달을 밟는다 ……

올라올 때만큼 꼬불꼬불한 내리막이 나타난다.

"앓는 소리 적당히 해. 네가 선택한 거야."

정상에 있는 허름한 식당에서 밀크티를 한 잔 마신다. 높은 곳에 올라오니 경치는 좋다. 힘들어서 불평불만을 쏟아내게 하는 곳은 어디나 멋진 풍경을 보여준다. 반대편 산 중턱에 띄엄띄엄 집들이 보인다. 제대로 된 길도 없어 보이는 산중에서 어떻게들 살아가는지 신기할 따름이다.

잠시 완만한 길이 이어지더니 올라올 때만큼 꼬불꼬불한 내리막이 나타난다. 페달 한 번 밟지 않고 15킬로미터를 내려온다. 힘들게 올려놨던 고도를 순식간에 900미터나 까먹는다. 내리막 끝에는 공사현장이 있다. 그리고 그 지점부터 비포장길이 시작된다.

지금까지 자전거 타기 가장 힘들었던 나라는 단연 라오스다. 라오스에서 흙먼지가 풀풀 날리는 오르막에서도 그나마 비가 오지 않는다는 게 얼마나 다행스러운 일인지 큰 위안으로 삼았었다. 우기 때 라오스에서 자전거를 타면 그곳이 바로 지옥이겠구나 싶었다. 바로 이곳처럼……

좁은 산길, 땅에 박힌 주먹만 한 자갈, 질퍽한 땅, 기어를 최저 단으로 내리고 몸의 체중을 다 실어도 바퀴가 헛도는 경사. 자전거 여행자의 의지를 시험하기 좋은 종합선물세트 같은 길이다. 인후는 아까부터 말이 없다. 불평불만을 늘어놓거나 욕지거리를 내뱉는 것도 그럴 만한 여유가 있을 때나 가능한 일이다. 머릿속은 하얀 백지장이 되어 그저 어떻게든 이 길을 빨리 벗어나야 한다는 일념으로 10미터를 끌고 올라가서 턱까지 차오른 숨을 고르고, 다시 10미터를 끌고 올라가서 숨 고르기를 반복한다. 간혹 차 지나가는 소리가 들리면 자전거를 실은 수 있는 트럭인지, 짐칸은 비어 있는지 확인하기 바쁘다.

"저기 트럭 하나 온다. 잡아. 잡아. 잡아!"

멀리서 소형트럭 하나가 다가온다. 필사적으로 차를 잡아 세운다. 아저씨가 측은한 얼굴로 한참을 바라보고는 짐칸을 열어준다. 기쁜 마음으로 자전거와 함께 짐칸에 올라탄다.

"이제 좀 지옥에서 벗어나려나?"

하지만 기쁨도 잠시, 차에 걸터앉아 숨 고르기가 무섭게 이곳의 지형을 너무나 잘 알고 있는 운전사 아저씨의 질주가 시작된다. 앉아 있는 건 고사하고 차를 잡고 서 있기도 힘들 만큼 차가 덜컹거린다. 차가 들썩일 때마다 쓰러지려는 자전거를 일으켜 세우느라 진이 빠진다. 50킬로그램이 넘는 자전거를 다리 사이에 끼우고 한 손으로는 핸들을, 다른 한 손으로는 차를 잡고 간신히 버틴다. 갑자기 장대비가 쏟아진다. 하지만 단 한 순간도 비를 피해야겠다는 생각을 할 수 없을 만큼 들썩이는 자전거를 지탱하는 데에 온 힘을 쏟는다. 아저씨의 산악 레이싱은 18킬로미터를 달린 후 어느 공사장 앞에서 끝난다.

"여기서부턴 길이 좋을 거야."

아저씨는 자전거를 내려주고 공사장으로 들어간다. 우리는 눈앞에 보이는 작은 마을에 들어가 가게 앞에 자전거를 세운다. 다리가 후들거리고 팔에 경련이 인다. 가게 주인아주머니에게 받아든 찻잔에 격렬한 파동이 인다.

힘든 길을 달릴 때면 더 힘든 상황을 상상하며 그 순간을 위로하곤 한다. 이를테면 오늘 같은 경우 차를 못 얻어 탔다면, 비가 아니라 눈이었다면, 그 사이에 펑크라도 났다면 하는 더 힘든 상황들. 하지만 그런 상상이 위안이 되기는커녕 오히려 지금의 상황을 더 진저리나게 할 만큼 가혹한 길이었다. 따뜻한 밀크티 한 잔과 과자부스러기를 먹으면서 정신을 가다듬는다.

"이제 좀 정신이 들어? 여기서 계속 죽치고 있을 수 없잖아. 다시 가 보자."

여전히 비포장길이 이어지지만, 경사는 완만해졌다. 세상 누구에게라도 '이걸 길이라고 해요'라고 자신 있게 소개할 수 있는 길다운 길이다. 숨을 헐떡이지 않고 자전거 페달을 밟을 수 있는 길이라면 지금은 그것으로 족하다. 지금 포장, 비포장을 따지는 건 사치스러운 생각이다. 이제야 좀 마음의 여유를 갖고 주변 경치를 둘러보려고 하는 순간 다시 비가 쏟아진다.

"거 적당히 좀 합시다!"

하늘을 향해 꽥 소리를 지른다. 산동네는 마을과 마을 사이의 거리가 멀어서 비 피할 장소를 찾기가 어렵다. 물은 마음을 편하게 해주는 속성이 있다. 그래서 모든 걸 포기하고 비에 흠뻑 젖으면 오히려 기분이 더 상쾌해지기도 한다. 하지만 그것도 뽀송뽀송한 잠자리가 보장돼 있을 때나 기대할 수 있는 낭만일 뿐이다. 해가 지기 전에 비가 그치기만을 바라며 추적추적 내리는 빗속을 하염없이 달린다.

날이 저물 무렵 길가에 있는 작은 가게에 멈춘다. 비에 젖은 옷을 짜내고 따뜻한 밀크티를 한 잔 마신다. 막막하다. 비는 그칠 생각을 안 하고, 주변엔 숙소는 고사하고 텐트를 칠 평평한 공간조차 보이지 않는다. 넋이 나간 사람처럼 멍하니 앉아 밀크티를 홀짝이는 것 외엔 할 수 있는 일이 없다. 한 아저씨가 와서 옆자리에 앉는다. 근처에 있는 학교 선생님이란다.

"여기서 뭐 해?"

"모르겠어요. 비 맞고 추워서 따뜻한 차 한 잔 마시려고 멈췄어요."

"오늘 어디서 자려고?"

"모르겠어요. 근처에 숙소도 없는 것 같은데, 비도 오고 텐트 칠 데는 없고."

거의 눈물이 날 지경이다.

"그럼 우리 집에 가서 자."

항상 이런 식이다. 내가 무슨 영광을 보겠다고 여기서 이런 고생을 하고 있

나 회의가 들 때면 마치 그에 대한 대답처럼 어김없이 이런 만남이 이루어진
다. 험한 여행을 해서 이런 만남이 생기는 게 아니다. 이런 만남이 있기에 험한
여행을 계속 이어가는 것이다.

아저씨가 가게 주인한테 말해 자전거를 가게에 맡기고 아저씨를 따라간다.
작은 개천을 건너 산 안쪽으로 들어간다. 아저씨가 비춰주는 작은 손전등 불빛
에 의지해 조심스럽게 걸음을 옮긴다. 이미 빗물이 흘러내리는 도랑이 돼버린
길을 따라 한참을 걸어 올라간다. 어두운 산길을 오르고 올라 큼직한 물소 세
마리가 따로 우리도 없이 한쪽 구석에서 여물을 씹고 있는 집 앞에 멈춘다.

아저씨의 딸이 구멍가게를 겸하고 있는 작은 방에 조촐한 술상을 차린다. 이
미 어디서 한잔하고 오신 아저씨와 술잔을 든다. 아저씨는 시종일관 미소를 짓
고 있지만, 눈가에는 알 수 없는 그늘이 드리워져 있다.

"세상 살기가 너무 힘들어. 선생질을 하고 이 가게를 해도 입에 풀칠하기가
어려워. 이 나라는 희망이 없어."

"선생님이 그런 말씀을 하시면 어떡해
요. 아이들에게 희망을 주셔야죠."

"희망이 없는 걸 어떡해."

"아이들이 희망을 받고 자라야 희망이
생기죠. 그런 말씀 마세요."

"아니야. 이 나라는 희망이 없어."

오늘 무슨 안 좋은 일이 있는지 아저씨
가 한숨을 푹푹 내쉬며 푸념을 늘어놓는
다. 아저씨의 모습이 너무 애절하고 안타
까워서 하나하나 빠뜨리지 않고 귀를 기
울여주고 싶지만, 사실 지금 우린 아저씨

의 넋두리를 모두 받아주기엔 몸이 몹시 피곤하다. 그리고 비와 땀에 젖은 축축한 옷 때문에 찝찝하고 무척이나 춥다.

"그래. 내가 너무 쓸데없는 얘기를 늘어놨네. 피곤하지?"

"네팔에서 자전거 타기가 쉽진 않네요."

술상이 치워진다. 아저씨가 자기 방을 내주며 잠자리를 봐준다. 아저씨의 얘기를 끝까지 들어주지 못해 죄송스럽고, 이런 잠자리를 내줘 고맙다. 아저씨에게 인사하고 침대에 눕는다. 온몸이 뻐근하다. 너무 힘든 하루였다. 곧 깊은 잠에 빠져든다.

"잘하면 오늘 내에 도착할 수 있겠다."

카트만두까지 55킬로미터가 남았다. 여전히 산길이 이어지지만, 수도에 다다른 만큼 더는 비포장길이 나오지 않는다. 마음에 여유가 생기니 산 아래로 펼쳐진 풍경이 눈에 들어온다.

산 정상에 있는 가게에서 따뜻한 밀크티를 한 잔 마시고, 다시 카트만두를 향해 페달을 밟는다. 끊임없이 이어지는 오르락내리락 고갯길을 넘는다. 한 시간쯤 달렸을까? 또 비가 내린다.

"또 오네. 어떡하지?"

"뭘 어떡해? 피해야지. 짜이 한잔 더 먹는 셈 치자고."

비가 내리면 특별한 수가 없다. 비를 맞으며 계속 달리든지 가게에 앉아 비가 그치길 기다리든지 둘 중의 하나를 선택해야 한다. 이곳까지 오는 동안 비를 너무 많이 맞아서 빗길 주행이 지긋지긋하다.

"오늘 내에 카트만두에 도착할 수 있을까?"

기다리는 시간이 길어지면서 슬슬 조바심이 나기 시작한다.

"아직……은 괜찮아."

비가 몇십 분 단위로 내리고 그치기를 반복한다. 우리도 그 시간에 맞춰 자전거 타고 멈추기를 반복한다. 해가 지려면 세 시간이 남았고 남은 거리는 30킬로미터다. 평소 같으며 비를 맞더라도 한 번에 달려버릴 만한 거리다. 하지만 길 상태를 예측할 수 없어서 이 30킬로미터가 세 시간이 될지 다섯 시간이 될지 가늠이 안 된다. 고도가 높아져서 날도 춥다. 비를 쫄딱 맞고도 목적지에 도착하지 못하면 괜히 감기몸살만 날 수 있다. 비의 상태를 보며 조금씩 조금씩 앞으로 나아간다.

"이제 일몰까지 한 시간 반 남았어. 남은 거리는 25킬로미터고. 오늘 도착하긴 힘들겠어."

"비만 그치면 아직 가능해. 포기하지 마. 오늘은 뽀송뽀송한 침대에서 좀 자보자."

희망을 접지 않고 힘차게 페달을 밟는다. 하지만 1킬로미터를 못 가 또 비가 내린다. 30분 후에 비가 그치고 다시 달린다. 역시 1킬로미터를 채 달리기 전에 다시 비가 쏟아진다. 짜증이 밀려온다. "오늘 도착하긴 글러 먹었다. 플랜B는 뭐야?"

"플랜B? 짜이 한잔하면서 플랜C 생각하기."

근처에 있는 식당 들어가 밀크티를 한 잔 마신다. 산동네를 벗어나 도심이 시작되는 곳이라 마땅히 텐트를 칠 만한 공간이 보이지 않는다. 사실 비가 오면 어디건 텐트 치기가 힘들다.

"오늘은 숙소 잡자. 괜히 무리하다 감기 걸리지 말고."

식당을 지나가는 한 아저씨에게 근처에 숙소가 있는지 묻는다.

"어디가?"

아저씨가 한국말을 건넨다.

"한국말 할 줄 아세요?"

"한국말 조금 해요. 옆집 아저씨 한국말 잘해. 한국에서 일했어. 그 아저씨한테 물어봐요."

식당 옆에 있는 구멍가게에 간다.

"안녕하세요."

"한국 사람이에요? 중국 사람인 줄 알았어요. 그래서 말 안 걸었어요."

"혹시 이 근처에 저렴한 게스트하우스 있나요?"

"게스트하우스 하나 있는데 좀 멀어요. 그냥 우리 집에서 자지 않을래요?"

"아저씨 집이요? 저야 감사하죠."

"그럼 좀만 기다려요. 8시에 가게 문 닫고 같이 올라가요."

또 이렇게 좋은 인연을 만났다. 우리는 가게 한쪽에 앉아 아저씨를 기다린다. 8시에 3층 건물 맨 아래층에 있는 가게 문을 닫고 2층으로 올라간다. 딸과 아들이 멋쩍은 듯 우리에게 인사를 건넨다.

"한국에 얼마나 계셨어요?"

"5년 동안 일하고, 7년 전에 돌아왔어요. 동생은 한국 여자랑 결혼해서 한국에 살아요."

"그렇구나. 저분이 아내분이세요?"

옷장 위에 있는 액자를 가리킨다.

"네. 내 아내."

"아주 미인이시네요. 지금 어디 가셨어요?"

"아내 3년 전에 죽었어요."

아저씨가 씁쓸한 웃음을 짓는다.

"배고프지요? 우선 밥부터 먹어요."

딸이 차려준 저녁을 먹는다. 아저씨가 침대 밑에 있는 술병을 가져온다.

"락시 마셔봤어요? 네팔 소주."

"똥바랑 몇 가지 먹어봤는데 이름은 잘 몰라요."

"한 잔 마셔 봐요."

아저씨가 권하는 락시를 한 잔 받는다.

"어우 이거 뭐야?"

무심코 들이켠 술이 목을 타고 넘어가 식도를 통과하는 느낌이 생생할 정도로 확 달아오르는 독주다.

"원샷을 하면 어떡해요. 이거 100도짜린데."

"100도요?"

"100도. 내가 담근 술이에요."

"진작 말씀해주시지. 아시잖아요. 한국 사람들 첫 잔은 원샷."

"맞아. 그렇지. 잠깐 잊어버렸어요."

"왜 이렇게 독하게 만드셨어요."

"아내가 생각날 때마다 한 잔씩 먹는 술이에요."

다시 분위기가 가라앉는다.

아저씨는 5년간 한국에서 열심히 일한 돈을 모아 이렇게 3층 건물을 짓고, 1층에 가게를 내었다. 타지에서 고생했던 기억을 뒤로하고, 이제야 가족들이 모두 모여 행복하게 살 수 있는

환경을 만들었는데, 그 행복을 누리려는 순간 아내가 세상을 떠나고 말았다. 아저씨는 한국에서 일하는 동안 아내의 병을 돌보지 못한 것에 대해 자책하고 있는 듯 보였다.

"사랑하는 사람을 잃는다는 건 얼마만큼의 슬픔일까?"

"만약 네가 그렇게 간절히 원하는 네 짝을 만난다면, 그때 느낄 수 있는 기쁨의 반대만큼이겠지. 아니다. 그 순간의 기쁨에 함께한 기쁨을 더하고, 앞으로 기대되는 기쁨을 더한 만큼의 반대겠네."

"짝을 만나는 것만으로 행복이 보장되는 게 아니구나."

간단히 술자리를 끝낸 후 아저씨는 자기 침대를 내주고 아들 방으로 간다. 우린 하루 종일 기대했던 뽀송뽀송한 침대 속으로 들어간다.

"항상 힘든 상황이 닥칠 때마다 이런 분들이 나타나는 걸 보면 우린 정말 운이 좋아. 비가 내리고 그치기를 반복할 때마다 조금씩 움직인 게 이렇게 정확히 아저씨 가게 앞에서 끝날 줄 누가 알았겠어. 정말 대단한 우연이고 대단한 행운이야."

"이 아저씨를 만난 것만 따지면 대단한 우연이긴 하지. 근데 이 아저씨를 못 만났다면 우린 지금 뭘 하고 있을 것 같아? 아마 또 다른 누군가의 도움을 얻었을 걸? 여행 시작한 지 얼추 1년이다. 매번 이렇게 행운이 찾아온다는 건 말이 안 돼. 행운이 일상처럼 찾아온다면 그건 더 이상 행운이 아니야. 이제 인정할 때가 됐어. 우리가 사는 세상이 원래 이런 거야. 우린 그동안 진짜 세상의 모습을 모르고 있었어. 1년 동안 충분히 느꼈잖아. 사기가 난무하고, 각종 질병이 나타나고, 정세가 불안하다고 만류하는 곳에서 얼마나 많은 사람과 술잔을 기울이고, 친구라 외치면서 즐겁고 행복한 시간을 보냈냐. 물론 가끔 장사치들하고 얼굴을 붉히고, 플랜 사업장에서 세상의 부조리를 확인하기도 하지만 우리가 사는 세상이 탐욕이나 시기, 질투보다 사랑, 우정, 자비 같은 소중한 가치들이 훨씬 더 광범위하게 퍼져 있다는 사실을 이젠 믿어 의심치 않아."

"그래. 이게 진짜 세상이었어."

"영화나 소설에만 존재한다고 믿고, 정작 현실에선 찾으려고 하지 않았던 그 감정들을 더 캐내 보자고."

"곧 내 앞에 아름다운 그녀가 나타날 것처럼 말하는군."

"곧 인지는 모르겠지만, 진짜 세상이 이렇다면 네 바람도 마냥 어리석은 사랑 타령이 아닌 건 분명해. 우주 씨에게 더 간절함을 드러내 봐."

"그 친구가 낯을 가려서 선뜻 나서질 않는다니까."

그렇다. 여행 1년. 이제 우린 세상이 아름답다 말할 수 있게 됐다. 내 생애 이보다 값진 1년이 또 있었을까? 그렇다면 다음 1년은 도대체 뭐가 기다리고 있을까? 몸서리치게 흥분된다.

#29

인도 깐뿌르

"No problem."

길거리의 작은 식당에서 밥을 먹는 사이, 자전거에 올려뒀던 장갑이 없어졌다. 수십 명의 꼬맹이가 에워싸고 시끄럽게 떠들더니 개중에 한 놈이 슬쩍 가져간 모양이다. 눈을 부라리며 장갑을 찾자 한 아저씨가 와서는 장갑을 가져간 아이가 없다며 그냥 갈 길을 가라 한다. 그러면서 연신 '노 프라블럼, 노 프라블럼'만 반복한다.

"노 프라블럼 같은 소리 하고 앉아있네. 웃기지 마. 난 문제가 있어. 장갑을 꼭 찾을 테니 두고 봐."

어느 나라나 시골 사람은 그들만의 순박함이 있다. 아무리 사건 사고가 많은 나라라 하더라도 시골의 정겨움은 크게 다르지 않다. 하지만 여기는 인도다. 인도에선 어디서도 방심은 금물이다. 단 한 순간만 경계를 늦춰도 꼭 이 같은 사고가 발생한다.

호기심의 크기만 따지면 인도는 방글라데시의 적수가 못 된다. 문제는 그 호기심의 표현이다. 인도의 호기심은 굉장히 극성스럽다. 일정한 거리를 두고 나름 신사적으로 구경하는 방글라데시 사람과 달리 인도 사람은 무척이나 치근덕거린다. 타인에 대한 배려 같은 건 안중에도 없다. 장갑 따위 잊어버렸다 생각하고 돌아서면 그만이다. 하지만 이들의 생각대로 순순히 물러서서 우리가 떠난 다음 장갑을 들고 히죽거리는 얼굴을 상상하기도 싫다.

인상을 쓰고, 언성을 높이며 이들과 대치하기를 30분. 어떤 아저씨가 장갑을 들고 나타난다.

"장갑 여기 있어. 이제 가."

낚아채듯 장갑을 뺏고 가게에서 떠난다.

"아주 지긋지긋하다."

"뭘 그렇게 호들갑이야. 인도 처음 와본 사람처럼."

"그때도 이 정도는 아니었어."

"그때는 자전거가 없었잖아. 내 보금자리 마련해놓고 설렁설렁 여유롭게 돌아다니면야 사람들의 헛짓거리도 구경거리가 되고, 영혼이니 명상이니 하는 인도의 이미지를 맘껏 즐길 수 있지. 설령 그게 여행자들의 허영이 만들어낸 것이라 하더라도 말이야."

"그래도 이건 너무하잖아. 하루하루가 투쟁의 연속이야. 뭘 살 때마다 깎아달라는 것도 아니고 정가를 내려고 흥정해야 하고, 텐트 한번 치려면 몇 번씩 퇴짜를 맞아야 하고. 한 번 이상 여행했던 나라들은 이번 여행을 통해서 다 전보다 좋은 인상을 받았다고. 근데 여긴 완전 반대야. 아주 돌아버리겠어."

"그래. 다른 건 그렇다 쳐도 여긴 인구가 그렇게나 많은데 왜 이렇게 예기치 않은 만남이 안 생기는지 모르겠다. 그게 자전거 여행하는 재민데, 마냥 달리기만 하니 따분해."

입을 삐죽 내밀고 지루하게 페달을 밟는다. 곧 '깐푸르'라는 도시에 들어간다. 이곳에 카우치서핑 멤버가 있어서 메시지를 보냈었다. 메일을 확인하려고 인터넷 카페를 찾는다. 인터넷 카페가 있다고 사람들이 알려준 방향으로 돌고 돌다가 구석진 작은 동네에 들어선다.

"여긴 도대체 어디야? 인터넷 카페는 고사하고 그냥 카페도 없을 분위기네."

지나가는 친구에게 다시 한 번 묻는다.

"복잡하니까 날 따라와."

친구를 따라 자전거 한 대가 간신히 지나갈 수 있는 좁은 골목길을 헤집은 끝에 컴퓨터가 달랑 세 대 있는 인터넷 카페에 도착한다. 메일을 확인한다. 카우치서핑 친구에게선 여전히 답변이 없다. 날은 어두워졌고, 도심에 들어와서 텐트 칠 곳도 마땅치 않다. 한숨 쉬며 인터넷 카페에서 나온다.

"못살겠네."

메일을 확인하는 그 짧은 시간에 외국인을 구경하러 모여든 사람들로 좁은 골목이 발 디딜 틈 없이 꽉 찼다.

"어디로 갈 거야?"

인터넷 카페까지 안내해준 친구 라자가 묻는다.

"모르겠어. 혹시 이 근처에 텐트 칠 만한 조용한 곳 없을까?"

"괜찮은 곳 있어. 따라와."

불필요한 부대낌이 있을 수도 있는 상황에서 라자의 한마디로 홍해가 갈리듯 골목길이 열린다. 라자가 데려간 곳은 자기 집 뒤뜰이다. 호기심 왕성한 사람들이 바글대는 도심에서 확실한 울타리가 있는 누군가의 집보다 안전한 곳은 없다. 뒤뜰에 텐트를 치고 집으로 들어간다. 라자의 친구들과 가족이 방에 둘러앉아 낯선 손님을 맞아준다.

"나마스떼."

손을 모으고 인도식 인사를 건네자 모두가 재미있다는 듯 웃음을 터뜨린다.

자리에 앉아 포토존의 장식이 되어 친구들과 돌아가며 사진을 찍는다. 친구들이 들고 있는 핸드폰을 향해 왼쪽으로 웃음 한번 날려주고, 오른쪽으로 돌아앉아 포즈를 취해준다. 잠자리가 마련된 마음 편한 상태에선 친구들과 어울리는 순간을 여유롭게 즐길 수 있다.

라자의 누이들이 밥을 차려준다. 푸짐하게 차려진 밥상에 낯선 고기반찬이 있다.

"이거 소고기야?"

"끼마라는 요리야."

채식주의자가 많은 인도에선 도심이 아니면 고기 구경하기가 어렵다. 그리고 힌두는 소고기를 먹지 않는다.

"너 힌두가 아니었구나."

"그래. 우리 가족, 친구들 모두 무슬림이야."

종교의 영향력이 큰 나라의 인사말은 대게 그 종교에서 유래된 말이 많다. '나마스떼'는 힌두의 인사말이다. 나의 인사에 모두 웃음을 보였던 건 바로 그 때문이었다. '앗살람 알라이쿰'이라고 해야 했다.

"힌두의 나라에서 보름 만에 만난 인연이 무슬림 친구라니. 이러다 괜한 선입견이 생기겠어."

오랜만에 맛보는 소고기 반찬으로 맛있게 식사하고, 수돗가에서 몸을 씻는다. 다시 방에 들어오니 라자의 친구들과 남자 가족들은 모두 자릴 비우고 여자 가족들이 그 자리를 채우고 있다. 이번엔 여성분들이 외국인을 구경할 차례인가 보다. 아무래도 적극적으로 질문하고 사진을 찍던 남자들과 달리 여자들은 멀뚱멀뚱 바라보며 자기들끼리 속삭이는 게 다다. 몇십 분 동안 어색한 미

소를 주고받은 후 텐트로 들어간다.

웅성거리는 소리에 눈을 뜬다. 어제 봤던 라자의 친구들이 텐트 주변에 모여 있다. 주섬주섬 옷을 챙겨 입고 나와 텐트를 접는다. 라자의 친구들과 동네 순방에 나선다. 친구들 집에 들러 어르신께 인사하고 사진 찍고를 반복한다. 말도 안 통하고, 말이 통한들 할 말도 없는 상황에서 멋쩍은 웃음만 짓다 나와야 하는 게 좀 귀찮기도 하지만, 우리가 보여줄 수 있는 친절의 답례가 이것뿐이기에 즐거운 마음으로 사람들을 만난다.

동네 순방을 마치고 라자의 집으로 돌아온다. 어느새 누이들이 아침상을 봐놨다. 오믈렛, 커리, 로띠, 토스트가 푸짐하게 차려져 있다. 든든하게 아침을 챙겨 먹는다. 가족에게 감사 인사를 건네고, 자전거를 끌고 나온다. 많은 친구가 멀리 도로까지 배웅을 나온다. 큰 도로 옆에서 열댓 명의 친구들과 하나하나 악수와 포옹을 나눈다. 때로는 행사 치레처럼 느껴졌던 과도한 작별 인사가 인도에선 처음이라 소중하게 느껴진다.

"이런 느낌 얼마 만이지?"

"따지고 보면 그리 오랜만도 아닌데 굉장히 새롭게 다가온다."

"몸이 힘들다 보니까 별것도 아닌 일에 불평불만을 쏟아내지 않았나 싶어. 처음에는 이 모든 걸 하나하나 다 이해하고 받아들이려고 노력했었잖아. 초보자의 순수함과 겸허함이 많이 사라졌어. 우리의 생각과 다르더라도 다 나름의 삶이 있는 건데 그걸 우리 맘대로 재단하고 판단하려 하고 말이지."

"익숙함에 감정이 많이 무뎌져 있었나 봐."

"인도 여행을 1년 동안 무뎌진 그 감정을 되찾는 기회로 삼자. 앞으로 남은 여정을 위해서라고 꼭 다시 찾아야 해. 그건 우리의 즐거움과도 직결되니까."

뒤를 돌아보니 여전히 친구들이 손을 흔들고 있다. 고마운 자식들. 나도 손을 들어 마지막 작별 인사를 보낸다.

인도. 정말 알 수 없는 나라다. 쉽게 지나치게 되는 사소한 감정을 이렇게 하나하나 끄집어내어 생각하게 하는 것을 보면 확실히 인도는 인도인가 보다.

인도 아그라

타지마할! 유적에 그리 큰 관심이 없는 내게도 탄성을 지르게 했던 그 어마어마한 대리석 무덤을 보기 위해 다시 아그라를 찾았다. 아그라는 타지마할이 아니면 전혀 올 이유가 없는 도시다. 오직 타지마할을 보기 위해 전 세계에서 수많은 관광객이 이곳을 찾는다.

어쨌거나 우선 머물 곳을 구해야 한다. 이곳에 연락을 주고받은 카우치서핑 친구가 있다. 그 친구는 흔쾌히 방문을 허락했다. 하지만 그 집에 방문했던 여행자들이 남긴 부정적인 댓글이 방문을 주저하게 한다. 카우치서핑이 상호 간의 신뢰를 바탕으로 유지되는 커뮤니티인 만큼 부정적인 댓글은 곧 커뮤니티에서의 퇴출을 의미한다. 그래서 될 수 있으면 서로에게 부정적인 댓글을 남기지 않는 편이다. 그런데도 이 친구에겐 부정적인 댓글이 많다. 도대체 처신을 어떻게 했기에 그런 평판을 받았는지 모르겠다.

"숙소를 잡을까? 비크람네 집에 갈까?"

"음……. 비크람네 한번 가보자. 사람 잡아먹었다는 얘기는 없잖아. 기껏해야 물건 강매나 귀찮게 한다는 내용인데, 가보고 이상한 짓 하면 그때 숙소 알아보지 뭐."

카우치서핑 친구 비크람네 집 근처에 가서 전화를 건다. 비크람은 밝은 환영 인사로 우리를 맞아준다. 부모님과 아내, 아들, 딸 이렇게 여섯 식구가 사는 그럴듯한 3층 집이다. 자기 집처럼 편하게 지내라며 넓은 옥탑방을 내준다. 한낮의 뜨거운 열기를 품고 있는 옥탑방이 덥긴 하지만 그래도 이 정도면 훌륭한 잠자리다.

해가 지고 한낮의 열기가 누그러지자 옥상에 술상을 차린다. 아버지와 비크람, 비크람의 친구들과 함께 위스키에 물을 섞어 마신다. 비크람의 아버지는 정력적이고 농담도 잘 건네는 유쾌한 분이다. 우쿨렐레를 보더니 노래를 청한다. 노래를 한 곡 뽑는다. 비크람의 친구도 답가 형식으로 노래를 부른다. 흥겨운 술자리다.

"사람들 좋기만 하고만, 왜들 그렇게 부정적인 의견을 남긴 거야?"

"그렇긴 한데 그 의견들이 계속 마음에 걸리네. 선뜻 마음을 못 열겠어."

해가 뜨고 얼마 안 가 옥탑방이 달아오르기 시작한다. 땀을 흘리며 일어나서 바로 샤워실로 향한다. 땀을 씻어내고, 타지마할 구경을 간다.

타지마할에 가까워질수록 조잡한 대리석 조각을 파는 기념품점이 많이 보인다. 타지마할의 위대함과 달리 그 주변은 잡스러운 시장통이다. 타지마할 입구에서 대리석을 상하게 할 수 있는 소지품이 있는지 몸수색을 한다. 첫 번째 입구를 통과하고, 넓은 뜰을 지나 웅장한 두 번째 문을 통과하면 멀리

현재 남아 있는 모습 그 자체만으로

아름다움을 따진다면

모르긴 몰라도

타즈마할은 그중 가장 높은 곳에

위치할 것 같다.

비현실적인 놀라운 예술품이 눈에 들어온다. 타지마할 자체도 완벽하지만, 그 완벽함을 더욱 돋보이게 하는 주변 조경 때문에 바로 눈앞에 버젓이 있는데도 마치 3D 홀로그램을 보는 듯한 착각을 일으킨다.

"이건 다시 봐도 멋지구나."

세상에 훌륭한 유적은 많다. 사람마다 보는 눈이 다르고, 그 유적에 관련된 역사적 의의도 다 다르다. 어떤 유적들은 역사가 남긴 상처 때문에 그 가치가 더 고양되는 예도 있다. 하지만 그 모든 요소를 고려하지 않고, 현재 남아 있는 모습 그 자체만으로 아름다움을 따진다면 모르긴 몰라도 타즈마할은 그중 가장 높은 곳에 위치하지 않을까 싶다. 우리가 사는 세상은 이미지가 현실을 뒤덮고 있다. 너무 많은 이미지가 남발되고 현실을 포장하고 있어서 실제 모습에 실망하는 경우가 많다. 많은 사진과 글을 보고 상상력을 부풀려서 잔뜩 기대하고 있다면 실망할 각오를 하는 게 좋다. 세상에 그런 기대를 충족해줄 수 있는 건 그리 많지 않다. 하지만 타즈마할은 그 명성만큼이나 남발된 이미지가 오히려 실제 모습을 실추시키는 보기 드문 경우다.

"대단해. 어떻게 이런 걸 만들어냈을까?"

"이게 참 놀랍고도 안타까운 거야. 한 나라가 아닌 인류의 성과라고 대단해 하는 유적들 있잖아. 어떤 건 현대의 기술로도 재현하기 어렵다는 것들도 있고. 그런 유적들이 어떻게 만들어졌겠니? 어떤 소수의 의견처럼 외계의 개입설을 배제하면 그건 두말할 나위 없이 인간의 공포심이겠지. 수많은 전쟁으로 이룩한 거대한 땅덩어리와 그를 지배하는 강력한 힘, 그 아래에서 강제된 노동, 쓰러져간 노예. 위에선 해내라 하고, 중간에선 할 수 있다며 채찍을 휘둘렀겠지. 아마 그때도 '하면 된다'고 지겹게 떠들었을 거야. 지들은 하나도 안 하면서. '하면 된다'라는 긍정의 교훈이 타인에게 강요될 때처럼 엿 같은 경우는 없지. 엄청난 유적이라는 것들은 대부분 그렇게 이룩된 거라고."

"그럼 이 앞에서 눈물이라도 글썽여야 한다는 거야 뭐야?"

"이런 유적이 만들어질 때 죽어간 수많은 사람을 안타까워하며 경탄하기보다 분노하는 마음 갖고자 한다면 특별한 사명감이 필요하겠지. 그것까진 아니더라도 그저 배경에 두고 사진 찍고 나서 즐거워하는 것만으로는 부족한 감상법이 아닐까 싶어. 적어도 이게 포토존 하라고 만들어놓은 건 아니잖아."

"알았다 알았어. 어쨌든 왔으니 사진 한 방 찍자."

오랜만에 입장료가 아깝지 않은 만족스러운 구경을 하고 집으로 돌아온다.

비크람이 옥상에 올라와 장을 보러 가자고 한다. 어제 아버지가 한국 음식을 소개해 달라 해서 그러겠다고 했다. 양념이라고 할 만한 게 없어서 백숙을 요리할 생각이다.

"닭 파는 곳하고 야채 파는 곳이 달라. 돈을 주면 내가 닭을 사올게. 넌 어머니랑 시장에 가서 다른 재료를 사와."

비크람이 얘기하는 닭값이 생각보다 비싸지만, 이곳 물가도 모르는데다 어제 대접받은 것도 있고 해서 순순히 닭값을 건네준다.

"식구가 많은데 닭을 좀 더 사야 하지 않을까?"

"아니. 국물 내서 밥하고 먹는 요리라서 그 정도면 충분해."

비크람은 닭을 사러 가고, 우린 비크람의 어머니와 함께 다른 재료를 사러 간다. 슈퍼마켓에서 쌀을 비롯한 재료들을 살핀다. 비크람의 어머니가 졸졸 쫓아다니며 비싼 쌀을 사라는 듯한 분위기를 만든다. 비싼 쌀이 더 좋기야 하겠지만, 우리에겐 다 맛없는 길쭉한 인디카 종자의 쌀일 뿐이다.

"이거 뭔가 냄새가 나는데……."

슬슬 다른 여행자들의 댓글이 떠오른다. 어머니의 의견과 상관없이 저렴한 쌀과 야채를 사서 계산대 줄에 선다. 앞에서 본인이 산 물건을 계산하고 있던 어머니가 일부를 남겨놓고 우리 먼저 계산하라고 자리를 비켜준다. 쌀과 야채

등을 계산하는 동안 어머니가 점원에게 귓속말로 뭐라 속삭인다. 계산을 끝낸 점원이 물건 값의 두 배가 넘는 가격표를 찍어 보인다. 이게 어디서 수작질이야. 빠듯한 예산으로 여행을 하다 보면 물건을 집을 때 이미 물건 값을 머릿속에 계산해두는 버릇이 생긴다. 사기를 치려거든 티 안 나게 적당히 쳐야지 두 배가 넘는 가격이라니. 점원에게 따져 물어 정확한 값을 지불한다. 그 모습을 지켜보던 어머니가 입맛을 다시며 뒤로 빼냈던 물건을 다시 계산한다. 요리 재료에 간장과 고춧가루를 추가해 오늘의 메뉴를 백숙에서 닭도리탕으로 바꾼다.

슈퍼마켓 앞에서 기다리고 있던 오토릭샤를 타고 집으로 돌아온다.

"150루핀데 내가 말해뒀으니 100루피만 내."

어머니가 오토릭샤 가격을 알려주고는 집으로 쏙 들어간다. 우리의 요리 때문에 움직였으니 교통비 내는 건 문제가 안 된다. 하지만 아무리 생각해도 그 돈이 나올 거리가 아니다. 아무 말 없이 운전사 아저씨에게 50루피를 내밀어본다. 아저씨는 별말 없이 그 돈만 받고 다른 손님을 찾아 떠난다.

"왜 이러는 거야. 이 아줌마."

요리를 시작한다. 이 가족이 어설픈 꼼수만 부리지 않았어도 모두 함께 맛있는 닭백숙과 닭곰탕을 먹을 수 있었다. 우린 한국에서도 매운 음식을 잘 먹는 편에 속한다. 우리가 맛있게 먹을 수 있는 한계치로 매운맛 게이지를 끌어올린 악마의 닭도리탕을 만든다.

요리가 완성되고 옥상에 상을 차린다. 접시에 밥을 푸고, 벌건 닭고기를 하나씩 얹어준다. 국물을 뿌려주는 것도 잊지 않는다. 비크람의 아들이 숟가락을 입에 대자마자 얼굴을 찡그리며 밑으로 내려간다. 딸은 귀를 막고 입을 후후 불고는 숟가락을 내려놓는다. 비크람은 헛기침을 몇 번 하더니 접시째 들고 옥상에서 내려간다. 아버지는 땀을 뻘뻘 흘린다. 인도 사람이 이렇게 땀 흘리는 건 처음 봤다.

"인도 사람만 매운 거 먹는 줄 알았는데 한국 음식이 훨씬 맵네. 한국 사람들이 왜 강한지 알겠어."

아버지는 힘들어하면서도 맛있다는 마음에도 없는 소릴 하며 선전한다. 우린 오랜만에 매운 음식의 그리움을 달랜다.

요리를 만든 사람으로서 내게는 맛있을지언정 사람들을 골탕먹일 속셈으로 음식을 내놓는 건 벌 받을 일이다. 한국 음식을 먹어본다며 부엌에서 떠나지도 않고 심부름을 해주면서 잔뜩 기대에 부푼 얼굴을 하고 있던 아이들에게 정말 미안하다.

비크람의 아버지가 술을 한잔하자고 한다. 별로 내키진 않지만 마지못해 승낙한다.

"근데 지금 여자들이 집에 없어. 마누라가 돈을 갖고 있는데 말이지. 내가 안주를 준비할 테니까 술을 사. 돈을 주면 술을 사올게."

숙박비 대신이라고 생각하면, 혹 그게 아니더라도 그깟 술값 따위야 아무것도 아니다. 하지만 어떻게든 돈을 쓰게 하려는 그 속셈이 너무 짜증난다. 비크람과 아이들은 착하고 좋다. 이 능구렁이 같은 부모가 온 가족을 망치고 있다.

"죄송한데 저 지금 나가봐야 할 것 같아요. 오늘 밖에서 한국인 친구를 만났거든요. 그 친구가 만나자고 전화를 했네요. 술은 다음에 마셔요."

빤한 핑계를 대자 아버지의 안색이 변한다.

"왜 이랬다저랬다 하는 거야. 못 믿을 사람이구만. 내일 이 집에서 떠나줘."

"그러죠 뭐."

타지마할 구경을 마쳤으니 더는 아그라에 머물 이유가 없다.

"이런 식으로 떠나야 하다니. 씁쓸하다."

"사람들 의견이 괜한 게 아니었어."

"악의를 갖고 있어도 처세를 잘 발휘했으면 웃는 낯으로 떠날 수 있었을 텐데. 아쉽네."

어느 나라든 좋은 구석이 있으면 안 좋은 구석도 있게 마련이다. 가능하면 여행하는 모든 나라의 좋은 점만 마음에 담아 가고 싶다. 그러나 열 번 좋아도 한 번 나쁘면 정떨어지는 게 사람 마음이다. 부디 내 부주의로 그런 상황이 만들어지지 않길 바랄 뿐이다.

인도에 들어온 지 두 달이 지났다. 인도에선 힘들어도 계속 달리게 하는 자전거 여행만의 즐거움을 얻기 어렵다는 결론을 내렸다. 다른 자전거 여행자들의 말처럼 인도는 자전거 여행에 적합한 나라가 아닌가 보다.

인도를 빨리 벗어나고 싶어 뿌나에서 잠무로 가는 기차표를 예약한다. 직선 거리로만 1,600킬로미터에 이르는 이 긴 여정을 무사히 마치면 곧 국경에 다다를 수 있다.

기차 시간보다 세 시간 일찍 기차역에 도착한다. 자전거와 짐을 싣는 화물비를 흥정하려면 넉넉한 시간이 필요하다. 시간이 부족하면 진다. 화물을 관리하는 역내 사무실로 간다.

"자전거하고 짐을 실으려고 하는데요."

관리인 아저씨가 기차표와 짐을 확인한다.

"자전거만 놓고 나머지는 들고 타."

화물비 흥정에만 신경 쓰고 있던 우리에게 아저씨는 한 수 위의 기술을 선보

인다.

"네? 짐이 너무 많잖아요."

무게도 무게지만 짐이 아홉 개의 가방에 나뉘어 있어서 한 번에 들고 이동할 수가 없다. 인도에서, 특히 사람들로 북적거리는 기차역에서 짐을 놓고 움직인다는 건 어딘가에서 외국인을 주시하고 있을 어떤 이에게 깜짝 선물을 선사하는 것과 다름없다.

"No problem."

아저씨가 인도의 환영 인사를 건넨다.

"젠장 또 시작이군. 도대체 왜들 이러는 거야?"

무료로 실어달라는 것도 아니고, 옆에 버젓이 비슷한 짐들이 쌓여 있는데 왜 안 된다고 하는지 이해가 안 된다. 한 시간이 넘는 실랑이 끝에 간신히 짐을 화물칸에 싣기로 합의를 본다.

"스테이지 원 클리어."

"이런 걸로 이렇게 진을 빼야 하다니."

기차에 오른다. 안이나 밖이나 뜨거운 열기로 가득하다. 다리를 채 뻗을 수 없는 좁은 침대 좌석 2층에 눕는다. 먼지 때로 시커먼 선풍기 한 대가 옆에서 달달 거리며 돌고 있다.

"심란하다 심란해."

"스테이지 투 스타트."

너저분한 인도의 기차에선 기차 여행의 낭만을 꿈꾸기 어렵다. 인도의 기차는 독서니 사색이니 하는 고상함을 용납하지 않는다. 가만히 있어도 등에 땀이 차고, 이마의 땀을 몇 번 닦다 보면 어느새 선풍기 날개처럼 손톱에도 시커먼 기름때가 낀다. 이 상황을 벗어날 수 있는 방법 같은 건 없다. 그냥 모든 걸 잊고 자는 게 최고다. 도저히 잠이 오지 않을 때까지 주야장천 잔다.

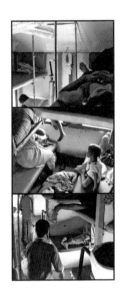

얼마나 지났을까? 땀과 기름때가 섞여 온몸이 끈적인다. 이제는 잠도 오지 않는다. 동면을 끝내고 몸을 일으킨다. 사람들이 많이 빠져나가 기차 안이 휑하다. 얼추 종착역에 다다랐나 보다. 곧 기차가 40시간의 여정이 끝내고 잠무에 도착한다.

객차에서 내리자마자 맨 뒤에 있는 화물칸으로 달려간다. 화물을 실어 나르는 사람들 사이에 서서 자전거가 나오길 기다린다. 화물로 가득 찬 화물칸이 서서히 비워진다. 그러나 화물칸이 텅 빌 때까지 자전거는 나타나지 않는다.

"정말……. 할 수 있는 건 다 하네."

"역시 스테이지가 높아지니 난이도가 엄청나군."

"지금 농담이 나와? 이거 못 찾으면 여행도 끝이야."

"우선 화물 보관소에 가보자."

역에 있는 화물 보관소에 가서 담당자 아저씨에게 영수증을 내민다. 아저씨는 영수증과 서류첩을 대충 살펴보고는 모르겠다며 영수증을 돌려준다.

"네가 찾는 짐 없어. 내일 다시 와."

밖으로 나와 짐을 실어 나르는 일꾼들과 화물 관련된 사람들 모두에게 물어봐도 모르겠단 말뿐이다. 화물 보관소 한쪽 구석에 앉아 방법을 모색한다.

"짐이 안 왔어. 거기 앉아 있어도 소용없으니까 내일 다시 오라고."

담당자 아저씨는 우리 속이 타들어가건 말건 눈에 거슬린다는 듯 한마디 쏘아붙인다.

"여긴 인도잖아. 무슨 일이 일어날지 알 수 없어. 내일 보란 듯이 짐이 나타날 수도 있으니까 우선 나가자."

터덜터덜 기차역에서 나온다. 역에서 나오자마자 릭샤꾼들이 달라붙는다. 물 만난 고기처럼 몰려드는 릭샤꾼들을 물리치고 일단 걷는다. 이런저런 궁리를 하면서 6킬로미터를 걸어 연락해둔 카우치서핑 친구 수디르 아저씨 집에 도착한다.

정원이 있는 좋은 집이다. 집안일을 보는 친구 라훌이 우리가 묵을 방을 안내해주고 수디르 아저씨에게 전화를 건다. 회사가 근처에 있는지 수디르 아저씨가 금방 집으로 달려온다. 신세 지는 입장에서 처음 보는 사람에게 부담을 지우고 싶지 않지만, 상황이 상황인지라 짐이 없어진 경위를 설명하고 도움을 요청한다.

"지금 근무 중이라 움직이기가 어려워. 사람을 보내줄 테니까 다시 한 번 역에 가봐."

짧은 인사를 나누고 수디르 아저씨는 다시 일터로 돌아간다. 우리는 40시간 동안 온몸에 들러붙은 기름때를 닦아낸다. 잠시 후 노련한 중대장처럼 보이는 군인 아저씨와 원숙한 행정보급관처럼 보이는 아저씨가 어깨에 총을 메고 나타난다.

"네가 짐 잃어버렸다는 애야?"

"네…… 그런데요."

"나와. 역에 가보게."

그러고 보니 주변이 일반 주거지가 아니라 군대 관사 지역 같다.

"오~ 수디르 아저씨 힘 좀 쓰는 사람인가 보네."

군인 아저씨들이 타고 온 지프에 올라 역으로 간다. 공권력이 적이 되면 단단히 마음먹고 싸워야 하지만, 우리 편이 되면 괜히 어깨에 힘이 들어가게 마련이다. 경적을 빵빵 울리며 달리는 거친 운전솜씨가 오히려 마음을 든든하게 한다. 기차역 화물 보관소에 도착한 노련한 중대장 아저씨가 당당하게 우리 영수증을 내민다.

"중대장 아저씨 파이팅!"

그런데 노련한 중대장 아저씨는 생긴 것만 중대장인지 화물 담당자 아저씨에게 별 대꾸를 못 한다. '수디르 씨 손님이니 잘 알아봐 주세요.' 하는 느낌이다. 하긴 더 높은 사람이라 한들 오지 않은 짐을 찾아낼 순 없다. 역시 내일 다시 와보라는 소릴 듣고 집으로 돌아온다.

저녁에 퇴근한 수디르 아저씨가 어딘가로 전화를 건다. 친구가 뭄바이 기차역의 관리자란다. 영수증 번호를 확인한 친구가 짐을 하루 늦게 부쳐 내일 도착할 거라는 답을 준다. 짐의 위치가 확인되니 일단 마음이 놓인다.

라훌이 간단한 술상을 차린다. 수디르 아저씨가 노트북을 가져와 음악을 튼다. 수디르 아저씨는 조용하고 차분해서 별말이 없다. 우린 특별한 대화 없이 럼주를 홀짝거리며 노트북에서 흘러나오는 라타 망게쉬카르 아줌마의 노래를 듣는다.

"아저씨 아직 결혼 안하셨어요? 인도 사람 결혼 일찍 하잖아요."

"그게……. 나 여자를 좋아하지 않아."

좀 남다른 느낌이 들더니만 그 느낌이 맞았다.

"방콕에서 만났던 게이 친구도 그렇더라니. 이 친구들은 상대방을 배려하는 방식이 좀 더 공손하고 섬세한 것 같아. 그게 상대방을 굉장히 편하게 해."

"달랑 두 명의 친구에서 받은 느낌으로 일반화하면 안 되지. 나도 그런 느낌이 들긴 한다만, 가진 자의 폭력보다 더 폭압적인 다수의 폭력이 당연한 듯 자행되는 사회에서 소수로 살아가는 이들이 그렇게 자신을 순응자의 모습으로 바꾸어간 건 아닐까 하는 추측을 배제하지 못하는 게 안타까워."

우린 서로의 외로움을 안주 삼아 늦게까지 럼주를 마신다.

그다음 날 일어나자마자 기차역으로 향한다. 담당자 아저씨가 영수증을 받고 화물창고 구석으로 데려간다. 자전거 체인이 빠져 있는 것 말고는 별 이상이 없다. 가슴을 쓸어내린다. 자전거에 짐을 장착하고 집으로 돌아온다.

수디르 아저씨는 온종일 TV를 보고 있다. 인도의 최고 인기 스포츠인 크리켓 월드컵 때문이다. 일주일 전에 최강팀 호주를 꺾어 한밤에 폭죽이 터지고 난리가 났었다. 오늘은 인도와 스리랑카의 결승전이 벌어지고 있다. 수디르 아저씨의 설명을 들으며 경기를 본다. 스포츠를 좋아하지만, 크리켓은 규칙도 잘 모르고 경기가 너무 길어서 지루하다. 잠깐 구경하다 방으로 돌아온다.

저녁 시간에 수디르 아저씨 친구들이 놀러 와 밖으로 나간다. 바닥에 카펫이 깔려 있고 붉은색 등이 장식된 고급스러운 식당에 자릴 잡는다. 식당 끝에 있는 작은 무대에서 조촐한 공연이 펼쳐지고 있다. 한 아저씨는 타블라를 치고, 다른 아저씨는 하모늄을 연주하며 노래를 부른다. 소박한 무대에 펼쳐지는

라이브 연주를 들으며 염소 케밥과 탄두리 치킨, 샐러드를 안주 삼아 맥주를 마신다.

공연을 마친 연주자가 우리 테이블로 온다. 수디르 아저씨 무리와 잘 아는 사이인지 서로 인사를 나눈다. 아저씨들이 연주 잘 들었다며 주머니에 돈을 찔러준다. 갑자기 하늘에서 폭죽이 터지기 시작한다. 10시간 만에 드디어 경기가 끝났나 보다. 2011년 크리켓 월드컵은 인도의 우승으로 막을 내렸다. 며칠 뒤면 지긋지긋했던 우리의 인도 여행도 막을 내린다. 폭죽을 터뜨릴 만하다.

"야호!"

#32

파키스탄 라호르에서 디나까지

"드디어 새로운 나라에 왔구나."

동남아시아와 인도는 그전에 여행한 경험이 있다. 여권에 처음 찍힌 파키스탄 입국 도장이 이전 나라와는 사뭇 다른 기분을 들게 한다. 파키스탄의 첫 모습은 아저씨들이 또삐를 쓴 것과 도로 이정표가 데바나가리 문자에서 아랍 문자로 바뀐 거 말고는 인도의 그것과 크게 다르지 않다. 한 나라였으니 당연한 일이다.

목이 말라 라씨 파는 가게 앞에 멈춘다. 주인아저씨가 다짜고짜 악수를 청한다. 큰 컵에 가득 담긴 라씨를 한 잔 들이켠다. 이곳의 분위기도 살필 겸 가격을 묻지 않고 100루피짜리 지폐를 내본다. 당연한 듯 65루피를 거슬러준다. 입가에 미소가 지어진다. 역시 무슬림 국가는 돈으로 장난질을 하지 않는다.

"생김새가 비슷하다고 파키스탄을 인도와 똑같이 취급하면 내가 가만두지 않을 테다."

기분 좋게 갈증을 해갈하고 새로운 나라에 온 설렘과 최악의 나라를 벗어난 기쁨을 만끽한다.

도로에서 오토바이 하나가 옆에 붙어 말을 건다. 어느 나라 사람이냐, 어디 가느냐, 이름이 뭐냐 등등을 캐묻는다. 그리고는 슬그머니 가버린다.

"별 싱거운 놈 다 보겠네."

우리는 계속 페달을 밟는다. 잠시 뒤 그 오토바이 친구가 다시 나타나 손을 흔들어 자전거를 세운다. 그러곤 아무 말 없이 시원한 콜라를 하나 쥐어주고는 다시 사라진다. 고맙게 목을 축이고 다시 달린다. 한 시간을 달린 후 길가에 있는 작은 가게에 멈춘다. 음료수를 하나 고른다.

"이거 얼마예요?"

가게 주인 청년이 대답을 않는다. 영어를 못 알아듣는 것 같아서 옆에 있는 학생에게 가격을 물어봐 달라고 부탁한다.

"우리나라에 온 손님이라고 돈 안 받는데요."

담배를 한 갑 집어 가격을 물어도 사람 좋은 웃음만 짓는다.

"뭐 이런 나라가 다 있어?"

"음료수는 고맙게 잘 먹을게. 담뱃값은 받아."

학생에게 가격을 물어 돈을 쥐어주고 나온다. 다시 자전거에 오르려는데 학생이 따라와 우릴 잡는다.

"저 여기 공과대 학생인데요. 우리 학교에 놀러 가지 않을래요?"

"너희 학교? 어딘데?"

"바로 저기예요."

친구가 건너편 건물을 가리킨다. 심심하던 차에 잘됐다 싶어 친구를 따라간다. 쪽문을 열고 학교에 들어간다. 학교라기보다 작은 마당이 있는 주택 분위기의 건물이다. 교실도 서너 개뿐인 작은 학교다. 마침 시험을 보는 중인지 학생들이 마당에 띄엄띄엄 떨어져 앉아 열심히 문제를 풀고 있다.

　친구가 우리를 교직원실로 데려가 선생님에게 소개한다. 우릴 넘겨받은 선생님이 교장 할아버지에게 데려가 인사시킨다. 교장 할아버지와 밀크티를 한잔 마신다. 선생님들이 교장 할아버지와 의견을 나누더니 학생과의 대화시간을 가져줄 수 있는지 묻는다. 이런 경험이 처음도 아니어서 큰 부담은 없다. 승낙하고 교실로 간다. 선생님이 시험을 중단시키고 학생들을 모은다. 50여 명의 학생이 작은 교실을 메운다.

　학생들 앞에서 간단한 자기소개와 여행 이야기를 들려준다. 몇몇 친구들이 질문을 던진다. 나도 마찬가지지만 학생들이나 선생님들도 영어실력이 다 거기서 거기라 특별히 대답하기 어려운 질문은 없다.

　"한국이랑 파키스탄이랑 뭐가 달라요?"

　"많이 다르지. 우린 피부색도 다르고, 말도 다르고, 종교도 다르고, 얼굴도 달라. 다른 게 너무 많아. 그래서 여행이 재미있어. 세상에 새로운 게 너무 많거든. 나도 항상 그런 차이를 발견하는 게 즐거워. 근데 말이지. 여행을 오래 하다 보니까 다른 것보다 같은 걸 찾게 되더라. 너희와 내가 같은 게 뭘까? 여기

공과대학이라고 그랬지? 나도 공대생이었어. 아마 너희는 내가 공부했던 걸 공부하고 있을 거야. 서로 먼 곳에서 시간의 차이를 두고 같은 걸 공부하고 있다는 게 신기하지 않니? 맞아. 나도 너희처럼 공대 공부가 더럽게 재미없다는 걸 잘 알고 있어. 그것뿐만 아니라 우린 같은 게 훨씬 더 많을 거야. 다른 거 말고 같은 걸 한번 찾아봐. 사람들은 항상 서로 다른 걸 찾아서 싸우려고만 하잖아. 달라 봤자 우린 결국 같은 인간인데 말이야."

선생님의 통역을 들은 아이들이 한 박자 늦게 박수를 보낸다. 선생님이 제 학생인 양 대견하다는 듯이 어깨를 두드린다. 웬일인지 나도 모르게 말이 술술 잘 나왔다. 이 나라의 인상이, 이 아이들의 관심 어린 미소가 마음을 편하게 해줬나 보다. 적어도 시험시간을 방해한 것 같진 않아 다행이다.

교장 할아버지에게 인사하고 떠나려는데 밥을 시켰다고 먹고 가라 한다. 두툼한 닭다리가 들어 있는 비르야니를 먹는다. 마당에서 아이들과 함께 사진을 찍는다. 선생님이 챙겨주는 바나나를 자전거에 싣고 손을 흔들며 학교를 떠난다.

"여행이 다시 살아나는 기분이야. 너무 신 나."

"인도에서 잃었던 걸 파키스탄이 다시 찾아주는구나."

멀리 고속도로 진입을 알리는 톨게이트가 보인다. 고속도로라고 해봐야 일반도로와 특별히 다를 것도 없는데 간혹 자전거 진입을 허락하지 않는 나라가 있다. 역시나 경찰이 자전거를 막아선다.

"이 길로 가면 안 되나요?"

"뭘 그리 급하게 달려. 잠깐 쉬었다 가."

길섶 나무그늘에서 동네 청년들과 경찰들이 어울려 물담배를 피우고 있다. 자전거를 통제하려고 잡은 게 아닌가 보다. 마침 쉴 시간도 되고 해서 자전거를 세우고 무리에 끼어들어 간다. 친구들과 악수하고 자리에 앉는다. 인도 사람의 호기심이 마냥 짜증을 유발하고, 방글라데시 사람의 호기심에 시골스런 순박함이 묻어 있다면, 파키스탄 사람의 호기심은 나름 세련된 느낌이다. 이곳에서의 모든 만남이 주행의 피로를 말끔히 씻어줄 정도로 즐거움을 준다. 친구들과 한참을 노닥거린 후 다시 자전거에 오른다.

한 시간 반을 달리고 쉴 곳을 찾는데 이번에는 도로 반대편에서 주스를 파는 아저씨들이 손짓한다. 자전거를 세우고 아저씨들과 한자리에 앉는다. 즉석에서 오렌지를 갈아 얼음 동동 띄운 시원한 주스를 만들어준다.

"이거 어디서 산 거야?"

아저씨가 팔찌를 보고 묻는다.

"팔찌는 중국에서 샀고요. 이 목걸이는 태국에서 샀어요."

"그럼 파키스탄 것도 있어야겠네."

아저씨가 자신이 차고 있는 팔찌를 빼서 내 손목에 채워준다.

"고마워요. 아주 예뻐요."

아저씨가 흐뭇한 얼굴로 바라본다.

"오늘 어디서 잘 거야? 우리 집에 가지 않을래?"

해가 지려면 세 시간이나 남았고, 온 길을 다시 돌아가야 해 좀 망설여진다.

"어떡하지? 아저씨네 갈까?"

"파키스탄이 계속 이런 모습을 보여준다면 서두를 이유가 전혀 없지. 오히려 이 모든 인연을 최대한 만끽해야 하지 않겠어?"

"좋았어. 가자."

알았다고 승낙하니 아저씨들이 즐거워하며 갑자기 철수준비를 한다.

"저는 괜찮아요. 끝날 때까지 기다릴게요. 계속 장사 하세요."

"아니야. 어차피 장사도 안 돼."

자리를 정리하고 아저씨 집으로 간다. 수돗가가 있는 작은 마당과 화장실 그리고 네댓 평 정도 되는 방이 하나 있는 조촐한 집이다. 한눈에도 집안 형편이 넉넉지 않아 보인다. 같이 장사하던 아저씨의 형이 닭을 한 마리 사온다. 수돗가에서 앉아 아저씨와 함께 닭과 야채를 손질한다. 이 집엔 부엌이 따로 없다. 10리터쯤 되는 일체형 가스스토브에 불을 켜고, 방에 있는 서랍장에서 냄비를 꺼내 침대에 걸터앉아 조리한다. 맛있는 냄새가 코를 간질인다.

방이 좁아 침대 위에 천을 깔고 아저씨와 형, 친구 둘과 함께 둘러앉는다. 아저씨가 밥 위에 큼직한 닭다리를 얹어준다. 그 동안 많은 나라에서 먹었던 그 어떤 닭요리

보다도 맛이 좋다.

"와, 진짜 맛있어요."

아저씨가 흐뭇해하며 고기를 더 얹어준다.

식사를 마친 후 아저씨가 담배를 한 갑 사다 준다. 그리고 뭐가 필요한지 계속 묻는다. 필요한 거 없다 하고 아저씨를 자리에 앉힌다. 아저씨가 서랍 구석에서 노트를 하나 꺼낸다. 노트에는 이곳에 머물렀던 프랑스, 일본, 독일 자전거 여행자들의 메시지가 담겨 있다. 우리 말고도 여러 여행자를 잡아 집에 초대했었나 보다. 우리도 아저씨 노트에 한 페이지를 채운다. 아저씨는 그 노트가 대단한 보물인 양 서랍 구석에 조심스럽게 집어넣는다.

"언젠가부터 이런 호의를 받으면 좀 부담스러워."

"그래. 어쩌면 오늘 요리는 아저씨에게도 특별식이었을지 몰라."

"그렇다고 초대하는데 싫다고 할 수도 없고. 참 애매해."

"우린 그냥 초대에 응했을 뿐이라고 발뺌할 수 있는 문제는 아니지. 그런데 이런 만남조차 손익을 따지면서 계산하려고 하면 그것도 또 우스운 거야. 어떻게 보면 무례한 거지. 이들은 베풀고 어울리면서 행복과 기쁨을 찾는 사람들일지도 몰라."

"그것참 아름다운 말이긴 하다만, 받아들이기가 쉽진 않아. 괜한 변명 같고."

"어쩌면 그게 이 아저씨의 형편보다 더 안타까운 일일지 몰라. 우리가 행복을 명목으로 부유함을 찾는 건 가난이 불행을 만들기 때문이 아니라 그것 말고는 행복해지는 방법을 모르기 때문은 아닐까? 이 아저씨뿐 아니라 우리에게 호의를 베풀어준 많은 이들을 생각해봤어. 왜 그 사람들은 형편도 안 되면서 이런 초대를 했을까 하고 말이야. 지금까지 내린 결론은 하나야. 그건 우리가 나눴던 그 즐겁고 행복했던 순간들은 돈으로도 살 수 없고, 또 돈도 안 들기 때문이라는 거지. 이들은 행복이 존재의 의미가 아니라 관계의 의미에서 온다는 걸 잘 알고 있어. 그것 말고는 다른 이유를 못 찾겠어."

아저씨가 식사 얼룩이 묻은 침대 시트를 벗겨 내고 새 시트를 씌운다. 가스
통 스토브에 불을 켜고 차를 끓인다.

"I'm a poor man. But my heart is rich."

아저씨가 차를 건네며 방긋 웃는다. 차를 건네받는 내 손목에 채워진 아저씨
의 팔찌가 눈에 들어온다. 아저씨의 마음이 팔찌의 무게를 통해 내게 전해진
다. 나는 과연 어느 쪽에서 부유함을 찾고 있을까? 곰곰이 생각해볼 일이다.

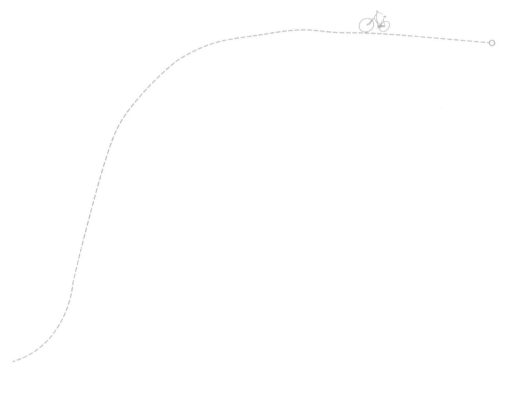

#33

파키스탄 카리마바드

이슬라마바드에서 이란 비자를 신청하고 기다리는 동안 버스를 타고 그 유명한 파키스탄 북부 훈자 마을을 찾았다. 훈자는 이 근방 산악지역 전체를 아우르는 훈자 벨리를 지칭하는 말이다. 여행자들이 훈자마을이라고 말하는 동네의 정확한 지명은 카리마바드다. 그래서 현지 사람에게는 카리마바드라고 물어야 알아듣는다고 어디서 주워들었는데, 여행객이 많이 와서 그런지 훈자라고 해도 다 알아듣는다. 산사태가 나고 길이 막혀 버스로 48시간이나 걸린 험한 길이었다. 자전거를 끌고 오지 않은 게 천만다행이다.

카리마바드는 수천 미터가 넘는 웅장한 설산이 병풍처럼 둘러싸고 있는 작은 마을이다. 그 훌륭한 경치가 이곳에 사람들을 불러 모으고 우리 또한 그 소문을 듣고 이곳에 왔다.

"경치 좋네."

"그렇긴 한데 낙원이니 무릉도원이니 하는 찬사는 좀 지나쳐 보인다. 그냥 경치 좋은 작은 마을이잖아."

"그렇지? 기대가 너무 컸나? 하여간 발걸음 하기 힘든 곳은 꼭 그렇게 과대 포장되는 면이 있다니까."

숙소에 짐을 풀고, 가벼운 차림으로 동네 구경에 나선다. 말굽 형태로 둥글게 이어진 길 초입에 있는 여행자 숙소 지역을 벗어나면 여행객을 대상으로 하는 기념품점과 식료품점, 식당이 나온다. 안으로 들어갈수록 그 상점들이 점점 지역 상권으로 바뀌고, 상권 끝에 있는 학교를 지나면 동네 사람들의 주거지가 나온다. 산비탈에 돌담을 쌓아 계단식 평지를 만들어 집을 짓고 밭을 일군다. 여기저기 심어진 살구나무에서 피어나고 있는 분홍빛 살구꽃이 하얀 배경의 설산과 잘 어우러진다. 곧게 뻗은 자작나무가 운치를 더한다. 지나가는 사람들은 너나 할 것 없이 정겨운 인사를 건넨다. 아이들도 수줍은 듯 다가와 아는 척을 한다. 추위에 트고, 햇볕에 그을려 붉게 변한 아이들의 볼이 친근하다.

"나름 유명한 관광진데 동네 사람들은 전혀 그렇게 보이지가 않네."

"왠지 이곳의 명성이 저 웅장한 설산에 기대는 게 아닐지도 모르겠다는 생각이 든다."

숙소로 돌아오니 터키에서 이곳까지 오토바이를 타고 온 여행자 둘과 한국에서 온 가족이 짐을 풀고 있다. 오토바이 여행자와는 비슷한 공감대가 있어서 잘 어울리게 된다. 쾌활한 성격의 터키 친구 부락이 사람들을 끌어들인다. 숙소에 묵는 사람들 모두 좁은 숙소 식당에 모여 앉아 주거니 받거니 얘기를 나눈다. 어떤 모임에 아이가 있으면 모든 관심이 아이에게 쏠리기 마련이다. 한국 부부의 아이인 다솔이는 여행 경험이 많은지 낯선 외국인과도 낯가림 없이 잘 논다.

"간혹 아이하고 여행 다니는 부부를 보면 참 보기 좋아. 아이에게 저보다 더 좋은 선물이 있을까 싶어."

"가족의 기억이 집이라는 울타리 너머에까지 뻗어 있으면 아이도 아이지만

부모에게도 참 좋을 거야.”

　“에고……. 난 언제쯤 내 짝을 만나서 저런 여행을 꿈꿔보나.”

　늦은 아침을 먹고 슬리퍼를 질질 끌고 나온다. 오늘의 산책 코스는 이글스 네스트다. 이글스 네스트는 동네 전경이 한눈에 보인다는 뒷산 정상을 말한다. 동네 뒷길로 돌아 터벅터벅 걸어 올라간다. 헉헉거리며 오르막을 오르는 나와 달리 동네 아이들은 힘 하나 들이지 않고 뛰어 쫓아오면서 인사를 건넨다. 아이들은 언제나 활력이 넘친다. 아이들뿐만 아니라 지나가는 사람들 모두 빠짐없이 인사를 건넨다. 동네 사람들이 건네는 인사를 계속 받다 보니 어느새 내가 먼저 인사를 하고 있다. 좋은 일이든 나쁜 일이든 모두가 그러면 쉽게 전염된다. 저만치에서 누군가 걸어오는 모습이 보이면, 어디쯤에서 인사를 해야지 하고 있다가 미소를 지으며 손을 들어 헬로를 외친다. 그러면 상대방도 같은 방식으로 화답한다. 지나치는 모든 사람과 미소를 주고받을 수 있다는 사실이 놀랍다.

　“안녕하세요. 어디 가요?”

　“이글스 네스트요.”

　“타요. 태워줄게요.”

　지나가는 지프에 올라탄다. 산허리를 돌아 산 정상 부근에 도착한다. 차에서 내려 인사하고 이글스 네스트로 올라간다. 마을의 전경과 거대한 설산 계곡이 한눈에 들어온다.

　"와~ 엄청나다."

　산의 규모가 워낙 크다 보니 원근감이 혼란을 일으킨다. 바위에 주저앉아 멍하니 경치를 바라본다. 뭐든 쉽게 질리는 성향이 있어서 유적이나 풍경을 그리 즐기지 않는 편이다. 일단 한번 보고 나면 계속 그 모습 그대로이기 때문이다. 그래서 사람을 만나는 것에 더 중점을 두고 여행한다. 하지만 이곳의 풍경은 규모가 너무 커서 쉽게 질리지 않는다. 며칠 내내 같은 풍경을 보고 있는데도 계속 바라보게 된다. 멋진 경치다.

　이곳까지 태워줬던 지프 아저씨가 숙소에 데려다 주겠다는 걸 사양하고 천천히 주위를 둘러보며 내려온다. 푸른 하늘 아래 거대한 설산, 살구꽃, 벚꽃, 자작나무. 바라보는 모든 풍경이 다 한 폭의 그림이다. 그 사이에서 뛰어노는 아이들의 모습도 정겹기 그지없다.

　길에서 만난 동네 아이들과 장난을 친다. 이곳 아이들은 사진 찍히는 걸 좋아한다. 먼저 다가와서 사진을 찍어달라 하고, 사진을 찍어주면 고맙다고 인사한다. 어디서나 카메라를 들 수밖에 없는 경치 좋은 이곳에서 아이들도 기꺼이 사진 속 모델이 되기를 즐기는 것 같다.

"펜 하나 주세요."

간혹 어떤 아이는 사진을 찍은 후에 펜이나 사탕을 달라는 경우가 있다.

"누가 또 줬군. 안타깝다. 여행자들이 애들을 망치고 있구나."

"펜 하나 달라는 거 가지고 뭘 그래. 아이들이 귀여워서 나도 뭐라도 주고 싶고만."

"작은 선물이야 언제든 줄 수 있어. 사진을 찍고 나서 대가성으로 건네는 게 문제지. 벌써 기브앤테이크를 배우면 어떡해. 이 마을은 적어도 정서적으로는 기브가 순환돼서 테이크로 돌아오는 바람직한 사회로 보이는데, 제 만족에 건네는 알량한 초콜릿 하나가 그 순환 고리를 끊어놓을 수 있다고. 여행객은 그걸 지켜줘야 할 의무가 있어."

숙소에 돌아오니 새로운 손님이 왔다. 이슬라마바드에서 사는 중국인 사뮤엘은 휴가를 맞아 자전거를 타고 험산 산길을 달려 이곳에 왔다. 또 다른 친구 우스만은 파키스탄계 미국인으로 고향을 찾아와 여행하고 있다. 특별히 할 일이 없는 여행지다 보니 자연스레 같은 숙소에 머무는 여행자들과 어울리는 시간이 많아진다. 터키 친구인 부락과 이스마엘이 내일 이곳을 떠난다고 해서 모두 모여 조촐한 작별파티를 한다.

'훈자 워터'라고 하는 이 지역의 전통술을 마시며 서로의 여행 얘기를 나눈다. 원하는 삶을 살기 위해 포기해야 하는 많은 것들, 또 그에 대한 주변의 반응들. 모두가 비슷한 고민과 걱정을 안고 여행을 하고 있다. 세상을 살아간다는 건 어느 나라나 다 비슷한 모양이다. 한참 넋두리를 늘어놓지만, 여행을 하고 있는 지금 이 순간이 그 어느 때보다도 행복하다는 결론으로 얘기를 마무리한다. 사뮤엘과는 이슬라마바드에서, 부락과 이스마엘은 이스탄불에서 다시 만

나길 약속하고, 연락처를 주고받는다.

한국인도 많이 찾는 숙소라 한국 여행자들이 놓고 간 책이 몇 권 있다. 동네 구경도 할 만큼 해서 숙소 정원 나무그늘에 앉아 책을 읽는다. 한동안 책을 읽지 못해 활자에 굶주려 있던 차라 오랜만에 책 읽기의 즐거움을 만끽한다.

나뭇잎 사이로 들어오는 햇살이 문장과 문장 사이에서 춤을 춘다. 바람이 살짝 불 때마다 분홍빛 살구꽃 꽃잎이 날아와 볼을 간질인다. 고개를 들어 기막힌 설산 풍경을 잠시 바라보고 다시 책을 읽는다. 자연의 아름다움이 온몸으로 느껴진다. 이 모든 것이 너무나 사치스럽게 느껴질 정도로 완벽하다. 할 수만 있다면 이 순간을 그대로 챙겨뒀다가 원할 때마다 꺼내 쓰고 싶다.

"참 좋다. 살구꽃 꽃잎 하나에 이렇게 마음이 싱숭생숭할 수 있다니. 그러고 보면 행복이라는 게 참 별거 아니야."

"그게 현대인의 불행 아닐까? 행복의 요소는 여기저기 널려 있는데 그걸 알아보질 못하잖아."

"그러게. 지금쯤이면 우리나라도 여기저기 꽃피고 많이 예쁠 텐데. 지금 한국에 있었다면 그냥 무심코 지나쳤겠지?"

"그것도 해 버릇해야 해지. 악기 연주법을 줄줄 외운다고 연주를 할 수 있는 건 아니잖아. 축구 경기 매일 본다고 축구를 잘할 수 있는 것도 아니고. 행복을 느끼는 것도 연습을 해야지. 불행하다고 투덜거리는 건 어쩌면 자신의 행복 찾기 노력이 부족했다고 고백하는 것과 다를 바 없어."

카리마바드를 떠나기 전, 다시 한 번 이글스 네스트에 오른다. 아이들은 여전히 밝은 웃음으로 인사를 건네고, 풍경 또한 싫증나지 않는다. 그 사이에 날씨가 많이 따뜻해져서 설산의 눈이 녹아내려 수로마다 물이 넘친다. 넘친 물은 자연스럽게 밭으로 흘러내려 퍼진다.

"모터 하나 돌리지 않고 온 밭에 물을 대는구나. 이걸 하나하나 다 계산하고 수로며 밭을 만들었겠지?"

"마을 사람들은 다 알고 있겠지. 언제쯤이면 수로에 물이 차고, 언제쯤이면 밭을 매야 하고, 언제쯤이면 나무가 꽃을 피우고 하는 모든 것들을. 자연은 정확하게 순리에 따라 움직이니까. 이들은 그렇게 자연을 따라 순리대로 살아가면 되는 거야. 자연이 막강한 영향력을 발휘하는 곳이라면 그렇게 살아갈 수밖에 없겠지. 말이야 바른 말이지. 등 따시고 배부르니까 신이라는 걸 만들어 헛소릴 늘어놓는 거지. 이런 척박한 환경에서라면 허울뿐인 신보다 자연에 따르며 순응하는 게 더 합리적인 삶 아니겠어?"

"진정 자연은 신보다 위대하도다!"

이제 이곳을 떠날 때가 됐다. 숙소 주인에게 그동안 묵었던 숙박비와 밥값을 묻는다. 주인이 장부를 펼쳐보고는 난감한 표정을 짓는다.

"장부에 기록이 없네요."

"왜 없어요? 다시 찾아보세요."

주인 청년이 말을 못하고 머뭇거린다. 내가 직접 장부를 확인한다. 여러 손님의 이름 아래에 숙소에 들어온 날과 먹은 음식들이 체계 없이 적혀 있다. 그리고 그 기록의 필체가 다 다르다. 알고 보니 이곳은 차나 밥을 먹은 손님이 알아서 장부에 기재해야 하는 시스템이었다. 주인은 손님이 주문한 음식을 만들어 내놓고 치우기만 한다. 그럼 손님이 알아서 메뉴판을 보고 직접 음식 값을 계산해 장부에 적는다. 다른 관광지에선 상상조차 할 수 없는 일이다. 도대체 어떤 믿음이 이런 방식으로 가게를 운영하게 하는지 놀라울 뿐이다.

"죄송해요. 저희는 이렇게 해야 하는지 몰랐어요. 일기에 다 기록해뒀으니까 금방 계산해서 드릴게요."

일기를 꺼내 읽으며 기억을 더듬는다. 행여 차 한 잔 값이라도 빼먹을지 몰라 계산된 금액에 차 한 잔과 즐겨 먹던 라면 하나 값을 보태 주인에게 건넨다. 주인은 돈을 세보지도 않고 주는 대로 받아 지갑에 집어넣는다.

"카리마바드가 사랑스럽다."

처음 카리마바드에 도착했을 때 머릿속에 그렸던 크나큰 기대에 미치지 못해 실망했던 게 사실이다. 하지만 하루가 지나고 이틀이 지나면서 난 이곳에 빠져들었다. 훌륭한 경치도 경치지만 카리마바드는 인간적인 너무나 인간적인 곳이었다. 이곳의 명성이 우리 귀에까지 들어왔다면, 많은 가이드북에서 이곳을 소개하고 있다면, 이곳은 이미 관광지의 모습이 되어 있어야 정상이다. 물건을 살 때는 얼굴을 붉히며 흥정을 해야 하고, 트래킹 코스를 만들어 파는 여행사가 있어야 하고, 주요 지점으로 가는 교통편이 만들어지고, 일출이나 일몰 구경을 하는 전망대가 세워지는 게 정상이다. 인터넷에 키워드만 입력해도 수십 페이지의 정보가 나올 정도로 소문이 퍼진 관광지란 대게 그런 모습이다.

하지만 이곳은 달랐다. 사람들이 참 순박하고 따뜻했다. 어른들은 먼저 인사

276

를 건네고, 아이들은 장난을 치고는 부끄러워했다. 이곳 사람들은 유명 관광지에서 사는 사람이 아니었다. 난 인간을 한없이 순수하게 만드는 압도적인 자연의 힘을 느꼈다. 이런 곳에서 살면 사람이 착해지는구나. 단 열흘뿐이었지만 그 시간만으로도 난 내가 조금은 변한 걸 알아챌 수 있었다.

이곳을 떠나면 혹은 여행이 끝나면 난 다시 치열한 삶 속으로 들어가야 한다. 왜 그렇게 치열해야 하는지 이유도 모른 체 살아가게 되겠지. 까뮈는 '왜 싸워야 하는지 그 이유도 모른 채 죽도록 싸워야 하는 것. 그것이 절망이다'라고 했다. 그 절망 속에서 얻어내는 성취들. 도대체 얼마만큼의 성취를 이뤄야 우리는 '발전'이라는 가치를 좀 내려놓고, '인간적인 너무나 인간적인' 사회를 생각하게 될까? 카리마바드를 떠나는 발걸음이 무겁다.

34

파키스탄 이슬라마바드에서
데라 무라드 자말리까지

"이거 정말 너무하는 거 아냐?"

40도니 45도 하는 소리를 말로만 들었지 이건 도대체 감당이 안 된다. 동남아의 더위는 비교도 안 될 정도다. 나무 그늘도 잘 보이지 않는 허허벌판에서 햇볕과 아스팔트가 양방향으로 때리는 뜨거운 열기를 받으며 죽을 둥 살 둥 페달을 밟는다. 쉴 때마다 1~2리터 정도의 물이나 음료수를 계속 마시는데도 그 수분이 방광에 도달하기도 전에 땀으로 다 빠져나간다. 너무 덥고 물을 많이 마셔서 식욕도 없다. 먹는 게 부실해지면서 몸에 힘이 없고 머리가 띵하다. 좀 쉬었다 가려고 그늘을 찾아 들어가면 불어오는 바람이 히터처럼 뜨거워서 이렇게 쉴 바엔 차라리 달리는 게 낫겠다 싶어 다시 달리고, 좀 달리다 보면 이러다 죽겠다 싶어 다시 멈춘다. 아닌 게 아니라 이러다가 정말 죽을지도 모르겠단 위기의식이 일 정도로 덥다.

삐삐 삐삐. GPS가 경고음을 낸다.

"왜 이래 이건 또."

"길 잘못 들어섰다잖아. 돌아가자."

"이런 고물딱지 GPS 같으니라고. 진작 경고를 하던가. 1킬로미터나 지나서 돌아가라면 돌아가고 싶냐? 다른 길을 찾아. 어떻게든 길이 통할 거 아냐."

날씨 탓에 모든 게 짜증스럽다. 파키스탄 사람들은 여전히 친절하게 다가와 수박을 건네고, 음료를 건넨다. 하지만 몸이 지치다 보니 그런 친절이 곧이곧대로 받아들여지지 않는다. 애써 미소를 지으며 형식적으로 감사하다는 말만 내뱉고, 어떻게든 이 시간이 빨리 지나가기만을 바란다.

"이건 미친 짓이야."

육체의 한계가 판단의 영역에 들어서면 머리는 어떻게든 몸이 편한 쪽으로 결정을 내릴 수 있게끔 핑계거리를 만들어낸다.

"안되겠어. 호텔이든 뭐든 얼마가 됐건 근처에서 하루 쉬고 가자. 이러다 정말 큰일 나겠어."

"그래라. 호텔이 나타나 준다면."

그렇다. 이런 곳에 호텔이 있을 리 없다. 호텔은 고사하고 허름한 숙소조차

없다. 입에 맞는 음식을 먹으려 해도 다 뻔한 식당들뿐이다. 이런 상황을 위해 아껴둔 돈을 쓰고 싶어도 쓸 수 없는 환경이다. 이를 악물고 한 발 한 발 힘들게 페달을 돌리는 것 외엔 할 수 있는 일이 아무것도 없다.

한적한 가게 앞에 멈춘다. 갈증은 풀어야겠고 뭐라도 영양분을 보충해야겠기에 우유를 사서 마신다. 무뚝뚝한 가게주인 아저씨가 허겁지겁 우유를 들이켜는 모습을 한참 바라본다.

"이쪽으로 와봐."

아저씨가 가게 뒤편으로 데려간다. 수많은 닭과 병아리들이 삐약거리는 양계장이 있다. 그리고 한쪽에 지하수가 철철 넘쳐흐르는 커다란 수조가 있다. 아저씨가 일하는 친구 하나를 밀어 수조에 빠뜨리고는 씨익 웃어 보인다.

"너도 들어가서 더위 식혀. 여기서 자고 가도 되니까 천천히 놀아."

아저씨 말이 끝나기가 무섭게 옷을 벗어 던지고 수조에 뛰어든다.

"아, 시원해!"

여느 남국의 해변이 부럽지 않은 수조다. 몸이 으슬으슬 떨릴 때까지 수조에서 물놀이를 한다. 이제야 좀 정신이 돌아온다.

아저씨가 오토바이에 태우고 형이 한다는 식당에 데리고 간다. 닭고기, 염소고기를 비롯한 푸짐한 상차림을 받는다. 맑아진 정신에 사라졌던 식욕이 한꺼번에 찾아온다. 식당 사람들의 시선을 한 몸에 받으며 배가 터지도록 밥을 먹는다.

가게로 돌아와 짚을 엮어 만든 그물 평상에 눕는다. 한 아저씨가 조그만 오일 병을 들고 가게로 온다. 주인아저씨에게 다가가 머리에 오일을 바르더니 굉장히 이상한 동작으로 마사지를 한다. 이런 시골에 출장 마사지가 있는 걸 보면 파키스탄에 나름 마사지의 전통이 있나 보다. 내가 흥미롭게 바라보는 모습을 보고는 주인아저씨가 내게도 마사지를 받게 해준다.

온몸을 주무르고 잡아당겨 스트레칭 하는 건 다른 마사지와 다를 게 없다. 파키스탄 마사지의 특별함은 마지막에 하는 머리 마사지에서 있다. 오일을 머리에 떨구고 쓱쓱 문지르더니 갑자기 머리를 마구 때리기 시작한다. 십여 분을 쉬지도 않고 때린다. 이렇게 다양한 방법으로 머리를 때릴 수 있다는 게 놀랍다. 어찌나 빠르게 머리를 두드리는지 아저씨가 퍼커션을 배우면 희대의 연주가가 되지 않을까 싶을 정도다. 아저씨도 이 두개골 연주에 흠뻑 빠져들어 조용히 콧노래를 흥얼거린다. 누군가의 악기가 되어버린 기분이 참 묘하다. 시원하게 마사지를 받고 그물 평상에 눕는다. 밤하늘의 별을 바라보다 조용히 눈을 감는다.

땀을 흘리며 잠에서 깬다. 자리에서 일어나려는데 머리가 핑 돈다. 갑자기 설사 끼가 느껴져 화장실로 달려간다. 건더기라고는 수박씨밖에 없는 물이 쏟아진다. 지저분한 얼음 위에 놓여 있던 수박 때문인지, 탁한 색깔의 얼음이 들어있던 사탕수수즙 때문인지. 이것저것 가리지 않고 다 먹다 보니 그 원인을 찾기 어렵다. 어쩌면 우유 때문인지도 모른다.

몸에 힘이 없어 움직이기가 힘들다. 다시 평상에 들어 눕는다. 어지럽고, 오한이 있는 것 같은데 이게 내 몸의 열인지, 날씨 탓인지 구분이 안 된다. 한 번도 이런 일이 없다가 파키스탄에서만 두 번째 설사병이다. 내가 지금 여기서 뭘 하고 있는지, 너무 힘들어서 모든 걸 다 때려치우고 싶은 마음이 간절하다. 넋을 놓고 평상에 누워 끙끙 앓는다.

"하루 더 쉬었다 갈까?"

"여기도 편한 환경이 아니잖아. 힘들더라도 좀 더 가서 제대로 된 숙소에서 쉬는 게 나아."

아저씨에게 감사인사를 전하고 힘겹게 자전거에 오른다.

오늘도 역시 죽지 않을 만큼 덥다. 설사도 여전해서 괄약근의 조절능력 범위

안에 있을 때 틈틈이 빼줘야 한다. 쉴 때마다 작열하는 태양 빛을 잔뜩 머금은 좁은 화장실에서 인간이 체온을 유지하기 가장 좋은 자세로 쭈그려 앉아 있는 것도 보통 일이 아니다. 땀은 줄줄 흘러내리고, 개념 없는 똥파리는 안쪽 깊숙한 곳에서 올라와 엉덩이를 살핀 다음 얼굴에 앉아 몸을 비벼댄다. 아주 미칠 노릇이다. 연이어 설사를 쏟아내다 보니 다리에 힘이 풀려 더 이상 자전거를 굴릴 여력이 없다.

"더는 안 되겠다. 버스 타자."

주유소에 들러 목을 축인다. 아저씨에게 물어보니 25킬로미터 떨어진 도시에 이번 목적지인 퀘타로 가는 기차가 있다고 한다. 마음이 한결 편해진다. 주유소 사람들과 어울려 밀크티를 마시며 잠시 노닥거린다.

사람들이 모여 있는 걸 보고 경찰이 다가온다. 여권을 검사하고 본부와 한참 교신을 하더니 여기서 자전거를 타면 안 된다며 자전거를 경찰차에 싣는다. 잘하면 시설 좋은 경찰서에서 잘 수도 있겠다는 가벼운 마음으로 차에 올라탄다. 지은 죄가 없으면 경찰은 두려운 존재가 아니다.

경찰차는 20킬로미터를 달려 어느 한적한 도로에 자전거를 내린다. 잠시 후 반대편에서 다른 경찰차가 와서 자전거를 싣는다. 그 경찰차 역시 20킬로미터 정도 이동해서 우리를 내리고 또 다른 경찰차가 와서 우리를 태운다.

"얘들 왜 이러는 거야?"

"각 관할 지역 끝에서 끝으로 이동시키는 것 같은데?"

경찰들이 우리를 바통 삼아서 일곱 차례 차를 갈아 태운다. 피곤하다. 매번 무거운 자전거를 내리고 싣는 것도 일이지만, 새 경찰차를 탈 때마다 반복되는 질문이 여간 짜증스러운 게 아니다.

시간이 늦어져 경찰차 릴레이를 마치고 한 경찰서에 들어간다. GPS를 확인해보니 목적지와 전혀 다른 방향이다. 더군다나 이 동네에는 퀘타로 가는 기차나 버스도 없다고 한다. 짜증이 폭발한다.

"퀘타 가야 한다는데 왜 여기로 데려온 거예요?"

"몰라. 우리도 인수인계만 받은 거야."

"퀘타로 갈 거예요. 자전거 안 탈 테니까 버스나 기차역에 데려다 줘요."

"연락을 좀 해봐야 해. 오늘은 늦었으니 내일 아침에 방법을 찾아보자."

우리도 너무 피곤해서 성낼 기력이 없다. 샤워하고 마당에 있는 그물 평상에 자리를 잡고 눕는다. 시원하게 샤워를 하고 나니 짜증이 조금 사그라진다. 그제야 경찰들과 노닥거릴 여유가 생긴다. 남의 나라 경찰서 마당 한가운데 누워 유치장에 갇힌 사람들의 시선을 받으며 경찰들과 노닥거리고 있자니 이상한 기분이 든다.

아침에 일어나 경찰이 준비해준 밥을 먹고 다시 경찰차에 올라탄다.

"이제 버스터미널로 가는 거죠?"

"터미널에서 퀘타로 가는 길이 금지됐데."

"그럼 어디로 가요?"

"나도 몰라."

다시 경찰차 릴레이가 시작된다. 버스터미널이든 기차역이든 아무 데로나 데려다 달라는 우리 의견도 더는 관철되지 않는다. 무슨 명령을 받았는지 이들은 그저 다음 관할 지역으로 우릴 넘기기만 할 뿐이다. 끝도 없이 뻗은 삭막한

외계행성 같은 황무지 길을 달린다. 불어오는 바람이 너무 더워서 차를 타고 달려도 짜증이 난다. 우리는 아무런 의지도 없이 흘러내리는 땀을 닦아내며 이들이 시키는 대로 차를 갈아탄다. 종일 열몇 번의 경찰차를 갈아타고 350킬로 미터를 달려 또 다른 경찰서에 도착한다.

이 경찰서는 너무 열악하다. 지하수를 올려 쓰는 다른 경찰서와 달리 옥상 물탱크에서 데워진 뜨거운 물로 샤워를 해야 한다. 몸을 씻어도 전혀 개운함이 없다. 해가 졌는데도 열기는 식을 줄 모른다.

"여기가 아시아에서 제일 더운 지역이야."

열심히 땀을 닦아내는 나를 보고 경찰 아저씨가 자랑스럽다는 듯 말한다.

"오늘 낮 기온이 48도였어. 한국은 어때?"

"아무리 더워도 35도 이상 잘 안 올라가요. 근데 이 동네에 퀘타 가는 버스 있어요?"

"그럼. 퀘타 가는 버스 있지."

"그래요? 그럼 내일 퀘타 가는 버스 태워줘요."

"그래 그럼. 내일 아침에 버스 타고 가."

경찰 아저씨는 왜 진작 말하지 않았냐는 듯 쉽게 버스를 알아봐 준다.

"도대체 어쩌라는 건지. 공무원 사회의 관료주의는 어디 가나 똑같구나."

끈적거리는 몸이 붙지 않게 대자로 팔다리를 벌리고 힘겹게 잠을 청한다.

아침에 일어나 경찰 아저씨가 준 빵 쪼가리로 아침을 때우고, 근처에 있는 시장에서 퀘타로 가는 미니버스에 자전거를 싣는다.

생각해보면 이슬라마바드에서 출발한 첫날 1킬로미터를 돌아가기 싫어서 잘못된 길로 들어섰던 게 모든 문제의 원인이었다. 그때 제대로 된 길로만 갔어도 설사병이니, 경찰차 릴레이니 하는 것 없이 예정대로 움직일 수 있었을지 모른다. 그 작은 귀찮음이 일을 이 지경으로 만들었다. 한낱 여행에서의 작은 결정이 이런 결과를 낳는다면 인생에서의 결정은 얼마나 신중해야 할지 감조차 잡히지 않는다. 무서운 나비효과를 경험했다.

"여긴 좀 살 것 같네."

퀘타는 고도가 높아서 기온이 약간 낮다. 여전히 체온보다 높은 기온이지만 견디기 힘들 정도는 아니다. 카우치서핑 친구가 알려준 주소를 들고 물어물어 집을 찾는다. 친구 무나바르를 만난다. 무나바르가 울긋불긋 대형 카펫이 깔린 넓은 방을 보여주며 이곳에서 지내라고 한다. 100명은 족히 잘 수 있는 큰 방이다.

"여기가 너희 집이야?"

"아니. 여긴 손님용 집이야. 옆집이 우리 집이야."

무슨 일을 하기에 이렇게 큰 손님용 집을 따로 두는지 모르겠다. 지금은 우리뿐이다. 밤새 데굴데굴 굴러다니며 자도 되겠다. 넓은 방 한쪽에 짐을 푼다.

"이 옷을 입어. 여기선 이 옷이 더 좋을 거야."

무나바르가 이곳 사람들이 입는 파자마 같은 헐렁한 옷을 내준다. 긴 팔에 통이 큰 긴 바지라 더워 보였는데, 그 헐렁한 공간이 체온보다 높은 바깥 기온을 차단하는 기능을 하는지 짧은 옷을 입는 것보다 낫다. 역시 옷은 그 지역의 옷이 그 기후에 최적화돼 있다.

"요새 퀘타가 위험하다고 떠들어서 관광객이 별로 없는데 너는 왜 온 거야?"

"이란으로 가야 하기도 하고, 여행을 오래 하다 보니까 뉴스를 잘 안 믿게 돼."

"맞아. 언론이 문제야. 다 미국 놈들의 장난질이지."

퀘타는 이란 국경과 600킬로미터가 넘게 떨어져 있지만, 그 구간이 아무것도 없는 황량한 사막이라 이란으로 넘어가거나, 이란에서 넘어오는 사람은 반드시 퀘타를 거쳐야 한다. 그런데 퀘타에서 이란 국경으로 가는 길이 아프가니스탄 국경과 가까운 거리를 두고 평행하게 이어져 있고, 지역 소수민족의 분쟁도 잦아서 가끔 납치나 테러 사건이 발생하는 모양이다.

손님이 왔다는 소식을 듣고 무나바르의 친구들이 모여 모두 함께 소풍을 간다. 차에 장작과 냄비를 싣고 시장에 들러 음식 재료를 산다. 황무지 허허벌판을 한참 달려 초록빛 하나 찾기 어려운 메마른 돌산에 도착한다. 산 초입에 매표소가 있는 걸 보아 나름 유명한 유원지인가 보다. 표를 끊고 험한 자갈길을 힘들게 올라간다. 사람들이 한둘 보이기 시작하더니 작은 냇물이 흐르는 계곡이 나온다. 황톳빛 계곡에서 딱 물이 흐르는 물길 옆에만 나무가 자란다. 많은 사람이 나무 그늘에 돗자리를 펴고 앉아 한가로이 잡담을 나누고 있다. 계곡 물에 돌을 괴어 수박과 요거트를 담아둔다. 친구들이 두 파트로 나뉘어 장작불을 지피고, 요리를 시작한다. 한쪽에선 양고기를 삶고 다른 쪽에선 닭고기를 조리한다.

"뭐 도울 일 없어?"

"너는 손님이니까 가만히 앉아 쉬어."

곧 요리가 완성된다. 돗자리 위에 비닐을 깔고 요리를 내려놓는다. 모두가

둘러앉아 짜빠띠와 함께 고기를 뜯는다. 난 삶은 양고기를 주로 공략한다. 고기는 역시 잡다한 양념 없이 소금에 찍어 먹는 게 최고로 맛있다. 한창 열심히 고기를 뜯고 있는데 친구들의 시선이 일제히 내 뒤편 어딘가로 향한다. 뭔 일이 있나 싶어 뒤를 돌아본다. 저만치에서 여자 둘이 물장난을 치고 있다. 그러고 보니 파키스탄에서 여자를 본 기억이 별로 없다.

"저 여자들 보고 있는 거야 지금?"

무나바르가 고개를 끄덕인다.

"섹시하지 않니?"

여자들은 머리끝에서 발목까지 오는 답답한 옷을 입고 있다. 그것도 아주 헐렁한 옷이라서 단지 여자인 것만 확인이 가능할 뿐이다.

"저 모습에서 섹시함을 느끼다니. 대단한 통찰력이다."

"그런 통찰력을 갖춘 이가 한둘이 아니야."

지금 이곳에 여자라곤 딱 저 둘뿐이다. 즉 모든 사람의 시선이 저 둘을 향하고 있다는 말이다.

"파키스탄에서는 왜 이렇게 여자 보기가 어려워?"

"여자가 25살이 되기 전에는 자유롭게 돌아다닐 수가 없어."

"너네 일찍 결혼하잖아."

"17살에서 30살 정도에 해."

"그럼 25살보다 어린 여자하고는 어떻게 결혼을 하는 거야?"

"그건 상관없어. 부모님이 결정하니까. 부모님들끼리 서로의 아들, 딸을 보고 결혼을 결정해. 그럼 결혼식 전날 신랑 신부가 거울을 통해 상대방의 얼굴을 보고 돌아와서 그다음 날 결혼해."

플랜 파키스탄을 방문했을 때 그 나이 또래의 여성 직원이 몇 명 있었다. 아무래도 지방도시다 보니 좀 더 보수적인 전통이 유지되고 있는 듯하다.

"그렇게 결혼하는 게 좋아. 부모님의 결정을 따르기 때문에 여자는 우리 가족을 존중하고, 우리 가족도 그녀를 존중하게 돼. 아내가 집안일을 하고, 난 아내에게 다달이 용돈을 줘. 아내가 뭘 사고 싶다고 하면 시장에 같이 가고, 친정에 가고 싶다고 하면 데리고 가. 여자는 요물이라서 혼자 뭘 하게 두면 안 돼. 그래도 아내가 원하는 건 다 해줘. 파키스탄 사람의 80퍼센트 이상이 그런 결혼에 만족하며 살고 있어."

도대체 어디서부터 반론을 제기해야 할지 감조차 잡히지 않는다. 그동안 수박 겉핥기로 경험한 무슬림은 그 어떤 사람들보다도 친절하고 호의적이었다. 무슬림 국가를 여행할 때는 사기 걱정이나 잠자리 걱정은 머릿속에서 지워도 될 정도로 마음이 편해진다. 우리는 수차례 알라에게 경의를 표했다. 하지만 여성의 인권문제는 그들의 모든 장점을 다 합해도 상쇄하기 어려울 만큼 심각한 수준이다. 물론 이 친구의 의견이 모든 무슬림이나 파키스탄을 대변한다고 할 수는 없어도 단 한 사람의 의견으로 들리진 않는다.

"너희의 전통을 지키며 살아가는 건 이해하지만, 전통의 방식이 다 옳진 않아. 우리나라도 잘못된 전통이 있고, 다른 나라도 마찬가지야."

애써 돌려 그 부당함을 얘기한다.

"아서라. 네가 아무리 설명해도 안 돼."

"그렇다고 긍정을 표할 순 없잖아."

"사람이 무언가에 중독되면 판단력이 흐려져서 올바른 판단을 하기가 어려워. 종교도 그런 중독증을 일으키곤 하지. 아무리 완벽한 논리로 중무장해도 설득될 일이 아니야."

괜한 논쟁을 접고, 열심히 양고기나 뜯는다.

짐을 풀었던 손님용 집에 사람들이 몰려온다. 250여 명 정도 되는 사람이 마당을 가득 채운다.

"무슨 일 있어?"

"친척끼리 싸움이 나서 그걸 조율하려고 모이는 거야."

"이분들이 다 친척이라고?"

"어. 파키스탄 각지에서 오늘 다 모이고 있어."

왜 그렇게 넓은 손님용 집을 따로 두나 했더니 무나바르의 집이 가문의 종갓집이었다. 결혼을 일찍 하고 아이도 많이 낳다 보니 친척의 수가 엄청나다. 마당을 메우고 있는 수많은 친척 중 몇몇 분은 어깨에 총을 메고 있다. 전체적인 분위기가 주는 위압감이 대단하다. 이런 결속력이라면 문중회의의 결정이 실정법보다도 강력한 힘을 발휘할 것 같다. 우리가 끼어 앉아 구경할 자리가 아닌 것 같아 밖으로 나온다.

"여기서 이란 국경까지 자전거 타고 가면 위험할까?"

"위험하지. 납치될지도 몰라. 그리고 경찰이 못 가게 할걸?"

퀘타에서 국경으로 가는 길이 위험하단 소리가 있어서 고민이 많았다. 이 지역에 사는 사람도 같은 소릴 하는 걸 보니 위험하긴 한가보다.

"그렇게들 위험하다고 하니 그냥 버스타고 가자."

"사실 테러니 납치니 하는 건 피부에 와 닿지가 않아. 마을도 안 나타나는 사막을 650킬로미터나 달려야 한다는 게 더 무섭지."

버스를 타고 한 번에 국경까지 가면 돈이 남을 것 같아서 무나바르에게 이란 돈으로 환전을 부탁한다.

"국경까지 버스비는 얼마나 해?"

"계산하지 말고 다 바꿔."

"버스비는 남겨둬야지."

"넌 내 형제나 다름없어. 형제가 떠나는데 당연히 차비를 챙겨줘야지."

한 나라의 여행이 막바지에 다다르면 언제나 현금이 부족하곤 했다. 하지만 파키스탄에선 사람들의 넘쳐나는 호의 때문에 예상보다 많은 돈이 남았다. 마지막 가는 길까지 챙겨 주려는 친구의 마음을 과연 어떻게 갚아야 할지 모르겠다.

돈을 환전하고 집으로 돌아온다. 어르신들은 다 어디로 갔는지 자식세대들만 모여서 저녁 식사를 준비하고 있다. 이들만 해도 30여 명이 넘는다. 다 무나바르의 사촌 동생들이다. 남자애들만 몇 데리고 온 게 이 정도니 정말 어마어마한 대가족이다. 이름이나 다 외울는지 모르겠다.

"내 친구가 고기 좋아한다고 많이 갖다 달라 그랬으니까 다 먹어야 해."

"좋아. 한번 먹어보자."

무나바르와 지내는 동안 너무 잘 먹고 잘 쉬어서 더위와 설사병에 지쳤던 몸이 완전히 회복됐다. 이제 내일 버스를 타면 파키스탄 여행은 끝이 난다.

아침 일찍 일어나 무나바르 차에 자전거를 싣고 버스터미널로 간다. 갖가지 촌스러운 색상으로 칠해진 화려한 무늬의 버스가 터미널에 늘어서 있다. 무나바르가 버스표를 끊어준다. 버스표를 받고 버스에 오르려 하자 차장이 가로막는다. 무나바르가 차장과 잠시 언쟁을 하고는 버스표를 환불하고 다른 곳으로 이동한다.

"무슨 일이야?"

"네 복장이 이상해서. 외국 여행객이 눈에 띄면 테러당할지도 모른다고 안 태운대."

"그렇게 심각한 거야? 어떻게 해야 해? 옷을 사 입어야 하나?"

"괜찮아. 다른 버스 많아."

버스터미널 주변엔 공공버스가 아닌 여행사가 운영하는 버스도 많다. 복장을 문제 삼지 않는 여행사를 골라 버스표를 사고 자전거를 싣는다. 짐을 버스 안에 두고 마지막 인사를 하러 나온다.

"정말 고마워. 너의 호의를 어떻게 갚아야 할지 모르겠어."

"넌 내 형제나 다름없다니까."

"언젠가 꼭 다시 만나자."

"우린 다시 만나게 될 거야. 인샬라."

버스에 올라 창문 밖으로 손을 흔든다. 운전 보조가 와서 커튼을 올리지 말라며 주의를 준다. 버스가 출발한다. 버스에서 시원한 에어컨 바람이 나온다. 커튼을 살짝 들어 올려 밖을 바라본다. 황토색 황무지가 지평선 끝까지 펼쳐져 있다.

"시원한 버스에서 바라보니까 바깥 풍경이 이국적이고 신기하게만 보이네. 자전거 타면서 바라봤으면 끔찍하게만 보였을 텐데."

"같은 곳을 여행해도 상황에 따라 시선이 확확 바뀌지."

"어쩌면 그래서 사람들의 호의가 더 크게 다가오는 건 아닐까? 몸이 너무 힘드니까 작은 것도 너무 고마운 그런 거."

"그걸 어떻게 하나하나 재보겠니. 그럴 필요도 없고. 하지만 그 실체는 분명히 세상에 널리 퍼져 있잖아."

"그래. 그건 확실해. 진짜 신이 있다면 그게 바로 신의 뜻일 테니까."

"인샬라!"

쉬라즈 버스터미널에 내려 웜샤워 친구 에싼에게 전화를 건다. 이란에 도착하자마자 경찰의 강요로, 그리고 너무 더워서 이곳까지 버스만 타고 움직였다. 쉬라즈는 고도가 높아서 우리나라의 한여름 기온밖에 안 된다. 쉬라즈 구경을 마치면 다시 자전거를 탈 수 있겠다.

터미널로 마중 나온 에싼을 만난다. 반갑게 인사한 후 그의 차에 자전거를 싣고 집으로 이동한다. 쉬라즈 외곽에 있는 페르세폴리스 유적 말고는 아직 이곳에 대한 정보가 없다. 볼거리 많은 이란에서도 쉬라즈는 손꼽히는 여행지다. 차창 밖으로 보이는 모습은 여타 평범한 도시들과 크게 다르지 않다. 어디에 무엇이 숨어 있는 걸까?

에싼의 집에 도착해 어머니가 준비해놓으신 밥을 먹으며 에싼과 노닥거린다. 가이드북과 에싼의 추천코스를 지도에 찍어 동선을 만든 후 쉬라즈 여행을 시작한다.

"도로에 뭐가 이렇게 없냐. 음산하네."

휴일에는 버스가 잘 다니지 않는다고 하더니 도로에 버스뿐 아니라 일반 차량도 눈에 띄지 않는다. 상점들도 거의 다 문을 닫았다. 넓고 한적한 도로를 유유자적하며 달린다. GPS에 찍은 유적지들을 돌며 도장 깨기 하듯 하나하나 지워나간다.

"사람이 없어서 한가로이 둘러보긴 좋은데, 딱히 감탄을 자아내게 하는 구경거리는 없다. 동네 토박이의 추천 코스가 이 정도면 여기도 그 명성이 조금은 과장돼 있는 듯해."

"어디나 그렇지 뭐."

생각보다 일찍 유적지 구경이 끝난다. GPS를 끄고, 천천히 페달을 밟으며 동네 구석구석을 둘러본다. 여전히 차도 사람도 보이지 않는다. 여기저기 돌아봐도 텅 빈 도로와 셔터가 닫혀 있는 상점뿐이다. 그때 갑자기 뒤에서 오토바이 하나가 자전거 옆에 붙는다. 넓은 도로를 놔두고 왜 이렇게 가깝게 붙는지 짜증이 나려는 찰나, 오토바이가 살짝 자전거를 친다.

"뭐야 이 자식."

자전거가 기우뚱해서 방향을 잡는 사이, 놈들이 뒤에서 어깨에 메고 있던 가방끈을 잡아당긴다. 고개를 돌려 뒤를 돌아보니 벌써 그 질긴 가방끈이 칼에 잘려 놈들 손으로 넘어가고 있다. 나는 가방을 뺏기지 않으려고 손을 허우적거리고 놈들은 내 손을 밀쳐낸다.

"어우…"

놈들이 밀쳐내는 손에 칼이 들여 있는 걸 보고 잠시 멈칫한다. 발길질이라도 해보려고 자전거를 세우자 놈들의 오토바이가 앞으로 달려 나간다. 다시 힘껏 페달을 밟아보지만, 자전거가 오토바이를 따라잡을 순 없다. 100미터가량을 쫓아가며 외친다.

"패스포트! 패스포트!"

놈들은 방향을 바꿔 시야에서 사라진다. 텅 빈 거리에 우리만 남는다. 다시 주변은 무슨 일이 있었냐는 듯 조용해진다.

"이거 뭐야. 어떡해야 하지? 경찰서로 가야 하나?"

"잠깐만……. 우선 여기 GPS에 표시하고, 집에 가서 에싼에게 도움을 요청하자. 경찰서에 가도 영어 안 통하면 아무 소용없어."

"젠장. 이런 일이 생기다니."

서둘러 집으로 돌아간다. 집에 도착해 문을 두드린다. 사람이 없는지 문을 두드리고 초인종을 눌러도 집안에선 아무런 대답이 없다. 핸드폰이 가방과 함께 사라져서 에싼에게 연락할 방법이 없다. 하는 수없이 문 앞에 쭈그려 앉아 에싼이 돌아오기만을 기다린다.

"가방에 뭐가 들어있었지?"

"그러니까……. 캠코더, 카메라. 아이팟, 핸드폰, 그제 환전한 9만 원 정도의 이란 돈, 현금카드, 지갑, USB 메모리, 노트 하나, 펜 두 개, 그동안 만났던 몇몇 친구들의 연락처, 중국 게스트하우스에서 챙겨온 콘돔 두 개, 담배, 라이터 그리고 여권. 젠장! 왜 하필 여권을 가지고 나갔을 때 이런 일이 생긴 거야. 대사관에서 여권을 재발급받을 수 있나?"

"알아봐야지."

보통 동네 구경을 할 땐 여권을 가지고 다니지 않지만, 이란엔 검문이 잦아서 여권을 갖고 나갔었다. 오른쪽 어깨가 욱신거린다. 옷을 들춰보니 10센티미터 정도로 칼에 베인 상처가 있다.

"정신이 없어서 칼에 베인지도 몰랐네."

"뭘 베여. 그냥 살짝 긁혔구만."

"이 자식이. 여기 피 안 보여."

상처에 피가 살짝 맺혀 있다.

"그놈들도 그냥 위협하려고 휘두른 거야. 더 집요하게 달려들었다면 또 모르지만."

오늘 해야 할 일과 앞으로의 계획을 궁리하는 동안 세 시간이 흐른다. 옆집에서 에싼 또래의 친구가 나온다. 그 친구에게 다가가 사정을 말하고 에싼에게 전화 좀 해달라고 부탁한다. 친구는 우릴 집으로 들여 마당 평상에 앉힌다. 그리고 진정하라는 의미인지 차를 한 잔 갖다 준다. 친구가 아버지와 심각하게 대화를 나눈다.

"우선 나하고 같이 경찰서에 가자."

친구 집에 자전거를 들여놓고, 차를 타고 근처에 있는 경찰서로 간다. 동네 경찰은 관할 경찰서에 가라고 한다. GPS에 찍어둔 사건 지역으로 이동한다. 현장에서 전화를 걸어 경찰을 부른다. 그 사이에 에싼도 현장으로 달려온다. 예상대로 경찰은 영어를 하나도 못한다. 에싼과 친구의 통역 하에 사건을 재현해 보이고 관할 경찰서로 이동한다.

조서 하나 꾸미는데 무슨 시간이 그리 오래 걸리는지 여러 경찰을 거치고 거쳐 사인만 다섯 번을 하고 두 시간 만에 서류가 하나 나온다. 친구들이 있었기 망정이지 그냥 경찰서에 왔다면 아무것도 하지 못했을 게 뻔하다. 경찰이 서류를 건네주면서 상위 경찰서에 가서 사인을 받으라고 한다. 친구의 차를 타고 더 큰 경찰서로 간다.

"뭐야 이건."

경찰서 문틈으로 핏빛 물이 흘러나오고 있다. 조심스레 문을 열고 들어간다. 한 경찰이 팔뚝에서 흘러내리는 피를 수돗물로 씻어내고 있다. 맞은편에는 한 남자가 쓰러져 있다. 그 주변엔 피가 흥건히 고여 있다. 피가 낭자한 채로 죽어 있는 사람 처음 본다. 무슨 일이 있었는지 모르겠지만, 한 여행자가 날치기당한 사건 따위를 신경 쓸 분위기가 아니다. 심각하게 보이려고 일부러 피를 닦아내지 않은 내 어깨의 상처는 보이기도 부끄럽다. 나가라고 소리치는 경찰에게 찍소리도 못하고 돌아 나온다.

내가 불쌍해 보였는지 친구들이 근사한 식당으로 데리고 간다. 주문한 진수성찬이 나오자 나도 모르게 카메라를 찾는다.

"내가 가방을 어디다 뒀더라?"

크건 작건 항상 곁에 있던 게 없을 때, 그것을 망각하고 있다가 어느 순간 그 부재를 깨달았을 때 사람은 서글퍼진다.

"아이고 내 정신 좀 봐. 깜박했네."

"가능성이 조금이라도 남아있으면 모를까 이미 지나간 일이야. 칼이 가방 끈을 자른 순간 끝난 거지. 미련을 버려."

"알아. 나도 가방을 찾을 수 있을 거란 기대 안 해."

"우선 친구들이 대접해주는 진수성찬을 즐기자고."

"그러자. 내가 또 맛있게 먹어주는 건 잘하잖아."

이튿날 어머니가 준비해준 큼직한 샌드위치를 들고, 에싼의 차를 타고 버스 터미널로 간다. 에싼이 테헤란으로 가는 버스표를 끊어준다.

"여러모로 도와줘서 고마워."

"고맙긴. 이런 사건이 생겨서 오히려 미안한걸."

"네가 미안해할 일이 아니잖아."

에싼과 포옹을 하고 나서 버스에 오른다. 버스가 출발한다. 볼거리도 많고, 쉽게 찾을 수 있는 나라도 아닌데 이렇게 다 건너뛰고 바로 테헤란으로 가야 하는 게 너무 아쉽다. 멍하니 창밖을 바라본다. 가방을 낚아채간 놈의 표정이 아른거린다.

"갑자기 열 받네. 가만히 생각해보니까 그 자식 칼을 휘두르면서 웃고 있었 건 거 같아."

"딱 계획대로 먹잇감을 포획했으니 즐겁기도 했겠지."

"그런 놈들을 쫓아가면서 여권만을 달라고 패스포트! 패스포트! 소리쳤다니."

내가 생각해도 어이가 없어서 피식 웃음이 나온다.

"장기간 여행에서 이런 사건 한두 번쯤은 일어나리라 각오하고 있었잖아. 그게 지금인들 무슨 상관이야. 흔치 않은 경험 한 셈 쳐. 언제 또 여권을 도난당해 보겠어? 좋든 나쁘든 새로운 경험은 언제나 소중한 법이야. 나를 죽이지 않는 모든 것은 나를 강하게 만든다고 니체 형님이 말하지 않던."

해가 지고, 버스의 실내등이 꺼진다. 뒷좌석에 사람이 없는 걸 확인하고, 등받이를 한껏 뒤로 젖힌다. 장거리 여행에 음악이 없어 아쉽다. 마냥 웃기 위해 여행을 하는 건 아닐 것이다. 말 그대로 지금의 경험이 어떤 식으로든 도움이 될 날이 오겠지.

그때 가서 웃자.

카우치서핑 친구 레자의 집에 도착해 전화를 건다. 레자는 저녁에 올 줄 알았다며 회사에서 헐레벌떡 뛰어온다. 처음 보자마자 낯가림 없이 반갑게 인사를 건넨다. 서글서글하고 유머러스한 친구다. 자전거와 짐을 6층 집으로 옮긴다. 방 두 개와 푸른색 카펫이 깔린 작은 거실. 남자 혼자 사는 집처럼 보이지 않는 깔끔한 집이다.

"테헤란에서의 계획은 어떻게 돼?"

"쉬라즈에서 여권을 날치기당해서 재발급받아야 해. 시간이 꽤 걸릴 거 같은데, 너희 집에서 얼마나 머무를 수 있을까?"

"저런. 쉬라즈에서? 미안한데 내가 요새 집에도 잘 못 들어올 정도로 바빠서 말이야. 같이 있을 시간이 별로 없을 것 같아. 내가 없어도 상관없다면 머물고 싶은 만큼 머물러도 돼."

레자는 우리가 지내는데 불편하지 않게끔 동네 구석구석을 돌며 식료품이나 그 밖의 필요한 물건을 구입할 수 있는 가게를 하나하나 알려준다. 동네를 한 바퀴 돌고, 공원을 거닐며 이런저런 대화를 나눈다.

"여권을 도난당했으니 이란이 싫겠다."

"나쁜 놈들이야 어디든 있는 걸. 난 이란 좋아. 사람들이 너무 친절해. 어쩜 이렇게 친절할 수 있는지 몰라."

"'타룹'이란 말 들어봤어?"

"타룹?"

"이란엔 타룹이란 정서가 있어. 손님에게 먹을 걸 계속 권하고, 문 앞에서 먼저 들어가라 하고, 어떤 물건을 마음에 들어 하면 가져가라 하고. 그런 모든 걸 타룹이라고 해."

"그래서 이란 사람들이 그렇게 친절했던 거구나."

"그런데 그게 너무 심해서 오히려 손님을 불편하게도 만들 때도 있어."

"그래? 난 좋기만 하던데."

레자는 손님조차 부담스럽게 만드는 타룹의 정서가 너무 지나친 면이 있다며 고개를 가로젓는다. 아닌 게 아니라 그런 정서 때문인지 지금까지 만난 이란 친구들은 손님 대접이 아주 능숙했다. 올림픽에 손님 맞기 종목이 있다면 금메달은 당연히 이란의 차지가 될 것이다. 안 좋은 사건이 있었지만, 이란을 미워할 수 없는 이유다.

공원 산책을 마치고 집으로 돌아온다. 레자는 집으로 돌아오면서 양손 가득 장을 봐 냉장고를 채워준다.

"내일 저녁에 집에 올지도 몰라. 괜찮지?"

"그걸 왜 나한테 물어. 여기 내 집이 아니라 네 집이야."

레자는 빙그레 웃으며 열쇠를 건네주고 나간다. 집에 우리만 남는다. 해야 할 일이 많다. 목록을 만들어 정리한다. 여권이 순조롭게 발급되길 바라며 잠을 청한다.

일어나자마자 대사관으로 달려간다. 대사관 직원에게 쉬라즈에서의 사건을 설명하고 경찰서에서 받아온 조서를 내민다.

"여기서 여권 재발급이 가능한가요?"

"대사관은 여권 발급 기관이 아니라서 본국에 신청하고 우편으로 받아야 해요. 빠르면 1주, 느리면 2~3주 걸려요. 그때까지 기다릴 수 있어요?"

"그 사이에 다른 도시 갔다 오는 건 좀 그렇겠죠?"

"여권이 없으니 이곳에 머물 곳을 마련하고 기다리는 편이 좋아요."

"알겠습니다. 어쨌든 재발급이 된다니 다행이네요."

시간에 쫓기면 모를까 시간만 넉넉하다면 여권 재발급은 아주 간단한 일이었다. 괜한 걱정을 했다. 여권 재발급 신청서를 작성하고 집으로 돌아온다.

저녁에 레자가 안테나 설치 기사와 함께 집에 온다. 그러곤 TV에 위성 안테나를 설치한다. 레자가 리모컨을 눌러 'Korea TV'라는 채널을 보여준다.

"한국 채널은 하나밖에 없나 봐."

"이럴 필요 없어. TV를 얼마나 본다고 이걸 설치해."

"없는 것보단 낫지. 더 필요한 거 없어?"

"카메라랑 캠코더를 좀 알아봐야 하거든. 전자제품 파는 곳 좀 알려줘."

"내가 바쁘니까 친구를 소개해줄게. 그 친구랑 같이 가. 그 친구한테 네 전화번호 알려줘도 되지?"

레자의 호의는 그칠 줄 모른다. 자신이 함께 해주지 못한다는 생각이 그의 호의를 더욱 부채질하고 있다. 다른 여행자들에게서 이란과 파키스탄의 평판을 익히 들어왔지만, 듣는 것과 경험하는 것은 다른 문제다. 매번 놀랍고, 그렇기에 무슬림에 대한 세상의 편견이 매번 안타깝다.

아침 일찍 울리는 전화벨 소리에 잠에서 깬다. 레자가 소개해준 친구 마르지다. 마르지와 함께 택시를 타고 전자 상가로 간다. 전자 상가라고 해봐야 낮은 건물 하나와 그 주변에 관련 상점이 좀 있을 뿐이다. 그것도 대부분이 핸드폰 가게고, 카메라를 파는 가게는 많지 않다. 가격도 우리나라보다 1.5배 이상 비싸다.

"너무 비싸네."

"전자제품에 세금이 많이 붙어서 그래. 더 알아볼래?"

"그럴 필요 없을 것 같아. 이런 가격이면 사기 힘들어."

"그럼 뭐하지? 어디 가고 싶은 데 있어?"

"테헤란에 뭐가 유명한지 하나도 몰라."

마르지는 잠시 고민하다 가까운 곳에 있는 박물관으로 향한다. 국립박물관 치고는 규모가 작지만, 우리나라보다도 훨씬 오랜 역사와 대제국을 건설했던 나라인 만큼 전시물의 종류가 다양하다. 보통 사람들은 자기 나라의 박물관엔 잘 가지 않는다. 마르지도 이곳이 처음인지 전시물들을 생소하게 바라본다.

"이거 봐봐. 웃기게 생겼어."

"이렇게 작은 건 어떻게 만들었을까? 이게 다 언제 적 거야?"

"너희 나라 유물을 나한테 물으면 어떻게 해."

자신의 나라라고 굳이 설명하려 들지 않고, 같이 여행하는 친구처럼 유물이 아닌 재미난 소품을 보듯 오히려 나에게 묻는 마르지의 모습이 마음에 든다. 크세르크세스와 관련된 유물을 보다가 이란 사람이라면 누구나 분노할 만한 영화 〈300〉으로 시작된 영화 얘기가 꼬리를 물고 이어진다. 영화를 꽤 즐기는 친구인 것 같다. 마르지는 좋은 장소가 떠올랐는지 박물관에서 나와 근처에 있는 식당에 데리고 간다.

벽에 영화감독과 여러 예술가의 사진이 가득 걸려 있는 작은 식당이다. 한 명씩 손으로 가리키며 누군지 알아맞히기 놀이를 한다. 스콜세지, 히치콕, 트뤼포, 고다르, 구로자와, 베케트, 까뮈, 마티스, 피카소. 회심의 일타로 날린 루이스 브뉘엘을 알아맞혀 깜짝 놀란다. 놀이에 탄력을 받아 식사 중인 다른 테이블 앞에까지 가서 액자를 가리키며 키득거린다.

"웨이터가 터투로를 닮았지 않니?"

고개를 돌려 웨이터를 확인한 마르지가 놀란 표정을 짓더니 웃기 시작한다. 영문을 모르는 웨이터는 무표정하게 서빙을 이어간다. 아무런 설명을 보태지 않고 자신이 관심 있어 하는 특정 분야의 지식을 바탕으로 일상적인 대화를 나누듯 농담을 주고받을 수 있는 상대와 함께 시간을 보내는 것보다 즐거운 일은 없다. 그 상대가 여자라면 친구 이상을 고려해도 된다. 이란에서 이런 친구를 만날 줄이야.

기분 좋게 식사를 마치고, 발길 닿는 데로 길을 걸으며 대화를 나눈다. 어떤 특별한 장소를 찾지 않더라도 대화만으로 충분히 즐거운 시간을 보낼 수 있는 상대임을 서로 알아챈 것이다.

"스카프 두르고 다니기 불편하지 않아?"

"불편하지. 벗어던지고 싶어."

"이란 여자들도 해변에 놀러 갈 거 아니야. 거기선 어떻게 해?"

"이란 바다 별로 안 좋아. 유명한 해변이 하나 있긴 한데, 거기선 가로막 쳐놓고 남녀가 따로 놀아."

"진짜? 전혀 예상치 못했던 대답이야."

옷 가게의 쇼윈도가 눈에 들어온다.

"마네킹도 히잡을 두르고 있네? 당연한 건가?"

"그래도 요즘엔 많이 나아진 거야."

마르지가 스카프를 풀어 얼굴만 보일 수 있도록 꼼꼼히 감싼다.

"규정대로 하려면 이렇게 해야 해. 머리카락도 보이면 안 돼."

"동부에 있는 작은 도시에선 여자들이 다 검은색 차도르를 두르고 다니더라고. 시장에 갔었는데 여자들이 다 검은색 옷을 입고 있으니까 무섭더라."

"지방에선 아직 그러지."

"불공평해. 이런 정책에 항의해야 하지 않아?"

"맞아. 더 웃긴 건 이란에선 여자들이 축구장에서 경기를 볼 수 없어. 3년 전인가? 여성단체에서 50명이 단합해서 국가대표 경기를 보러 갔다가 체포된 적이 있어. 몇 시간 만에 풀려나긴 했지만, 상황이 그래."

"참 답답한 노릇이다."

가판대 신문에 후진따오 중국 주석과 아흐마디네자드 이란 대통령이 악수하고 있는 사진이 보인다.

"저 사람이 너네 대통령이지?"

"어. 총으로 쏴버리고 싶은 멍청한 대통령."

"그건 우리나라도 그래."

국립극장으로 보이는 큰 건물 앞에 멈춘다. 이란의 전통공연을 하는 극장이다. 공연을 구경하고 싶지만, 오늘 공연은 이미 끝났다. 극장 주변이 작은 공원처럼 꾸며져 있다. 산책을 하거나 친구들과 만나 노닥거리는 사람들이 많다. 우리도 음료를 하나 사서 작은 벤치에 자리를 잡고 앉는다. 언제나 이렇게 여유롭게 앉아서 사람들을 구경하는 게 제일 재미있다.

"혹시 이란 전통 음악 있어?"

마르지가 MP3를 꺼내 노래를 찾는다. 이어폰 한쪽을 내게 건넨다. 플레이 버튼을 누른다.

"이건 세타라는 악기야. 세타는 세 줄이란 뜻인데 악기가 개량돼서 요즘 세타는 네 줄이야."

같은 재질의 줄을 쓰는지 세타의 음색은 인도 악기 시타르와 비슷하다. 우린 그렇게 아무 말 없이 다섯 곡의 세타 연주를 듣는다. 바람이 솔솔 부는 공원 벤치에 앉아 사람들이 웃고 떠드는 모습을 바라보는 생김새가 다른 두 남녀가 이어폰을 하나씩 나눠 끼고 음악을 감상하는 모습이 머릿속에 그려진다. 여자 친구가 아닌 여자와 이어폰을 나눠 끼고 음악을 들었던 적이 있었던가? 이 도시의 낯섦보다 더 낯선 기분이 든다.

마지막으로 공원을 걸은 후 택시를 타고 집으로 돌아온다.

"물 한 잔만 줄래?"

마르지와 함께 6층으로 올라간다.

"잠깐만 기다려."

찬장에서 컵을 꺼내 물을 따른다. 문턱에 서서 물을 기다리는 마르지에게 쇼파에 앉히고 커피라도 한 잔 건네고 싶지만, 내 집, 내 커피가 아니라서 마음대로 할 수가 없다.

"인터넷에서 좀 더 알아보고 안 되면 다시 카메라를 사러 가야 할지도 모르는데, 그때 같이 가줄 수 있어?"

"파트타임 일을 하고 있어서 언제 시간이 될지 잘 모르겠어. 시간이 나면 연락할게. 언제쯤 떠나?"

"여권 때문에 2주는 더 있을 거야 아마."

"그럼 충분해. 그 사이에 시간이 날 거야."

마르지가 마신 물컵을 받고, 손을 흔들어 작별 인사를 나눈다. 노트북을 켜고 카메라 정보를 찾는다. 왠지 텅 빈 방이 평소보다 더 쓸쓸하게 느껴진다. 몸이 편해지면 그동안 육체적 고됨에 감춰져 있던 여러 감정이 쏟아져 나온다. 어쩌면 외로움이란 여유에서 오는 사치스런 감정일지도 모르겠다는 생각이 든다. 하지만 오늘만큼은 이 외로움을 온전히 다 받아들이고 싶다.

저녁에 레자가 온다. 슈크림 빵 한 세트와 수박을 사 와서 냉장고에 넣는다.

"마르지랑 동네 구경 갔다 왔어."

"그래? 카메라는 알아봤어?"

"여기저기 둘러봤는데 너무 비싸서 못 사겠더라."

"맞아. 전자제품도 그렇고, 자동차도 세금이 너무 많이 붙어. 그럼 카메라는 어떻게 하려고?"

"한국에 있는 친구랑 연락을 했는데, 회사 동료가 며칠 뒤에 테헤란으로 출장 온다고 해서 그 친구를 통해 받을까 해."

"잘됐네. 그게 낫겠다. 그 밖에 더 필요한 건 없어?"

더 필요한 것 없느냐는 레자의 말이 이제 웃기기까지 하다.

"네가 말한 타롭의 정서가 이제 뭔지 확실히 알 것 같아."

레자는 사람 좋은 웃음을 지으며 인사를 하고 또 어디론가 가버린다. 다시 방에 정적이 흐른다.

"마르지한테 커피 한 잔 정도는 건넸어야 했나? 물 한 컵만 주고 떠나보낸 게 계속 마음에 남네. 바보같이 머릿속에서 영어 작문하느라 끊어먹은 대화들도 아쉽고."

"무슨 느낌이 온 거야? 우주 씨가 신호를 보냈어?"

"신호까지는 모르겠고, 그냥 편했어. 관심사도 비슷해서 대화도 지루하지 않았고. 그런 상대 만나기가 쉽지 않은데."

"그럼 뭐라도 행동을 취했어야지. 내가 너 이럴 줄 알았다니까."

"나도 답답하긴 한데. 연인하고 손만 잡고 다녀도 경찰이 잡아간다는 나라에서 내가 뭘 어쩌겠어? 하필 여기서 이런 만남이 있을 게 뭐람."

"핑계 대지 마. 그럼 이란에 네 짝이 있다고 우주 씨가 꼭 짚어줘도 손 놓고 가만히 있겠다는 거야 뭐야?"

"사실대로 말하면 말이지. 마르지가 마음에 든 건 맞는데, 그게 지금 외로움이 너무 커서 그런 걸지도 모르겠단 생각이 들었어. 그리고 그 마음이 여행을 멈추게 할 만큼 강력하지 않았어. 물론 진짜 중요한 건 상대방의 마음이겠지만 말이야."

아직 처음 계획한 여행의 반도 오지 못했다. 여전히 자전거에 오를 때마다 입이 삐쭉 나온다. 몸은 삐쩍 말라가고, 항상 뜨거운 햇볕에 그을리는 피부는 엉망이 된 지 오래다. 하지만 여행을 그만둘 생각은 없다. 오히려 시간이 흐를수록 여행을 계획대로 끝내고 싶은 마음이 점점 더 간절해진다. 다르게 말해 그 간절함을 멈추게 할 만남이 나타난다면, 그 만남이야말로 내가 꿈꾸는 여행의 끝이 될 것이다. 여행이 어떻게 끝나게 될지 아직은 알 수 없다. 어쨌든 지금은 아니다. 새 여권을 받고 여행을 끝내는 건 말이 안 된다. 여권이 있으면 떠나야 하는 게 인지상정. 암 그렇고말고.

38

아르메니아   트 크 쿠 트

"이 싱그러운 초록빛 얼마만이야. 네팔 지나고 처음이지 아마?"

황톳빛 민둥산이 이어지던 이란과 달리 아르메니아의 산길은 푸른 초록빛을 내고 있다.

"참 신기해. 지도 위에 인위적으로 그어놓은 국경만 넘어도 풍경이 확 달라진단 말이야."

"나라가 바뀌면 우리 마음가짐도 달라지니까. 그리고 나라마다 산림정책도 다르겠지."

인적이 뜸하고, 도로에 차도 거의 다니지 않아서 주변이 조용하다. 계곡 아래에서 흐르는 물소리와 풀벌레의 울음소리가 하나하나 귀에 들어온다. 산길을 달리느라 몸은 힘들지만 남의 나라에서 이렇게 텅 빈 도로를 홀로 달리고 있으면 왠지 모르게 기분이 좋다. 도로 옆 나무그늘 아래에 샘물이 흐르고 있어 목도 축일 겸 잠시 멈춰 선다. 시원한 샘물을 마시고, 빈 물통도 채운다.

"어이! 어이!"

　누군가를 부르는 소리에 고개를 돌린다. 도로에서 벗어난 샛길 끝에 있는 오두막에서 한 할아버지가 손을 흔들며 큰 소리로 우릴 부른다. 할아버지의 오두막으로 자전거를 끌고 간다. 아이가 도화지에 그린 집처럼 간단하게 생긴 오두막 안으로 들어간다. 낡은 철제 침대 두 개와 더 낡아 보이는 서랍장, 오래된 텔레비전이 있는 작은 방이다. 정돈되지 않은 방의 모습이 누추하다기보다 편안함을 준다. '아보'라고 자신을 소개한 할아버지가 따뜻한 차를 한 잔 갖다 준다. 요리를 하던 중이셨는지 일체형 가스스토브 위에 올린 커다란 솥에서 처음 보는 검은색 과일이 보글보글 삶아지고 있다.

　"할아버지 이거 뭐예요?"

　"무라바."

　할아버지가 먹어보라고 무라바 몇 갤 가져다준다. 무슨 열매인지 푸석푸석한 식감에 달달한 맛이 난다. 입이 심심할 때 하나씩 먹으면 좋겠다. 아보 할아버지는 계속 솥을 저어가며 무라바를 삶는다. 창으로 들어오는 강한 햇살 탓에 검은 실루엣으로 보이는 그 모습이 솥에서 올라오는 김에 쌓여 몽롱한 느낌을 준다. 오전 내내 1,000미터를 오른 피로와 할아버지가 주는 편안함 때문에 몸이 나른해지고 눈이 감긴다.

　차 경적 소리에 잠에서 깬다. 할아버지와 잘 아는 사이인 듯한 아저씨 둘이 찾아왔다. 할아버지가 살점이 조금 붙어 있는 소 뼈다귀를 안주로 와인과 보드카를 곁들인 술상을 차린다. 아저씨들은 차를 운전해야 해서 정작 술은 나와 할아버지만 먹는다. 파키스탄, 이란을 여행하는 동안 술 구경을 못 해서 그런지 술이 잘 넘어간다.

아저씨들이 자리에서 일어서면서 신발 두 켤레를 할아버지에게 건넨다. 신발 도매업을 하는 아저씨들인지 차에 신발이 가득 실려 있다. 그냥 받아도 될 법한데 할아버지는 굳이 돈을 꺼내 쥐어주려 하고, 아저씨들은 계속 거절하며 도망간다. 그 모습을 보고 있자니 입가에 미소가 지어진다.

아저씨들이 떠나고, 할아버지가 어디 좀 같이 가자기에 할아버지 차에 올라탄다. 시장이 있는 마을로 내려가 고기와 야채를 사고, 주택가 좁은 길을 힘들게 달려 산 중턱에 있는 한 가정집에 방문한다. 아보 할아버지보다 더 연배가 있어 보이는 노구의 할아버지와 자식뻘로 보이는 친구들, 그들의 아내, 아이들이 있다. 아마도 조카의 집인 듯하다. 사람들의 표정으로 보아 할아버지를 그리 반기는 분위기가 아니다. 혹으로 딸려온 우리에게 보내는 시선도 그리 곱진 않다. 할아버지는 막내 조카로 보이는 친구와 함께 자신이 준비해 온 고기와 야채를 손질한다. 사람들이 술상을 차린다. 할아버지는 손수 고기를 썰고, 불을 지펴 숯을 만들고, 고기를 굽는다. 매운 연기를 마시며 고기를 굽고 있는 아보 할아버지의 모습이 쓸쓸해 보인다.

잘 구워진 양고기와 토마토, 가지로 섞어 만든 샐러드가 식탁에 차려진다. 두툼하게 잘라 구운 양고기가 맛이 좋다. 여자들과 아이는 따로 상을 펴고, 남자들만 모여 굉장히 독한 이곳의 전통주를 마신다. 70도나 되는 독한 술을 주거니 받거니 마시다 보니 금세 취기가 오른다. 취기가 오르면서 서먹했던 분위기가 누그러진다. 안면이 없는 남자들이 모인 자리에서 술만큼 좋은 이완제는 없다. 사람들이 권하는 술을 빼지 않고 다 받아 마신다. 이런 자리에서 술 많이 마신다고 성내는 사람은 내 결코 본적이 없다. 그렇게 독한 술을 한 잔, 두 잔 비우기를 몇 차례. 정신이 해롱해롱해진다. 준비한 술과 음식을 기분 좋게 먹어 치우고, 할아버지의 오두막으로 돌아와 바로 침대에 쓰러진다.

아보 할아버지가 아침을 차려놓고 깨운다. 토마토 오믈렛과 햄, 치즈를 난에 싸먹는다. 술을 꽤 마셨는데 술이 좋았던 건지, 오랜만에 마셔서 그런지 몸이 힘들진 않다.

"숙취는 없는 것 같은데 왠지 움직이기가 싫네. 하루만 더 쉬었다 갈까?"

"안 그래도 나도 그랬으면 했어. 할아버지도 좋아하실 거야."

하루 더 머물다 가기로 결정하고, 할아버지께 여쭤본다. 할아버지도 웃으며 고개를 끄덕이신다. 느긋한 마음으로 오두막 처마 그늘에 놓여 있는 침대에 누워 가만히 경치를 구경한다. 오두막 뒤편에 펼쳐진 노란색 유채꽃밭에서 열심히 꿀을 모으는 벌들의 윙윙거리는 소리와 솔솔 부는 바람 소리가 좋다.

"이런 데서 살라면 살겠어?"

"글쎄. 지금 당장은 정말 좋은데, 금방 지루하고 불편해하겠지?"

"뭔가를 선택하면 그 결핍을 당연히 받아들여야 할 텐데, 그게 참 쉽지 않아."

할아버지가 삶은 무라바통을 들고 나와 작은 병에 나눠 담는다. 도구를 이용해 단단히 뚜껑을 닫는 걸 보니 판매용으로 만드는 것 같다.

"이걸로 생계를 유지하시는구나."

"우리도 뭔가 도울 일 없을까?"

집 안을 살펴본다. 할아버지 방에는 작은 TV와 DVD 플레이어가 있다. TV 수신이 안 되는 지역이라 DVD로 지루함을 달래시는 듯한데, TV와 DVD 플레이어를 연결하는 잭이 다 끊어져 있다. 너덜너덜 끊어진 잭을 모아 성한 부분만 잘라 잇는다. 간신히 잭 두 개를 만든다. 새로 만든 잭으로 TV와 DVD 플레이어를 연결한다.

"됐다. 할아버지 DVD 하나 넣어보세요."

기대에 찬 눈으로 바라보던 할아버지가 두툼한 DVD 보관 케이스에서 DVD

를 하나 골라 넣는다. 요상한 음악과 함께 한 여자가 나와 벨리댄스를 추기 시작한다. 굉장히 촌스러운 영상이지만, 댄서의 골반과 가슴 위주로 촬영된 것으로 보아 그 목적은 분명히 전달된다. 다른 DVD를 넣어본다. 이번엔 20~30년 전에나 만들어졌을 법한 오래된 포르노 영화가 나온다. DVD 플레이어가 작동된다는 사실에 할아버지가 아이처럼 좋아하며 내 얼굴을 움켜잡고 볼에 뽀뽀를 해준다.

"읍… 하… 할아버지 저건 좀 끄고……."

할아버지의 까칠한 수염에 볼이 따갑다. 작으나마 신세를 갚은 것 같아 마음이 흡족하다.

나른함과 여유로움 속에서 하루를 보낸다. 아침과 비슷한 상차림에 와인을 곁들인 저녁을 먹는다. 어느새 아주 오랫동안 이곳에서 지내온 사람처럼 할아버지와 우리 사이엔 차고 넘침 없이 모든 게 아주 자연스럽다. 식사를 마친 후 빈 그릇을 들고 샘터로 간다. 어두운 샘터에서 손전등 불을 밝히고 설거지를 한다. 여기저기서 귀뚜라미의 울음소리가 들린다. 고개를 들어 하늘을 바라본

다. 수많은 별이 반짝이고 있다.

"우리가 보지 못하는 별들이 이 우주에 얼마나 많을까? 그리고 우리가 만나지 못하는 사람들이 이 세상에 얼마나 많을까?"

"만난 사람들을 세는 게 빠르겠지."

불현듯 세상을 따뜻하게 하는 수십억 지상의 별들과 하나하나 어울려 술잔을 기울이고 싶다는 생각이 든다. 그동안 미처 생각지 못했던 많은 별을 만났다. 또 어디에 얼마나 많은 별이 숨어 있을까? 아르메니아 산골 오두막에서 홀로 쓸쓸히 빛나는 '아보'라는 별을 가슴에 담는다.

39

아르메니아 카라훈즈

아르메니아의 산길은 가혹하다. 끝도 없이 이어지는 오르막이 길이라기보다 정상으로 향하는 등산로에 가깝다. 보통 산길이라 함은 산의 규모에 따라 일정한 고도를 중심으로 오르락내리락하기 마련인데, 이곳의 산길은 산을 통째로 넘어 다니도록 길을 만들어놨다. 500미터에서 시작한 고도가 2,500미터까지 끊임없이 오르더니 갑자기 700미터로 급하강. 그리고 다시 1,700미터까지 오른 다음 700미터로 다시 내려온다. 오르막은 오르막대로 힘들고, 브레이크를 잡은 손에 쥐가 날 정도로 내리막도 고역이다.

무리해서 자전거를 타다 보면 갑자기 몸에 쭉 늘어지고 다리에 힘이 안 들어가는 때가 있다. 그럴 땐 아무거나 먹어도 금방 힘이 난다. 순간적으로 체내의 가용 에너지가 고갈될 때 나타나는 현상일 거로 추측한다. 그 빌어먹을 현상이 산 중턱에서 나타났다. 산길 한가운데서 허기에 진이 빠져 길바닥에 철퍼덕 주저앉는다.

"아까 그 마을에서 뭐 좀 먹고 가자니까."

"아깐 배가 고프지 않았어. 식욕도 없었고."

내리막에서 탄력 받은 자전거를 세우기가 귀찮아 무심코 마을을 지나쳤다가 바로 이런 낭패를 보게 됐다. 너무 힘들고, 굉장히 배가 고프다. 식당이나 가게는 고사하고 인적도 없는 산길을 아직 수백 미터는 더 올라가야 한다. 어찌해야 하나. 햇빛이 눈에 아른거린다. 고개를 들어 하늘을 바라본다. 나뭇가지에 달린 작은 녹색 열매가 눈에 들어온다.

"저거 무슨 열매야?"

"글쎄다. 사과처럼 생기긴 했는데, 코딱지만 해서 알 수가 있나."

이제 막 꽃이 떨어진 엄지손톱만 한 크기의 열매가 너무 작아서 무슨 과일인지 알 수가 없다.

"에라 모르겠다. 뭐든 먹고 보자."

개중에 큰 놈을 하나 골라 먹어본다. 강한 신맛에 얼굴이 찌푸려진다.

"사과 같아. 좀 시지만 먹을 만해."

이가 시릴 정도로 따먹으니 그것도 음식이라도 조금은 힘이 난다. 다시 자전거에 오른다.

체력이 완전히 소모되기 직전에 드디어 작은 마을 입구에 들어선다. 작은 양철집 위에 'Food'라고 쓰인 간판이 보인다.

"Food! Food!"

며칠은 굶은 사람처럼 허겁지겁 양철집 식당으로 달려간다. 하지만 문이 닫혀 있다. 식당 뒤로 넓은 뜰이 있는 건물 앞에 사람들이 보인다. 무작정 들어간

다. 아저씨 몇 분이 술을 마시고 있다. 식당을 가리키며 먹는 시늉을 하자 걸걸한 목소리에 호탕한 아저씨가 의자 하나를 탁탁 치며 자리에 앉으라고 한다. 뜰 한쪽에 자전거를 세우고 술자리에 동참한다.

아저씨가 솥에서 주먹만 한 양고기 한 덩어리를 꺼내 접시에 올려준다. 염치불문하고 허겁지겁 양고기를 뜯는다. 그 모습이 내가 생각해도 참 딱하다. 양고기 두 덩어리를 먹고서야 느긋하게 아저씨들과 술잔을 부딪칠 여유가 생긴다. 아저씨들은 그 사이에 벌써 보드카 한 병을 끝냈다. 하여간 보드카 문화권의 사람들은 당해낼 수가 없다. 배도 부르고 기분도 좋다. 오늘의 고됨은 또 이런 만남에 의해 희석되는 건가.

무리의 왕초로 보이는 호탕한 아저씨가 갑자기 차에서 아코디언을 꺼내 연주하기 시작한다. 하루에 담배 열 갑은 펴야 나올 만한 걸걸한 목소리로 불러젖히는 러시아풍의 노래가 아주 일품이다. 눈이 반쯤 풀린 상태에서도 음정, 박자 하나 틀리지 않고 멋들어지게 노래를 부른다. 가만히 아저씨의 노래를 듣고 있자니 피로와 취기가 몰려와 눈이 감긴다. 술을 더 마시면 실수를 할 것 같아 양해를 구하고 뜰 한쪽에 텐트를 치고 들어가 눕는다. 가늘게 내리는 빗소리를 들으며 눈을 감는다.

누군가 과격하게 텐트를 두드린다. 문을 열고 빼꼼 고개를 내민다. 술자리에 같이 있었던 한 아저씨가 돈을 달라며 손을 내민다.

"이건 또 무슨 소리야?"

옷을 챙겨 입고 텐트에서 나온다. 어느새 술자리는 정리되고, 다른 아저씨들은 모두 집에 갔다. 술상을 차리고 술시중을 하던 무리 중 똘마니 아저씨만 남아 우리에게 자릿세를 요구하고 있다. 아코디언을 연주하던 아저씨에게 허락을 받았다고 해도 모두 집에 갔다고만 할 뿐이다. 취기와 졸음, 거기에 비까지 내리고 있어 짜증이 배가된다.

그렇게 대치하는 중에 지나가던 한 아주머니가 다가온다. 아주머니는 내 어깨를 다독이며 자기네 집 마당에 텐트를 치라고 한다. 우리는 짐을 들고 50미터 정도 떨어진 아주머니네 집으로 간다. 늦은 시각이라 짧게 감사인사만 건네고 마당에 내려놓은 텐트 속으로 들어간다.

밤새 내리던 비는 어느새 개어 따뜻한 햇볕이 뜰을 비추고 있다. 텐트에서 나와 텐트를 뒤집어 말린다. 어제 우릴 이곳으로 데리고 온 아주머니가 아침을 준비한다. 침대에서건 방에서건 집에서건, 한 공간에서 잠을 자면 대부분 당연한 듯 아침을 차려준다. 잠자리를 허락한다는 건 공간의 문제가 아니라 심리의 문제다. 심리적으로 제 영역을 허락한 사람은 낯선 이방인이라 할지라도 더는 무심하게 바라보지 않는다.

상이 차려지는 동안 마당에 있는 나무에서 오디를 하나 따먹는다. 그 모습을 지켜보던 아이들이 오디를 한 움큼 따서 갖다 준다. 오디나무 그늘 아래 탁자에 앉아 아이들이 따다 준 오디와 아주머니가 차려준 아침을 먹는다.

"여기 평온하니 분위기 참 좋다. 하루 더 머물까?"

아주머니에게 하루 더 머물길 청한다. 젊었을 때 미인 소리 꽤나 들었을 법한 아주머니는 인자한 웃음으로 대답을 대신한다.

차를 마신 후 어른들은 각자 일을 보고, 우리는 꼬맹이 아르미네, 아브로라와 어울려 장난도 치고 사진을 찍으며 논다. 낯가림 없이 맑은 웃음을 터뜨리는

아이들이 정말 귀엽다. 아이들과 노는 틈틈이 아주머니가 산딸기, 앵두, 사과, 해바라기씨 같은 군것질거리를 가져다준다. 모두 집 마당과 뜰에서 자라고 있는 열매들이다. 마당엔 오디나무, 집 주변엔 사과나무, 산 아래로 내려가는 비탈진 뒤뜰엔 해바라기와 앵두나무, 산딸기 넝쿨이 자라고 있다. 그 사이에서 닭들이 모이를 쪼고, 뒷문 화장실 근처 돼지우리에는 열댓 마리의 새끼돼지들이 뚱뚱한 어미의 젖을 빨고 있다. 모든 게 집 울타리 안에 있다. 진정 자연과 함께하는 삶이다.

각자 볼일을 보던 가족들이 모두 모여 마당에 천을 깔고 오디나무를 흔든다. 우박이 쏟아지듯 오디가 떨어진다. 떨어진 오디를 잘 모아 큰 드럼통에 집어넣는다. 다른 드럼통에선 먼저 수확된 오디가 발효되고 있다.

누구는 술을 만들고, 누구는 뒤뜰에서 열매를 수확하고, 누구는 햇볕 아래에서 양털을 말린다. 아이들은 그 사이를 깔깔거리며 뛰어다닌다. 간간이 이웃이 찾아오면 일손을 멈추고 커피를 한 잔 마시며 담소를 나눈다. 누구 하나 뭐 하나 서두르는 일이 없다. 우린 마당 한쪽에 앉아 종일 이 가족의 평화로운 삶을 지켜본다.

"정말 부럽기 짝이 없는 삶의 모습이다. 이 가족도 무슨 걱정거리가 있을까?"

"걱정 없이 사는 사람이 있을라고. 어쩌면 우리가 생각지 못하는 큰 고충을 안고 살아가는지도 모르지."

"그래도 이 가족은 자신의 삶을 자신이 통제하고 있는 것처럼 보여."

"맞아. 자신이 제어하기도 힘든 속도로 헉헉 달리면서 정작 자신은 행복에 대해 반문하는데 주변에서 잘한다고 어깨를 두드려준다면 그건 분명 그들의 꿈을 위해 헌신하고 있다는 방증이지. 적어도 이 가족은 다른 누군가의 꿈을 위해 사는 것처럼 보이진 않는다."

"더도 말고 덜도 말고 딱 이 가족처럼 살아가고 싶다."

아주머니가 점심을 위해 장을 보러 가려는 것 같아서 돈을 좀 보태준다. 큼직한 닭을 한 마리 사와 닭고기 스프를 만든다. 가족들과 함께 독한 오디주를 반주 삼아 맛있는 식사를 한다.

식사를 마치고 다시 뜰에 나와 햇볕 아래에 늘어진다. 가끔 찾아오는 이웃이 아니면 언제나 이곳에 있었던 사람처럼 더는 누구도 우리에게 호기심을 보이지 않는다. 이방인에 대한 호기심은 하루면 족하다. 그 말은 즉 이곳을 떠날 때가 됐다는 말이다. 수많은 만남의 즐거움은 또 그만큼 수많은 이별의 아쉬움이기도 하다. 하지만 어쩔 수 없다. 그것이 바로 여행이니까.

#40

조지아 고데르지코튼

"오케이. 자두 발견!"

아르메니아에서 과일 따 먹는 재미를 붙인 뒤로 자전거를 타고 가며 주변 나무를 살피는 버릇이 생겼다. 과일 몇 개 따먹는다고 배가 부르거나 끼니를 해결할 수 있는 건 아니지만, 왠지 야생의 삶을 사는 것 같은 재미가 있다. 아르메니아에서는 오디를 많이 따 먹었다. 조지아로 넘어오고부터는 오디보다 자두가 종종 보인다. 아직 제철이 아닌지 약간 신맛이 나지만, 좀 먹을 만한 놈들을 발견하면 한 봉지 따서 갖고 다니며 심심한 입을 달래준다.

"옥수수가 얼른 익어야 할 텐데."

"네가 지은 농사냐?"

"에이~ 저기서 한두 개 딴다고 표도 않나."

"그나저나 왜 산이 안 나오지? 지도 제대로 확인한 거 맞아?"

조지아의 수도 트빌리시에서 경로를 짤 때, 큰 산을 하나 넘고 내리막이 쭉 이어지는 길로 방향을 잡았다. 그런데 반대로 조금씩 고도만 높아질 뿐 산길다운 산길이 나오지 않는다. 산길이 나오지 않아 좋긴 하지만, 터키에 도착하기 전 큰 산을 하나 넘어야 하는 건 분명하다. 그 산이 언제 나타날지 조마조마하다.

자동차 하나가 옆에 붙는다. 한 친구가 창문에 고개를 내밀고 뭐라 뭐라 떠든다. 조지아 말을 알아들을 턱이 없다. 못 알아먹겠다는 시늉을 하자 창문 밖으로 맥주 페트병을 하나 들어 보인다.

"OK?"

"OK!"

친구들이 한발 앞서 천천히 모는 차를 뒤쫓아 간다. 차가 길에서 강 쪽으로 방향을 꺾는다. 강가 근처 나무숲 사이에 작은 탁자와 의자가 있다. 친구들이 카오디오의 볼륨을 높이고, 탁자에 앉는다. 우리도 자전거를 세우고 같이 자리한다. 맥주를 따라준다. 시원하게 한 컵 들이킨다. 친구들이 영어를 거의 못해서 별다른 대화는 없다. 그저 우리에겐 지루한 주행 중에 잠시나마 쉴 핑계가 생겨 좋고, 친구들에게는 빤한 술자리에 특별손님이 생겨 좋다. 손짓 발짓으로 하는 대화를 대충 이해하고 대충 웃어넘기면 되는 부담 없는 자리다. 우크라이나 여자가 예쁘니 꼭 가보라는 친구들의 조언만 확실히 머릿속에 새긴다. 2리터짜리 맥주 두 페트를 비우고 헤어진다.

길옆으로 강이 흐른다. 이제 강의 모양이나 흐름을 보면 강이 계속 이어질지 곧 계곡으로 들어가는 산길이 나타날지 얼추 짐작할 수 있다. 강의 지형을 살

핀 후 마음의 준비를 한다.

"아~ 이건 아니지."

갑자기 아스팔트 길이 끝나고 비포장길이 나타난다. 잠깐 공사 중이겠거니 하는 바람과 다르게 비포장길이 계속 이어진다. 산길은 예상했지만, 비포장길은 예상치 못했다. 뜻밖의 만남이 주는 기쁨만큼 뜻밖의 비포장길이 주는 절망도 크다. 속도가 팍 줄고, 큰 자갈을 피하느라 자전거가 휘청거린다.

본격적인 산길이 나타난다. 빽빽한 숲길 사이로 꼬불꼬불 이어진 길이라 도대체 어디가 끝인지 가늠할 수가 없다. 900미터에서 시작한 고도가 내려갈 생각 없이 조금씩 계속 올라간다. 이렇게 긴 비포장 오르막을 달리긴 또 처음이다. 걷느니만 못한 속도로 꾸역꾸역 산을 오른다. 고도가 높아지면서 바람이 싸늘해진다. 어느덧 고도가 2,000미터에 다다른다. 멀리 오르막 끝자락에 마을이 보이기 시작한다. 남은 힘을 다해 페달을 밟는다.

구름인지 안개인지 습한 기운에 소름이 돋는다. 오랜만에 겉옷을 꺼내 입는다. 가게에 들려 따뜻한 커피를 한 잔 마시며 주변을 살핀다. 대부분 집이 길 양옆 산비탈에 기둥을 받쳐놓고 지은 목조 주상가옥이다. 평평한 자리가 없어 마땅히 텐트 칠 공간이 보이지 않는다. 땔감으로 쓰이는 나무를 모아둔 곳에 빈 공간이 있는 집을 발견한다. 마침 집 앞에서 놀고 있던 10대 초중반의 아이 둘이 다가온다.

"얘들아. 여기에 텐트 좀 치고 자도 될까?"

형으로 보이는 아이가 고개를 끄덕인다. 자전거를 세우고 아이들의 행동을

살피며 텐트 치는 시늉을 한다.
아이가 어른을 데려온다.

"안녕하세요. 여기에 텐트 치
고 하룻밤 자고 가도 될까 싶어
서요."

기대대로 아저씨가 집 안으로
들라고 손짓한다. 역시 산동네는
인심이 좋다. 자전거를 창고에 넣
고 안으로 들어간다.

벽 양쪽에 침대가 세 개 놓여
있고, 한쪽 끝엔 식탁이, 반대편엔
장작더미와 난로가 있다. 흐릿한
백열등과 오래된 가구들, 시골스

러운 이들의 복장이 제2차 세계대전을 소재로 한 영화 속 시골농가의 모습을
빼다 박았다. 당장 독일군 장교가 문을 차고 들어와 숨어 있는 유태인을 내놓
으라며 소리쳐도 전혀 이상하지 않을 분위기다.

"식구가 많네."

갑작스러운 낯선 손님의 방문에 집안 분위기가 들뜬다. 영어를 할 줄 아는
사람이 없어서 대화가 오가진 않는다. 그저 한쪽에 앉아 있는 이방인을 놓고
무슨 소린지 알 수 없는 수다를 떤다. 그 모습을 비디오로 담고 있으니 아저씨

가 쑥스러운 웃음을 지으며 꽃 남방을 꺼내 입는다. 딸들이 야유를 보내며 웃음을 터뜨린다.

어렸을 적 좋아했던 프랑스 여배우를 빼닮은 미모의 딸내미가 상을 차려준다. 가족들은 이미 식사를 마쳤는지 작은 상을 우리 앞에 놔준다. 빵과 오이 피클, 소고기와 감자로 만든 스프가 아주 맛이 좋다. 식사를 마치자 난로 위에 주전자를 올려 터키식 커피를 만들어준다. 배도 부르고 따뜻한 커피를 한 잔 마시니 몸이 나른해진다.

아저씨에게 세수하는 동작을 보인다. 그러자 집 뒷문 쪽으로 데려간다. 산 아래 풍경이 훤히 보이는 집 난간 한쪽에 물통이 있다. 그리고 난간 끝에 화장실이 있다. 나무 바닥에 구멍만 뻥 뚫어놓은 간단한 화장실이다. 따로 정화조 없이 대소변이 바로 산비탈 아래로 떨어지게 만들어 났다. 그 아래에는 돼지우리가 있다.

"야, 진짜 똥돼지네. 요샌 제주도에서도 보기 어려울 텐데."

간단히 몸을 닦고 방으로 돌아온다. 잘 시간이 되자 사람들이 하나둘씩 빠져나간다. 알고 보니 이 집 식구는 아저씨, 아줌마와 두 딸뿐이었다. 친척인지 이웃인지, 시골 동네에 가면 이렇게 너나 할 것 없이 제집처럼 남의 집을 드나든다. 이 정도는 아니더라도 어렸을 땐 동네에 이런 분위기가 있었는데, 언제부터 좀 더 튼튼하고 첨단의 잠금장치를 찾게 됐는지. 우리네 삶이 씁쓸하게 여겨진다.

이튿날 딸내미가 차려준 아침을 먹고 출발 준비를 한다. 떠나기 전 가방을 열어 아저씨, 아줌마와 딸들에게 작은 기념품을 건넨다. 아마도 이들은 한국이란 나라가 어디에 있는지도, 어떤 문화를 가졌는지도 모를 것이다. 그러기에 색동 한복을 입고 있는 작은 꼬마 인형이 달린 열쇠고리를 마냥 신기하게 바라본다.

"아직 여행이 한참 남았는데, 기념품은 벌써 다 떨어져 간다. 어쩌냐?"

"내가 그것도 모자랄 거라 했지? 그거 안 챙겨왔으면 어쩔 뻔했어."

"이런 것까지 일일이 다 챙기기 어려울 만큼 짐이 많았잖아."

"이런 거라니. 사람들 만나서 어울리려고 여행을 떠났으면 그에 필요한 준비물을 챙기는 건 당연하지."

"그래. 이들이 베풀어준 호의에 대한 답례치고는 보잘것없지만, 이거라도 건넬 수 있어서 얼마나 다행인가 싶어."

여행을 떠나기 전 짐을 꾸리면서 페니어 가방 하나에 작은 기념품을 가득 채웠다. 가뜩이나 짐이 많아 부담스러웠지만, 이제는 이런 기념품이 어쩌면 제일 먼저 챙겨야 하는 짐이 아닌가 하는 생각을 하게 된다.

수백 개의 기념품이 어느새 반 이상 줄어들었다. 정말 많은 사람이 우리의 짐을 덜어주고 있다. 한층 가벼워진 짐을 싣고, 가벼운 발걸음으로 또 다른 기념품의 주인을 찾아 나선다.

41

터키 아르트븐에서 사예반즉까지

조지아와 터키를 가르는 국경을 넘어서자마자 작은 모스크가 눈에 들어온다. 다시 무슬림 나라에 온 반가움과 형제의 나라라고 하는 터키에 대한 기대감에 마구마구 마음이 설렌다. 해안가 절벽 옆으로 방파제를 쌓아 만든 평평한 해안도로도 맘에 든다. 아이팟의 볼륨을 한껏 키우고 터키 여행을 시작한다.

시원한 바닷바람을 맞으며 한껏 달린 후 문이 닫혀 있는 작은 노점 식당에 멈춰 잠시 쉰다. 라마단 기간이라 그런지 문을 닫은 가게가 많다. 빈 테이블에 앉아 절벽 아래에 펼쳐진 바다를 바라본다.

"여길 왜 흑해라고 하는 거야? 마냥 푸르기만 하고만."

"오랜만에 바다를 보니 좋다. 확 벗어던지고 뛰어들고 싶어."

넋 놓고 흑해의 경치를 바라보고 있는 사이, 아저씨 몇 분이 와서 식당 문을 연다. 자리를 비워줘야 할지 말아야 할지 쭈뼛거리고 있는데, 주인아저씨가 아무 말 없이 다가와 차 한 잔과 작은 각설탕 단지를 우리 앞에 갖다 준다. 테이블에 놓인 담배를 보고는 재떨이도 갖다 준다. 마음을 놓고 다시 편한 자세로

자리에 앉는다.

맞은편 도로에서 달려오는 두 명의 자전거 여행자가 보인다. 손을 흔들어 인사한다. 자전거 여행자들끼리는 절대 그냥 지나치는 법이 없다. 중앙선에 설치된 가드레일을 넘어 친구들에게로 다가간다. 일본 친구들이다. 보통 아시아 여행자는 서쪽으로, 유럽 여행자는 동쪽으로 이동하기 때문에 항상 유럽친구들만 만났었다. 오랜만에 만난 동네 친구들이 많이 반갑다.

"하지메마시떼."

"안녕하세요."

나는 일본말로, 친구들은 한국말로 인사를 건네며 반가움을 표시한다. 서로의 여행과 안부를 묻는다. 친구들은 포르투갈에서 출발해 일본으로 향하는 유라시아 횡단 여행을 하

고 있다. 포르투갈에서 출발한 지 1년이 됐다고 한다. 한 달 뒤면 여행을 시작한 지 2년이 되는 우리에게 감탄의 탄성을 보낸다. 하여간 일본 사람들은 참 잘 놀라워한다. 언제나 그랬듯 자연스럽게 친구들과 연락처를 주고받는다. 친구들이 사는 요코하마가 우리의 여행 경로에 포함될지 알 수 없지만, 이 친구들을 비롯한 여러 나라 자전거 여행자들이 언제든지 찾아오라며 건넨 연락처가 하나둘씩 늘어날 때마다 세상을 다 가진 것만 같은 흐뭇함에 소름이 돋는다. "자전거 여행자들하고 만나면 무슨 가족을 만난 것처럼 이렇게 기쁜지 몰라."

"누구나 할 수 있지만 아무나 하지 않는, 이 생고생을 자처하는 바보에 대한 일종의 경외심을 서로에게 투영하는 거 아닐까?"

"바보랄 것까지야."

"자본주의적인 관점에서 바라보자면 자전거 여행은 한심스러울 정도로 비생산적이고, 비효율적인 활동이잖아. 왜 이 짓을 하는 거야? 그 지점에서 서로에게 유대감을 발산하는 거지. 나만 바보가 아니었구나. 사람이 자신감을 잃는 순간은 적이 강력할 때가 아니야. 적이 아무리 강력해도 내 편이 있으면 자신감을 잃지 않는다고. 너 이 자식, 바보 같은 자전거 여행하네. 넌 내 편. 난 너를 처음 보고 너와 나의 관계는 흐릿하지만 우리의 관계는 뚜렷해. 너와 나는 큰 우리의 일부니까 믿을 수 있어. 1초의 망설임도 없이 건네는 그 연락처는 그에 대한 증표이고, 계속 열심히 바보짓 해보자는 격려의 표현이기도 한 거지."

잠시지만 힘이 되는 친구들과의 짧은 만남을 뒤로하고 각자의 길을 향해 다시 페달을 밟는다.

배가 고파 빵집 앞에 멈춘다. 럭비공 모양의 큼직한 빵이 빵집에 가득 진열돼 있다. 가격이 저렴한 것으로 보아 터키 사람들이 주식으로 먹는 빵인 것 같다. 아직 해가 중천이라 빵집에 손님이 없다.

"라마단 기단인데 이거 가게 앞에서 먹어도 될까요?"

　우리야 무슬림과 아무런 상관이 없지만, 이곳 사람들의 금식 기간에 보란 듯이 빵을 먹는 모습을 보이는 게 예의가 아닌 것 같아 아저씨에게 묻는다. 빵집 아저씨가 가게 안쪽 시선이 안 가는 곳에 따로 자리를 마련해준다. 그리고 빵과 같이 먹으라며 차와 올리브 절임, 치즈를 갖다 준다.

　"얼마 되지도 않는 빵 하나 사서 많이도 얻어먹네."

　"터키 사람들도 빠지지 않는 친절쟁이들이야."

　트라브존을 거쳐 50킬로미터를 더 달린다. 그곳에서 카우치서핑 친구 에르싼 아저씨를 만난다.

　에르싼 아저씨는 해안 도로 옆 낮은 언덕배기에 있는 작은 오두막으로 안내한다. 낡은 오두막 앞엔 아담한 잔디밭이 있고, 주변엔 자두, 포도 등 여러 가지 과일나무가 있다. 언덕 아래론 푸른 바다가 한눈에 들어온다. 잠시 머물다 가기에 딱 좋은 운치 있는 곳이다.

"경치가 아주 좋네요. 오두막도 아주 고풍스러워 보이고요."

"할아버지의 할아버지 때부터 지냈던 집이니까 100년도 더 됐지 아마? 근데 오래돼서 시설이 안 좋아. 지금은 가끔 휴가 때 찾아오는 별장으로 써."

아저씨의 말대로 물 졸졸 나오는 샤워기를 빼고는 편의시설이 없는 집이다. 트빌리시에서부터 엿새 동안 쉬지 않고 달려서 빨랫거리가 한가득이다. 어쩔 수 없이 오늘 하루 편하게 묶어가는 걸로 만족해야겠다.

지금 이곳엔 휴가를 맞아 에르싼 아저씨와 어머니, 누나, 조카가 머물고 있다. 해질 때가 되자 가족들이 저녁상을 준비한다. 잔디밭에 테이블을 놓고 쌀밥과 소고기 볶음, 샐러드를 내놓는다. 그리고 모두 자리에 앉아 라디오에 귀를 기울인다. 일몰을 알리는 기도 방송이 나와야 오늘의 금식이 해제되기 때문이다. 잠시 후 라디오에서 기도시간을 알리는 주문 같은 노래가 흐르기 시작한다. 하지만 에르싼 아저씨는 포크를 들지 않는다.

"이 라디오 방송은 트라브존에서 나오는 거야. 여기가 좀 서쪽이니까 2분 정도 더 기다려야 해."

경도의 차이까지 고려해 일몰 시각을 지키려는 게 굉장히 엄격한 듯하지만, 그 시간 동안 음식을 입에 가져갔다 말았다 하며 조카와 장난을 치는 모습이 마치 아이들의 놀이처럼 느껴진다. 그 와중에 에르싼 아저씨의 노모는 아무 거리낌 없이 음식을 먹기 시작한다.

"어머니 좀만 더 기다려요."

"너나 잘해."

어머니가 입을 삐쭉 내밀고 불평하자 모두 웃음을 터뜨린다.

"밖에선 답답해 보이는 율법들이 이곳에선 나름 화기애애한 분위기 속에서 지켜지네."

"이런 융통성이 있어야 사람이 살지. 오히려 융통성이 잘 발휘돼야 원칙이 안 무너져."

2분이 지나고 우리도 포크를 든다. 쌀밥과 소고기볶음이 우리나라 음식과 거의 비슷해 입에 쫙쫙 붙는다. 식사를 마친 에르싼 아저씨가 차를 끓인다. 작은 주전자에 찻잎을 한주먹이나 넣고 굉장히 진하게 우려낸다. 그리고 두어 모금이면 끝나는 작은 잔에 진한 차와 뜨거운 물을 섞어 농도를 맞춰가며 먹는다. 각설탕도 빠지지 않는다.

"라마단 기간에 왜 금식을 하는 거예요?"

"그건 음식의 가치를 되새기고, 굶주리는 가난한 이들의 마음을 헤아리라는 의미야."

에르싼 아저씨와 늦게까지 많은 대화를 나누고, 창고 비슷한 용도로 쓰이는 듯한 방으로 들어간다. 옷이며 이불 더미가 쌓여 있는 방 한쪽에 매트리스가 겹겹이 쌓인 침대가 있다. 졸졸 흐르는 죽지 않을 만큼 차가운 수돗물에 샤워하고 침대에 눕는다. 엿새 만에 푹신한 침대에 누우니 스르륵 눈이 감긴다.

에르산 아저씨의 누나가 아침을 차려준다. 우유가 들어간 죽 같은 음식과 빵, 잼, 샐러드. 해가 떠서 에르싼 아저씨는 금식을 시작했고, 아줌마는 죽을 조금 먹는다. 아줌마가 점심때 먹으라며 빵과 잼, 오이를 챙겨준다. 아저씨의 가족들에게 인사하고, 다음 도시를 향해 달린다. 옷에서 몇 년은 묵은 것 같은 땀 냄새가 올라온다. 다음에 만날 친구 집에는 세탁기가 있어야 할 텐데……

#42

터키 앙카라

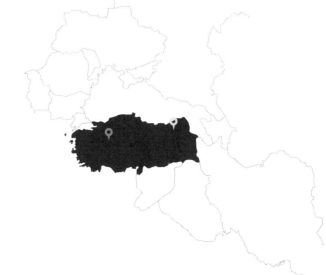

터키는 해안가를 제외하고는 1,000미터 내외의 고원지대다. 흑해 연안에서 내륙으로 들어오면서 오르락내리락 녹록지 않은 길이 이어지고 있다. 하지만 지대가 높을 뿐 산이 시야를 가로막진 않는다. 확 트인 초원지대를 달리는 기분이 좋다. 간간이 나타나는 간이식당에 멈춰 쉬고 있으면 어김없이 주인아저씨가 차를 따라주고, 도로 옆에서 과일을 쌓아놓고 파는 노점에선 손을 흔들어 자전거를 세우고 멜론을 깎아준다. 몸은 힘들지만, 터키는 자전거 여행을 만끽하기 좋은 나라다.

이번 주행의 목적지인 앙카라에 도착해 카우치서핑 친구 알리네 집을 찾는다. 첫인상만 봐도 딱 좋은 분들임이 느껴지는 알리의 부모님에게 인사한다. 알리의 어머니가 유독 환한 얼굴로 우리를 맞아준다.

"형 온다고 했을 때 엄마가 굉장히 좋아했어. 외할아버지가 한국전에 참전하셨었거든."

"그건 내가 감사할 일이네."

"아버지가 부상 때문에 한국에 오래 계셨어요. 한국에 내 동생이 있을지도 몰라. 호호호."

어머니가 농담을 건네신다. 어떤 인연이든 생면부지의 타지 사람을 이렇게 반겨주시니 감사할 따름이다. 어머니가 차려주신 맛난 밥을 먹고 알리와 밖으로 나온다.

"앙카라엔 놀 거리도 없고 구경거리도 없어."

우리는 알리의 친구를 불러 맥주를 사 들고 알리네 학교로 간다. 어두컴컴한 학교 운동장 스탠드에 자리를 잡는다. 스탠드 곳곳에서 학생들이 어울려 놀고 있는 모습이 보인다. 대학교 캠퍼스에 앉아 술을 마시는 것도 참 오랜만이다.

"이 운동장에서 터키의 학생 민주화 운동이 시작됐어. 유서 깊은 곳이야."

대학교 캠퍼스에서만 느낄 수 있는 이 자유롭고 정의로운 반항기 어린 에너지. 학생 신분이 아니더라도 이런 에너지를 받으며 술을 마시면 기분이 좋다. 특히나 터키 민주화 운동의 역사적인 장소라고 하니 그 기분이 배가된다.

알리의 친구들이 각자의 친구들을 불러 어느새 열댓 명의 친구들이 모인다. 서로 아는 친구들도 있고 모르는 친구들도 있다. 모르는 친구들끼리는 호잠이라는 호칭으로 상대방을 부른다.

"호잠이 무슨 뜻이야?"

"선생님이라는 뜻이야. 학교에선 교수, 학생뿐만 아니라 경비원이나 청소부, 그 밖의 모든 사람에게 호잠이라는 호칭을 사용해. 세상 모든 이에게 배울 점이 있으니 겸허하게 배우는 자세를 갖으라는 의미가 담겨 있어. 우리 학교만의 전통이야."

그 의미를 알고 나니 친구들끼리 서로 호잠이라 부르는 모습이 기특해 보인다. 하지만 술 마시는 호잠이 많아지면서 조촐했던 술자리가 어수선해진다. 알리가 2주 후에 중요한 시험이 있다고 자리를 떠 같이 일어나 집으로 돌아온다.

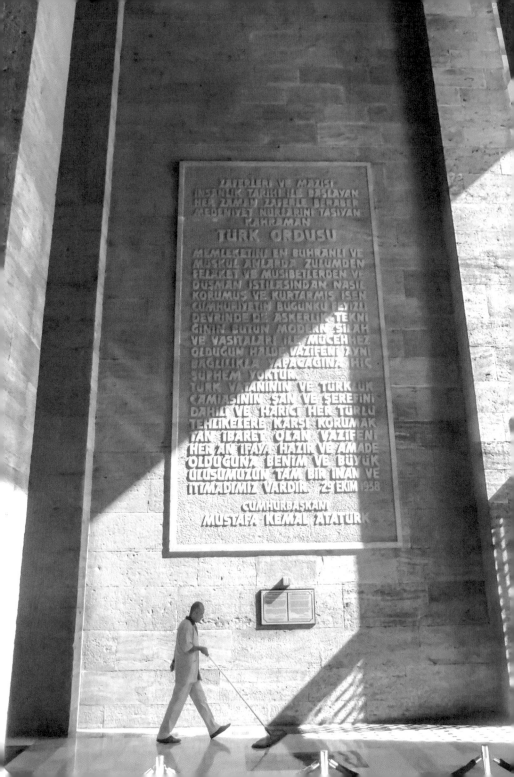

다음 날, 알리와 함께 박물관에 간다. 넓은 부지에 군더더기 없는 단순한 건물이 웅장하게 세워져 있다. 그리스 신전을 현대적인 느낌으로 재해석한 건물 같다. 하지만 건물 규모에 비해 전시관은 작고 간단하다. 알고 보니 이곳은 박물관이 아니라 터키 독립군의 수장이자 터키 공화국의 초대 대통령인 케말 아타튀르크를 기리는 기념관이다.

"터키의 고대 역사 좀 알고 싶었구만. 잘못 찾아왔네."

기대한 박물관은 아니지만, 알리가 옆에서 하나하나 설명해주니 터키가 오토만에서 공화국으로 넘어가는 과정이 체계적으로 정리된다. 수도가 이스탄불에서 앙카라로 바뀌고, 공용문자가 아랍 문자에서 라틴 문자로 바뀌고, 이슬람 국가에서 종교의 자유가 보장되는 세속주의 국가로 바뀐 이유 등, 터키의 현대사가 고스란히 이 기념관 담겨 있다.

"돈에도 다 이 아저씨 얼굴뿐이고, 도시마다 동상이 세워져 있어서 낌새는 챘지만, 생각보다 대단한 아저씨였네."

"솔직히 난 터키에 오기 전엔 이름도 못 들어봤어."

"개인적인 관심이 없으면 모를 수밖에. 근데 터키에 한번 와보면 확실히 각인되잖아. '이 사람이 우리의 국부다'하고 지나치리만큼 존경을 표하니까. 다른 나라도 마찬가지지만, 나라 독립에 선봉에 섰던 인물을 화폐에 새겨 넣어 기리고 존경하는 건 당연한 이친데, 왜 우리나라는 그걸 안 하는지 몰라? 그 속을 모르겠어 정말."

아타튀르크 기념관에서 나와 다시 알리네 학교에 간다. 구경거리도 없고, 알

리도 학교 때문에 이사 온 타지 사람이라 앙카라에 대해 잘 모른다. 규모가 큰 학교 정문 앞에서 교내 히치하이킹을 하는 학생들이 몇몇 보인다. '호잠, 호잠' 하며 차를 세운 한 학생을 태워 강의실 건물로 데려다 주고, 우리는 어제 맥주를 마셨던 운동장에 간다. 운동장 쪽에서 스탠드를 바라보니 어젯밤 보지 못했던 거대한 DEVRİM이란 글자가 눈에 들어온다.

"데브름? 무슨 뜻이야?"

"혁명. 말했잖아. 이 운동장이 터키 학생 운동의 성지 같은 곳이라고."

학교의 전통에 대한 알리의 자부심이 느껴진다.

"오호~ 굉장히 직설적이네."

"학생이라면 저 정도 패기는 있어야지. 어른이 되면 제 이익이 없는 이상 저런 말 못해. 아직 정의라는 말을 가슴에 품을 수 있는 이때나 순수하게 혁명을 부르짖을 수 있는 거지. 이 운동장 참 마음에 든다."

우리는 잔디밭 한쪽 그늘진 곳에 앉는다.

"아타튀르크가 술탄을 몰아내고 공화국을 세운 뒤로 터키는 헌법상 세속국가가 됐어. 그게 터키 공화국의 이념인데, 바보 같은 현 정부가 다시 이슬람 국가로 만들려고 하고 있어. 그래서 요즘 시위가 많아."

"넌 무슬림 아니야?"

"난 종교 없어."

"대단한데. 98퍼센트가 무슬림인 나라에서 종교를 거부할 수 있다니."

알리와는 비슷한 관심거리가 많아 잔디밭에 앉아 노닥거리는 것만으로도 충분히 즐겁다. 한참 동안 많은 대화를 나누고 집으로 돌아온다.

어머니가 차려주시는 저녁을 먹는다. 집밥으로 먹는 터키음식은 한국 음식에 대한 그리움이 말끔히 사라질 정도로 맛있다. 맛도 맛이지만, 터키가 문명의 교차로에 위치하는 만큼 밥과 면, 빵이 교대로 나와서 입에 물리지 않는다. 물론 유목민의 피가 흐르는 사람들의 고기 사랑을 빼놓고 음식에 대해 논할 순 없다.

어머니가 다 같이 동네 산책을 하러 가자고 한다. 알리가 귀찮은 얼굴로 우리에게 의향을 묻는다. 집에 있어봐야 컴퓨터 붙들고 있는 거 외엔 할 일이 없어서 승낙한다. 어머니가 즐거워하며 치장을 하신다. 옷을 곱게 차려입은 어머니와 달리 알리는 집에서 입는 편한 차림에 슬리퍼를 신고 집을 나선다. 집 근처에 작은 호수공원이 있다. 한 바퀴 도는데 10분도 안 걸리는 작은 호수다. 호수를 한 바퀴 돌고 나서 벤치에 앉는다. 우리는 아무 말 없이 애완견을 끌고 와 노는 사람들을 바라본다.

동네 산책 나오는데 치장을 하고, 아무 말이 없어도 아들과 함께하는 이 순간을 만족스러워하는 어머니와 귀찮은 듯 늘어져 있는 알리를 보고 있자니 엄마와 함께하는 내 모습이 그려진다. 왜 항상 스스로 깨닫지 못하고 타인의 모습

을 통해서만 자신을 돌아보게 되는 걸까? 한참 동안 두 호잠을 바라본다.

아침 일찍 일어나 짐을 싼다. 어머니가 가면서 먹으라며 손수 만들었다는 잼 한 통과 세끼는 먹을 수 있을 만큼의 팬케이크를 싸주신다. 세세한 것 하나하나 신경 써주시는 모습이 아마도 우리에게서 당신의 아들이 보이는 모양이다. 그러시는 모습이 나에겐 엄마와 겹친다. 어머니와 포옹하고 알리에게 손을 흔들며 앙카라를 떠난다.

어디서, 어떻게, 무엇을 왜 하던 즐거움의 유무나 크기는 언제나 '누구와'라는 항목에 가장 큰 영향을 받는다. 그렇기에 별 볼 일 없는 도시 앙카라도 우리에겐 즐거운 기억으로 남을 것이 분명하다.

43

터키

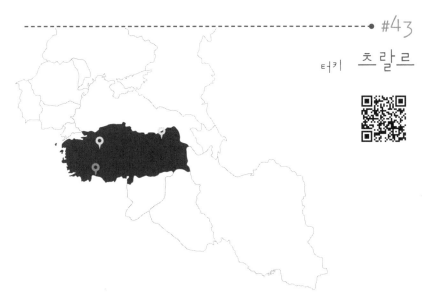

유명한 지중해 휴양도시 안탈리아는 너무 상업화된 해변이라 그곳에 머무는 동안 한 번도 바다에 뛰어들지 않았다. 태국 이후 물놀이를 못 해서 몸이 잔뜩 달아오른 상태지만, 그 욕망을 맘에 들지 않는 해변에서 풀고 싶지 않다. 마침 알리가 적극 추천했던 츠랄르라는 해변에 있는 카우치서핑 친구와 연락이 닿았다. 안탈리아를 떠나 80킬로미터를 달려 츠랄르에 도착한다.

암벽이 험하게 솟아 있는 해안가에 신기하게도 3킬로미터나 되는 해변이 길게 뻗어 있다. 그 긴 해변을 따라 많은 호텔과 리조트가 늘어서 있다. 여행객을 위한 숙소들은 많지만, 규모가 작고 외진 동네라 주변은 시골 분위기다.

"분위기 조용하니 좋네. 사람들도 별로 없고."

카우치서핑 친구 프나르 아줌마가 알려준 리조트에 들어간다. 이 동네의 많은 숙소 중에서도 고급에 속하는 리조트다. 오렌지와 레몬, 바나나 등 갖가지 과일나무가 잘 조성된 정원이 있고, 그 사이사이로 방갈로가 보인다. 점잖은 인상의 프나르 아줌마가 열쇠를 가지고 와서 근사한 방갈로 문을 따준다.

"직원이 쓰는 숙소에 같이 머무를 뻔했는데, 성수기가 지나서 방갈로가 많이 비었어. 운이 좋아. 편하게 머물도록 해."

"제가 운이 좀 좋아요."

프나르 아줌마는 이 리조트의 요가 선생님이라고 자신을 소개했다. 요가 선생님이 본인의 의사대로 방갈로를 내주는 걸 보니 매니저도 겸하는 것 같다. 덕분에 맘에 드는 해변이 있는 멋진 리조트에서 하룻밤에 100달러가 넘는 방갈로에 머물게 됐다. 많은 사람을 만나는 만큼 경험도 다채로워진다.

에어컨을 틀어 더운 날씨와 페달을 밟느라 달아오른 몸의 열기를 식힌다. 짐을 정리하고 땀에 젖은 옷을 빨아 방갈로 난간에 넌다. 테라스에 앉아 느긋하게 책을 읽는다.

"자식. 진짜 이 방갈로의 손님인 양 행세하고 있네."

"얼마 만에 가져보는 독채 숙소야. 맘껏 자유를 누리고 싶어."

"하긴. 사람들 만나는 것도 좋지만, 남의 집에서 지내는 게 마냥 편한 일은 아니지."

카우치서핑으로 머물 곳을 마련하고선 혼자서 자기 할 일만 보는 것도 예의는 아니다. 잠시 여유를 부리고 나서 프나르 아줌마가 있는 식당 테이블에 가 앉는다. 저녁때가 되자 손님들이 하나둘 식당에 와서 자리를 잡는다. 우리도 조심스레 메뉴판을 펼쳐 본다.

"젠장. 내 이럴 줄 알았어."

음식 가격이 숙박비처럼 우리가 감당할 수준이 아니다. 메뉴판을 접고 마음에 드는 음식이 없다는 듯한 표정을 짓는다. 프나르 아줌마가 주방에서 미역과 김을 가져와 보여준다.

"혹시 이걸로 요리할 수 있어? 일본에서 사왔는데 어떻게 쓰는지 모르겠어."

동남아시아를 지나면 해산물도 쉽게 눈에 띄지 않지만, 해초류는 아예 구경도 할 수 없다. 아줌마가 요가 선생님이라서 건강식으로 인식되는 일본 음식에 관심이 많은가보다. 주방에 들어가 다른 재료들을 살펴본다. 리조트 주방이라 여러 야채나 고기들이 잘 구비돼 있다. 미역과 같이 사온 듯한 미소시루 분말 도 보인다. 김으로 폼이 나는 요리라야 김밥뿐이다. 다행히 김밥 속에 넣을 재 료는 충분하다.

"오늘은 늦었고, 내일 점심때 만들어볼게요."

주방을 여기저기 살피는 동안 주방 친구들과 말이 텄다. 자연스럽게 친구들 과 어울려 직원용 식사를 한다. 한쪽에서는 와인 잔을 부딪치고, 숯불에서는 케 밥이 구워지고 있지만 내 것이 아닌 건 탐하지 않는다.

오랜만에 푹신한 퀸사이즈 침대에서 잤더니 몸이 개운하다.

"이제 바다를 좀 즐겨볼까?"

세수도 하지 않고 바로 바닷가로 향한다. 긴 해변에 열 명도 안 되는 사람이 내 세상인 듯 해수욕을 즐기고 있다. 해수면이 얕지 않아서 청명한 에메랄드빛 은 띠지 않지만, 속이 훤히 보일 정도로 물은 맑다.

"이 바다가 그 말로만 듣던 지중해란 말이지. 오늘 내가 접수해주겠어."

바다에 뛰어들어간다. 바다 한가운데 들어가 몸을 누이고 하늘을 바라본다. 일렁이는 파도에 몸이 들썩인다. 밤새 몸에서 뿜어져 나온 기름기를 소금물에 씻어내고, 대자연에 오줌을 갈겨준다.

"시원~하다! 접수 완료."

"바다에 몸을 담근 지도 꽤 됐지?"

"꽤가 뭐야. 1년도 넘었지. 그러고 보니 왜 이렇게 오랫동안 바다를 안 찾았 던 거지? 여기서 그 한을 다 풀고 가자."

비치배드와 바다를 왔다 갔다 하며 오전 내내 해수욕을 즐긴다.

점심때쯤 방갈로로 돌아와 소금기를 닦아내고 주방으로 간다. 미역을 한 움

큼 물에 불려 미역국을 끓인다. 그리고 김밥을 만들기 위해 재료를 손질한다.
단무지가 없어 오이를 식초와 소금에 절이고, 프나르 아줌마가 채식주의자여서
햄 대신 생선 통조림을 이용한다. 아보카도가 있어서 그것도 썰어서 준비해둔
다. 참기름이 없어 초밥용 초대리를 만든다. 여행 중에 김밥을 몇 번 만들어봤

는데 초대리에 밥만 잘 버무리면 속을 무엇으로 채우던 실패할 확률이 거의 없다. 김이 달랑 다섯 장뿐이라 김밥 다섯 줄을 말고, 남은 재료를 잘게 썰어 주먹밥을 만든다. 요리를 끝내고 김밥을 썰어 보기 좋게 그릇에 쌓는다.

"자~ 먹읍시다."

완성된 김밥을 보여주자 프나르 아줌마가 통째로 회수해간다. 그리고 작은 접시들을 꺼내 김밥을 네 개씩 나누고 랩을 씌운다.

"손님한테 내놓을 건가보네."

우린 남은 밥을 미역국에 말고, 주먹밥으로 끼니를 해결한다. 어설프게나마 혀의 향수를 달래주니 제대로 된 포만감이 느껴진다. 배를 두드리며 정원에 있는 해먹에 누워 한숨 잔다.

얼마쯤 지났을까? 쌀쌀한 바닷바람에 잠이 깬다. 팔에 소름이 돋는다. 바다에 가자니 날이 서늘하고, 방갈로에 있자니 할 일이 없다.

"아, 심심해."

좋은 바다와 좋은 숙소. 한껏 여유로움을 부리기에는 완벽한 환경이지만, 상황이 완벽할수록 혼자 있는 시간은 더 외롭다.

"오랫동안 혼자 지내다 보면 이젠 외로움에 능숙하게 대처할 수 있다는 생각이 들 때가 있어. 그런데 어느 순간 또 갑자기 엄청난 외로움이 몰려와. 지금처럼."

"외로움은 적응할 수 있는 성질의 것이 아니야. 외로움에 적응했다는 생각은 외로움을 이겨낸 게 아니라 자신이 얼마나 외로운지 순간적으로 잊어버리는 착각에 불과해. 그런 착각 속에 있다가 실제의 외로움이 드러나면 당황스럽고 더 깊은 외로움에 빠지게 되지."

"여행하는 하루하루는 정말 즐거워. 그런데 항상 뭔가가 허전해."

"여행은 현재의 유희로서도 그 가치가 충분히 발휘되지만, 풍요로운 삶의 기반이 되는 추억으로서의 가치도 무시할 수 없어. 추억은 공유되면 공유될수록 그 가치가 커져. 거의 모든 행복은 개인의 소양이 아니라 타인과의 관계에서 온다고. 네가 만들어가고 있는 이 소중한 추억을 공유할 사람이 없으니 허전함을 느끼는 건 어쩌면 당연한 일이야."

"맞아. 오늘 이 순간을 같이 즐기고 되새길 수 있는 사람이 곁에 있으면 좋겠어. 빌어먹을 내 짝은 지금 어디 있는 거야?"

해먹에서 내려와 식당에 간다. 보는 사람마다 스시 맛있게 잘 먹었다며 감사 인사를 건넨다. 계속 김밥을 스시, 미역국을 미소스프라고 하는 게 귀에 거슬린다. 일일이 설명하기가 귀찮아 그러려니 하고 만다. 주방에 가보니 김밥은 어느새 동나고 미역국만 그대로 남아 있다. 미역국은 모두 우리 차지가 됐다.

숙소에 있는 사람들은 모두 연령대가 높고, 여행 방식이나 형편이 너무 달라서 좀처럼 어울리기가 쉽지 않다.

"여긴 정말 대화상대가 마땅치 않다."

"일부러 그럴 필요 없어. 곁에 있는 사람에게서 공감대를 느낄 수 없다면 혼자 있을 때의 외롭고 쓸쓸한 감정은 전혀 줄지 않아. 이럴 땐 차라리 혼자 있는 편이 나아."

미역국에 밥을 한 사발 말아먹고, 아무도 없는 밤바다로 나온다. 달빛을 잘 볼 수 있게 파라솔을 피해 모래밭에 눕는다. 외로운 마음을 감출 수가 없다. 그렇게 그리워하던 이 조용한 바다에서 이런 마음이 드는 건 아마도 이 바다가 내 그리움의 실체가 아니기 때문일 것이다. 방법은 하나다. 이곳을 떠나자.

"여기도 보통이 아니구나."

암벽 해안 바깥쪽으로 방파제를 쌓아 평평하게 닦은 동북부 흑해 해안 길과 달리 지중해 연안 길은 꼬불꼬불 오르락내리락 말도 못하게 힘들다. 아마도 이 지역이 고대 그리스 시절부터 도시가 형성된 지역이라 일괄적인 계획으로 터널을 뚫거나 길을 닦지 않고, 그 시절에 만들어진 길을 보수하면서 그 굴곡을 그대로 유지하고 있기 때문이라 생각된다. 온몸에 진이 다 빠질 정도로 힘든 길을 달려 또 다른 지중해 휴양도시인 윌뤼데니즈에 도착한다.

카우치서핑 친구 리팟이 알려준 주소 앞에서 전화를 건다. 리팟이 다른 쪽에서 스쿠터를 타고 나타난다.

"아직 가게 일이 안 끝나서 바로 가봐야 해. 난 여자 친구 집에 갈 테니까 넌 내 방 침대에서 자. 그런데 저녁은 먹었어?"

리팟은 집 열쇠를 주고, 피자 한 판을 시켜주고는 서둘러 나간다.

"서글서글하니 마음에 드는 친구네."

"이렇게 집 열쇠를 아무렇지도 않게 던져주는 사람치고 별로인 사람이 없지. 기본적으로 사람을 믿는다는 거잖아."

편안 마음으로 짐을 풀고, 배달된 피자를 먹는다. 며칠 동안 고된 해안 길을 달리느라 온몸에 힘이 하나도 없다. 일찍 잠자리에 눕는다.

아침에 일어나 전날 담가뒀던 빨래를 마칠 때쯤 리팟이 온다.

"빨래하는 거야? 여자 친구 집에 세탁기 있는데 왜 빨래를 손으로 해."

"티셔츠 하나, 반바지 하나난데 뭘 세탁기를 돌려."

"빨래 더 생기면 줘. 한꺼번에 돌리면 되니까. 다 했으면 아침 먹으러 가자."

리팟의 스쿠터를 타고 가게로 간다. 리팟은 이곳에서 문신가게를 하고 있다. 함께 일하는 친구 에세르와 인사한다. 한쪽 벽에 일본 야쿠자들의 전신 문신 사진이 도배돼 있다. 리팟이 아침을 주문한다. 친구들과 함께 배달된 음식을 먹는다. 손님이 없어 심심한 가게에서 나와 동네를 둘러본다.

욀뤼데니즈는 관광특구 같은 곳이다. 가까운 곳에 유적지와 멋진 해변이 있고, 동네를 둘러싼 산 정상에선 패러글라이딩이 날아다닌다. 중심 도로 주변에는 여행객을 위한 상점이 촘촘히 늘어서 있다. 특이하게도 이곳의 여행객 대부분은 영국 사람이다. 그래서 터키 리라보다 영국 파운드로 가격이 붙어 있는 상점이 많다. 안탈리아 근처에 있는 휴양지 마나브카트에는 죄다 독일 사람뿐이어서 TV에선 분데스리가만 틀어주고 유로화를 받았었다. 유럽보다 상대적으로 물가가 저렴한 터키에 지중해를 낀 좋은 해변이 많다 보니 나라별로 휴양지를 따로 개발하는 모양이다.

손님이 없어 한산한 가게를 에세르에게 맡기고, 리팟과 함께 스쿠터에 올라탄다. 상점이 몰려 있는 지역을 벗어나 숲으로 들어간다. 울창한 소나무 숲 사이를 관통하는 소로를 달려 숲을 통과하자 작은 시골 마을이 나타난다. 오래돼 보이는 집들이 대부분 사람이 살지 않는 폐허다.

"여기도 무슨 유적지 같은 데야?"

"그리스인 마을이었어. 제1차 세계대전 끝나고 그리스가 독립할 때 다 자기네 나라로 가버려서 지금은 아무도 살지 않아."

마을이 활기찼을 때 광장으로 쓰였을 법한 공터에 스쿠터를 세운다. 공터에는 야외 테이블이 놓여 있는 널찍한 카페와 작은 기념품 가게가 몇 개 있다. 리팟이 터키석과 구슬, 소라 껍데기 등으로 손수 액세서리를 만들고 있는 기념품 가게 여주인과 인사를 나눈다. 친구인가보다. 그 친구와 함께 카페 야외 테이블에 앉아 맥주를 한잔 마신다. 날씨가 화창해서 그런지 폐허가 된 건물에 둘러싸여 있는데도 분위기는 참 평화롭다.

"성수기 다 지나고 추워지면 장사는 어떡해?"

"겨울에는 장사 안 해. 6개월 일하고, 6개월은 여행 다녀."

"6개월 일해서 6개월 쉴 만큼 장사가 되나 보지?"

"많이 쓰면 부족하고, 아끼면 그런대로 살 만해. 문신 가게 하기 전에 소프트웨어 회사에 다녔었어. 근데 1년에 휴가가 한 달밖에 안 되잖아. 그래서 회사 그만두고 이 가게를 차렸어."

기념품 가게 친구도 비슷한 삶을 꾸려가는지 서로 겨울 계획에 대해 묻는다. 생계에 대한 걱정이 없는 건 아니지만, 겨울 휴가 계획을 말하는 동안에는 얼굴에 화색이 돈다.

"6개월의 휴가라……, 듣기만 해도 부럽다."

"사실 보면 그래. 6개월의 휴가를 갖는 사람과 한 달도 안 되는 휴가를 갖는 사람의 생활차이는 크게 다르지 않아 보여. 좀 더 큰 집, 근사한 차, 아이를 위한 비싼 과외, 명품이라 불리는 패션 용품, 그리고 좀 더 퇴폐적인 유흥. 모두가 원하지만, 필수적이라고 할 수 없는 것들 때문에 삶이 빡빡해지는 악순환이 계속되는 게 아닌가 싶어."

"우리나라에서 6개월의 휴가란 곧 실직을 의미하는데 뭘 어쩌겠어."

"그게 참 애석한 일이긴 하다만, 바꾸려고 노력은 해봐야지."

저녁이 되자 리팟의 가게에 손님이 들어온다. 나이가 지긋하신 할아버지가 웃통을 벗고 가슴에 손자의 이름을 새겨 넣는다. 할아버지 몸에는 이미 아내와 두 딸, 아들 그리고 손녀의 이름이 새겨져 있다. 언뜻 보면 쭈글쭈글한 피부에 새겨진 오래된 문신이 지저분해 보이지만, 그 무엇보다 소중한 이들에 대한 할아버지의 사랑이 느껴진다.

할아버지의 문신을 끝내고 가게 문을 닫는다. 리팟과 에세르, 에세르의 여자 친구와 함께 아담한 펍에 간다. 장사를 끝낸 다른 가게 친구들도 모여 함께 맥주를 마신다. 작은 동네라 장사하는 사람들끼리 서로 잘 아는 모양이다. 간단한 술자리를 끝내고 리팟과 함께 식당에 간다. 여기도 술을 먹으면 해장 개념으로 스프를 먹고 잔다고 한다. 리팟이 터키 전통 스프를 주문한다. 양고기 노린내가 물씬 풍기는 국물 요리가 나온다. 누런 국물에 양고기, 양곱창, 양뇌 등이 들어 있다.

"이런 맛난 요리가 있었네."

우리나라처럼 국을 많이 먹는 나라가 없어서 외국에 나오면 항상 국물 요리가 그리워진다. 특히나 이렇게 내장을 이용한 요리는 찾기 힘들다. 터키 음식은 정말 뭐하나 빼놓을 게 없다.

다음 날 느지막이 일어나 동네 산책을 하고 리팟의 가게로 간다. 오늘도 역시 손님이 없다. 리팟은 옆에 있는 보석 가게 아저씨랑 노닥거리고, 에세르는 열심히 문신 기구를 닦는다.

"넌 겨울에 어디 놀러 가?"

"아니야. 난 겨울엔 이스탄불에 있는 가게에서 일해. 문신하는 게 정밀한 작업이라 계속해야지 손을 놓고 쉬면 안 돼."

알고 보니 리팟은 가게만 차려놓고 문신 기술자 친구를 불러 장사를 하는 것이었다. 그래서 에세르는 문신 작업에만 집중하고, 나머지 청소나 정리정돈, 문신에 필요한 잡일 등은 사장인 리팟이 도맡아 한다.

"자식. 아이템 하나 잘 잡았네."

테이블에 쌓여 있는 문신 디자인 책을 훑어본다. 작고 귀여운 것부터 흉직한 것까지 다양한 그림과 여러 나라의 전통 패턴 무늬들이 있다.

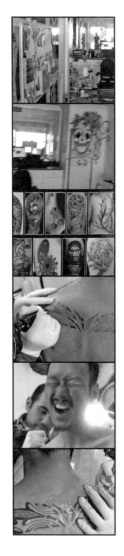

"맘에 드는 디자인 있으면 골라봐 손님도 없는데 하나 해줄게."

"좀 싸게 해줄 거야?"

"무슨 소릴 하는 거야. 그냥 해주는 거지. 우리 선물이라고 생각해."

갑작스럽게 문신을 할 기회가 생겼다.

"몸뚱어리에 그림 하나 새겨 넣어볼까?"

"좋은 기회네. 하나 해봐."

"솔직히 문신은 별 관심이 없는데, 호기심이 조금 발동하네."

"기회가 닿을 때 새로운 경험을 많이 쌓으라고. 인류 공통의 가치라면 모를까 어떤 특정 사회의 가치관에 의해 만들어진 그들만의 금기는 깨도 상관없어."

"음……. 좋아. 하나 골라보자."

어깨에 새겨 넣을 그림을 하나 고른다. 웃통을 벗고 시술대에 앉는다. 에세르가 문신을 새겨 넣는 기구를 손에 쥔다. 모터가 돌아가고, 바늘이 몸을 찌르기 시작한다.

"윽. 이거 열라 아프잖아."

리팟이 장난스럽게 아플 거라고 말해서 정말 장난이려니 했다. 하긴 바늘로 생살을 찌르는데 안 아플 리가 없다. 하지만 이미 시술은 시작됐다. 꼼짝없이 시술대에 앉아 작업이 끝나기만을 기다린다. 생각보다 시간이 오래 걸린다. 그만큼 고통의 시간도 길어진다. 세 번의 짧은 휴식시간을 갖고 두 시간이 지난 후에야 나의 첫 문신이 완성된다.

"오늘은 샤워하지 말고 자. 그리고 며칠간은 깨끗하게 유지하면서 연고 바르고. 너 자전거 타면 땀 많이 나고 먼지도 많이 뒤집어쓰니까 문신 아물 때까지 우리 집에 며칠 더 머물다 가."

나의 문신을 끝으로 오늘 장사를 마친다. 가게 문을 닫고 어제 갔던 펍에 간다. 다른 친구들도 약속이나 한 듯 모두 모인다. 한번 봤다고 모두 반갑게 인사를 건넨다. 한 손에 맥주병을 들고 자메이카에서 온 친구가 연주하는 레게음악에 맞춰 가볍게 몸을 흔든다. 즐거운 술자리를 끝내고, 양내장 스프를 먹고 집으로 돌아온다.

문신에 물이 닿지 않도록 조심스럽게 몸을 씻는다. 나도 모르게 힐끗힐끗 거울에 반사된 문신을 바라보게 된다.

"마음에 들어?"

"나쁘지 않아. 이만한 게 어깨에 새겨졌으니 이제 리팟은 평생 기억에서 사라지지 않겠다."

"리팟뿐만 아니라 모든 친구를 기억해. 그 순간엔 그렇게 좋다가도 돌아서면 잊히는 게 사람 마음이야. 이 문신을 보며 그 친구들을 모두 기억해내라고."

맞다. 벌써 많은 친구가 희미해지고 있다. 잊지 말아야 할 기억들, 끝까지 가져가야 할 기억들. 이 문신이 여행의 표식이 되어, 그 기억들을 언제든 상기시켜주길 기대한다. 아주 마음에 드는 선물을 받았다.

#45

불가리아 파자르칙

가뿐하게 35킬로미터를 달리고, 듣도 보도 못한 파자르칙이라는 작은 도시에서 오늘의 주행을 마친다.

"매일 요 정도만 달리면 좋겠다."

유럽은 아무래도 아시아권보다는 좀 더 개방적이고 독립적으로 생활하는 친구가 많아서 카우치서핑이나 웜샤워 같은 온라인 커뮤니티가 활성화돼 있다. 그래서 텐트 칠 필요 없이 하루에 이동할 수 있는 거리로 계속 연결이 가능하다. 실제로 이스탄불에서 이곳까지 오는 동안 한 번도 텐트에서 자지 않고 매번 새로운 친구를 만났다.

"여긴 딱 봐도 별 볼 일 없는 동네네."

"언제 재미가 동네 따라갔나? 이런 기대할 거 없는 동네에 더 큰 즐거움이 기다리고 있을지 누가 알아."

파자르칙에는 불가리아의 다른 소도시와 마찬가지로 사회주의 시절에 건설됐을 블록이라 불리는 회색빛 서민용 아파트가 많다. 동호수가 현관에만 작게 쓰여 있고 모양도 다 비슷해서 블록과 블록 사이를 한참 헤맨 끝에 친구가 알려준 주소 앞에 도착한다. 친구 일로나에게 전화를 건다. 현관에서 키가 크고, 금발 머리에 푸른색 눈동자를 지닌 전형적인 동유럽 미인이 나와 우리에게 다가온다.

"이런 거지. 기대치 않은 즐거움."

"쓸데없는 생각 마. 우린 잠깐 머물다 갈 불청객일 뿐이라고."

"누가 뭐 어쩐대? 세상의 아름다운 것들은 그저 바라보는 것만으로도 즐거운 법이야."

일로나는 이곳에서 발룬티어 활동을 하는 세르비아인이다. 불가리아에 들어오고부터 발룬티어 활동하는 친구들을 많이 만났다. 유럽연합에서 머물 곳도 마련해주고, 소정의 활동비까지 지급해주니 경험 삼아 많이들 하는 것 같다.

일로나와 함께 발룬티어 활동을 했던 친구들이 기간이 끝나 모두 집으로 돌아가서 넓은 집을 일로나 혼자 쓰고 있다. 일로나가 우리에게 침대가 있는 거실을 내준다. 방에 짐을 풀자마자 작은 기념품을 꺼내 일로나에게 건넨다.

"너 이 자식. 만나자마자 기념품 주는 건 처음 본다."

"세상의 아름다운 것들은 바라보는 것만으로도 즐거울 뿐만 아니라 원칙도 무너뜨리는 법이거든."

일로나가 기념품을 받고 고맙다며 가볍게 포옹한다.

"지금 달걀에 물들이고 있었는데 같이 할래?"

"달걀 뭐?"

"이번 주 일요일이 부활절이잖아. 오늘 삶은 달걀에 색을 들이고 일요일에 먹어."

세르비아는 부활절이 크리스마스만큼 큰 명절이라고 한다. 그래서 부활절 주간을 맞아 혼자 집에서 명절 행사를 하고 있었던 모양이다.

    달걀에 색을 들이는 건 아주 간단하다. 물을 담은 컵에 약간의 식초와 염색약을 넣고 저은 다음 달걀을 넣는다. 그리고 몇 분 후에 꺼내면 끝이다. 파란색, 빨간색, 노란색으로 달걀 열 개를 물들이고 일로나와 함께 동네 구경에 나선다.

    작은 광장을 지나 마을 중심가로 간다. 사람들이 오가는 길에 작은 석주와 시계탑이 세워져 있다. 오래된 유적이라고 하는데 일로나도 타지 사람이라 이들 유적에 어떤 역사가 담겨 있는지 잘 모른다.

    "키가 진짜 크다. 몇이나 돼?"

    "185센티미터. 네가 더 큰 거 같은데?"

    "아니야. 난 184센티미터야."

    우린 등을 맞대고 서로의 키를 확인한다. 일로나의 머리가 살짝 더 올라와 있다.

    "맞아. 네가 좀 더 커. 키가 다 자란 뒤로 나보다 큰 여자는 처음 봐."

"난 네가 아시아 사람이라서 키가 작을 거로 생각했어. 나도 네가 커서 깜짝 놀랐어. 그래도 나보단 작지만."

일로나가 놀리듯 웃음을 보인다.

"키로 이런 대접을 받기는 또 처음이네."

해가 지고 다시 동네로 돌아온다. 광장에서 일로나의 친구 스토얀을 만나 작은 카페에 간다. 맥주를 한 병씩 시킨다. 일로나를 좋아하는 눈빛이 역력한 스토얀에게서 낯선 남자를 향한 본능적인 경계심이 느껴진다. 우린 아무런 사이가 아니라고 설명을 해줘야 할 것만 같은 분위기다.

간단히 술자리를 끝내고 카페에서 나온다. 스토얀은 한잔 더 하고 싶은 눈치지만, 일로나는 별생각 없이 집으로 향한다. 집 앞까지 배웅해준 스토얀에게 손을 흔들어 인사하고 일로나와 함께 집으로 들어간다. 스토얀은 아쉬운 듯 우리의 뒷모습을 바라본다.

"걱정 마. 내가 잘 챙겨줄게."

휴일을 맞아 동네에 부활절 축제가 한창이다. 광장에 세워진 무대에서 여러

팀이 전통 포크댄스와 노래를 선보인다. 광장 주변엔 알록달록한 달걀 장식과 다양한 먹거리, 기념품 장터가 섰다. 일로나와 떠들썩한 광장을 둘러보고 시장에 간다. 한국 음식을 만들어주겠다 하고 김밥용 재료를 산다. 집에 돌아와 고이 간직하고 있는 김을 몇 장 꺼내 김밥을 만든다. 우리나라에서는 김밥이 저렴하고 쉽게 접할 수 있는 음식이지만, 어느 나라에서든 고급스럽게 포장돼 있는 일본 음식 때문에 김밥도 덩달아 고급스러운 요리로 생각한다. 게다가 색색에 모양도 예쁘고 정성을 들인 것 같은 티가 나서 김밥을 만들어주면 누구나 좋아한다. 일로나도 역시 고마워하며 맛있게 잘 먹는다. 누군가를 위해 음식을 만드는 건 나름 즐거운 일이다.

"네가 듣는 음악하고 내가 듣는 음악이 비슷한 것 같아."

"맞아. 네 방에서 흘러나오는 음악이 다 익숙하더라."

일로나의 MP3를 살펴보니 놀라울 정도로 나와 비슷한 플레이리스트를 갖고 있다. 비슷한 문화 취향을 가진 사람과의 만남은 언제나 즐겁다. 우린 오늘을 펄잼 데이로 선포하고 김밥을 먹으며 그들의 음악을 듣는다.

저녁엔 일로나가 김밥에 대해 보답하겠다며 사과 케이크를 준비한다.

"난 요리하는 거 좋아하는데 사람들의 반응은 영 별로야. 그러니까 먹어보고 뭐라 하지 마."

나도 배울 겸 일로나를 도와가며 함께 사과 케이크를 만든다.

"설탕을 너무 많이 넣는 거 아니야?"

"그런 것 같지?"

완성된 사과 케이크는 예상대로 너무 달다. 비디오를 찍으며 한국말로 사과 케이크가 너무 달다고 얘길 한다. 일로나가 귀신같이 눈치 채고 버럭 소리를 지른다.

"너무 달다고 하지 마! 정말 맛있다고 말해."

"어떻게 알았어?"

"난 다 알아."

비디오를 내려놓고 사진을 찍자 또 불만을 터뜨린다.

"케이크 자를 때 찍지 말고 웃고 있을 때 찍어."

"알았어. 그럼 웃으면서 케이크를 잘라."

일로나가 억지스러운 미소를 지으며 케이크를 자른다. 그 모습에 서로 웃음을 터뜨린다. 동네에 구경거리가 없어 개인적인 잡담을 많이 나눴더니 그새 친근감이 생겼나 보다. 아닌 게 아니라 취향도 비슷하고 허물없이 편하게 대해주는 일로나와 함께 있는 시간이 즐겁다. 케이크와 함께 만든 세르비아식 과일 음료 컴포트를 마시며 달달한 케이크를 먹는다. 노트북에서는 아직도 에디 베더가 열심히 노래를 부르고 있다.

부활절 아침. 일로나가 부엌으로 부른다.

"자. 맘에 드는 달걀 하나 들어."

파란색 달걀을 하나 집어 든다.

"우리나라에선 부활절에 이렇게 달걀 깨기를 하거든."

서로 들고 있는 달걀을 부딪쳐 달걀을 깬다. 달걀이 안 깨진 쪽이 승자가 되고, 진 사람은 다른 달걀을 골라 다시 달걀을 부딪친다. 그렇게 물들여놓은 열 개의 달걀을 다 깬다. 깨진 달걀을 모아 샐러드를 만들고, 일로나가 준비한 미트볼로 아침을 먹는다.

오늘따라 날이 많이 흐리고 간간이 소나기도 내린다. 식사를 마치고 떠나려던 계획을 변경하고, 하루 더 머물기로 한다. 일로나도 흔쾌히 원하는 만큼 머물다 가라고 한다. 내일도 비가 내리길 살짝 바라본다.

"난 비 오는 날이 진짜 좋아."

창밖으로 소나기를 피해 뛰어다니는 사람이 보인다.

"비 오는 날엔 이 곡이 제격이지."

듀크 앨링턴과 존 콜트레인이 연주한 〈In a Sentimental Mood〉를 튼다. 흐린 날씨와 차분한 음악이 어우러져 나른하게 하루가 지나간다.

요즘 이곳의 날씨는 하루 맑고 하루 흐린 날이 번갈아가며 나타난다. 비를 핑계 삼아, 흐린 날을 핑계 삼아 며칠 더 머무른들 결국 이곳을 떠나야 한다는 사실은 변함이 없다. 아쉬움을 뒤로 하고 짐을 챙겨 밖으로 나온다.

"며칠 동안 고마웠어. 네가 그리울 거야."

"나도 네가 그리울 거야."

일로나와 가볍게 포옹하고, 소피아를 향해 페달을 밟는다.

외로움만 빼면 혼자 하는 여행은 모든 면에서 자유롭고 편해서 좋다. 단지 가끔 그 유일한 단점이 모든 장점을 희석해버려서 문제다. 쓸데없는 상상이 괜한 외로움만 가중시켰다.

"뭐야? 이렇게 떠나는 거야?"

"그럼 여기에 계속 머무니?"

"네가 바라던 상대 아니야? 취향도 비슷하고, 얘기도 잘 통하고, 게다가 예쁘기까지 하잖아. 이렇게 떠나면 안 되지."

"그렇긴 한데 잘 모르겠어."

"또 이러네. 네가 바라던 상대라면 뭐라도 해야지."

"내가 지금 내세울 게 하나도 없잖아. 삐쩍 마르고, 꾀죄죄한 몰골에 조금이라도 저렴한 식당을 찾아 헤매는 형편인데 뭘 어쩌겠어."

"그 형편이 여행 끝나면 나아져? 그것보다 네가 찾던 짝이 그런 형편이면 넌 외면할 거야? 말도 안 되는 소릴 하고 있어. 오히려 그런 형편이 그 진위를 확인할 수 있는 좋은 기회일 수도 있다고. 그게 네가 찾던 짝의 모습 아니야?"

"젠장! 말이 잘 안 통하잖아. 정확한 감정 표현을 내 나라말로밖에 하지 못하

는 상황에서 무슨 로맨스를 꿈꾸겠어. 나도 답답해."

"마음을 말로밖에 전달할 수 없는 거야? 그럼 지금껏 사람들과 어울리며 행복하다 했던 건 다 가식이었네. 안 그래?"

"과장하지 마. 그런 말이 아니잖아."

"뭐가 아니야. 네 짝을 찾고 싶어서 여행을 결심했다며? 네 말대로라면 더 이상 이 여행을 할 필요가 없잖아."

"나도 속상하다. 그만해라."

"일로나의 마음도 모르면서 우리끼리 떠드는 것도 우습지. 하지만 결과가 중요한 게 아니라고. 넌 네 마음을 속이고 핑계 대며 위안 삼고 있어. 넌 오늘을 평생 후회할 거야."

후회? 아마도 그럴 테지. 하지만 그렇다고 패배의 칼을 들고 전장에 나갈 수는 없다. 지금도 충분히 외롭다. 거기에 또 다른 외로움을 더하고 싶지 않다. 충족되지 못할 상상은 몸과 마음만 어지럽힐 뿐이다. 좋은 친구와 즐거운 시간을 보낸 걸로 만족하면 그만이다.

46

불가리아 소피아

계속해서 오르막이 이어진다. 보통 수도는 강이나 바다를 끼고 있어서 고도가 그리 높지 않은 편인데, 소피아는 수도치고는 고도가 꽤 높다. 도로 공사를 하는 아저씨들이 힘들게 오르막을 오르는 자전거 여행자를 멀뚱히 바라본다.

"안녕하세요."

손을 흔들어 반가움을 표시한다. 무뚝뚝하게 바라보던 아저씨들이 깜짝 놀라며 같이 손을 흔들어준다. 먼저 웃는 낯을 보이면 상대방도 웃음을 보인다. 여행을 하면서 먼저 다가가는 법을 배우고 있다.

지역의 경계가 되는 고개를 넘어 소피아에 들어선다. 수도답게 교통체증도 좀 있고 사람도 많이 보인다. 웜샤워 친구 미하일네 집 앞에 도착한다. 미하일에게 전화하려고 핸드폰을 꺼낸다.

"어? 누구지?"

문자가 한통 와 있다.

- 보고 싶어. 돌아와!!!

일로나의 문자다.

"이런 젠장! 이건 하늘이 주신 기회나 다름없어."

"잠깐. 가만 있어봐."

잠시 혼란이 온다.

"왜 이런 메시지를 보냈을까? 이게 무슨 의미야?"

"너 글씨 못 읽어? 이게 무슨 뜻인지 몰라?"

"아니 그런 마음이었으면 왜 떠날 때 말하지 않고 이제 와서 이런 문자를 보내냐고? 아무런 낌새도 없었잖아."

"환장하겠네. 이건 분명 네가 너무 답답해서 우주 씨가 드디어 도움의 손길을 뻗은 거라고. 망설이지 말고 얼른 잡아."

"이 느낌표 세 개가 장난 같지 않아?"

"너 미쳤어? 느낌표는 장난할 때 쓰는 기호가 아니라 강조할 때 쓰는 기호라고!"

"어차피 지금은 늦었어. 조금 있으면 해가 질 텐데. 어떻게 돌아가."

- 나 지금 소피아에 도착했어. 돌아가긴 너무 늦은 것 같아.

"안돼 안돼. 그거 보내지 마. 내일 가겠다고 해."

보내기 버튼을 누른다.

"맙소사."

"이게 진짜라면 다시 한 번 기회가 올 거야."

"미친놈. 대단하다. 이 순간에 그런 도박을 하다니."

문자를 보내고 나서 혹시나 싶어 답변을 기다린다. 처마 그늘 밑에 쭈그려 앉아 담배를 한 대 피운다. 담배가 끝까지 타들어 갈 때까지 핸드폰은 울리지 않는다.

"바보 같은 놈. 제 발로 들어온 복을 걷어차다니."

미련을 버리고 미하일에게 전화를 건다. 미하일을 만나 반갑게 인사하고 집에 짐을 들인다. 윔샤워 멤버답게 자전거 두 대가 집안 좁은 통로를 가로막고 있다. 방에는 구식핸드폰과 어댑터, 전자 회로기판이 너저분하게 널려 있다. 미하일이 급하게 방을 치운다. 생김새나 하는 행동이 좀 독특한 친구다. 기계의 메커니즘 속에 틀어박혀 사는 천재 오타쿠 느낌이랄까?

오랜만에 오르막길을 달렸더니 피곤하다. 짐을 정리하고 샤워를 한다. 미하일이 건네는 맥주를 한 컵 들고 침대에 드러눕는다. 핸드폰이 문자가 왔음을 알린다.

- 부모님이 불가리아로 놀러 오신다고 해서 내일 소피아에 가야 해. 시간 있으면 만날래?

다시 일로나의 문자다. 애써 누그러뜨렸던 마음이 요동친다.

"이제 볼 것도 없어. 만나는 거지?"

"음⋯⋯. 한평생 살면서 한 번쯤 인생을 걸어야 한다면 내게 그 순간은 바로 지금이야. 고맙다 우주야!"

떨리는 손으로 답장을 보낸다.

- 난 시간밖에 없어. 언제든 괜찮아.
- 그럼 소피아 기차역에서 만나자. 11시쯤 도착할 거야.

"어떤 마음가짐으로 만나야 하는 거지?"

"이럴 때일수록 차분히 생각해. 할 말들 영어 작문도 좀 해놓고."

여행을 출발하고부터 항상 이런 순간을 기다려왔다. 내일의 만남이 어떤 결과를 만들어낼지 아무것도 예측할 수 없다. 하지만 뭔가 특별한 순간이 다가오고 있음은 확실히 감지된다.

동네 구경도 할 겸 일찍 일어나 소피아 기차역으로 걸어간다. 소피아는 큰 도시가 아니라서 걸어 다니는데 큰 무리가 없다. 한 시간을 걸어 도시 북쪽에 있는 기차역에 도착한다. 대기실에 앉아 시계를 바라본다. 10시 45분. 15분 남았다. 누군가는 떠나가고, 누군가는 돌아오는, 수많은 사연을 간직하고 있을 이런 공간에서 누군가를 기다리며 가슴 졸여본 지가 언제였던가. 어렴풋한 기억이 만드는 그 시간의 간극만큼 설렘도 크다.

머릿속에서 째깍째깍 초침이 움직인다. 11시. 기차가 도착한다. 플랫폼과 연결된 문이 열리고 사람들이 쏟아져 나온다. 많은 사람 속에서 일로나가 눈에 들어온다. 사람이 아무리 많다 한들 185센티미터의 금발 여자는 쉽게 눈에 띈다. 일로나에게 다가가 반갑게 안는다.

"많이 기다렸어?"

"아니야. 좀 전에 왔어."

"부모님이 5시쯤 도착하실 거야. 그러니까 4시 정도까지 같이 있을 수 있어."

우린 기차역에서 나온다.

"어디 갈까?"

"여기 뭐가 있는지 뭘 알아야지."

일로나도 나도 소피아에 대해 아는 바가 없다. 낯선 도시에서 우연히 만난

두 남녀의 이야기를 담은 영화가 떠오른다.

"지금 우리 모습이 〈비포 선라이즈〉 같아."

"어쩜. 나도 그 생각했어. 여기가 비엔나였으면 정말 좋았을 텐데."

"소피아가 어때서?"

"소피아는 하나도 안 예뻐. 불가리아 사람들도 소피아를 싫어해."

"상관없어. 오늘 우리는 'Before 4pm'의 주인공이 되는 거야."

우리는 영화에서처럼 발길이 닿는 데로 소피아 구석구석을 걷는다. 일로나는 소피아가 마음에 안 든다고 계속 투덜거린다. 소피아가 유럽의 첫 대도시인 내게는 이 모든 이국적인 풍경이 지금의 상황과 맞물려 묘한 환상을 준다. 우리는 군것질거리를 입에 물고 영화 얘기를 나누며 소피아 남쪽에 있는 공원까지 걸어간다.

시야가 확 트인 넓은 공원에서 많은 사람이 화창한 봄 날씨를 즐기고 있다. 벚꽃 나무가 햇살을 가리고 있는 벤치에 앉는다. 바람이 살랑살랑 불 때마다 머리 위로 벚꽃잎이 하늘하늘 떨어진다. 약간의 침묵이 흐른다.

이 침묵이었다. 결정적으로 일로나에게 마음을 빼앗겼던 순간이 바로 이 침묵에서 비롯됐다. 영어가 서툴러서 대화하는 중에도 나는 주로 대답을 하는 쪽이지 질문을 하는 쪽이 못 된다. 그것도 대부분 짧은 단답형 대답이다. 긴 설명이 필요한 얘기를 그렇게 짧게 잘라서 대답해버리면 가끔 누구도 끼어들 수 없는 어색한 침묵에 빠지곤 한다. 그럼 괜히 조바심이 나고 진땀이 흐른다. 그 어색한 침묵이 반복해서 몇 번 나타나면 상대방도 나도 더는 대화를 진행하기 어렵다. 그리고 긴 침묵이 이어진다. 그 상황에서 일로나는 내게 이렇게 말했다.

"우리가 대화를 하든 안 하든 아무 문제가 없어. 우린 침묵을 나누는 거잖아."

일로나는 침묵을 알고 있었다. 침묵을 공백이 아닌 충만으로 보는 사람이라면 아무런 얘기를 하지 않더라도, 침묵이 가득한 공간에 함께 있다는 사실 자체만으로 충분히 즐거울 수 있다. 우리는 벚꽃이 떨어지는 벤치에 앉아 잠시 침묵을 나눈다. 그때 정말 놀랍게도 멀쩡하게 생긴 놈이 우리 앞에 나타나 손을 내민다.

"친구랑 만나기로 했는데 그 친구가 안 와서 집에 갈 수 없어요. 차비 좀 주세요."

일로나가 동전을 몇 개 꺼내준다. 놈은 더 귀찮게 하지 않고 시야에서 사라진다.

"바보 같은 자식. 시를 써준다고 했어야지."

"시?"

"왜 영화 속에서 두 주인공이 강변을 걸을 때 한 거지가 와서 시를 써주는 대가로 돈을 요구하잖아."

"아! 맞다. 아쉽다. 시를 써줬으면 차비를 다 줬을 텐데."

우린 벤치에서 일어나 다시 공원을 걷는다. '연인의 다리'라고 이름 붙여진 다리에 잠시 멈춰 선다.

"여기가 도대체 왜 연인의 다리인 거야?"

"이것 봐. 소피아는 정말 볼품없다니까."

평범하기 짝이 없는 연인의 다리를 건너 공원 안쪽으로 들어간다. 공원 끝

우린 뭣 때문에 달리고 있지?

부분에 넓고 한적한 잔디밭이 펼쳐져 있다. 잔디밭 구석구석에서 사랑을 속삭이는 연인들의 모습이 눈에 들어온다. 우리도 잔디밭 한쪽에 옷을 깔고 나란히 앉는다.

불가리아에는 도시 외곽에 집시촌이 많다. 하지만 지금 영화에서처럼 손금을 봐줄 집시 아줌마가 나타날 것 같지는 않다. 이 만남에 〈비포 선라이즈〉라는 영화를 심어 좀 더 그럴듯한 추억을 만들고 싶어서 집시 아줌마를 대신해 내가 일로나의 손금을 봐준다. 군대 시절 읽었던 수상학책의 내용을 떠올리며 열심히 일로나의 손금을 읽어본다. 이 순간만큼은 왠지 어떤 운명론이 존재할 것 같은 느낌이기에 일로나의 손에서 그 운명을 찾아보려고 애를 쓰지만, 그걸 찾아낼 수 있을 만큼 손금에 대해 알지 못한다.

능숙한 바람둥이라면 지금쯤 어떤 말로 상대방의 마음을 훔쳐낼까? 한정된 시간, 먼 거리. 우리가 다시 만날 가능성은 없다고 봐야 한다. 내가 이 관계를 조금이라도 더 연장하고 싶다면 방법은 단 하나뿐이다.

"네가 원하면 다시 너희 집으로 돌아갈게."

일로나가 한참을 바라본다. 빛을 받아 반짝이는 푸른 눈동자가 신비롭다.

"우리 키스할래?"

"뭐라고?"

이런 간단한 영어 문장도 못 알아들을 정도는 아니다. 단지 여자에게서 먼저 이런 말을 들었을 때 남자는 어떻게 해야 하는지에 대한 대처방법이 머릿속에 없을 뿐이다.

"키스해도 돼?"

일로나가 다시 묻는다. 도대체 뭐라고 해야 할지 정말 모르겠다. 나도 모르게 헛웃음이 나온다. 그리고 수줍음 많은 소년처럼 쑥스러운 듯 고개를 끄덕인다. 우린 입을 맞춘다.

"네가 떠나고 한숨도 못 잤어. 블로그에 들어가서 계속 사진하고 비디오만 찾아봤어."

"왜 떠날 때 붙잡지 않은 거야?"

"난 네가 게이인 줄 알았어."

"게이? 왜?"

"네 사진에 남자들밖에 없잖아. 어깨나 무릎에 손을 올린 사진도 많고."

"한국에선 친구들 사이에 그 정도는 아주 자연스러운 거야. 그리고 남자하고 있는 게 옷 갈아입을 때나 늘어져 있기가 편해서 보통 남자 친구 집을 찾아. 게 이가 아닌지는 언제 알았어?"

"네가 떠날 때 그리울 거라고 해서."

"그 말 안 했으면 계속 게이로 남을 뻔했네. 그럼 다시 물을게. 네가 원하면 다시 너희 집으로 돌아갈 수 있어."

일로나는 아주 조심스럽게 고개를 끄덕인다.

"왜? 그건 좀 부담스러워?"

"아니야. 돌아왔으면 좋겠어. 근데 네 여행을 망치고 싶지 않아."

"망치다니. 지금 넌 내게 엄청난 여행을 만들어주고 있어."

"그럼 돌아와 줘."

우리는 공원에서 나와 일로나 부모님의 약속 장소로 이동한다. 약속 장소에 다다르기 전 광장에 있는 분수대 앞에서 발걸음을 멈춘다.

"다시 돌아오는 거 힘들지 않아?"

"110킬로미터야. 하루만 달리면 되는데 뭐."

"그럼 돌아오는 거 잊으면 안 돼."

가볍게 포옹을 하고 볼에 입을 맞춘 후 일로나는 약속 장소로 간다. 일로나 가 시야에서 사라진 뒤 난 그 자리에 털썩 주저앉아 담배를 하나 꺼내 문다.

지금 내게 무슨 일이 일어나고 있는 걸까? '전혀 예상치 못했던 상황이 벌어지고 있다……'는 아니다. 매일같이 이런 상상만 했다. 하루 여덟 시간 넘게 자전거를 타면서 무얼 하겠는가. 몸이 열심히 자전거를 굴리는 데 온 힘을 쏟는 동안 머릿속은 평온 그 자체가 된다. 그 시간은 완벽한 사색의 시간이다. 그 시간의 10퍼센트는 앞으로의 여행 계획을 세우고, 20퍼센트는 육체적 고됨과 날씨에 대한 불평불만을 터뜨린다. 그리고 나머지는 온갖 종류의 공상이다. 30대 중반 싱글인 남자의 머릿속에선 오늘 일어난 일보다도 더 다양하고 구체적인 공상이 펼쳐진다. 하지만 상상했던 일들이 하나도 빠짐없이 그대로 재현된다 한들 실제로 맞닥뜨린 상황에서 다 예상했다는 듯 느긋한 미소를 지을 여유 따위는 생기진 않는다. 심장박동이 가라앉질 않는다. 영화에서나 가능할 것 같은 근사한 러브스토리가 내 인생에 담기는 건가?

"여행을 끝낼 때가 왔군?"

"그건 아직 모르겠어. 우선 멈추자. 무비자 기간이 70일 남았으니까 그 사이에 결정이 나겠지. 이런 상황에서 무슨 일이 벌어질지 누가 알아? 내가 전혀 예상하지 못했던 삶이 시작될 수도 있고, 일주일도 안 돼서 아무 일도 없었다는 듯 투덜거리며 자전거를 굴리고 있을지도 몰라."

"안 돼! 실연당한 놈하고 자전거 여행하고 싶지 않아. 그 짜증을 어떻게 다 받아줘."

"몰라. 우선 일로나에게로 가자. 모든 건 거기서부터 다시 시작될 거야."

담배를 비벼 끄고 자리에서 일어난다. 서너 걸음 앞에서 누추한 행색으로 구걸하고 있는 할머니가 모든 걸 꿰뚫어보는 듯한 눈빛으로 희미한 미소를 지으며 날 바라본다.

"할머니 뭔가 알죠? 그렇게 보지만 말고 뭔가 알면 좀 알려줘요!"

#47

오스트리아 비엔나

커튼 사이로 새어 들어오는 햇볕이 눈을 간질인다. 일로나는 아직 곤히 자고 있다. 기지개를 켜고, 침대에서 일어난다. 처음 1~2주 동안은 잠자리에서 눈을 뜰 때마다 나보다 키가 큰 금발의 여자가 옆에 누워 있어서 깜짝깜짝 놀랐었다. 그러나 일로나가 옆에 있는 것도, 파자르칙의 햇살도, 삐걱거리는 나무 바닥도 조금씩 평범한 일상으로 몸에 익고 있다.

부엌에 가서 작은 터키식 커피포트에 물을 담아 불에 올린다. 끓는 물에 커피 두 스푼을 넣는다. 커피가 끓어올라 넘치려 할 때 커피포트를 들어 거품을 가라앉힌다. 찬장에서 컵 두 개를 꺼내 커피를 담는다.

"잘 잤어?"

"커피 마실 거지? 거실에 놓을게."

양손에 커피 잔을 들고 거실로 간다. 한 잔은 테이블 위에 올려놓고, 나머지 한 잔은 손에 들고 발코니로 나간다. 강한 햇살이 발코니에 내리쬔다. 담배에 불을 붙인다. 담배 연기가 섞인 오늘의 아침 공기를 깊게 들이마신다. 그리고 커피를 한 모금 마신다. 일로나가 젖은 머리를 말리며 거실로 들어온다.

"이보는 언제 온대?"

"곧 올 거야."

이곳에서는 당연히 일로나의 친구들과 어울리고 있다. 모두 자원봉사기관의 동료나 상사다. 기관의 특성상 상하관계도 거의 없고, 여러 나라에서 온 친구들이 많아서 다들 친구처럼 지낸다. 며칠 전 매니저인 이보가 같은 기관의 직원이자 연인인 페트코와 함께 레인보우 퍼레이드에 갈 거라며 같이 가자고 했었다. 레이보우 퍼레이드는 세계 각지에서 열리는 성소수자들의 축제다.

"같이 갈래? 그런데 비행이 값이 들 거야."

"어디서 하는데 비행기를 타고 가?"

"비엔나."

"오스트리아 비엔나?"

"어. 〈비포 선라이즈〉의 비엔나."

난 그 자리에서 바로 레인보우 퍼레이드에 함께 가기로 결정했다. 이렇게 비엔나에 가게 될 줄이야.

집 앞에 도착한 이보의 차를 타고 공항이 있는 소피아로 간다. 오랜만에 공항에서 여권 검사를 받는다. 비행기 좌석에 앉자 한동안 여행을 안 해본 사람처럼 마음이 설렌다. 소피아에서 날아오른 비행기는 한 시간 반 만에 비엔나에 도착한다.

비엔나 공항으로 마중 나온 마야를 만난다. 마야 역시 파자르칙에서 자원봉사를 했던 친구다. 일로나와는 홈메이트로 꽤 친하게 지냈던 친구 사이다. 비엔나 중심에 있는 마야의 집으로 이동한다. 마야의 부모님이 매우 반갑게 맞아주신다. 햇살이 들어오는 창 옆에 놓인 식탁에 마야의 부모님께서 정성스레 아침상을 준비해놓으셨다. 예쁜 식기에 담긴 음식들이 너무 근사해서 모두 식탁

에 앉을 생각은 안 하고 열심히 사진만 찍는다. 마야의 아버지께서 농담을 던진다.

"아무것도 건드리지 마세요. 이건 장식이지 먹는 게 아니에요."

자리에 앉아 아버지께서 따라주는 프로세코를 한 잔씩 받아든다. 오늘의 만남을 축하하며 건배하고 아침 식사를 시작한다. 모두 안면이 있는지 많은 대화가 오간다. 화기애애한 분위기 속에서 식사를 마치고 밖으로 나와 비엔나를 둘러본다.

비엔나의 첫인상은 잘 만들어진 레고 마을 느낌이다. 좁은 도로를 지나다니는 빨간색 트람도 장난감처럼 예쁘다. 아기자기하고 고풍스러운 건물들이 머릿속에 그렸던 유럽의 모습을 그대로 재현하고 있다. 마야의 안내로 트람과 전철을 타고 쉔브론 궁전에 간다. 비엔나에 방문한 적이 있는 일로나가 비싼 티켓을 끊고 들어가야 하는 궁 내부에는 별로 볼 게 없다고 해서 정원만 둘러보기로 한다. 정원만으로도 당시 왕가의 화려한 생활을 충분히 느낄 수 있을 만큼 규모가 엄청나다. 따가운 햇살을 받으며 거대한 정원을 거닐려니 진이 다 빠진다.

힘들게 쉔브론 구경을 마치고, 약간 외곽에 빠져 있는 프라터 공원으로 이동한다. 이곳에 〈비포 선라이즈〉 영화 속 주인공이 키스를 나누었던 대관람차가 있다. 일로나가 마야에게 우리 얘기를 귀띔해 놔서 일부러 이쪽으로 방향을 잡은 것이다. 많은 사람을 태운 대관람차가 서서히 돌기 시작한다. 비엔나의 전경이 한눈에 들어온다. 첫인상 그대로 올망졸망한 레고 마을처럼 예쁘다. 대관람차는 별것 없이 한 바퀴만 돌고 제자리로 돌아온다. 그렇지만 우린 이곳의 추억을 고스란히 마음속에 새겨 넣는다.

이른 새벽부터 일어나 날아왔기 때문에 모두 피곤하다. 일찍 구경을 마치고 다시 마야의 집으로 돌아간다. 발코니에 둘러앉아 와인과 커피를 마신다. 하루 일과를 끝내고 모든 긴장을 내려놓은 편한 마음으로 발코니에 앉아 커피나 맥주를 마시며 파트너와 노닥거리는 시간을 여행 중 최고의 순간으로 꼽는다. 그렇기에 혼자 하는 여행에선 그 시간이 무척이나 외롭다. 심할 때는 여행의 모든 것이 궁상맞게 느껴지기도 한다. 그동안 많은 외로움이 쌓였는지 좋은 친구들 그리고 사랑하는 사람과 함께 하는 이 시간이 다른 어느 때보다도 더 특별하게 다가온다.

마야의 집에 방이 부족해, 나와 일로나는 비엔나 북쪽에 있는 마야의 이모네 집으로 이동한다. 아직 퇴근을 안 하셨는지 마야가 빈집의 문을 따고 들어가 우리가 머물 방을 안내해준다. 배웅해준 친구들이 돌아가고 우리 둘만 남는다. 너무 피곤하다. 모든 근육이 자전거에 길들어 있어서 몇 시간만 걸어도 종일 자전거를 탄 것보다 힘들다. 일찍 잠자리에 든다.

달그락거리는 소리에 잠에서 깬다. 많이 피곤했는지 깊은 잠을 잤다. 옷을 챙겨 입고 아래층으로 내려간다. 마야의 이모와 이모부가 아침을 준비하고 계신다. 간단히 인사를 하고 아침이 준비되는 동안 뒤뜰에 앉아 이모가 준비해준 커피를 마신다. 마야를 통해 내 얘기를 전해들은 이모부가 자전거 여행에 대해 묻는다. 이모부는 아침 일찍부터 동네 한 바퀴 돌고 오셨는지 사이클용 쫄쫄이 복장이다. 자전거 타기를 꽤 즐기시는 모양이다. 큼직한 지도책을 펼쳐놓고 여행 경로와 준비 과정에 대한 얘기를 나눈다. 그 사이에 마야, 이보, 페트코가 온다. 지도책을 덮고 다 같이 식탁에 앉는다. 든든히 아침을 챙겨먹고 다시 비엔나 구경을 시작한다.

우리는 비엔나 여행이 잡히자마자 영화 속 주인공이 거닐었던 장소에 가서 같은 포즈를 취하고 사진을 찍자는 계획을 세웠었다. 그러려면 비엔나 시내를 헤집고 돌아다녀야 한다. 다른 친구들에게 괜한 발걸음을 하게 하기 싫어서 따로 움직이자고 제안한다. 하지만 친구들은 오후에 시작하는 레인보우 퍼레이드 말고는 다른 계획이 없다. 하는 수 없이 같이 움직이기로 하고 비엔나 시내를 돌아다닌다.

그래도 될 것이 비엔나는 따로 유명한 장소를 찾아다닐 필요가 없을 정도로 어디 하나 멋스럽지 않은 곳이 없다. 고풍스러운 건물과 돌로 다져진 예스러운 길을 걷는 것만으로도 충분히 근사한 시간을 보낼 수 있는 멋진 도시다. 그렇기에 도시 곳곳에 퍼져 있는 영화 속 장면을 찾아다니는 게 외려 짜증스럽다. 이런 곳은 슬슬 발길 닿는 데로 걸어야 그 정취를 제대로 느낄 수 있다. 어떤 목적지를 찾는 데 몰두하면 이 아름다운 길도 목적지에 이르는 수많은 길과 다를 바 없는 평범한 길이 된다. 일로나 또한 이 계획과 상관없는 친구들을 우리만의 추억을 위해 끌고 다니는 걸 불편해하는 눈치다. 거기에 뜨거운 날씨까지 더해지니 괜한 짓을 하는 건 아닌가 싶은 생각마저 든다.

사람이 걸어온 삶의 시간, 누군가를 사랑했던 시간의 무게는 시계 침의 회전수에 따르지 않는다. 지나온 시간의 선 위에서 일어났던 순간을 얼마나 많이 기억하고 써내려 갈 수 있는가. 누군가에겐 1년의 시간이 한 페이지로 족하고, 또 어떤 이에겐 하루의 시간이 한 권의 책으로도 부족하다. 그 양이 곧 시간의 무게이고, 지나온 삶의 가치다. 나는 우리의 만남에 그 무게를 더하고 싶을 뿐이다. 아쉬운 대로 GPS에 표시해둔 많은 장소 중 나중에 후회하지 않을 만큼만 남기고, 쉽게 찾을 수 있는 가까운 곳만 골라 움직인다.

비엔나 구석구석을 돌아다닌 후 공원에 앉아 잠시 쉰다. 뜨거운 날씨에 지쳤는지 모두 벤치에 들어 눕는다. 이래서 시간이 한정된 짧은 여행은 노동에 가

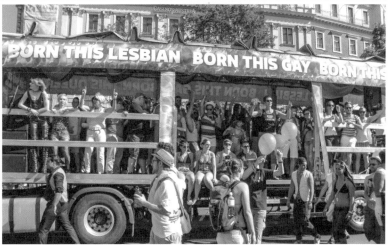

깝다는 생각도 한다. 시간의 제약 없는 여유 넘치는 여행을 하다 보니 이런 여행이 더욱 힘들게 느껴지는지도 모르겠다. 잠시 숨을 돌리고 레인보우 퍼레이드가 지나가는 길가에 자리를 잡는다.

멀리서 기괴하고 우스꽝스러운 복장을 한 퍼레이드 참가자들이 하나둘 나타나기 시작한다. 흥겨운 음악을 틀어놓은 차들의 행렬이 이어지면서 축제 분위기가 슬슬 달아오른다. 우리도 음악에 맞춰 몸을 흔들며 축제를 즐긴다. 언젠가부터 인지 다른 이의 시선을 잘 의식하지 않는 날 발견하곤 한다. 여행은 내게 항상 감정에 충실하길 요구한다. 감정을 있는 그대로 표현할 수 있는 건 행복한 일이다. 어쩌면 퍼레이드에 참여하는 이들의 과장된 복장과 분장은 자신의 감정을 숨겨야 했던 금기에 대한 분노인지도 모른다. 이들의 손에 들려있는 무지개 깃발이 의미하는 바대로 성적인 문제만이 아닌 모든 분야에서 다양성이 존중되고, 다양성을 찾으려는 세상이 되길 희망한다.

퍼레이드 구경을 마치고, 마야의 집으로 돌아와 어제처럼 발코니에 앉아 커피를 마시며 노닥거린다. 피곤한 하루다. 일로나와 나는 이모네 집으로 가야해서 친구들에게 인사하고 자리에서 일어난다.

해가 지고 어두워지자 서늘하니 걷기 좋다. 비엔나는 밤거리도 참 멋지다. 발걸음을 멈추고 맥주 한 병 마시고 싶은 예쁜 카페가 너무 많다. 여유가 없는 짧은 일정이 아쉽다.

"둘이서만 걸으니까 좋다."

"나도. 다음에 둘이서만 다시 오자."

"그래, 꼭. 비엔나 정말 좋다."

"말했잖아. 소피아는 비교도 할 수 없어."

"소피아 좀 그만 미워해. 오히려 그런 멋없는 도시에서 사랑이 시작된 게 더 특별하지 않아? 비엔나니 파리니 뉴욕이니 하는 덴 너무 흔하잖아."

"오늘 너랑 오래갈 것 같단 느낌을 받았어."

"왜?"

"몰라. 그냥 그런 느낌이 들었어."

"당연하지. 소피아에서 사랑을 시작할 수 있다면 그거야말로 진짜 사랑이니까."

"그건 그래."

일로나가 웃음을 짓는다.

"그거 알아? 지금 우리에게 일어나는 모든 일은 세상에 오직 몇 사람만이 가질 수 있는 아주 특별한 경험들이야. 이 기억들을 한때의 추억으로 남기기엔 너무 아깝잖아. 멋진 추억은 과거로 사라지지 않아. 언젠가 우리 사이에 힘든 상황이 오게 되면 이 추억들이 우릴 계속 붙잡아 줄 거야."

"나도 그렇게 생각해. 하나 더 말해줄까? 오늘이 며칠인지 알아?"

"오늘? 16일."

"우리가 어제, 그러니까 6월 15일에 비엔나에 왔잖아. 영화 속에 주인공이 비엔나에 도착한 날이 언제인 줄 알아?"

"설마? 말도 안 돼!"

"비엔나 오기 전에 영화를 다시 봤어. 둘이 기차역에서 헤어질 때 '오늘이 6월 16일이니까 6개월 뒤에 이곳에서 다시 만나자'라고 하거든. 그러니까 그 둘도 6월 15일에 비엔나에 도착한 거야."

"정말 이래도 되는 거야?"

우린 우연의 연속에 놀라워하며 이모네 집으로 향하는 빨간색 트람에 올라탄다.

종일 영화 속 장면을 찾아 비엔나 곳곳을 돌아다니며 여덟 장의 사진을 찍었다. 사실 〈비포 선라이즈〉는 내 영화 리스트에 없던 영화다. 하지만 이 영화는 단번에 리스트 맨 위로 올라왔다.

일로나와의 만남에는 수많은 우연이 연결되어 있다. 내가 이 여행을 시작하고 일로나가 자원봉사를 시작한 것부터 해서, 이름 없는 작은 도시 파자르칙에 머물기로 한 일, 내가 떠난 날 일로나의 부모님이 딸을 보러 불가리아 방문 계획을 잡은 일, 억지라고 할 수도 있겠지만 15세기 터키 오토만이 파자르칙에 식민도시를 건설한 것조차 그 우연 속에 포함된다. 우연이 겹치고 겹쳐서 그 교집합의 색깔이 짙어지면 사람들은 그걸 필연이라 말한다. 상황의 우연이 우리의 만남을 이끌어냈다면 그다음은 우리 차례. 영화를 좇으며 사진을 찍는 건 그리 대단할 것도 없고, 유치한 놀이이기도 하다. 하지만 그렇게 인위적으로라도 우연을 만들어 그 교집합에 색깔을 더하고 더해서 그 색깔이 더는 다른 우연이 필요 없을 정도로 짙어지면 그때는 그 교집합을 운명이라 말할 수 있으리. 어쩌면 운명이란 놈은 그렇게 만들어지는지도 모른다.

48

세르비아 베오그라드

소피아에서부터 밤새 달려온 기차가 곧 베오그라드에 도착한다. 잠을 깨려고 복도로 나와 담배 한 개비를 입에 문다.

"여행의 종착지네."

"그러게. 이 긴 여행의 마지막 도시다."

"미련은 없어?"

"'전혀'라고 하면 거짓이겠지."

"그래. 3년이라는 시간이 한 번에 접을 수 있는 시간은 아니지."

"그래도 지금이 가장 좋은 타이밍인 건 분명해. 이 여행이 영화라면 여기에서 엔딩 크레딧이 올라가는 게 맞아."

"물론. 이보다 더 좋은 해피 엔딩은 없을 거야."

담배꽁초를 창밖으로 튕겨내고 화장실로 간다. 화장실 옆 열차 뒷공간에 묶어뒀던 자전거가 보이지 않는다. 화장실에 들어가 소변을 보고 나온다. 다시 담배를 하나 꺼내 문다.

"우연이란 놈이 확실하게 방점을 찍어주는구나."

"여행을 여기서 끝내겠다는 결심 변치 말라는 뜻으로 받아들여."

자리로 돌아와 앉는다. 일로나가 잠에서 깨 미소를 지어 보인다. 괜한 걱정 거리를 미리 알릴 필요는 없다. 달랑 두 량짜리 열차에서 아시아인은 나 하나 고, 모두 내가 자전거 싣는 모습을 봤다. 중간중간 정착지에서 머문 시간은 길 어야 15분. 그렇다면 놈은 그 짧은 시간에 사람들의 시선을 피해 두꺼운 자물 쇠를 끊고 유유히 사라졌단 말이다. 기술도 좋다. 그 정도면 훔쳐갈 자격이 있 다. 세르비아의 환영 인사라고 치자. 일로나를 받았으니 자전거 하나쯤은 답례 해야지.

기차가 베오그라드 역에 도착한다.

"놀라지 말고 걱정도 하지 마. 자전거가 없어졌어. 도난당한 거 같아."

"뭐? 진짜? 어떡해."

"괜찮아. 어차피 이제 자전거는 필요 없어. 비행기로 짐 부치기 귀찮았는데 잘 됐지 뭐."

"언제 없어졌어?"

"몰라. 아까 화장실 갔다 왔는데 없더라고."

"왜 말 안 했어?"

"말해 뭐해. 이미 사라진 자전건데. 아빠가 마중 나온댔다며? 괜히 소란피우 지 말고 조용히 말씀드리고 가자."

우린 짐을 챙겨 열차에서 내린다. 일로나의 아버님이 플랫폼까지 마중을 나 오셨다. 일로나가 달려가 아버지 품에 안긴다. 딸과의 재회를 마친 아버지가 내 쪽으로 시선을 돌린다. 여자 친구의 부모님을 처음 만나는 순간만큼 남자에 게 어려운 자리가 또 있을까? 아버님이 다가와 손을 내민다. 내가 할 수 있는 최선을 다해 정중하게 악수를 받는다. 일로나가 알아들을 수 없는 말로 아버님에게 무언가를 얘기한다. 아마도 열차에서 일어났던 일을 설명해주는 것 같다. 딸이 데려온 낯선 동양인 남자 친구를 자세히 살펴봐야 할 시간이지만, 일로나에게 자전거 도난 사건에 대해 들으시고는 관찰의 시선보다 걱정과 위로의 눈빛을 보내신다. 이 난처한 순간을 부드럽게 만들어준 자전거 도둑이 진심으로 고맙다.

일로나의 집으로 간다. 말이 없으시고 점잖으신 아버님과 달리 활기찬 어머님께서 두 손을 모으고 고개를 숙이며 인사를 건네고는 재미있다는 듯 웃음을 터뜨리신다. 아마도 한국 사람이란 얘기를 듣고 고개를 숙이는 인사법을 찾아보셨나 보다. 가족들이 하는 얘기를 하나도 알아들을 수가 없어서 볼에 경련이 일 정도로 웃는 얼굴만 유지한다. 식탁에 앉아 어머님께서 준비해놓으신 아침을 먹는다.

식사를 마치고 일로나 방에 들어가 편한 자세로 늘어져 잠시 여독을 푼다. 일로나가 왔다는 소식을 듣고 이웃집 아줌마가 놀러 온다. 일로나와 함께 거실로 간다. 짧은 만남과 인사시간이 지나고, 드디어 부모님께서 이웃집 아줌마를 대동하고 딸의 남자 친구를 검증할 시간이다. 벽 한쪽 작은 액자에서 20년 뒤 한국 남자를 만날 줄은 꿈에도 생각하지 못했을 어린 시절의 일로나가 활짝 웃는 얼굴로 날 바라보고 있다. 마음의 준비를 단단히 하고 자리에 앉는다.

일로나와 나를 앞에 두고 이런저런 얘기가 오간다. 무슨 말씀을 나누시는 걸까? 귀를 아무리 쫑긋 세운들 알아들을 수 있는 말은 하나도 없다. 일로나를 통해 한국에 대한 질문을 몇 개 받는다. 아주 기본적이고 상식적인 질문들이다. 한국이란 나라가 너무 생소하다 보니 그 호기심이 내 신상까지 미치지 못하는 것 같다. 본인들이 알고 있는 한국에 대한 정보를 내게 확인받는 선에서 자리가 마무리된다.

일로나의 방이 좁은 관계로 이웃집 아줌마네 아들 집으로 이동한다. 부모님께서 미리 부탁해두셨나 보다. 베오그라드 중심가에 사는 고란과 가기는 일로 나와도 어린 시절부터 잘 아는 이웃 친구 사이란다. 이웃집 아줌마가 준 열쇠로 빈집에 문을 따고 들어간다. 형제가 같이 락 밴드를 한다더니 집이 너저분한 게 아티스트의 기운이 느껴진다. 우리가 머물 방에 짐을 내려놓는다. 8층 테라스에서 보이는 베오그라드의 전경이 맘에 든다.

해가 질 무렵 밖으로 나온다. 집이 시내 중심가와 가까워 슬슬 걸으며 구경하기 좋다. 베오그라드 역시 유럽의 느낌을 그대로 품고 있는 근사한 도시다. 비엔나가 올망졸망 아기자기한 여성적인 느낌이라면, 베오그라드는 거침없고 단호한 남성적인 느낌이다. 사람들도 다들 길쭉길쭉 키도 크고 늘씬늘씬하다. 그동안 많은 외국인을 만났지만, 슬라브 계열 사람들 사이에 있는 건 처음이라 꽤나 생소하다.

사람들로 북적이는 시내 중심가를 지나자 큰 공원이 나온다. 그리고 그 공원은 역사 깊은 칼레메그단 요새까지 이어진다. 요새라는 이름에 걸맞게 시야가 확 트여 전망이 좋다. 발칸 지역을 관통하는 사바강과 유럽의 젖줄인 다뉴브강이 만나는 지점 위에 세워진 칼레메그단에서 바라보는 일몰이 아주 멋지다. 강이 보이는 성곽 위에 많은 사람이 모여 있다. 한 손에 맥주를 들고 친구들과 연인들과 함께 노닥거리며 일몰을 감상한다. 우리도 맥주를 사들고 성곽 한쪽 잔디밭에 자리 잡는다. 해가 지고 조명이 켜지면서 아름다운 야경이 펼쳐진다.

"우린 이제 어떻게 해야 하지?"

"한국으로 오는 건 어떻게 생각해?"

"난 어디든 상관없어."

"좀 생각해봤는데 당장 내가 여기서 할 수 있는 일이 없을 것 같아."

"난 한국에서 할 일이 있나 뭐?"

"넌 영어를 잘하잖아. 내가 여기 있는 것보다는 기회가 더 많을 거야."

"언제 돌아갈 거야?"

"곧 가야지. 어차피 끝난 여행이니까."

"미안해. 나 때문에 여행이 끝나서."

"다신 그런 말 하지 마. 이보다 더 좋은 해피 엔딩이 어디 있어."

"뭐 하나 물어봐도 돼?"

"뭐?"

"한국 사람이 외국인이랑 사귀면 부모님이 반대해서 결국 헤어지게 된다는 얘길 읽었어. 정말 그래?"

"하하! 그런 건 또 언제 찾아본 거야?"

"하나도 웃기지 않아."

"그건 그 사람들 얘기지 우리랑은 아무 상관이 없어. 다른 건 몰라도 그건 전혀 신경 쓰지 않아도 돼."

"어떻게 신경이 안 쓰여."

"그런 쓸데없는 걱정은 말고 두 달 뒤쯤에 한국으로 와."

"알았어."

"다시 한 번 말하지만 난 완전 빈털터리야. 한국에 돌아가도 마찬가지야. 매일 길거리에서 파는 싸구려 음식만 먹고 살아야 할지도 몰라. 그러니까 잘 생각하고 결정해."

"너도 다신 그런 소리 하지 마. 난 너랑만 같이 있으면 돼."

"한국 오면 못 도망가게 잡을 거니까 그때 가서 후회하지 말라고."

"웃기네. 못되게 굴면 당장 도망갈 거야."

"봐라. 네가 도망갈 수 있는지."

강 건너편 선상카페에서 연주하는 라이브 음악 소리가 시원한 강바람에 실려 온다. 일로나가 어깨에 몸을 기댄다. 가볍게 입을 맞춘다.

"일로나가 세상에 하나뿐인 네 짝이라는 확신이 들어?"

"솔직히 말하면 세상 모든 사람을 다 만나보기 전까지는 확신할 수 없겠지. 하지만 적어도 세상에 하나뿐인 내 짝으로 여겨도 될 것 같아."

"그래. 사랑은 그렇게 하는 거야."

"바보 같았어. 네 말대로 그동안 말이 통하지 않는 많은 친구와 우정을 나누면서 언어가 마음을 주고받는데 큰 장애가 되지 않는다는 걸 충분히 경험했는데도 사랑하기를 주저했다니."

"다 그런 거지. 예측에서 벗어나는 일들이 계속 일어나도 이성을 과신하면서 그 울타리 너머의 세상을 받아들이려 하지 않는 건 자연스러운 현상이야. 그렇지만 이제 그런 걸 외면하지 마. 네가 한계 지은 자신만의 세상에서 벗어나길 두려워했다면 지금 이 사랑을 얻지 못했을 거야. 사랑은 고사하고 이 여행조차 떠나지 못했겠지. 여행 중 발휘했던 그 무모한 용기들을 잊지 말고 계속 유지해 나가."

"고마워. 이 여행을 떠날 수 있게 해줘서."

"하하하! 어떤 바보 같은 놈이 자기 자신에게 고맙다고 하냐? 난 너의 의지

혹은 관념일 뿐이야. 가만히 앉아 너에게 나불거리기만 하는 존재지. 너의 결심은 다 네가 선택한 거야. 그래도 내가 고맙다면 하나만 부탁할게. 어떤 힘든 일이 닥쳐도 절대로 날 협상 테이블 위에 올려놓지 마. 날 잃는 순간 너의 존재도 서서히 잊힐 거라는 걸 꼭 기억해줘."

일로나가 옆에서 빤히 바라본다.

"뭘 그렇게 골똘히 생각해?"

"아니. 지나온 여행이 머릿속에서 막 스쳐지나 가네."

"아쉬워?"

"아쉽긴. 이번에 못다 한 여행은 너와 함께할 텐데 뭐."

"난 힘들어서 자전거 타고 여행 못해."

"나도 그만하면 됐어. 이제 자전거도 없잖아."

"다행이다."

"그래서 다음번엔 도보여행을 해볼까 해."

"뭐라고?"

우리는 연인들끼리나 웃을 수 있는 유치한 농담을 주고받으며, 칼레메그단에 웃음을 퍼뜨린다.

어머님께서 챙겨주신 선물과 기념품으로 가방이 가득 찼다. 아버님의 차를 타고 함께 공항으로 간다. 희대의 천재 니콜라 테슬라의 이름을 딴 국제공항에 도착한다. 탑승 수속창구에 길게 늘어진 줄 뒤에 선다. 줄이 조금씩 줄어들어 두 사람이 남았을 때 공항 관계자가 다가온다.

"안상은 씨 되십니까?"

"예."

"손님이 탑승하실 비행기가 연착되고 있습니다. 모스크바에서 서울로 가는 경유 편을 타시려면 지금 모스크바로 출발하는 다른 비행기에 탑승하셔야 합니다."

공항 관계자는 내 여권과 짐을 들고 바로 창구로 가서 빠르게 수속을 밟고 뛰기 시작한다.

"서둘러주십시오."

"잠깐만요."

뒤를 돌아 부모님에게 인사하고, 짐을 들지 않은 손으로 일로나를 감싸 안는다. 그리고 조용히 귀에 속삭인다.

"두 달 뒤야. 사랑해."

일로나의 볼에 가볍게 키스하고, 손을 흔들며 공항 관계자를 따라 뛰어간다.

인천 항구에서 중국행 배를 타고 시작한, 내 인생의 가장 강렬한 기억으로 남을 1,047박 1,048일짜리 여행은 이렇게 끝난다.

이 여행은 2009년 9월 8일에 시작해 2012년 7월 21일에 끝났다. 개인적인 사정으로 두 번 귀국했고, 멈췄던 지점에서 다시 출발하는 식으로 여행을 이어 갔다. 그래서 전체 여행 기간에서 한국에 머물렀던 기간을 빼면 실제 여행 기간은 정확히 782일이다. 그 기간 중 처음 절반 정도는 동료와 함께했고, 나머지는 혼자 여행했다.

여행을 계획하고 스폰서를 구할 때 뭔가 그럴듯한 타이틀이 있어야겠다 싶어 만든 제목이 〈리얼 로드 무비 : 우린 뭣 때문에 달리고 있지?〉이다. 여정 중에 많은 사건을 겪으며 자아의 정체성을 찾아가는 주인공의 이야기를 담은 영화 장르로서의 로드 무비를 실제로 재현해보고 싶었고, 지금 무얼 하는지 살펴볼 겨를도 없이 무작정 앞으로 달려가기만 하는 사회에 대한 질문을 던지고 싶었다. 라고 제목을 설명하면 그럴듯해 보이리라 생각했다.

그런 식으로 여행을 포장했지만, 실제로 내가 여행을 하는 이유는 첫째도 유희고, 둘째도 유희고, 셋째까지는 생각해본 적도 없다. 나는 뭔가 깨달음을 얻기 위해 여행을 떠나는 걸 굉장히 고리타분한 말로 받아들인다. 여행 중 무언가를 깨닫는다면 그건 평소에 인성 공부를 게을리한 자신을 탓해야지 여행을 찬양할 일은 아니라고 생각한다.

이번 여행을 통해서 내가 그동안 인성 공부를 얼마나 게을리했는지 뼈저리게 느꼈다. 더군다나 그 모든 것이 너무나 식상하고 상식적인 얘기라서 누군가에게 말하기도 부끄러울 지경이다. '세상은 참 아름다워. 사람들에게선 사랑이 넘쳐. 행복은 언제나 내 옆에서 바라봐주길 기다리고 있어.' 같은 말을 내뱉는 순간 민망함에 얼굴이 붉어지는 진부한 얘기들이 실제로 존재한다는 걸 알게 됐다. 나는 그런 말들이 바른 사회를 지향하기 위한 입바른 소리라고만 여기고 있었다. 세상의 밝은 면이 어두운 면을 충분히 덮고도 남을 만큼 광범위하게 펼쳐져 있다는 걸 그전엔 미처 상상할 수 없었다. 책상머리에 앉아 머릿속에 집어넣은 개념들을 2년 넘게 자전거를 타는 고생을 하고서야 몸 구석구석에 전달할 수 있었던 내가 참으로 딱하고도 부끄럽다. 그런 사실을 일깨워준 일련의 사건들이 제법 그럴싸한 로드 무비를 만들어줬고, 무얼 위해 달렸는지, 무얼 위해 달려야 하는지 그 해답을 조금은 알려줬다. 타이틀을 만든 의도와 상관없이 타이틀에 걸맞은 여행을 한 것 같아서 나름 흡족하다. 완수하지 못한 세계 일주야 다음에 하면 그만이다.

이제 세계 일주라는 거대해 보였던 꿈이 그리 대단할 것도 없고, 그다지 크게 느껴지지도 않는다. 꿈을 실현한다는 게 생각보다 어려운 일이 아니라는 걸 알게 됐다. 신기하게도 마음속에 품고 있던 꿈이 하나 실현되면 이것만 하면 소원이 없겠다 싶었던 마음이 싹 사라지고 또 다른 꿈들이 마구 쏟아져 나온다.

그리고 그것들을 전보다 훨씬 수월하게 실현해낼 수 있을 것만 같은 자신감이 생긴다. 이런 과정을 두어 번 겪다 보면 아무런 고민 없이 생각나는 대로 꿈을 펼칠 수 있겠다는 생각도 한다.

해피 엔딩으로 끝난 리얼 로드 무비를 이어갈 다음번 나의 꿈, 내 인생의 영화는 과연 어떻게 진행될까? 이 글을 쓰고 있는 지금, 옆에 앉아 있는 일로나와 함께 그 계획을 세우고 있다.

여행을 도와주신 분들

　여행을 준비하면서 그리고 여행을 하면서 일일이 거론하기 어려울 정도로 많은 이들의 도움을 받았다. 그들이 없었다면 마냥 무료하고 힘들기만 한 여행이 됐을 게 뻔하다. 어쩌면 이 여행은 그들과의 우정을 확인하기 위함이었는지도 모른다. 정말 일일이 거론하기 버겁지만 일일이 거론해야겠다.

　중국에서부터 인도까지 동료로서 여행의 기쁨과 고민을 함께하고 이 책을 위해 사진의 일부를 제공해준 효일이. 플랜 사업지역을 견학할 수 있도록 힘써주신 플랜 코리아(박제홍 부장님, 민희 씨, 미경 씨, 하늘 씨). 자전거와 많은 자전거 용품을 지원해준 스페셜라이즈드 코리아(김주용 과장님). 캠핑용품과 옷, 신발 등을 지원해준 컬럼비아, 마운틴하드웨어(김유진 과장님). 잠시나마 여행에 합류했던 재상이. 경비와 아이팟을 지원해주고 한국에서 잡다한 일을 도와준 단이와 여행 중 할 수 있는 일거리를 구해주려고 힘써준 진아. 수년 치 통풍약과 심심치 않게 지원금을 보내준 성기. 목적을 알 수 없는 지원금을 찔러준 쌤. 가지고 있던 외화와 캠코더를 지원해주고 잠시 한국에 왔을 때 술 엄청 사준 준연이와 민성이. 소포를 대행해주고 해외출장을 조작해 직접 만나러 와서 포식하게 해준 목과 적금의 일부를 지원해준 현진이. 선글라스와 쓸데없는 잡품을 제공해준 관희. 근사한 식사 값을 보내준 수훈이. 맛난 저녁과 구급약품 박스를 구해준 효일이 친구 경식이. 묵사발을 사준 효일이 친구 연수. 캠핑용품을 지원해준 효일이 고등학교 친구들. 선글라스 보내준 효일이 친구 동수. 간간이 지원금을 보내준 효일이 친구 윤상이. 술값 보내준 효일이 친구 형석이. 무선 인터넷 공유기 사준 소정이. 휴대폰 사준 심심이. 인천항까지 마중을 나와 주고 잡스러운 일을 해준 혁이. 공항에서 편지와 쌈짓돈을 찔러준 방개. 맛있는 송어회와 잠자리를 마련해주신 매곡우체국장 이종성 아저씨. 소고기와 여관을 알아봐 준 원모. 경비 보태준 재용이 형과 종기 형 그리고 형일이 형.

중국 공안에게서 구해주시고 식사와 잠자리를 챙겨주신 톈진의 한국식당 '한가위'의 은주 씨와 부모님. 베이징에서 한국 음식과 호텔을 잡아주신 이경호 아저씨. 자전거 여행에 힘을 불어넣어 준 다비드와 다이스케, 플로랑, 오를리. 친절 퍼레이드의 스타트를 끊어준 샤오바지의 장싱창, 뻬이레이, 돈유안, 장제스 아저씨와 철광석 공장 식구들. 몰래 빵값을 내주고 사라진 차하르유이후키의 묘령의 여인. 수박 한 통과 간단한 몽골어를 가르쳐준 얼렌하오터 중국 식당의 몽골친구들. 황량한 고비사막에서 보드카와 빵, 햄 그리고 몽골 화폐를 건네준 트럭 운전사 아저씨. 여행의 방향을 확실히 정립하게 해준 사인샨드의 제기와 어리거 그리고 그들의 친구들. 최고의 기억 몽골 라이프를 선사해준 울란바토르 진섭이와 여자 친구, 삼촌, 동생, 대기 그리고 그의 많은 친구. 플랜 차이나에 대해 자세히 소개해준 시안의 란란 아줌마. 춘화에 있는 후원 아이 류닝과 그의 부모님, 이웃들. 부모님의 정을 느끼게 해준 다챤성의 왕꽝 아저씨, 우짜빈 아줌마. 네버엔딩 푸드를 맛보게 해준 쿤밍의 왕하와 그의 동생. 사파에서 즐거움을 함께한 룽과 청. 식사와 잠자리를 마련해준 땀즈엉의 어느 가게 주인 내외분. 베트남을 사랑하게 만들어준 쟌느와의 징과 히엔 그리고 그들의 공사장 동료, 마을 사람들. 빈털터리에게 만찬을 대접해준 후오이간의 아저씨. 잠자리를 제공해준 하노이의 세드릭. 플랜 베트남 방문을 허락해주고 안내해준 하노이 플랜 베트남의 흠양과 촬영에 협조해준 영시 씨와 후원 아동 가족. 잠자리와 식사를 대접해준 하노이의 용우와 민수. 후원금을 보내주신 누나친구 송영자님. 좋은 리조트에서 맛난 것 많이 사주신 효일이 부모님. 소포 잘 챙겨준 효일이 동생 효진이. 잠자리와 캄보디아 개고기 맛을 보여준 쁘라삿의 포스와 그의 가족. 여행 중 만난 최고의 친구 중 한 명인 세바스티안 그리고 쁘놈뺀에서 즐거운 시간을 함께 했던 나오미, 바비, 또 다른 세바스티안, 찰스, 필립, 수잔느, 앤 누님, 락스마이. 플랜 캄보디아를 소개해준 쁘놈뺀의 쌈바쓰 아저씨와 씨엠립의 코살. 밤길이 위험하다며 잠자리와 음식을 대접해준 뿌미끄를의 찬촉과 그의 아내. 태국 여행을 밝게 열어준 사캐오의 고속도로 순찰대 노파봇 아저씨와 랑. 늦은 밤 잠자리를 제공해준 방콕의 유발. 오랜 기간 집에 기거하게 해준 방콕의 수줍음쟁이 폼. 플랜 타일랜드를 소개해준 방콕의 플랜 타일랜드 직원분들과 오. 맛있는 술자리를 마련해준 손천호 아저씨. 언제나 흔쾌히 잠자리를 제공해준 태국의 경찰들. 태국 여행의 마지막을 기분 좋게 마무리해준 카오프라의 통차이. 말레이시아의 많은 경험을 안겨준 니봉테발의 데이비드 아저씨. 텐트칠 자리와 아침 간식을 대접해준 인도네시아 테빙팅기의 작은 동네 이장님. 좋은 음악과 잠자리를 제공해준 시말루군 산골 마을의 청년들. 잠자리와 식사 그리고 버스를 알아봐 준 라부한바투의 경찰 링봉. 잠자리와 식사, 거기에 특별한 경험을 더해준 두마이의 묵신 아저씨와 영어학원 아이들. 여행의 큰 위기가 닥쳤을지도 모를 상황에서 구해준 푸총의 캄밍, 캄링 형제. 삐걱대는 자전거를 깜끔히 손봐준 싱가포르의 빈센트 아저씨와 키안홍 자전거

숍 직원들. 묻지도 않고 따지지도 않고 집을 내어준 싱가포르의 해놀드 아저씨. 새벽에 들이닥쳤는데도 웃음으로 맞아준 쿠알라룸푸르의 마이클. 오랜 기간 잠자리를 마련해준 쿠알라룸푸르의 마야와 그녀의 친구들. 잠자리와 집밥을 챙겨준 쿠알라룸푸르의 조와 그의 어머니. 방글라데시의 상류사회를 경험케 해준 다카의 모함메드와 핫산, 삼촌 그리고 순진한 라주. 방글라데시의 친절을 보여준 미르자뿌르의 따릭과 그의 가족. 잠자리와 식사를 챙겨준 고라가트의 손타쉬. 잠자리와 플랜방글라데시를 소개해준 디나스뿌르 플랜방글라데시의 하시눌 아저씨, 문니 아줌마 그리고 귀여운 아이들. 잠자리와 식사, 좋은 대화를 나눴던 잘파이구리의 라자쉬. 시원한 방과 하루 네 끼 식사를 대접해준 실리구리의 아룹 아저씨. 극진한 대접을 해줬던 모랑 플랜네팔의 칼반 아저씨, 주주 아저씨, 안주 아줌마 그리고 달릿 빌리지 이웃들. 빗속에서 구해준 라한의 요그 나라얀 아저씨. 밤하늘만 쳐다볼 수밖에 없는 상황에서 한줄기 빛이 되어준 카투네베시의 교장 아저씨와 람고팔 아저씨 그리고 아저씨의 가족. 따뜻한 잠자리만큼의 따뜻한 정을 건네준 코툼카의 브리티비 아저씨. 오랜 기간 방을 내어준 카트만두의 란주. 한밤중에도 기꺼이 환영해준 카트만두의 비쉬누 아저씨와 소피아 아줌마. 힘겨운 순간 잠자리와 식사를 대접해준 바이라하와의 호시포티. 그리웠던 한국 음식을 차려주신 룸비니 한국 사원의 스님. 플랜 인디아를 소개해준 바라나시 플랜 인디아 관계자분들. 지리한 인도 여행을 살려준 칸푸르의 라자와 그의 친구들과 가족. 3주 동안 눈치 한 번 주지않고 잠자리를 내어준 뉴델리의 키산 아저씨와 아줌마. 따뜻한 잠자리와 식사, 오랫동안 짐을 보관해준 진아 동생 우진이. 잠자리와 식사를 대접해준 뿌나의 순둥이 수자이. 내 집처럼 편안하게 해준 뿌나의 쿨가이 어쉰. 인맥을 동원해 짐을 찾아주고 잠자리와 만찬을 대접해준 잠무의 수디르 아저씨. 멋진 리조트를 제공해준 암리챠르의 나린 아저씨. 빈집을 서슴없이 맡겨준 라호르의 샤미 아저씨. 파키스타의 소문을 확인시켜준 디나의 쥬스 아저씨. 카리마바드에서 즐거움을 함께한 사무엘과 우스만. 담배와 좋은 조언을 해주셨던 다솔이 아버님. 훌륭한 의사가 될 것이 분명한 이슬라마바드의 아심. 플랜 파키스탄을 소개해준 이슬라마바드 플랜파키스탄의 직원분들. 설사병으로 쓰러지기 일보 직전 쉴 곳을 마련해준 착 316의 가게 아저씨. 친구가 아닌 형제로 대해줬던 퀘타의 무나바르와 그의 친구들. 능숙한 대접쟁이 밤의 알리와 그의 친구들. 도난 사고를 함께 해결해준 쉬라즈의 에싼과 그의 가족. 이란 타룹의 정서가 뭔지 제대로 보여준 테헤란의 레자. 오랜만에 데이트하는 기분을 느끼게 해준 테헤란의 마르지. 이란의 전통 음식을 소개해준 테헤란의 모지 아줌마와 그녀의 동생, 조카. 후원금 보내준 효준이. 밤길에 불러세워 만찬과 잠자리를 마련해준 히다즈의 아저씨와 가족. 친절 과잉의 마을 아벤리크의 사람들. 잠자리와 깔리온을 알려준 타브리즈의 마디. 무심한 듯 사려 깊었던 타브리즈의 메디와 그의 친구들. 맛난 샤슐릭과 술, 멋진 오두막에서의 이틀을 허락한 트크쿠트의 아보 할아버지. 죽음의 산길에서 따뜻한 닭고기 스프를 대접해주신 바난드의 산골 아줌마. 굵직한 양고기로 배를 채워준 카라훈즈의 아코디언 아저씨. 맛있는 과일과 식사, 잠자리를 제공해준 카라훈즈의 오디 아줌마와 아저씨. 근사한 잠자리를 내어준 예레반의 나렌도와 엘렌. 비 오는 밤 느닷없이 찾아온 이방인을 따뜻하게 맞아준 조라칸의 농가 아저씨. 멋진 친구 티빌리시의 바코. 오픈도 안 한 게스트하우스를 내어준 트빌리시의 데이빗. 갈 곳 없는 산동네에서 서슴없이 침대를 내어준 고데르지코튼의 산골 오두막 가족. 주행의 지친 몸을 거둬줬던 사예반즉의 에르싼 아저씨. 터키에서 첫 휴식을 선사한 기레순의 무자페르 아저씨. 빗속 주행 후 따뜻한 밥과 잠자리를 찾아준 위젤레르퀴위의 빵집 식구들. 터키의 맛을 제대로 보여준 삼순의 데미르. 심성을 그대로 보여주는 인자한 주름을 갖고 있던 예니카라도나의 두락 아저씨. 대화가 즐거웠던 앙카라의 알리와 우리 엄마와 다를 바 없었던 알리의 어머니. 터키 무슬림의 친절을 보여준 크리쉐히르의 세닷, 무랏, 페이줄라, 쥬베이르, 아사멧. 순진무구한 친구 악사레이의 지한. 맛난 식사와 잠자리를 제공해준 마나브가트의 아틸라와 그의 가족. 터키 결혼식을 보여준 안탈리아의 예심 아줌마. 아무 말 없이 문을 열어준 안탈리아의 무랏. 비싼 방갈로를 내어준 츠랄르의 프나르 아줌마. 잊지 못할 기억을 몸에 새겨준 윌루데니즈의 리팟과 에세르. 아픈 몸으로도 끼니를 챙겨주려 했던 데니즐리의 아뎀. 짧은 만남의 시간이 아쉬웠던 퀴타히야의 아흐멧. 경쾌한 음악과 함께한 데미르퀴이의 호세인 아저씨. 날 춤추게 만든 멋진 놈 이즈미트의 세르잔. 노안만 빼고는 모든 걸 갖춘 멋진 친구 이스탄불의 부락. 진짜 터키 케밥을 맛보게 해준 이스탄불의 셀마 아줌마. 이스탄불 구경을 제대로 시켜준 하산. 오랜만에 도시의 흥겨움을 만끽하게 해준 이스타불의 바투. 귀여운 동생들이나 다를 바 없었던 이스탄불의 사파, 톨가, 외즈귀르 그리고 그들의 많은 친구들. 재미있는 밝힘쟁이 초를루의 아흐멧. 언제든 환영한다고 작별 인사를 건넨 륄레브르가즈의 후르진. 뭐라도 대접해주지 못해 안달했던 바바에스키의 세브진. 즐거운 산책과 맥주를 함께했던 에디르네의 케난과 그의 친구들. 살갑게 방문을 열어준 아그네. 오랜 친구 같은 편안함을 줬던 플롭디프의 아쎈. 격이 없고 즐거웠던 바르바라와 안또니오 커플. 얼굴 한번 안 보고 집을 내준 플롭디프의 페이초. 결혼식에 초대해준 파자르칙의 슈샨과 토드 커플. 비엔나 여행을 함께했던 파자르칙의 이보와 페트코. 이것저것 많이 챙겨줬던 소피아의 미하일. 함박웃음으로 맞아줬던 소피아의 써니와 에이시. 그리웠던 한국 음식와 편한 잠자리를 마련해준 의석이와 인탁이. 비엔나 여행가이드 역할과 잠자리, 식사를 대접해준 비엔나의 마야와 그녀의 부모님, 이모 가족. 갑작스러운 연락에도 흔쾌히 방문을 허락한 베오그라드의 젤코. 난데없는 한국인을 따뜻하게 맞아주신 베오그라드의 일로나 부모님, 동생, 외할아버지, 친척분들. 머물

곳을 마련해준 베오그라드의 고란과 가기.

블로그를 통해 후원금을 넣어주거나 식사를 대접해줬던 슈프님, 썽떵님, 김상태님, 남성우님, 이창수님. 그 밖에 길 위에서 아무런 이유 없이 도움의 손길을 건넸던 세상의 모든 친구들. 블로그를 통해 많은 격려와 성원을 보내주신 분들. 출판사와 연결해 주려고 애써준 김수영 씨, 이 이야기가 세상에 나올 수 있게 해주신 도서출판 이른아침의 김환기 대표님과 직원분들, 그리고 엄마와 가족. 끝으로 여행의 가치를 무한대로 넓혀주고 기꺼이 이 여행의 목적이자 이유가 되어준 사랑하는 일로나.

이 모든 분께 여행하면서 가장 많이 사용했던 말들로 감사의 말씀을 전한다.
"쎄쎄."
"그라시아스."
"아리가또."
"바이르따."
"씬 깜언."
"컵 짜이."
"어꾼."
"컵쿤캅."
"뜨리마 까씨."
"땡큐."
"던네밧."
"슈끄리아." "맘눈." "메르씨." "슈노르하칼루튠." "마블로밧." "테쉐퀴르 에데름." "블라고 다르야." "당케 쉔." "흐발라."

우린
뭣 때문에
달리고
있지?

초판 1쇄 인쇄 2014년 11월 7일
초판 1쇄 발행 2014년 11월 12일

지은이   안상은
사진   안상은 · 안효일

펴낸이   김환기
펴낸곳   이른아침

주소   서울시 마포구 마포대로4다길 8 경인빌딩 3층
전화   02-3143-7995
팩스   02-3143-7996
등록   제 395-2009-000037호
이메일   booksorie@naver.com

ISBN   978-89-6745-038-0 03810